Mia Moreno

BEAUTIFUL SECRETS

Wenn du mich berührst

Roman

everlove
by PIPER

Mehr über unsere Autorinnen, Autoren und Bücher:
www.everlove-verlag.de

Wenn dir dieser Roman gefallen hat, schreib uns unter Nennung des Titels »Beautiful Secrets – Wenn du mich berührst« an *empfehlungen@piper.de*, und wir empfehlen dir gerne vergleichbare Bücher.

Von Mia Moreno liegen im Piper Verlag vor:
Beautiful Secrets – Wenn du mich berührst (Beautiful Secrets 1)
Beautiful Secrets – Wenn ich dich spüre (Beautiful Secrets 2)
Beautiful Secrets – Wenn wir uns lieben (Beautiful Secrets 3)

Unser Versprechen für mehr Nachhaltigkeit
Klimaneutrales Produkt
FSC®-zertifiziertes Papier
Hergestellt in Europa

FSC
www.fsc.org
MIX
Papier | Fördert gute Waldnutzung
FSC® C083411

ISBN 978-3-492-06358-6

Satz: Satz für Satz, Wangen im Allgäu
Gesetzt aus der Adobe Caslon Pro
Druck und Bindung: CPI Books GmbH, Leck
Printed in the EU

Kapitel 1

Layla, vergiss es. Das kannst du nicht anziehen.«

Meine Freundin Maxi taxiert mich mit hochgezogenen Augenbrauen im Badezimmerspiegel, wo sie gerade dabei ist, sich die mandelförmigen Augen mit Kajal zu umranden.

Ich bleibe in der Tür stehen und sehe an mir herab. »Was ist falsch an Jeans und Bluse? Du hast neulich erst gesagt, dass du das Muster süß findest!«

»Ja eben, es ist total *süß*.« Sie verzieht den Mund. »Glaub mir, heute Abend willst du lieber heiß und begehrenswert aussehen. Wir gehen feiern, nicht zu deinen Eltern.«

Sie konzentriert sich wieder auf ihr Spiegelbild. Ich beobachte fasziniert, wie sicher sie den dicken Lidstrich zieht und die magnetischen Fake-Lashes mit einer Pinzette auf ihren Wimpern platziert.

Im Leben würde ich mich nicht trauen, mich so auffällig und stark zu schminken. Aber an meiner toughen Freundin sieht der dunkle Look einfach cool aus. Maxis hellgrüne Augen funkeln geheimnisvoll aus ihrer tiefschwarzen Umrandung, ihr Teint schimmert makellos, und die Lippen hat sie in einem dunklen Rot nachgezogen. Bewundernd betrachte ich ihre dunklen Locken, die sie auf eine Seite gelegt hat, sodass ihr Undercut zur

Geltung kommt. Meine langen, schwarzen Haare machen immer, was sie wollen, sodass ich sie meist einfach zum Zopf hochbinde.

»Wenn ich mit dir unterwegs bin, sieht mich ohnehin keiner. Egal, was ich anziehe. Und das ist mir auch ganz recht!«, füge ich schnell hinzu.

Maxi verdreht die Augen und greift nach ihrem Sektglas, das sie zwischen all die Make-up-Tiegel auf die Ablage gequetscht hat. Sie übergeht meinen Einwand und prostet mir zu.

»Jetzt zu dir! Komm mit!«

Sie tänzelt im Rhythmus des Club-Session-Mix, der aus dem Radio dröhnt, durch den langen, schmalen Flur meiner Berliner Altbauwohnung und weicht dabei geschickt einer Topfpflanze aus. Zu meiner Überraschung biegt Maxi jedoch nicht in mein Schlafzimmer ab, sondern steuert geradewegs auf das unbewohnte, kleine Zimmer am Ende des Flurs zu, in dem sie zurzeit übernachtet. Unser Gästezimmer. Mein Mitbewohner Ilkay und ich nennen es liebevoll »Rumpelkammer«, denn der Ausdruck trifft es, ehrlich gesagt, besser.

Ergeben folge ich meiner euphorischen Freundin – allerdings nicht, ohne mir vorher noch schnell mein eigenes Sektglas von der Kommode in meinem Zimmer zu schnappen.

Im Gästezimmer sieht es aus, als wäre eine Kleiderfabrik explodiert. Das Bett, der kleine Beistelltisch, der nicht ganz so kleine Stapel Kisten mit Büchern, die ich seit dem Umzug noch immer nicht ausgepackt habe, und sogar meine alte Nähmaschine, der Staubsauger und der Putzeimer sind unter einer bunten Schicht Klamotten verschwunden. Dafür, dass Maxi außer dem Inhalt ihrer beiden Koffer eigentlich nichts besitzt, schafft sie es überraschend gut, innerhalb kürzester Zeit ein heilloses Chaos anzurichten. Ich frage mich immer wieder, wie sie in ihrem Van Ordnung hält, der zugleich ihr Zuhause ist.

Selbst nach ihren monatelangen Streifzügen durch Europa, wo sie irgendwelche Aufträge als Programmiererin annimmt, ist dort wundersamerweise alles noch fein säuberlich an seinem Platz. Anders als in unserer Rumpelkammer.

Als hätte sie meine Gedanken erraten, hebt Maxi den Zeigefinger. »Sag jetzt nichts! Ich räume morgen auf.«

Ich muss grinsen. »Ich habe nichts gesagt. Es ist dein Zimmer. Solange du willst. Und na ja, immerhin bringst du hier mal etwas frischen Wind rein.«

Maxi wühlt sich bereits durch die Klamottenberge, taucht dann nach einigem Suchen triumphierend wieder auf, hält etwas sehr Kleines, sehr Glitzerndes in der Hand und sieht mich freudestrahlend an.

»O nein, das ziehe ich ganz bestimmt nicht an. Da könnte ich ja gleich oben ohne gehen!«, protestiere ich und leere mein Sektglas.

Maxi zuckt mit den Achseln. »Jetzt probier es doch wenigstens mal an! Wir haben heute schließlich etwas zu feiern.« Auch sie trinkt aus. »Und wir brauchen Nachschub!«

Sie nimmt mir das leere Glas aus der Hand und tauscht es gegen den glitzernden Hauch von Nichts aus. Dann macht sie sich auf den Weg in die Küche, während ich kopfschüttelnd in mein Zimmer gehe.

Ich streife mir die kurzärmelige Bluse mit den kleinen Blümchen über den Kopf und hänge sie behutsam in den Schrank zurück, damit sie keine Falten bekommt. Vielleicht kann ich sie ja am Montag anziehen. An meinem ersten Arbeitstag in der neuen Klinik. Bei dem Gedanken an meinen neuen Traumjob stiehlt sich ein kleines Lächeln auf mein Gesicht. Oder ist sie zu »süß« für eine Fachärztin für Plastische und Ästhetische Chirurgie in einer renommierten Privatklinik? Andererseits werde ich ohnehin den ganzen Tag meinen weißen Arztkittel tragen.

Da ist es fast egal, was ich drunter anhabe. Hauptsache, ich fühle mich wohl. Und ich fühle mich sehr wohl. Als Ärztin.

Der glitzernde Fetzen Stoff in meinen Händen, der nur mit ein paar Bändern zusammengehalten wird, entspricht dagegen überhaupt nicht meinem Geschmack, auch wenn ich Maxi zustimme, dass das gewagte Oberteil besser zum Anlass passt als meine Blümchenbluse. Wir gehen gleich in den Club »Hilde«, wo wir mit ein paar ehemaligen Arbeitskollegen aus der Charité feiern wollen.

Als ich Maxis Schritte auf dem Flur höre, streife ich das Oberteil schnell über den Kopf, verheddere mich dabei aber in den Bändern.

»Das Teil muss irgendwie kaputt sein.«

Maxi lacht, und ich höre das Klirren der Gläser, als sie diese auf meiner Kommode neben der Tür abstellt. Da spüre ich auch schon ihre Hände an meinem Rücken. Sie ordnet die Schnüre und zieht eine Strähne meiner langen, schwarzen Locken darunter hervor. Dann pfeift sie anerkennend durch die Zähne.

»Wenn dich in dem Teil einer *süß* nennt, verliere ich den Glauben an die Männerwelt. Du siehst mega *heiß* aus.«

Unsicher drehe ich mich zum Spiegel und erkenne mich fast selbst nicht wieder. Der schimmernde, weich fallende Stoff bedeckt gerade eben meine Brust, endet knapp über dem Bauchnabel und wird am Rücken nur mit einer raffinierten Schnürung gehalten.

»Auf keinen Fall lasse ich das an. Man sieht meinen BH!«

»Dann zieh ihn aus. Sieht ohnehin besser aus.«

»Was? Nein.« Ich werfe einen prüfenden Blick in den Spiegel und muss wider Willen schmunzeln. »Ich weiß nicht.«

»Layla, na komm schon.«

Was soll's? Ich gebe mir einen Ruck und streife den BH ab.

Natürlich sieht es besser aus. Ich weiß nur nicht, ob ich so vor meine ehemaligen Kollegen treten will.

»Ist das nicht zu … gewagt?« Ich verschränke die Arme vor der Brust.

»Blödsinn. Was ist los?« Maxi beobachtet mich mit hochgezogenen Augenbrauen.

Ich zupfe unsicher an dem Oberteil herum. »Das bin nicht ich. Das ist so … auffällig. Ich fühle mich eh schon schlecht, weil ich den Job bekommen habe, um den sich einige der Leute, die heute Abend kommen, beworben haben. Wenn ich da so auftauche, werden mich alle für eine abgehobene Ziege halten.«

Maxi schaut mich an, als sei ich verrückt geworden. »Du hast eine Jeans an, und bei den Schuhen können wir ja das Funkeln etwas runterfahren. Sieht man bei dem Gedränge eh nicht.« Sie reicht mir mein Sektglas. »Und den Job hast du bekommen, weil du wahnsinnig smart und eine tolle Ärztin bist. Nicht, weil du schöne Brüste hast. Obwohl auch das zutrifft.« Sie zwinkert mir zu. »Außerdem wird heute gefeiert. Deine Freunde in Weiß werden hoffentlich Besseres zu tun haben, als über die Arbeit zu reden.«

Ich sehe noch einmal in den Spiegel, und ich muss zugeben: Mir gefällt, was ich sehe. Außerdem feiern wir heute den Beginn eines neuen Abschnitts in meinem Leben: den Beginn meiner Karriere. Da darf es zur Abwechslung mal ein bisschen auffällig sein. Oder?

Maxi stellt sich hinter mich. »Das Ding bleibt an, sonst erzähle ich allen, dass du den Job nur bekommen hast, weil du mit dem Chefarzt geschlafen hast.«

»Okay, okay.« Ich hebe lachend die Hände. »Es bleibt an.«

Ich bin so froh, dass Maxi heute hier in Berlin ist und mit mir ausgeht. In den letzten Monaten haben wir uns für meinen Geschmack eindeutig zu selten gesehen. Wir haben zwar oft miteinander telefoniert, aber ich kann nicht jede Woche in ein anderes Land reisen, um mich mit ihr auf einen Kaffee zu treffen, und wie es aussieht, gefällt Maxi ihr Nomadenleben. Manchmal frage ich mich allerdings, ob sie dabei wirklich glücklich ist oder ob sie einfach nur permanent Angst davor hat, etwas zu verpassen oder sich langfristig auf etwas – oder jemanden – einzulassen. Natürlich, sie ist frei und ungebunden, aber genau genommen ist sie auch allein.

Ein lautes Schnalzen reißt mich aus meinen Gedanken. »Harika! Layla, du siehst Hammer aus! Was habt ihr denn vor, Mädels?«

Ilkay steckt den Kopf ins Zimmer und grinst. Dann lehnt er sich an den Türrahmen und hebt vielsagend seine gekonnt gezupften Augenbrauen. Ich hatte nicht mal gehört, dass er nach Hause gekommen ist, und sehe mich schnell nach einer Strickjacke oder etwas Ähnlichem um, finde aber nur mein Glücksbärchi-Kuscheltier, das ich aus sentimentalen Gründen auf der Kommode platziert habe. Ich halte es mir vor den Bauch, als würde mich das irgendwie bedecken.

»Hey Ilkay, willst du auch ein Gläschen? Wir gehen nachher mit ein paar von Laylas Ex-Kollegen in die ›Hilde‹.« Maxi schwenkt auffordernd die Sektflasche, aber Ilkay schüttelt den Kopf.

»Danke, aber eure Götter in Weiß könnt ihr behalten. Ich habe gleich ein Date mit Enrico!« Er lächelt uns vielsagend an. Dann blickt er gespielt streng zu mir. »Und du, meine Liebe, übertreib es heute Nacht mal lieber nicht. Wir sind morgen bei deinen Eltern zum Mittagessen eingeladen. Da können wir nicht aus der Rolle fallen.« Er wendet sich zum Gehen. »Ich bin dann weg! Wünscht mir Glück.«

»Viel Glück!«, rufen wir ihm hinterher und stoßen an.

Auf den Stufen der engen Treppe, die hinab in die »Hilde« führt, spüre ich bereits die Bässe unter meinen Füßen. Die Beats wummern leise durch die isolierten Wände. Meine Laune steigt mit jedem Schritt ein bisschen mehr. Ich bleibe dicht hinter Maxi und quetsche mich an einem knutschenden Pärchen vorbei, das es sich auf den untersten Stufen bequem gemacht hat und im rötlichen Schummerlicht die Welt um sich herum längst vergessen hat. Dass sich die eintreffenden Gäste dadurch auf der Treppe etwas stauen, stört aber niemanden. Wer es bis hier unten an den Türstehern vorbei geschafft hat, hat es auch vor der massiven, leuchtend blau lackierten Stahltür, die in den Club führt, nicht mehr eilig. Maxi kämpft sich die letzten Meter hindurch, und wir treten endlich in das zuckende Licht hinein – werden vom Bass verschluckt.

»Wo sind denn nun deine Doktoren?« Maxi stellt sich auf die Zehenspitzen und versucht, einen Überblick über die Leute im Club zu bekommen.

Ich mustere die zu rhythmischen Beats zuckenden Menschen. »Noch keinen gesehen. Lass uns mal rüber neben die Tanzfläche gehen, vielleicht sitzen sie hinten in den Sesseln.«

»Aber erst mal holen wir uns noch was zu trinken!«

Wir bahnen uns einen Weg zur Bar, wo Maxi sofort den Blick des lässigen Barkeepers auf sich zieht. Ich frage mich wirklich, wie sie das immer macht, beschwere mich aber nicht, als der Typ uns kurz darauf zwei Gin Tonics auf den klebrigen Tresen stellt.

»Prost!«, schreit Maxi mir über die Musik hinweg zu und stößt mit ihrem Glas gegen meines.

Ich muss grinsen, als sie ihren Drink auf Ex runterkippt und dem Barkeeper, der mich an den jungen Kurt Cobain erinnert, mit knapper Geste zu verstehen gibt, dass er noch einen machen soll. Keine zwanzig Sekunden später stellt er ihr den zweiten Gin Tonic hin, was sie mit einer Kusshand quittiert.

Als sie ihm einen Fünfzig-Euro-Schein hinhält, winkt er ab. Maxi zwinkert ihm zu, dreht sich dann wieder zu mir und präsentiert ihm ihren makellosen Rücken. In dem schwarzen Top, das vorne hochgeschlossen und hinten offen ist und das ihren durchtrainierten Körper betont, sieht sie heute Abend unglaublich sexy aus. Kurt Cobain streift ihre Kehrseite mit einem begehrlichen Blick.

Ich habe mich noch nicht getraut, den Bolero über dem knappen Glitzertop auszuziehen, und fühle mich neben Maxi genauso unscheinbar wie erwartet.

Kurz entschlossen streife ich das dünne Jäckchen ab und stopfe es in meine Umhängetasche. Dann nehme ich einen tiefen Schluck aus meinem Glas und sondiere die Lage. Irgendwo müssen meine Ex-Kollegen schließlich sein.

Da habe ich plötzlich das Gefühl, beobachtet zu werden. Instinktiv wende ich den Kopf. Tatsächlich. Am anderen Ende der Bar steht ein Mann, den Arm locker auf der Theke abgelegt, und sieht mir direkt in die Augen.

Sein Blick verschlägt mir den Atem. Ich blinzle einige Male irritiert. Der Mann ist groß, schlank und definitiv trainiert. Die Muskeln seiner Oberarme und seine breite Brust zeichnen sich deutlich unter seinem dunklen Shirt ab. Sein dunkelblondes, halblanges Haar hat er sich aus dem Gesicht gestrichen, das markante Kinn wird von einem Dreitagebart bedeckt. Der Typ sieht aus wie ein Filmstar. Genau genommen erinnert er mich an den Schauspieler Chris Hemsworth. Und er sieht noch immer direkt zu mir.

Ein amüsiertes Lächeln schleicht sich jetzt auf sein Gesicht. Meint er mich? Oder doch Maxi, die sonst immer alle Blicke auf sich zieht? Ich bin verwirrt. Und verunsichert. Schnell sehe ich weg und drehe mich zu Maxi, die mir gerade von einem Vorfall in irgendeiner Kampfsportschule erzählt.

»… dann habe ich dem Typen eine verpasst und ihn aufs Kreuz gelegt. Sein Gesicht hättest du sehen sollen! Er hat wohl gedacht, ich bin da, um etwas zu lernen. Falsch gedacht, mein Freund.«

Ich höre nur mit halbem Ohr zu, immer wieder schweift mein Blick zu dem gut aussehenden Mann an der Bar, der keinerlei Hemmungen zu haben scheint, mich anzusehen. Denn inzwischen bin ich mir fast sicher, dass er wirklich mich ansieht. Jetzt hebt er sogar seine Bierflasche und prostet mir zu. Dann legt er seine Lippen an den Flaschenhals und nimmt einen tiefen Schluck, ohne mich aus den Augen zu lassen. Gebannt beobachte ich, wie sein Adamsapfel auf und ab gleitet. Ich hätte nie gedacht, dass es so sexy sein kann, wenn ein Mann Bier aus einer Flasche trinkt.

Mein Mund ist plötzlich ganz trocken, und ich nehme ebenfalls einen Schluck. Halte seinen Blick.

Er lächelt mich herausfordernd an. Plötzlich steigt eine beklemmende Nervosität in mir hoch. Will er etwa mit mir reden? Was soll ich bloß sagen, wenn er tatsächlich hierherkommt?

Schnell wende ich den Blick wieder ab und versuche, mich auf Maxi zu konzentrieren. Blöderweise hat meine Freundin inzwischen bemerkt, dass ich abgelenkt bin.

»Layla, mit wem flirtest du denn da?« Maxi folgt meinem Blick zur Bar, aber der Mann ist verschwunden, und ich weiß nicht, ob ich darüber erleichtert oder enttäuscht bin.

»Ähm …« Ich atme tief durch. »Ich dachte, ich hätte jemanden gesehen.«

Maxi sieht mich eine Sekunde zweifelnd an, dann stellt sie ihr leeres Glas auf den Tresen.

»Genug gequatscht!«

Sofort beginnt sie sich im Takt der Musik zu bewegen, und zieht mich mit auf die Tanzfläche. Ich schließe die Augen und lasse mich ebenfalls von den Beats mitreißen. Eine gefühlte Ewigkeit war ich nicht mehr tanzen. Ich habe mich so sehr in mein Studium hineingesteigert und nach dem Abschluss mit Stellensuche beschäftigt, dass irgendwie nie Zeit zu feiern war. Aber meine harte Arbeit hat sich ausgezahlt. Der Gedanke an meinen neuen Job macht mich euphorisch, alle Zweifel fallen von mir ab. Ich fühle mich leicht, und ich genieße den Moment – das Gefühl der Bässe, die tief in meinem Bauch vibrieren, das leicht benebelte Gefühl, das der Alkohol in meinem Kopf hinterlassen hat, das zuckende Licht, das ich hinter meinen Augenlidern wahrnehme. Mein Körper passt sich wie selbstverständlich dem Rhythmus an, ich gebe mich einfach hin und tanze, verliere jedes Zeitgefühl.

»Layla!« Eine Männerstimme reißt mich aus meiner Trance. Ich drehe mich um und sehe Oliver, einen ehemaligen Kollegen aus der Charité, der inzwischen Notfallmediziner ist. Wir fallen uns freudig in die Arme.

»Wie schön, dich zu sehen!« Er strahlt erst mich, dann Maxi an. »Und was für eine wunderschöne Überraschung! Maxi!«

Dann bekommt auch sie eine Umarmung, die einen Moment länger dauert als meine, was Maxi nicht im Geringsten zu stören scheint.

»Ich dachte mir, je mehr, desto besser!« Ich schaue mich um. »Wo sind die anderen?«

Da kommen auch schon Emilia, ebenfalls eine Chirurgin, und Tim, ein HNO-Spezialist, auf mich zu. Wir umarmen uns zur Begrüßung.

»Wir sind gerade auf dem Weg zur kleinen Bar.« Oliver nimmt Maxi an die Hand, die das zu meiner Überraschung geschehen lässt. »Kommt mit. Da ist es nicht so voll.«

Ich merke, wie atemlos ich bin. »Okay, ich könnte was zu trinken vertragen.«

Wir drängen uns durch den künstlichen Nebel und das grelle Licht, das in rötlich-pinken Intervallen zuckt, und steuern die kleinere Bar am anderen Ende der »Hilde« an, wo es auf dem plüschigen roten Sofa und den abgewetzten Cocktailsesseln etwas ruhiger zugeht.

Die anderen sind schon weiter vorne, als ich mich noch an einer Gruppe smarter Mittzwanziger vorbeischiebe, die sich gerade zuprosten.

»Autsch«, schreie ich auf und registriere den Auslöser meines Schmerzes: der Ellbogen eines ziemlich grobschlächtigen Typen in einem grellen T-Shirt, der mich genau an der Schläfe getroffen hat. Er dreht sich zu mir um und grinst breit, als er mein wütendes Gesicht sieht. Dann taumelt er einen Schritt auf mich zu, beugt sich vor und brüllt mir ins Ohr: »Hat's wehgetan? Sorry, war keine Absicht. Komm, ich gebe dir einen aus.«

Seine Wodkafahne nimmt mir fast den Atem.

»Nicht nötig«, zische ich und schaue nach Maxi und den anderen. Erleichtert entdecke ich sie an der Bar, Maxi winkt mir zu. Ich will mich gerade weiter zu ihr durchschieben, da packt mich der Typ am Arm.

»Nun stell dich nicht so an. Ich habe mich entschuldigt.«

Ich funkle ihn an und schüttle seine Hand ab. Doch er greift schon wieder nach meinem Arm. Diesmal fester. Mein Blick wandert wieder zu Maxi, doch im Gewühl kann ich weder sie noch die anderen entdecken.

Der Typ hält mich immer noch fest. Mein Versuch, seinen Klammergriff zu lösen, bleibt erfolglos.

»Lass sofort los!« Fassungslos starre ich ihn an.

»Sonst?« Er grinst noch breiter.

Seine Freunde scheinen nichts zu bemerken. Sie trinken lachend ihr Bier. Er drängt sich dicht an mich und wieder umhüllt mich sein widerlicher, abgestandener Geruch nach Alkohol und auch Schweiß. Sein Klammergriff tut weh. Langsam bekomme ich Panik.

»Gibt's hier ein Problem?«

Ich fahre herum und blicke direkt in ein Paar tiefblaue Augen. Es sind dieselben, die mich zuvor an der Bar beobachtet haben. Doch der Mann hat seine sinnlichen Lippen nun zu einer schmalen, unbeirrbaren Linie zusammengepresst. Er blitzt den grobschlächtigen Kerl hinter mir kurz bedrohlich an.

Erleichterung durchflutet mich. Ich bekomme buchstäblich weiche Knie. Auch weil der Unbekannte von Nahem noch besser aussieht. Trotz der Dunkelheit, die nur durch die inzwischen bläulichen Lichter von der Tanzfläche und dem Schein einer schummrigen Stofflampe im Retro-Stil an der Bar erhellt wird, registriere ich die Entschlossenheit in seinen Augen.

Er wendet sich dem Kerl zu. »Lass sie sofort in Ruhe.«

Einen Moment später löst sich der Griff. Zum Glück hebt der Fiesling die Hände und sagt irgendwas, das ich nicht verstehen kann, bevor er sich an einem seiner Kumpel festkrallt und den dabei mit sich zieht.

Ich wende den Blick angeekelt ab und widme mich lieber meinem Helfer. »Danke für die Rettung.«

Kapitel 2

Gern geschehen.« Die Gesichtszüge meines Retters entspannen sich. »An dem Kasper werden seine Freunde heute keine Freude mehr haben. In spätestens einer halben Stunde fliegt der hier raus.«

Ich muss auflachen. Das Gefühl ist befreiend, und auch mein Ärger über den Widerling ist wie weggeblasen, als ich in die funkelnden blauen Augen meines Retters schaue. Dafür macht sich jetzt ein warmes Gefühl in meinem Körper breit.

»Schön, dass wir uns wiedersehen. Ich bin Gabriel.«

Ich mag, wie er das R rollt. Er kommt definitiv nicht aus Berlin, eher aus Süddeutschland oder der Schweiz. Seine Worte klingen angenehm ruhig und irgendwie sinnlich.

»Ich heiße Layla. Nochmals vielen Dank. Für die Rettung.« Stocksteifer hätte ich wohl nicht antworten können.

Er schaut mich trotzdem interessiert an. »Bist du okay? Der Typ hat dich ziemlich hart am Kopf erwischt. Soll ich mir das mal anschauen?«

Ich winke ab. »Alles gut. Wird schon kein Subduralhämatom werden«, entfährt es mir. Was rede ich da? Als ob er wüsste, was eine Einblutung zwischen zwei Hirnhäuten ist.

Diesmal lacht er überrascht auf. »Wie ich sehe, brauchst du keine Diagnose. Bist du etwa auch Ärztin?«

Natürlich ist auch sein Lachen wunderschön, und ich merke, wie ich einen Schritt auf ihn zu mache. »Na ja … noch nicht wirklich. Also, noch nicht lange. Ich … Ich habe gerade meinen Facharzt gemacht.« Und warum kann ich auf einmal nicht mehr normal sprechen?

Ein Blick in sein makelloses Gesicht gibt mir die Antwort, und dieses leichte Kribbeln in der Magengegend, das gerade einsetzt, ist auch ziemlich verwirrend.

Er beugt sich etwas zu mir herunter. »Welche Richtung?«

»Plastische und Ästhetische Chirurgie.« Nervös streiche ich mir eine vom Tanzen noch feuchte Strähne hinters Ohr.

Er hebt überrascht die Augenbrauen. »Dann sind wir ja quasi Kollegen. An welcher Klinik hast du deine Facharztausbildung gemacht?«

»An der Charité.« Ist es hier im Club gerade heißer geworden?

»Da stehen dir ja jetzt wirklich alle Türen offen.« Er sieht mir tief in die Augen, und ich spüre, wie mein Herz anfängt, schneller zu schlagen. »Du wohnst also hier in Berlin?«

»Ja, ich bin heute mit ein paar ehemaligen Studienkollegen hier, die ich aber gerade alle irgendwie aus den Augen verloren habe.«

Verlegen sehe ich mich im Club um und entdecke erleichtert genau in dem Moment Oliver, der neben Maxi an der Bar steht.

Ich wende mich wieder an Gabriel. »Wie es aussieht, sind heute überdurchschnittlich viele Ärzte hier. Chirurgen, Notfallmediziner, HNO-Spezialisten … Die Leute wissen gar nicht, wie sicher sie im Moment sind.« Was rede ich da?

Mein Geschwafel scheint Gabriel zum Glück nicht zu irritieren, denn er schaut mich weiterhin aufmerksam an und wartet offenbar, dass ich weiterspreche. Aber mir fällt nichts Geistreiches ein.

»Und du?«, frage ich daher.

Er lächelt amüsiert. »Dasselbe wie du. Schönheitschirurg. Ich habe lange in München gearbeitet. Jetzt hat es mich nach Berlin verschlagen. Heute Abend hat mich eine alte Freundin hierher geschleppt, weil sie meinte, ich müsste mehr feiern und weniger arbeiten.«

»Eine Freundin?«, entfährt es mir.

»Eine alte Freundin, die verheiratet ist. Nicht mit mir.« Seine tiefblauen Augen funkeln mich an.

»Gut. Ich meine, schön für sie. Für dich.« Ich spüre, wie meine Wangen heiß werden.

Er lacht, und mir fällt auf, dass er nicht nur einen sehr sinnlichen Mund, sondern auch leicht spitze Eckzähne hat, die ihm etwas Diabolisches verleihen. Wie die sich wohl anfühlen, wenn sie ganz sacht über die zarte Haut am Hals gleiten? Plötzlich werden nicht mehr nur meine Wangen heiß, und ich schiebe die Vorstellung schnell weg, versuche mich stattdessen wieder auf das Gespräch zu konzentrieren, was mir nicht leichtfällt.

»Ich bin auch nicht besonders oft aus.« Sofort ohrfeige ich mich innerlich für diesen dämlichen Satz. Ich könnte ihm auch direkt sagen, dass ich eine langweilige Streberin bin, die lieber an ihrer Karriere arbeitet, als Spaß zu haben. Aber zu meiner Überraschung habe ich noch immer seine volle Aufmerksamkeit.

»Welch wundervoller Zufall, dass wir dann beide heute hier gelandet sind.« Sein Lächeln wirkt aufrichtig.

Doch dann gleitet sein Blick kurz über mein freizügiges, glitzerndes Oberteil, und ich ahne, warum er trotz meines wirren Gebrabbels noch immer mit mir flirtet. Die Erkenntnis versetzt mir einen kleinen Stich, aber eigentlich sollte mir das nicht nur egal sein, sondern sogar recht. Ich suche heute Nacht keinen Ehemann, ich will feiern und einfach nur Spaß haben. Warum also nicht mit Gabriel?

Ich lächle ihn versonnen an. »Ja, ein wundervoller Zufall.«

Es wird mit jeder Minute enger im Club, und Gabriel rückt noch näher an mich heran. Mir wird heiß, und diesmal weiß ich definitiv, dass er der Grund dafür ist. Er riecht dezent und etwas herb nach Aftershave und Pfefferminz, mir fällt kein anderes Wort als »männlich« dafür ein. Und »gut«, »sehr gut« sogar. Ich atme tief ein.

Wir stehen jetzt so eng beieinander, dass wir uns kurz berühren, als sich jemand hinter mir vorbeidrängt. Dann sehen wir uns einen Moment lang schweigend an. Wäre es seltsam, ihn jetzt einfach zu küssen?

Noch bevor ich eine Antwort auf die Frage bekomme, hält Gabriel mir auffordernd die Hand hin. Ich bemerke zufrieden, dass er keinen Ring trägt.

»Wollen wir tanzen?«

Tanzen ist auch gut. Ich ergreife seine warme, kräftige Hand. Sie fühlt sich gut an.

Wir gehen gemeinsam an den Rand der Tanzfläche, wobei inzwischen eigentlich der ganze Raum ausgelassen tanzt, weshalb wir an der Wand stehen bleiben. In einiger Entfernung entdecke ich Maxi und Oliver, die … sich eng umschlungen zur Musik bewegen. Wann ist das denn passiert? Sie sind so vertieft, dass sie uns gar nicht bemerken.

Gabriel folgt meinem Blick. »Freunde von dir?«

Ich nicke und bleibe unsicher neben ihm stehen. Er beugt sich zu mir, sein Mund streift mein Ohr, seine Stimme klingt sanft und tief. »Vielleicht doch ein bisschen voll. Lass uns lieber hier hinten bleiben, okay?«

»Ja. Gerne.«

Das Licht zuckt über unsere Gesichter, als wir uns nebeneinander an die Wand lehnen und die Leute im Club beobachten. Doch ich nehme ohnehin nicht viel von meiner Umgebung wahr, denn Gabriel hält noch immer wie selbstverständlich meine Hand. Ich schaue verstohlen zu ihm und stelle fest, dass er mich beobachtet. Die Beats wummern, der Nebel zieht zu uns hinüber, und bei seinem Anblick breitet sich schon wieder diese Wärme in mir aus.

Gabriel schaut mir tief in die Augen, und ich mag es, wie er mich ansieht. Sehr sogar. Dann zieht er mich langsam zu sich heran. Ich folge seiner Bewegung und lege meine Hände an seine Hüfte, bin ihm plötzlich so nah. Ich spüre, wie er sanft meinen Rücken streichelt und mit den Fingerspitzen über die nackte Haut zwischen der Schnürung fährt. Seine Berührung jagt einen heißen Schauer durch meinen Körper, und wir beginnen uns leicht im Rhythmus der Musik zu wiegen, wobei wir uns mit jeder Bewegung näher kommen. Meine Hände verlassen seine Hüften, gleiten nach oben, über seine durchtrainierten Arme, die mich umschließen, und bleiben an seinen Schultern liegen. Wir sehen uns noch immer an, sind nur noch wenige Zentimeter voneinander entfernt, und ich bin unendlich nervös. Da streicht er eine Strähne aus meinem Gesicht und berührt zärtlich meine Wange. Seine Augen funkeln, als er sich nun etwas zu mir beugt und mit seinen Lippen sanft meinen Mund berührt. Tastend. Unendlich verlockend. Ich schließe die Augen und erwidere den zarten Kuss, erkunde seine warmen Lippen, während mein Herz immer schneller zwischen meinen Rippen schlägt. Wir küssen uns zunächst vorsichtig, langsam, kosten den Moment aus, doch schon bald begehrt seine Zunge Einlass, und ich öffne mich für ihn. Wir verschmelzen miteinander, und unser Kuss gewinnt sofort an Tiefe. Meine Hände fahren in sein weiches, volles Haar, und seine sanften, aber fordernden Lippen schalten jeden Gedanken an die Umgebung bei mir aus. Ich spüre seine Hände, die langsam über meinen Rücken wandern und schließlich meine Taille umfassen. Seine Finger hinterlassen dabei eine Spur des Verlangens, die meine Knie weich werden lässt. Ich sinke immer tiefer in dieses sinnliche Spiel, bekomme nicht genug davon, während sich in mir eine Woge der Lust aufbaut, von mir Besitz ergreift. Längst habe ich die Welt um uns herum vergessen, und ohne dass wir unseren Kuss unterbrechen, taumeln wir ein kleines Stück weiter, bis wir in einer Ecke Halt finden, die vor den Lichtern und Blicken von der Tanzfläche geschützt ist.

Wir küssen uns leidenschaftlich, hemmungslos, unser Atem geht schnell, und ich kann nicht anders, schiebe meine Hände seitlich unter sein T-Shirt und ertaste seinen durchtrainierten, warmen Oberkörper. Er stöhnt leicht auf, als ich mit meinen Fingerspitzen über seine Brust fahre, und zieht mich noch näher an sich. Da spüre ich seine Erregung, und sofort breitet sich ein heißes Ziehen in meinem Bauch aus.

»O mein Gott, Layla«, keucht er heiser und fährt mit der Hand über meine Taille, streift mit dem Daumen meine Brust. »Komm, wir verschwinden.«

Alles in mir sagt Ja. Doch als er meine Hand nimmt und sich von mir löst, bekomme ich plötzlich Skrupel. Was mache ich hier?

Natürlich, ich wünsche mir im Moment nichts mehr, als die Nacht mit diesem umwerfenden Mann zu verbringen, aber ich habe so etwas noch nie getan. Noch nie habe ich so auf einen Mann reagiert, und noch nie bin ich mit einem Fremden mitgegangen! Ich kenne nicht einmal seinen Nachnamen. Und was ist mit den anderen und mit Maxi? Gut, sie hat einen eigenen Schlüssel, während sie bei uns wohnt, und meine Ex-Kollegen sehe ich in ein paar Wochen wieder, mit einer spannenden Anekdote mehr, aber – wenn ich ehrlich bin – will ich nicht, dass Gabriel nur eine Anekdote ist. Will er nur eine Nacht? Oder mehr? Was, wenn ich ihn danach nie wieder sehe? Und was, wenn ich ihn wiedersehe? Denn ich glaube, ich will ihn wiedersehen. Und vielleicht will er es auch. Aber wie soll ich ihm dann erklären, dass wir uns trotzdem nicht wiedersehen können oder uns nur heimlich treffen können? Würde er sich darauf einlassen? Würde er dankend ablehnen?

Gabriel scheint mein Zögern zu spüren. »Was ist? Geht es dir nicht gut?«

Sein besorgter Blick macht es mir nicht leichter. Plötzlich spüre ich Tränen aufsteigen, die ich schnell wegblinzle, und ich fühle mich beschämt. Ich würde ihm gerne sagen, dass ich Angst habe, etwas zu zerstören, wenn ich jetzt mit ihm mitgehe. Ich würde ihm gerne sagen, dass mein Leben ziemlich kompliziert ist. Dass ich da in etwas reingerutscht bin, aus dem ich jetzt nicht mehr so einfach rauskomme. Aber ich traue mich nicht.

Er sieht mich erwartungsvoll an, und ich fühle mich wie in der ersten Klasse, als ich mich im Schwimmunterricht nicht getraut habe, vom Ein-Meter-Brett zu springen und vor den Blicken aller anderen wieder hinabgestiegen bin. Ich habe mir geschworen, mich nie wieder in so eine Situation zu bringen. Dann lieber gar nicht erst versuchen.

»Es tut mir leid, ich kann das nicht. Ich … Ich muss jetzt nach Hause.«

Zu meiner Überraschung wirkt Gabriel weder irritiert noch gekränkt. Sein Haar steht etwas strubbelig zu allen Seiten ab. Ich lasse meine Hand darüber gleiten und glätte die Strähnen.

Er nickt und lächelt mich zärtlich an. »Komm, ich bring dich raus.«

Erleichtert, dass er mir meinen Rückzieher nicht übel nimmt, ergreife ich seine dargebotene Hand und lasse mich von ihm zum Ausgang und die jetzt verlassenen, steilen Stufen hoch auf die Straße führen. Kurz überkommt mich ein schlechtes Gewissen, weil ich Maxi nicht Bescheid gesagt habe, dass ich gehe, beschließe dann aber, ihr gleich im Taxi eine Nachricht zu schreiben.

Die Luft hat merklich abgekühlt, seit wir vor Stunden den Club betreten haben, und ich fühle mich mit einem Mal völlig nüchtern.

Außer uns stehen vereinzelt kleine Grüppchen im Dämmerlicht der Straßenbeleuchtung zusammen. Einige rauchen, andere unterhalten sich. Ich will gar nicht wissen, ob es Freunde, Liebespaare oder Drogendealer sind.

Wir gehen Hand in Hand an den Leuten vorbei zu einem der Taxis, die am Straßenrand auf Kundschaft warten, und Gabriel öffnet die Tür für mich.

Ich atme tief durch. »Es war wirklich schön, dich …«

»Layla, warte.« Er fährt sich mit der Hand durchs Haar, eine fast unsichere, schüchterne Geste. Ich trete näher an ihn heran, kann sofort wieder die Hitze seines Körpers spüren. Ohne weiter darüber nachzudenken, stelle ich mich auf die Zehenspitzen und küsse ihn. Zum Abschied.

Gabriel reagiert sofort und zieht mich an sich. Er erwidert den Kuss vorsichtig, zärtlich.

Ich seufze leise und löse mich von ihm.

Gabriel sieht mich aus funkelnden Augen an. »Ich will dich wiedersehen. Gibst du mir deine Nummer?«

Kapitel 3

Ich wache verschwitzt und mit klopfendem Herzen nach nur wenigen Stunden Schlaf auf und brauche einen kurzen Moment, um zu realisieren, wo ich bin. Die leidenschaftlichen Küsse meines Retters haben mich bis in meine Träume begleitet. Darin sind wir zusammen mit dem Taxi weggefahren, haben auf der Rückbank heimlich dort weitergemacht, wo wir im Club aufgehört haben, und uns dabei heiße Versprechen ins Ohr geflüstert, die wir dann später im Bett gegenseitig einlösten. Vereinzelt kommen die Bilder zurück: viel nackte Haut, sein brennender Blick, seine hungrigen Lippen, seine starken Hände, seine geschickten Finger, die Dinge mit mir angestellt haben, die mich jetzt erröten lassen, und sofort breitet sich wieder ein sehnsüchtiges Ziehen in meinem Unterleib aus.

Aber es war nur ein Traum. Nichts davon war echt. Na ja, zumindest nicht alles davon. Gabriel selbst existiert. Unsere Küsse im Club sind wirklich passiert, und mit einem leisen Seufzen erinnere ich mich wieder an seinen herb-männlichen Duft und an seine funkelnden, tiefblauen Augen, als er mich zum Abschied nach meiner Nummer gefragt hat.

Ich richte mich ruckartig auf, krame nach meinem Handy und starre darauf. Keine Nachricht von ihm. Sofort macht sich

Enttäuschung in mir breit, obwohl es Erleichterung sein sollte. Ich habe Gabriel absichtlich nicht nach seiner Nummer gefragt, weil ich ihn nicht wiedersehen kann. So attraktiv und anziehend er ist, so schlecht passt er momentan in mein Leben. Das mit Gabriel war eine schöne Nacht, aber mehr auch nicht. Das könnte ich Ilkay nicht antun. Wir haben einen Deal, und ich werde mich daran halten.

Entschlossen springe ich auf und ziehe meine Sportsachen und die Laufschuhe an. An Schlaf ist jetzt ohnehin nicht mehr zu denken, und ich weiß: Spätestens, wenn ich am Treptower Park ankomme und die klare Morgenluft einatme, ist mein Kopf so leer, dass ich mich wieder auf das fokussieren kann, was wirklich zählt: Heute ist das der Besuch bei meiner Familie, und morgen steht mein erster Arbeitstag im neuen Job an. Da kann ich mir ohnehin keine Ablenkung erlauben.

Als ich eine gute Stunde später erschöpft die Wohnungstür aufschließe, wummert mir aus Ilkays Zimmer ein türkischer Popsong entgegen. Die Tür zum Gästezimmer ist geschlossen. Maxi muss nach Hause gekommen sein, als ich unterwegs war, denn vorhin stand ihre Tür noch offen – und ihr Bett war unberührt. Als ich ihr heute Nacht im Taxi eine Nachricht schreiben wollte, hatte ich schon eine von ihr erhalten, in der stand, dass sie mit Oliver noch weitergezogen sei.

Ich hole eine Flasche Wasser aus der Küche und suche mir frische Klamotten raus, bevor ich duschen gehe. Der Badezimmerspiegel ist beschlagen, und es riecht aufdringlich nach dem Rasierwasser, das meine Eltern Ilkay voriges Jahr zu Weihnachten geschenkt haben. Ich mag den schweren, süßlichen Duft nicht, der so gar nicht zu meinem eher flippigen Freund passt. Vielleicht liegt es aber auch einfach daran, dass er ihn immer nur dann anlegt, wenn wir gemeinsam zu meinen Eltern fahren.

Als ich zwanzig Minuten später mit roten Wangen und noch feuchten Haaren aus dem Bad komme, steht Ilkay bereits angezogen und mit einem überraschend ernsten Gesichtsausdruck im Flur und fummelt an seinem Handy herum.

»Ich will dich nicht hetzen, aber wir sind spät dran.«

»Gib mir drei Minuten, ich bin gleich fertig. Und seit wann hast du es so eilig, zu meinen Eltern zu kommen?«

Ilkay ist nicht für seine Pünktlichkeit bekannt. Normalerweise bin ich diejenige, die ihn antreibt.

Plötzlich schleicht sich ein vielsagendes Grinsen auf seine Lippen, und mir dämmert, was der Grund ist.

»Den Gesichtsausdruck kenne ich. Du hast noch ein Date heute Nachmittag, oder?«

»Exakt. Mit Mike. Ich würde gerne um spätestens 16 Uhr wieder fahren. Meinst du, das können wir deiner Anne zumuten?«

»Meine Mutter wird es überleben. Aber wer ist Mike? Und was ist mit Enrico?«

Ilkay verdreht die Augen und winkt ausweichend ab. »Ach, Enrico … Der macht mich fertig. Er weiß einfach nicht, was er will. Aber jetzt lasse ich ihn zur Abwechslung mal schmoren. Komm, lass uns endlich losfahren.«

Ich verschwinde in meinem Zimmer, schlüpfe schnell in eine bequeme Jeans und ziehe einen hellgrünen Cardigan über die Blümchenbluse. Mein noch immer feuchtes, schwarzes, langes Haar flechte ich zu einem losen Zopf, der mir über die Schulter fällt. Zufrieden lächle ich meinem Spiegelbild entgegen.

»Layla!«

Ich kann ein Kichern nicht unterdrücken, Ilkay klingt jetzt richtig gestresst. Ich verlasse schnell mein Zimmer und folge ihm durch die Wohnungstür, während er nervös auf sein Handy starrt. Als wir das kühle Mietshaus mit seinen massiven Altbaumauern verlassen, schlägt mir sofort die Kreuzberger Mittagshitze ins Gesicht. Es riecht nach exotisch gewürztem Mittagessen und heißem Asphalt.

»Los, los, los. Das Carsharing-Auto steht um die Ecke, aber die Reservierung läuft gleich ab.«

Ich bleibe abrupt stehen. »Du willst mit dem Auto fahren? Heute ist Flohmarkt am Hermannplatz. Da stehen wir Stunden im Stau.«

»Na, wie denn sonst? Bei 40 Grad im Schatten fahre ich bestimmt nicht mit dem Rad. Wozu habe ich gerade geduscht und mich für deine Eltern hübsch gemacht? Nun komm schon. Da ist unser Auto.«

Er zeigt auf das große, schwarze BMW-Cabrio mit dem breiten Carsharing-Schriftzug, das auf der anderen Straßenseite steht und mir inzwischen verdächtig bekannt vorkommt.

Natürlich ist die Hitze nicht der Grund dafür, dass er unbedingt mit dem Auto fahren will. In den letzten Wochen hat er immer wieder eine Ausrede gefunden, die drei Kilometer von unserer Wohnung in Kreuzberg am Schlesischen Tor zu meinen Eltern nach Neukölln mit dem schwarzen BMW zurückzulegen. Vergangenen Sonntag klagte er über Muskelschmerzen, die Woche davor waren angeblich schwere Gewitter angekündigt. Heute ist es also die Hitze.

Als er mit leuchtenden Augen die Tür öffnet, verkneife ich mir aber eine Standpauke über Umweltschutz und Verkehrsaufkommen in Großstädten. Sein größter Traum ist ein eigenes Auto, und ich werde ihm seine Freude daran nicht nehmen.

»Na, wie viele Wohnungen musst du noch vermitteln, bis du dir deinen eigenen BMW leisten kannst?«, necke ich ihn stattdessen, während wir einsteigen. »Lief doch eigentlich super in letzter Zeit, oder?«

»Exakt. Mit ein bisschen Glück kann ich mir bald einen M5

leisten.« Er grinst wieder und schaut mich mit diesem jungenhaften Charme an, dem niemand widerstehen kann. »Vielleicht können wir demnächst sogar in eine größere Wohnung umziehen. Die Bude nervt mich irgendwie an.«

»Und wer soll die große Wohnung dann putzen? Oder können wir uns jetzt auch Personal leisten? Oder – und ich wage es nicht auszusprechen – hast du vor, auch mal selbst den Staubsauger in die Hand zu nehmen?«

»Wer weiß? Außerdem: Ich habe dafür jahrelang mehr Miete gezahlt!«

»Und deshalb darf ich putzen?«

»Ich zwinge dich nicht.«

Dieses Geplänkel ist typisch für uns. Wir sind mehr als nur Mitbewohner, wir sind Freunde. Aber ich fühle mich Ilkay gegenüber verpflichtet, als wäre er mein Bruder. Schließlich hat meine Familie ihn aufgenommen, als er damals mit gerade mal sechzehn Jahren aus der ostanatolischen Provinz Ardahan nach Berlin kam. Seine Eltern hatten ihm all ihr Erspartes mitgegeben, damit er sich hier eine Zukunft aufbauen kann. Wir haben uns vom ersten Moment an gut verstanden. Dass meine Eltern irgendwann dachten, wir hätten uns ineinander verliebt, hat uns auf eine Idee gebracht, die uns damals sehr gut vorkam. Ich wollte studieren und mehr Freiheiten, er hat es nie übers Herz gebracht, seiner Mutter zu sagen, dass er Männer liebt und keine Kinder haben möchte. Jeder für sich hätte bei solchen Lebensentwürfen mit einigem Gegenwind rechnen müssen, als Paar lösten sich unsere Probleme in Luft auf. Meine Eltern sind sehr modern eingestellt, aber allein leben hätte ich dann doch nicht dürfen. Anfangs hatte ich natürlich Skrupel, meine Eltern und vor allem meine Schwester so zu belügen, aber alle waren immer so glücklich mit der Situation, dass ich nicht daran rühren wollte. Unser Zusammenleben in der WG hat sich seither jedenfalls als gut funktionierendes Modell für uns beide erwiesen.

Bis gestern.

Ilkay steuert das Cabrio gekonnt durch die überfüllten Straßen. Wegen der vielen Bauprojekte hier im Kiez weichen die Fußgänger und Radfahrer ständig auf die Straße aus, und wir müssen immer wieder warten, bis wieder freie Bahn herrscht. Wir nehmen den Umweg über Treptow, und ich lasse mich in den Sitz sinken, während wir wie erwartet dann auch noch im Stau landen.

Meine Gedanken wandern immer wieder zu Gabriel. Ich checke mein Handy – noch immer keine Nachricht.

Ilkay hat mich beobachtet und hebt die Augenbrauen. »Wie war es gestern eigentlich mit deinen Medizinern? Du warst lange weg. Also, für deine Verhältnisse. Hast du jemanden kennengelernt?«

»Nein.« Ich spüre, wie mir das Blut ins Gesicht schießt. Dann wird mir bewusst, neben wem ich hier im Auto sitze, und ich entspanne etwas. »Na ja, vielleicht.«

In den vergangenen Jahren, die wir nun als vermeintliches Paar zusammenleben, habe ich noch nie mehr als einen kurzen Flirt mit einem Mann gehabt. Wenn Ilkay und ich über Männer geredet haben, dann immer nur über seine Lover. »Und?« Er behält die Straße im Blick.

»Wir haben ein bisschen geflirtet, und dann bin ich nach Hause gefahren.«

»Was?« Jetzt sieht er mich doch enttäuscht an. »Warum?«

»Darum. Ich konzentriere mich jetzt erst mal auf den neuen Job. Da kann ich keine Ablenkung brauchen.«

Ilkay lacht kurz und wirft mir einen skeptischen Blick zu. »Versuchst du gerade, mich zu überzeugen oder dich selbst?«

Ertappt wende ich mich ab. Der Stau hat sich aufgelöst, und

ich suche in den vorbeiflitzenden Häusern nach einem anderen Thema, um nicht über Gabriel sprechen zu müssen.

An einer roten Ampel bleibt mein Blick an einer Gruppe Hipster hängen, die in einem angrenzenden Park im Schatten einer alten Linde Bier trinken und Tischtennis spielen. Ich nutze die Wartezeit und verfolge das rhythmische Ping-Pong des kleinen, weißen Balls, der immer wieder hin und her gespielt wird. Als er im Aus landet, grölen die Typen auf.

Ilkay biegt in die Straße meiner Eltern ein und steuert einen Parkplatz direkt vor der Tür an. Als er den Motor abschaltet, dreht er sich zu mir um. Sein Gesichtsausdruck ist ernst geworden.

»Meinst du nicht, wir sollten es ihnen endlich sagen?«

Ich schaue aus dem Fenster und beobachte einen Hund, der sein Geschäft an einem Baum verrichtet, wo es natürlich liegen bleibt.

»Wem sollen wir was sagen?«

»Du weißt genau, was ich meine, Layla. Deinen Eltern. Meiner Mutter. Dass wir kein Paar sind.«

Allein der Gedanke an dieses Gespräch verursacht ein fieses Ziehen in meinem Magen. Ich schüttle vehement den Kopf.

»Heute ist nicht der richtige Tag dafür. Meine Anne hat Schmerzen an der Hüfte. Sie ist doch vorige Woche beim Einkaufen gestürzt. Ich kann ihr das gerade nicht zumuten.«

Ilkay verzieht das Gesicht. »Irgendwas ist immer.«

»Wie stellst du dir das denn vor? Soll ich da jetzt reingehen und sagen: Baba, übrigens ist das hier gar nicht mein fester Freund, sondern nur mein bester Freund, der aber schwul ist? Und als ihr damals dachtet, dass wir ein Paar sind, habe ich das nicht aufgeklärt, weil sich Anne so gefreut hat und ich endlich in eine eigene Wohnung ziehen konnte?«

»Natürlich nicht. Und ich weiß genau, du hast das damals

auch gemacht, um mich zu schützen. Meine Zeit in Berlin wäre vorbei gewesen, wenn meine Familie die Wahrheit erfahren hätte. Aber ich habe inzwischen ein eigenes Leben – hier – auch ohne dich, und ich habe Angst, dass unser kleines Geheimnis dich davon abhält, dein eigenes Leben zu führen. Was, wenn du dich wirklich irgendwann in einen Mann verliebst? Was dann? Das kann doch nicht ewig so weitergehen.«

»Ich bin nicht verliebt, und ein Mann ist momentan das Letzte, was ich brauche. Und du? Was glaubst du, was passiert, wenn deine Mutter erfährt, dass du sie jahrelang angelogen hast?« Mit einem Ruck öffne ich die Autotür. Eine Hitzewelle schlägt mir entgegen, als ich den kühlen, klimatisierten Wagen verlasse.

»Layla, warte.« Er folgt mir, legt freundschaftlich den Arm um meine Schulter und zieht mich über die Straße zu dem grau verputzten, unauffälligen Altbau-Mehrfamilienhaus, das eingepfercht zwischen einem schick restaurierten Stuckgebäude und einem schlichten Neubau steht. Nebenan befindet sich, seit ich denken kann, im Erdgeschoss ein überteuerter Gemüseladen, der eher ein Spätkauf ist und wo meine Eltern nur im allergrößten Notfall mal Zwiebeln oder Milch kaufen. Die Ware ist nicht immer ganz frisch. Ich mag aber den Duft von Mandarinen und Gewürzen, der rund um die Uhr herüberzieht, wenn man vor unserer Haustür steht.

»Ich denke, meine Mutter wird es überleben. Und vielleicht traust du deinen Eltern einfach zu wenig zu. Aber keine Sorge: Es ist deine Entscheidung. Ich esse gerne Mittag bei deiner Familie, Schatz, solange ich pünktlich zu meinem Date komme.«

»Pscht. Nicht jetzt, okay?«

Mit einem Nicken deute ich auf die Balkontür zur Erdgeschosswohnung meiner Eltern, die weit geöffnet ist. Bevor er etwas sagen kann, drücke ich den Klingelknopf mit dem Namen »Sahin«.

»Layla, Ilkay! Gut, dass ihr endlich da seid. Ihr müsst mir mit meinem Handy helfen. Das ist schon wieder kaputt.«

Ich umarme meinen Vater, der kaum größer ist als ich. Doch was ihm an Länge fehlt, macht er durch Kraft und Masse wett. Man sieht ihm an, dass er sein ganzes Leben lang hart auf dem Bau geschuftet und danach immer viel und gut gegessen hat. Inzwischen lässt er als Maurermeister meist die jüngeren Mitarbeiter die schweren Tätigkeiten verrichten, sein Körper ist aber nach wie vor kräftig, und er nimmt immer ein bisschen mehr Raum ein als andere Menschen. Er klopft Ilkay im Vorbeigehen auf die Schulter.

Bei meinen Eltern riecht es immer nach gutem Essen, egal, wann ich komme, es liegt immer ein Hauch von Kreuzkümmel, Thymian, Knoblauch, Minze und Zimt in der Luft. Und so steigt mir auch heute direkt der würzige Duft nach türkischen Speisen in die Nase.

»Layla, komm in die Küche. Du kannst mir helfen«, ertönt die Stimme meiner Mutter aus den Tiefen der Erdgeschosswohnung.

Ich folge ihrem Ruf ergeben, während Ilkay sich mit dem Smartphone meines Vaters beschäftigt.

Meine Anne steht mitten in ihrer kleinen Küche, wo auf allen Herdplatten etwas brät oder brutzelt, während aus dem Ofen ein herrlicher Duft nach Brot, Käse und Sesam strömt. Sie ist gerade dabei, Bulgur aus einem Topf in eine große, blaue Porzellanschale umzufüllen. Als sie fertig ist, wischt sie sich eine Haarsträhne aus dem Gesicht, dreht sich zu mir um und lächelt mich warm an. Ich gebe ihr zur Begrüßung zwei Küsse auf die Wangen.

»Wie geht's deiner Hüfte, Anne? Hast du dich geschont? Ich fürchte immer noch, dass es Osteoporose sein könnte …«

»Ach was, Layla, es geht schon. Ich mache immer wieder Pausen. Und jetzt steh da nicht so rum, hilf mir.«

Wenn meine Mutter in ihrer Küche steht, wird sie zum Kommandanten.

»Was kann ich tun? Soll ich etwas schneiden?«

»Na gut. Aber pass auf mit deinen linken Händen, die Klingen sind scharf. Statt zu studieren, hättest du lieber besser kochen lernen sollen. Werdet ihr überhaupt satt zu Hause? Ilkay sieht so dünn aus.«

Ich verkneife mir den Hinweis, dass ich als Chirurgin sehr geübt im Umgang mit Messern bin, und mache mich nützlich.

Während ihrer liebevollen Schimpftirade darüber, dass ich meine Rolle als Hausfrau ernster nehmen muss, die fast ein kleines Sonntagsritual geworden ist, öffnet meine Mutter den Schrank über der Arbeitsfläche. Ich beobachte ihre Bewegungen genau und suche nach einem Anzeichen von Bewegungseinschränkungen, Schonhaltungen oder Schmerzen. Meine Anne holt aber kräftig wie immer Berge von Schüsseln und Schälchen heraus, die sie mir in die Hand drückt.

Kurze Zeit später balanciere ich dampfende Mercimek Köfte, Minz-Joghurt-Dip, Fladenbrot und den Wirsing auf meinen Händen und Unterarmen, als meine große Schwester Dilara den Kopf durch die Küchentür steckt. Ihr langes, dunkles Haar, das meinem so ähnlich ist, hat sie mit einem gelb geblümten Bandana gebändigt. Sie trägt es zum Seitenscheitel über die linke Stirnhälfte gekämmt, bedeckt damit einen großen Teil der roten Brandnarbe, die sich von der Stirn quer über das linke Auge bis hin zu ihrem Ohr zieht. Doch ich nehme die Narbe nach all den Jahren kaum noch wahr, sehe auch jetzt nur ihre dunkelbraunen Augen, die voller Wärme strahlen.

»Baba hat sein Handy dieses Mal wirklich geschrottet, fürchte ich. Ich habe das alte Nokia schon mal ans Kabel gehängt, falls er es gleich noch braucht.«

Sie wirft mir einen Kuss zu und schenkt mir ein Lächeln, bei dem mir das Herz zugleich aufgeht und bricht, denn ich weiß, dass jedes Lächeln ihr Schmerzen zufügen muss. Die dünne Haut auf den Verbrennungen ist permanent unter Spannung, und trotzdem lacht Dilara mehr als alle meine Freunde.

Ich folge Dilara ins Wohnzimmer an den großen, ovalen Holztisch mit der geblümten Wachstischdecke und fülle das Essen in kleine Schälchen, die bereitstehen. Sie hat bereits fünf Plätze eingedeckt mit Mamas gutem Geschirr und schweren Wassergläsern. Baba und Ilkay stecken die Köpfe zusammen und starren wie gebannt auf Babas Smartphone, das in diesem Moment einmal aufblinkt und dann mit der berühmten Begrüßungsmelodie seines Telefonanbieters wieder zum Leben erwacht.

»Ilkay, du bist der Beste! Wenn das mit den Wohnungen nicht mehr funktioniert, kannst du Handys verkaufen!«

Baba legt seine großen, rauen Hände auf Ilkays Schultern und drückt ihn kurz, aber kräftig, sodass Ilkay das Gesicht verzieht.

»Kommt zum Essen, ihr beiden!«

Ilkay wirft mir einen dankbaren Blick zu und erhebt sich. In dem Moment erscheint meine Mutter mit einer großen Schale voller Börek im Zimmer. Sie humpelt leicht.

»Kommt, kommt, Essen ist fertig.«

Nachdem meine Mutter allen bergeweise Essen aufgeladen hat, schweigt sie kurz und blickt in die Runde.

»Bismillah.«

Wie auf Kommando fangen wir alle an zu essen. Beim ersten Bissen der Köfte entfährt mir ein leises Seufzen. »Hmmm! Es ist so lecker, Anne. Danke fürs Kochen!«

»Wir haben schließlich etwas zu feiern, oder nicht?« Fragend blickt sie von mir zu Ilkay.

Mir rutscht das Herz in die Hose. Was meint sie nur? Verzweifelt suche ich Ilkays Blick, doch der beschäftigt sich verdächtig intensiv mit seiner Serviette. Wenn wir bei meinen Eltern sind, überlässt er das Reden gerne mir, vor allem, wenn meine Mutter ihn anspricht. Es ist fast so, als würde es ihm leichterfallen, die Scharade vor meinem Vater aufrechtzuerhalten.

»Was meinst du, Anne?«

Meine Mutter hält inne und deutet dann mit ihrer Messerspitze von Ilkay zu mir und zurück. »Jetzt, wo du endlich mit der ganzen Lernerei fertig bist und Ilkay sich einen Namen als Immobilienmakler gemacht hat, könnt ihr doch heiraten und eine Familie gründen.«

Mir bleibt vor Schreck ein Stück Hackfleisch in der Kehle stecken, und ich muss so stark husten, dass mir die Tränen in die Augen treten und ich mich am Tisch festhalten muss. Dilara eilt mir zur Hilfe und klopft mir kräftig auf den Rücken. Natürlich ist es kein Zufall, dass sie ausgerechnet heute damit anfängt. Mein Studium und die Facharztausbildung waren in den letzten Jahren die perfekte Ausrede für mich, dass ich ihr den sehnlichsten Wunsch nach Enkelkindern noch nicht erfüllen konnte. Doch diese Zeiten sind nun ja vorbei.

Ich schlucke und versuche, cool zu bleiben. Vielleicht wäre es doch gut, sie langsam und Stück für Stück darauf vorzubereiten, dass ich mir mein Leben anders vorstelle als sie? Meine neue Stelle könnte der erste Schritt sein.

Ich räuspere mich. »Anne, das ist gerade wirklich kein guter Zeitpunkt. Ich fange ja morgen meine erste richtige Arbeitsstelle in der tollen Klinik an. Dort muss ich erst mal beweisen, was ich kann.«

»Aber Layla, du bist schon achtundzwanzig! Da hatte ich euch beide schon längst. Und deine Cousine in Ardahan hat schon fünf Kinder – mit siebenundzwanzig! Von den anderen ganz zu schweigen. Jetzt sag doch auch mal was, Ömer.«

Ich stöhne innerlich auf. Die Sache mit meiner Cousine in der Osttürkei hält sie mir ständig vor.

Mein Vater blickt schweigend von einem zum anderen und zuckt dann mit den Schultern, ringt um die richtigen Worte. »Layla, das musst du verstehen. Deine Anne meint es nur gut. Ilkay verdient doch genug Geld für euch, du musst doch nicht arbeiten, oder?«

Ich hasse es, meine Eltern anzulügen. Aber ich hasse noch mehr, dass ich mich verpflichtet dazu fühle, ihnen etwas zu geben, was ich nicht möchte. Ich liebe meine Freiheit, ich liebe mein Leben, und ich liebe meinen neuen Job. Wie sehr würde ich mir wünschen, sie würden endlich mal nach meiner neuen Arbeitsstelle fragen.

Trotzig stochere ich in meinem Essen herum, um ihnen nicht in die Augen sehen zu müssen. »Das ist nicht irgendeine Arbeit. Wir operieren auch Kriegs- und Unfallopfer, Krebspatientinnen und Überlebende von Terroranschlägen. Frauen, die Schlimmes durchgemacht haben. Es ist mir wichtig.«

Meine Mutter zieht die Stirn kraus. »Keine Männer?«

Ich schüttle den Kopf. »Nein. Keine Männer. Zumindest noch nicht. Leider sind Frauen und Mädchen oft schutzlos Gewalt und Krieg ausgesetzt, weil ihre Rechte in vielen Ländern mit Füßen getreten werden. Sie haben zu Hause keine Chance auf Hilfe.«

Meine Mutter nickt verständnisvoll, in ihren Augenwinkeln glitzert eine Träne.

Doch bevor sie noch mehr sagen kann, mischt sich Ilkay ein. »Ihre neue Klinik ist wirklich cool. Davon hast du doch bestimmt schon in deinen Klatschzeitschriften gelesen, Esra, oder? ›Villa Berlin‹ heißt sie. Das ist diese Klinik mit den ganzen berühmten Leuten.«

»Welche berühmten Leute?« Meine Mutter beißt zu meiner Erleichterung sofort an. »Und Layla, warum hast du mir das denn nicht gesagt?«

»Ich wollte nicht, dass ihr es überall herumerzählt. Mir sind die Promis nicht wichtig, und ich darf euch über sie sowieso nichts sagen.«

Bedauernd zuckt meine Mama die Schultern und reicht mir die Schüssel mit Köfte. Obwohl ich keinen Appetit mehr habe, lade ich mir den Teller noch einmal voll, denn sie hat sich große Mühe mit dem Essen gemacht.

»Aber viel wichtiger ist, dass ich in der Klinik wirklich helfen kann. Sie hat dieses tolle Pro-Bono-Programm für Frauen und Mädchen in Not. Ein Teil des Geldes, das die Promis für ihre Schönheitsoperationen bezahlen, fließt in eine Stiftung, und die betreibt einen Hilfsfonds für Unfall- und Kriegsopfer. Es sind Frauen, die Opfer von Verbrechen oder schlimmen Unfällen geworden sind. Frauen, die …«

»… die entstellt sind, genau wie ich«, beendet Dilara meinen Satz trocken. »Du hilfst Leuten wie mir.«

Es wird augenblicklich still am Tisch, alle Augen sind auf Dilara gerichtet. Ich atme tief durch, versuche, mein unaufhaltsam aufkeimendes Gefühl der Ohnmacht zu verdrängen.

»Ja. Und nein. Wir operieren Frauen, die keine Mittel haben und sonst nie Hilfe bekommen würden«, entgegne ich mit leiser Stimme und schaue Dilara an. »Du weißt, dass du jederzeit Hilfe bekommen kannst und dass wir immer für dich da sind. Wenn du willst, können wir deine Schmerzen lindern – und etwas gegen die Narben machen.«

Dilaras Blick wird einen Moment leer, aber dann schüttelt

sie den Kopf und lächelt mich an. »Ich habe es dir schon oft gesagt. Ich will keine Ärzte mehr sehen. Dich natürlich ausgenommen.«

Meine Mutter runzelt die Stirn. Kurz sieht es so aus, als wolle sie etwas sagen, aber dann legt sie nur die Hand auf den Arm meiner Schwester und tätschelt ihn kurz.

Wir reden nicht über Dilaras Narben und auch nicht über den Brandanschlag auf unser Haus vor zehn Jahren. Meine Eltern verdrängen dieses Thema, auch wenn sie überhaupt nichts dafür können, was passiert ist. Sobald es um die Nacht geht, in der in unserer Wohnung Feuer ausbrach, in der Dilara mein Leben rettete und dabei selbst fast in den Flammen umkam, wechselt meine Mutter das Thema.

Plötzlich leuchtet etwas in ihren warmen, dunkelbraunen Augen auf. »Sag mal, Layla, findet in dieser Villa nicht bald eine große Gala statt? Ich habe gelesen, dass da alle Promis hingehen, sogar Kai Pflaume! Vielleicht kannst du ihn ja fragen, ob er mir ein Autogramm gibt?«

Ich zucke angesichts des rasanten Themenwechsels zusammen. Meine Mutter ist in Gedanken zurück bei den Klatschmagazinen, die sie ständig liest. Andererseits scheint sie der Promi-Faktor der Klinik so zu begeistern, dass er sie auch vom Enkel-Thema abbringt.

»Ich kann es versuchen, aber ich weiß ja noch nicht mal, ob ich zu dieser Gala eingeladen werde.«

»Und Esra, du überraschst mich.« Ilkay steht auf und setzt sich neben meine Mutter. »Du magst Kai Pflaume?«

»Ja. Er ist ein sehr freundlicher und höflicher Mann.« Meine Mutter strahlt Ilkay an, während mein Vater wenig begeistert den Kopf schüttelt.

»Also, dann zeig ich dir mal seinen YouTube-Kanal. Ömer, kann ich dein Handy noch mal haben?«

Mein Vater hebt bedrohlich, aber mit einem amüsierten Funkeln in den Augen, die Hand. »Na gut. Dann möchte ich aber auch mit zu diesem Empfang.«

In diesem Moment klingelt mein Handy einmal kurz auf. Mein Puls fängt augenblicklich an zu rasen, und alle Härchen stellen sich an meinem Körper auf. Ist das eine Nachricht von ihm?

Während meine Familie angeregt weiter über Kai Pflaume und die Gala redet, stehe ich möglichst unauffällig auf und flüchte wie ein Teenager mit meiner Handtasche auf das kleine Gästeklo neben der Wohnungstür. Vor Aufregung hüpft mein Herz auf und ab.

Als ich die Nachricht öffne, sackt es allerdings in meine Magengrube.

»Sehr geehrte/r Kund/in.
Bitte überprüfen Sie die Sicherheitseinstellungen Ihres Kontos.
Ihr Service Websurf.de«

Kapitel 4

Nervös streiche ich mir eine Haarsträhne hinters Ohr und ziehe meine Bluse zum zehnten Mal glatt. Statt Blümchenoberteil habe ich mich doch für eine schlichte, weiße Schlupfbluse mit Halbarm aus einem weichen Stoff entschieden. Dazu trage ich eine hüfthohe, beigefarbene Hose. Das solide, elegante Outfit passt zu den sommerlichen Temperaturen und zum ersten Arbeitstag einer ehrgeizigen Fachärztin. Beim Gedanken daran, dass ich von heute an nicht nur Ärztin in dieser großartigen Klinik, sondern auch Mitarbeiterin eines wachsenden Netzwerks bin, das dazu beiträgt, international medizinische und soziale Hilfe zu leisten, verschlägt es mir vor Ehrfurcht und Freude kurz den Atem.

Ich hole tief Luft und lasse sie langsam und bewusst durch den Mund ausströmen, so wie ich es vor Jahren in der Traumatherapie nach dem Brand gelernt habe. Meine Augen sind geschlossen, und ich nehme das Zwitschern der Vögel in den alten Bäumen und Büschen rund um die »Villa Berlin« wahr, höre den Wind in den Blättern rauschen. Die Atemübung beruhigt mich sofort und gibt mir Kraft.

Ich öffne meine Augen wieder und fühle mich jetzt viel ruhiger. Hinter dem großen, gusseisernen Tor, das von zwei Meter hohen Hecken flankiert wird, kann ich das herrschaftliche Haus am Ende der Einfahrt erkennen. Die Gründerzeit-Villa liegt im ehemaligen Westteil der Stadt zwischen Potsdamer Platz und Bahnhof Zoo, umgeben von hermetisch abgeriegelten Botschaftsgebäuden und überraschend viel Grün.

Ich drücke einen unscheinbaren Knopf auf dem Bedienfeld, das in eine der beiden Säulen des Tors eingemauert ist, und halte mein Gesicht in die Kamera. Ein leises Surren ertönt, dann öffnet sich das Tor.

Der Weg die Auffahrt entlang durch den weitläufigen Garten kommt mir ewig vor. Wahrscheinlich bin ich seit Langem die Erste, die die Strecke zu Fuß und nicht in einem Sportwagen oder einer abgedunkelten Limousine zurücklegt.

Während die historische Villa mit ihrem aufwendig restaurierten Stuck, dem fast märchenhaft wirkenden Turm an der Gebäudeseite und den hohen Giebelfenstern immer größer wird, kämpfe ich gegen das Gefühl an, immer kleiner zu werden. Doch dass die klassische Fassade aus dem neunzehnten Jahrhundert trügt, weiß ich von meinem Vorstellungsgespräch im Frühjahr, als die Villa kernsaniert wurde. Das Innere ist mit modernster Technik und größtmöglichem Komfort für die anspruchsvollen Gäste ausgestattet.

Die »Villa Berlin« ist nicht nur eine der fortschrittlichsten Privatkliniken Deutschlands, sondern als neuer Hauptsitz der »Villa Clinics GmbH« auch das prächtigste Gebäude der zehn »Villa«-Kliniken in Deutschland.

Die frisch gestrichene Fassade strahlt in der Morgensonne so leuchtend weiß, dass ich kurz die Augen zusammenkneifen muss. Nur noch ein paar Meter bis zum Haupteingang.

»Bei uns geht niemand zum Hintereingang hinein – es sei denn, die Person wünscht es. Dann können wir äußerst diskret sein«, hatte mir Mirko Peters, der Hauptgeschäftsführer der »Villa«-Kliniken bei der Vertragsunterzeichnung vor wenigen

Wochen erklärt. Damals war das Gebäude noch von einem Baugerüst umgeben, die Renovierungsarbeiten in ihren letzten Zügen. Jetzt scheint alles fertig zu sein – pünktlich zur großen Eröffnungs-Spendengala der Klinik.

Vollautomatisch und vollkommen geräuschlos öffnet sich die breite Glastür und lässt mich in die große Eingangshalle der Klinik. Kurz bleibe ich stehen, denn auch wenn ich schon einmal hier war, hat dieser große, luftige Raum nichts von seiner Wirkung verloren. Die sicherlich sieben Meter hohen Decken mit ihren feinen Stuckelementen, die großen Fenster mit Blick auf den gepflegten Garten, der prunkvolle Mosaikfußboden, die moderne Kunst an den Wänden, die beiden großen geschwungenen Treppen aus dunklem Mahagoniholz, die auf eine Galerie im nächsten Stockwerk führen, all das vermittelt einen Eindruck von Eleganz, Erhabenheit und Luxus.

Die Mitte des Raumes bildet ein großer Empfangstresen mit mehreren freundlich lächelnden Mitarbeiterinnen, die ruhig an stylishen Touchscreen-Monitoren arbeiten.

Ich atme tief durch und setze einen Fuß in die mir noch immer so fremde Welt.

Am Empfang angekommen, nenne ich meinen Namen. »Layla Sahin. Ich habe heute meinen ersten Tag.«

»Ach, Frau Doktor Sahin. Herzlich willkommen!« Eine freundliche junge Frau in einem hellgrauen Kostüm begrüßt mich mit einem höflichen Lächeln. »Herr Peters erwartet Sie schon. Er wird Sie gleich begrüßen und den Kollegen vorstellen. Nehmen Sie doch einen Moment dort drüben Platz, ich gebe ihm gleich Bescheid, dass Sie da sind.«

Ich drehe mich in die gewiesene Richtung zu einer kleinen Sitzecke mit eleganten, cremefarbenen Ledersesseln und einem Glastisch in der Mitte mit Blick auf die beiden großen geschwungenen Treppen.

Der hochgewachsene, schlaksige Klinikgeschäftsführer Mirko Peters – mein neuer Boss – kommt nur wenige Minuten später mit federnden Schritten die Treppenstufen herab. Der weiße Kittel flattert wie ein Umhang hinter ihm her, was mich etwas überrascht, da er kein Arzt ist, sondern als Leiter der Klinik Verwaltungsaufgaben hat. Doch Peters scheint ein Freund von großen Auftritten zu sein, und er wirkt zweifellos charismatisch, als er sich mir mit einem breiten Grinsen und ausgestreckten Händen nähert.

»Frau Doktor Sahin, willkommen in der ›Villa Berlin‹. Wir freuen uns sehr, dass Sie zu uns stoßen.«

Der Blick aus seinen blassblauen, etwas hervortretenden Augen wirkt freundlich, aber dennoch kühl, und er zieht den rechten Mundwinkel etwas weiter nach oben als den linken. Sein asymmetrisches Lächeln fiel mir schon beim ersten Kennenlernen auf. Seine Zähne sind viel zu gerade und ein wenig zu groß, um natürlich zu sein, sein Teint auffallend gebräunt.

Ich lasse mir die Hand quetschen und versuche mich an einem selbstbewussten Lächeln. »Guten Morgen, Herr Peters. Ich freue mich auch, endlich anfangen zu können.«

»Gut. Dann machen wir das doch gleich. Ich führe Sie jetzt herum und stelle Sie dabei den Kollegen vor.« Damit setzt er sich auch schon in Bewegung, und ich folge ihm die Treppe hinauf. »Einige konnten wir von unserem Schwesterhaus in Potsdam abwerben, andere kommen von Partnerkliniken, mit denen wir in mehreren großen Städten im deutschsprachigen Raum zusammenarbeiten. Ein bunt gemischter Haufen höchster Expertise. Aber ich bin mir sicher, dass wir hier bald eine große ›Villa Berlin‹-Familie werden.«

Ich nicke ihm anerkennend zu. »Das ist schön. Es ist mir wirklich eine große Freude, Teil eines so vielseitigen Teams zu sein.«

»Um auch wirklich das volle Potenzial für unsere Patienten abrufen zu können, gibt es einen konstanten Austausch zwischen den einzelnen Kliniken«, erklärt Peters, während wir die Treppe immer weiter nach oben steigen. »Ich als Hauptgeschäftsführer habe natürlich täglich mit anderen Häusern zu tun, aber auch intern finden immer wieder Fortbildungen statt. Und wir haben darüber hinaus einen Expertenstab von renommierten externen Ärzten, die sofort zur Stelle sind, wenn es einen komplizierten Fall gibt – oder wenn es die Kunden wünschen.« Er zwinkert mir jovial zu. »Unsere prominenten Gäste möchten schließlich nur von den Allerbesten behandelt werden und danach nicht aussehen wie die Hausfrau von nebenan, die jahrzehntelang auf eine neue Nase gespart hat.«

Irritiert schaue ich ihn von der Seite an. Das klingt überraschend arrogant. Aber gut, dass Peters etwas exzentrisch und elitär ist, gehört sicher zum Geschäftsmodell.

Auf dem Weg nach oben wird seine Stimme eindringlich. »Die ›Villa Berlin‹ ist so etwas wie das Sahnehäubchen unserer Kliniken in Deutschland. Sie glauben nicht, wie erleichtert ich bin, dass wir endlich einen Hauptsitz in der Hauptstadt haben. Nichts gegen München, ich habe gerne von dort aus die Geschäfte geführt, aber das hier ist einfach noch einmal eine ganz andere Form der Repräsentanz.«

Passenderweise kommen wir in diesem Moment oben auf der breiten Galerie zwischen den großen Treppen an, und er breitet die Arme in Richtung Eingangshalle aus. Einen Moment lang schweift sein Blick nach unten, und er wirkt wie ein Herrscher, der auf sein Reich hinabschaut.

Dann räuspert er sich. »So. Genug der Theorie. Sie möchten sicherlich erst einmal Ihren neuen Arbeitsplatz kennenlernen, Frau Doktor Sahin.« Er weist in einen hell getünchten Gang mit dunklem Holzfußboden, der von der Galerie abgeht. »Im

Ostflügel liegen die Arztzimmer, auch Ihres. Ich führe Sie gleich hin. Meine Räume sind über die Tür am Ende des Ganges zu erreichen. Ich nutze den Turm. Ich brauche einfach Platz, wenn ich Gäste empfange.«

»Auf der anderen Seite«, Peters deutet auf den zweiten, gegenüberliegenden Gang, der von der Galerie abgeht, »im Westflügel liegen ganz am Ende die Patientenzimmer, davor die Schwesternzimmer und die Personalräume. Unter dem Trakt befindet sich im Erdgeschoss der OP-Bereich.«

Peters späht den Westtrakt-Gang hinunter, wo gerade eine blonde Frau mit strengem Pferdeschwanz aus einem der Zimmer tritt, und winkt ihr zu. »Ah, Schwester Yvonne, kommen Sie doch mal her.«

Auf den ersten Blick fällt mir auf, wie groß sie ist. Als sie näher kommt, sehe ich in die harten, ungeschminkten Gesichtszüge und frage mich unwillkürlich, was dieser Frau passiert ist. Sie könnte Mitte dreißig, aber genauso gut Mitte fünfzig sein. Sie hat ein nahezu faltenfreies Gesicht, doch der verbissene Zug um den Mund und ihre versteinerte Miene lassen sie älter wirken.

»Das hier ist unsere gute Seele Yvonne Schinkel, Oberschwester und Personaldienstleiterin der Pflege. Sie hat mich aus München nach Berlin begleitet. Dankenswerterweise.« Er lächelt sie freundlich an. »Schwester Yvonne, Frau Doktor Sahin unterstützt ab heute das Ärzteteam von Doktor Goldberg als Chirurgin.«

»Guten Tag, Frau Schinkel. Ich freue mich, Sie kennenzulernen.« Ich lächle der stoisch dreinblickenden Schwester Yvonne zu. Wenn ich in meinen Jahren im Krankenhaus eines gelernt habe, dann, dass man freundlich zum Pflegepersonal sein sollte. Sie schultern den Großteil der Arbeit und wissen genau über die Hintergründe des Hauses Bescheid. »Da ich jetzt am Anfang noch einiges zu lernen habe, darf ich hoffentlich mit der ein oder anderen Frage auf Sie zukommen?«

Yvonne verzieht die Lippen zu einem vagen Lächeln und nickt kurz angebunden.

»Bevor Sie alles falsch machen, fragen Sie. Ich muss jetzt in Zimmer vier«, stößt sie knapp hervor, doch ihre Stimme klingt überraschend melodiös. Ohne ein weiteres Wort rauscht Yvonne davon und lässt uns stehen.

Peters zuckt entschuldigend mit den Achseln. »Wenn man sie erst kennenlernt, ist sie eine Herzensgute, unsere Yvonne. Ich wüsste nicht, wie ich die ›Villa Berlin‹ ohne ihre Hilfe aufgebaut hätte.«

»Davon bin ich überzeugt.«

»Kommen Sie. Jetzt gehen wir aber zu Ihrem Büro.«

Er führt mich in den Ostflügel, den hellen Gang entlang, der von zahlreichen weiteren Türen gesäumt ist, die offenbar zu den einzelnen Arztzimmern führen, wie ich an den Schildern erkennen kann.

»Hier sind unsere fünf festen Ärzte untergebracht, ganz hinten liegt das Zimmer des Chefarztes. Ich werde Ihnen die Kollegen noch vorstellen. Sie sind gerade alle im Einsatz.«

Vor der dritten Tür bleibt er stehen, zieht eine kleine, weiße Plastikkarte mit dem »Villa«-Logo darauf aus dem Revers seines Kittels und hält sie kurz an den Kasten neben der Tür, den ich für einen Lichtschalter gehalten habe, bis ein grünes Licht aufblinkt und die Tür sich öffnen lässt. Peters dreht sich zufrieden zu mir um und reicht mir die Karte, wobei er mich streng ansieht.

»Diese kleine Karte ist Mitarbeiterausweis, Stempelkarte und Schlüssel in einem. Damit können Sie alle relevanten Türen und Schränke öffnen, die Sie für Ihre Arbeit brauchen. Verlieren Sie sie bitte nicht, sonst könnte es teuer für uns werden.«

Bei meinem entgeisterten Gesichtsausdruck lacht er auf. »Keine Angst, das war nur ein Scherz. Wir sind gut versichert. Aber passen Sie bitte trotzdem darauf auf. Eine der Damen am Empfang hat sicherlich noch eine Plastikhülle mit Schlüsselband für Sie, wenn Sie das wünschen. Aber Sie können auch eine eigene Lösung finden.« Er drückt die Tür auf und bedeutet mir, vor ihm einzutreten. »Nach Ihnen.«

»Gerne.« Gespannt folge ich seiner Aufforderung.

Mit einem eigenen Büro habe ich nicht gerechnet. Während meiner Facharztausbildung an der Charité hatte ich einen Mini-Spind und konnte froh sein, wenn ich einen Schreibtischplatz gefunden habe, wo ich den Papierkram erledigen konnte, der leider auch zum Arztberuf gehört. Dass ich jetzt, mit gerade mal achtundzwanzig Jahren, ein eigenes Arbeitszimmer habe, lässt mein Herz höherschlagen.

Der Raum ist nicht besonders groß, kaum drei Meter breit und eher ein Schlauch. Ein heller Schlauch allerdings. Die gegenüberliegende Wand besteht eigentlich nur aus einem bodentiefen Fenster. Davor steht ein Schreibtisch mit Blick in den Garten.

»Es ist kein großer Raum, aber Sie haben ihn für sich. Die Zimmer sind alle gleich groß. Nur der Chefarzt hat etwas mehr Platz«, sagt Peters fast ein wenig entschuldigend.

Ich lächle ihn begeistert an. »Ich liebe es! Kann ich meine Tasche gleich hierlassen?«

»Aber sicher. Es ist Ihr Büro. Uns ist wichtig, dass alle Ärzte sich hier wie zu Hause fühlen. Wir haben Ihnen auch bereits einen Kittel prägen lassen. Er hängt ganz vorne im Schrank.«

Ich sehe mich suchend um, kann aber zu meiner Überraschung keinen Schrank entdecken. Da erst fällt mir auf, dass ein Teil der rechten Wand aus weiß lackiertem Holz ist und schmale Schlitze in regelmäßigen Abständen aufweist. Ein Einbauschrank – clever. Probehalber drücke ich sacht dagegen, woraufhin sofort eine Tür aufschwingt. Dahinter verbirgt sich eine Kleiderstange, auf der fein säuberlich zwei frisch gepresste Arztkittel hängen. Ich nehme mir einen heraus und streiche sanft über das elegante Logo des Hauses und die Stickgravur mit meinem Namen. Ein warmes Gefühl von Stolz steigt in mir auf, und ich muss ein freudiges Quietschen unterdrücken. Schließlich will ich bei Peters einen guten Eindruck erwecken.

»Kommen Sie. Ich zeige Ihnen jetzt den medizinischen Bereich im Erdgeschoss.«

Ich folge ihm rasch den Flur entlang zu den breiten Treppen nach unten. Im Erdgeschoss passieren wir am Rand der Eingangshalle eine Schranke in den Westflügel, und schon nach wenigen Metern wird die Luft kühler. Es riecht schwach nach Desinfektionsmittel.

»Das ist der OP-Bereich. Er liegt sinnvollerweise unter den Patientenräumen und ist mit ihnen über einen Aufzug verbunden.« Peters bleibt vor einer Tür mit integriertem Bullauge stehen. »Wir haben hier zwei voll ausgestattete OP-Säle mit State-of-the-Art-Equipment. Zur Not könnten wir hier sogar ein Herz transplantieren. Ein Gehirn schaffen wir leider noch nicht, obwohl das bei dem ein oder anderen Patienten sicherlich nicht schaden würde.«

Peters lacht laut über seinen eigenen Witz, und ich stimme irritiert mit ein, werfe dann aber einen neugierigen Blick durch das Bullauge. Leider ist das Licht im Raum ausgeschaltet, und ich kann nur die vagen Umrisse von Tischen, Schränken, einem OP-Stuhl und allerhand schwerem Gerät erkennen.

Peters wartet ungeduldig, bis ich mich von der Scheibe abwende.

»Wenn wir Glück haben, erwischen wir einen Ihrer geschätzten Kollegen.« Peters steuert auf eine zweite Tür zu, bei der durch das Bullauge Licht dringt. »Doktor Goldberg ist unser Chefarzt, also Ihr direkter Vorgesetzter. Er hat einige Jahre im Ausland gelebt, war zuletzt in München und bringt frischen Wind in unsere ›Villa‹-Kliniken.«

Ich nicke, ergriffen von all den Eindrücken – aber vor allem von der Ruhe, die hier im OP-Bereich herrscht. Ich bin den hektischen Alltag der Charité gewohnt. Die OP-Mitarbeiter hier gehen jedoch ganz gemächlich durch die Gänge und wirken ziemlich ruhig. Die Arbeitsatmosphäre scheint hier deutlich entspannter und gesetzter.

Peters öffnet die Tür. »Da ist er ja schon. Unser verehrter Doktor Goldberg, wie er leibt und lebt.« Peters ist sichtlich erfreut, und ich folge ihm noch immer in Gedanken versunken in den nächsten Raum, in dem einige Menschen um ein großes Neodym-Laser-Gerät stehen, dessen Display wild blinkt. »Ah, Mirko, gut, dass du da bist.« Eine tiefe Stimme mit einer leicht süddeutschen Einfärbung dringt an mein Ohr, und ich erstarre. Ich kenne diese Stimme. »Wir haben hier ein kleines Problem, und ich wollte gerade …« Er bricht ab.

Da entdecke ich den hochgewachsenen Mann, dem die vertraute Stimme gehört, und kneife die Augen zusammen. Das darf doch nicht wahr sein! Ich schicke ein Stoßgebet gen Himmel, in die Hölle oder sonst wohin. Von dieser Stimme, diesem sexy Singsang in der Betonung, dem leicht gerollten »R« habe ich die letzten beiden Nächte geträumt. Und ich hätte auch nichts dagegen, sie heute Nacht wieder zu hören. In meinen Träumen. Aber ganz bestimmt nicht hier und jetzt. Doch meine Gebete bleiben unerhört.

Vor mir steht niemand anders als Gabriel. Der Mann, dessen Küsse ich nicht vergessen kann. Der Mann, der seither nichts mehr von sich hören hat lassen.

»Über das Problem können wir gleich sprechen«, vernehme ich Peters' Stimme wie durch Watte. »Zuerst möchte ich dir jemanden vorstellen.«

Gabriel räuspert sich. Er steht einfach da, ein charmantes Lächeln im Gesicht, das heute glatt rasiert ist. Doch die Augen sind dieselben.

»Hallo.«

Ein einfaches Wort, und mein Herz fängt an, wie wild zu schlagen.

Ich stehe da wie versteinert und kann ihn nur anstarren. Denn ich muss gestehen: Ich hätte nicht gedacht, dass dieser Mann noch attraktiver sein könnte als in meiner Erinnerung. Aber wow, es ist, als wäre der Arztkittel für ihn erfunden worden, und die Farbe des dunkelblauen OP-Outfits, das er darunter trägt, harmoniert perfekt mit seinen blauen Augen und dem dunkelblonden, halblangen Haar.

Mirko Peters blickt amüsiert, aber gänzlich ahnungslos von mir zu Gabriel.

»Gabriel, das ist deine neue Kollegin, Frau Doktor Layla Sahin. Sie hat gerade ihre Facharztausbildung abgeschlossen und wird unser Team hier tatkräftig unterstützen.«

Ich bin zum ersten Mal dankbar, dass Mirko Peters sich so gerne selbst reden hört. Trotzdem kann ich meinen Blick nicht von Gabriel lösen, und ihm scheint es genauso zu gehen. Seine Augen, sein Mund, seine Lippen … Ich muss unwillkürlich daran denken, wie es sich angefühlt hat, als wir uns am Rand der Tanzfläche zum ersten Mal geküsst haben. Dieser Moment, als wir miteinander verschmolzen sind. Allein bei dem Gedanken daran spüre ich, wie meine Wangen heiß werden.

Während der Klinikgeschäftsführer seine Vorstellung fortsetzt und mich in den höchsten Tönen lobt, rufe ich mich zur Besinnung, rette meinen Blick schnell auf das Stethoskop um

Gabriels Hals. Ich atme tief durch die Nase ein und lasse die Luft langsam durch den Mund ausströmen.

Während ich mich beruhige, begreife ich, dass Gabriel, mit dem ich irgendwie die letzten beiden Nächte verbracht habe, obwohl ich ihm einen Korb gegeben habe, jetzt mein Arbeitskollege ist. Nein, mein direkter Vorgesetzter. Und ich werde ihn von nun an definitiv öfter sehen.

Ich unterdrücke die Panik, die in mir aufsteigt, atme noch einmal tief durch, hebe den Kopf und strecke Gabriel die Hand hin, vermeide aber weiterhin, ihm direkt in die Augen zu blicken. Ich bin mir Peters' Anwesenheit mehr als bewusst und bemühe mich um einen möglichst professionellen Gesichtsausdruck.

»Schön, Sie kennenzulernen, Doktor Goldberg.« Erleichtert stelle ich fest, dass meine Hand kaum zittert.

Gabriel zögert einen Moment. Dann lächelt er knapp, ergreift meine Hand und schüttelt sie.

»Willkommen, Frau Doktor Sahin.«

Die Berührung fährt wie ein Blitz durch meinen Körper und ruft sofort Erinnerungen daran wach, wie diese Hand mich gepackt und liebkost hat.

Viel zu schnell lässt er meine Hand wieder los. Ich suche jetzt doch seinen Blick, aber er wendet seine Augen ab, die plötzlich fast kühl, unnahbar wirken. Das angenehme Gefühl in meinem Bauch weicht einem kurzen, stechenden Schmerz. Hat er mich etwa nicht erkannt? Möglich. Ich sehe heute bestimmt anders aus, mit Pferdeschwanz, weniger Make-up und mit mehr als nur einem glitzernden Hauch von nichts an, das wahrscheinlich einen Großteil seiner Aufmerksamkeit in Anspruch genommen hat.

Ich beobachte ihn, suche nach einem Zeichen der Vertrautheit. Finde aber nichts.

»Jedenfalls freuen wir uns sehr, dass Frau Doktor Sahin ab heute hier arbeitet.« Peters sieht mich an, als wäre ich eine Art Trophäe.

»Wunderbar.« Gabriel dreht sich bereits geschäftig um und wendet sich wieder dem blinkenden Gerät zu. »Frau Doktor Sahin, Sie kennen sich nicht zufällig mit der Software eines Quasar TL-700 Titanium aus?«

»Nein.« Ich bleibe wie angewurzelt stehen. »Tut mir leid.«

Er hat mich nicht erkannt!

Kapitel 5

So, nun haben Sie den wichtigsten Mann im Haus außer mir kennengelernt und die meisten Räume gesehen.« Peters' laute Stimme reißt mich aus meiner Schockstarre, aber ich brauche noch einen Moment, um mich zu sortieren.

Meine Gedanken rasen bei dem Versuch zu verstehen, was hier gerade vor sich geht. Kann Gabriel sich wirklich nicht mehr an mich erinnern? Bin ich eine Fremde für ihn? Und sollte ich nicht eigentlich froh darüber sein? Natürlich sollte ich froh darüber sein, aber der Gedanke, dass er mich nicht wiedererkennt, schmerzt trotzdem.

Momentan weiß ich nur eines: Ich will hier weg. Hilfe suchend sehe ich zum Klinikgeschäftsführer. Hoffentlich erlöst mich Peters aus dieser Lage. Doch er macht mir einen Strich durch die Rechnung und ruft Gabriel zu uns zurück.

»Vergiss den Laser. Wofür haben wir eine IT-Abteilung? Nimm Frau Doktor Sahin doch gleich mal mit zu Frau Modi. Dann kann sie direkt loslegen.«

Ich blicke möglichst ruhig von Peters zu Gabriel, doch der nickt Peters nur knapp und unbeteiligt zu. »Klar.«

Peters wendet sich daraufhin wieder an mich. »Amba Modi ist eine junge Frau aus Pakistan, eine unserer *besonderen* Patientinnen, die eine Hauttransplantation benötigt. Tragische Geschichte. Sie hat schwerste Verbrennungen erlitten. Aber das können Sie selbst am besten beurteilen. Sie ist von nun an Ihre Patientin.«

Peters taxiert mich mit seinen blassblauen Augen, und plötzlich fühlt es sich so an, als ob ich gleich eine Prüfung ablegen müsste. Mein neuer Chef strahlt auf einmal eine solche Autorität aus, dass ich mich wieder wie eine Studentin im ersten Semester fühle. Ich schlucke kurz und versuche, möglichst cool zu wirken. Dass Gabriel direkt neben ihm steht, macht es nicht leichter. Ich bemühe mich um eine professionelle Haltung und ärgere mich über meine aufkeimende Unsicherheit.

»Natürlich. Sehr gern.«

»Prima. Ich bin ja der Meinung, dass man am besten im kalten Wasser schwimmen lernt.« Peters grinst mich leicht schief an.

Ich bin nicht sicher, ob sein Lächeln freundlich gemeint ist oder spöttisch. Dafür gäbe es aber eigentlich keinen Grund, schließlich hat er mich gerade über den grünen Klee gelobt und unter zweihundert Bewerbern für den Posten ausgewählt. Jetzt muss ich ihm beweisen, dass er sich richtig entschieden hat. Denn das hat er.

»Dann lassen Sie uns ins kalte Wasser springen. Wo ist die Patientin?«

Peters sieht mich anerkennend an und setzt sich in Bewegung. »Das gefällt mir. Sie sind tatkräftig, Frau Doktor Sahin. Amba Modi liegt in Zimmer zwei. Aber wissen Sie was? Lassen Sie uns doch für den Anfang ruhig zu dritt hingehen.«

Aus einem Reflex heraus schaue ich nun doch zu Gabriel. Sein Blick trifft meinen, einen Moment zu lang, als dass es Zufall sein könnte. Ich kann nicht deuten, was ich in seinen Augen lese. Fragt er sich gerade doch noch, woher er mich kennt? Erinnert er sich daran, woher er mich kennt?

Peters bleibt stehen und dreht sich zu mir um. »Frau Doktor Sahin, warten Sie. Sie brauchen noch Ihren Kittel. Nicht, dass Ihre hübsche Bluse leidet. Uns ist außerdem wichtig, dass die Patienten immer sofort wissen, wenn sie mit einem Arzt sprechen.«

Ich nicke. »Natürlich.«

Peters wählt eine Nummer auf seinem Handy. »Yvonne, bringen Sie doch bitte einen Kittel für Frau Doktor Sahin aus ihrem Arztzimmer. Wir sind in der Zwei.«

Das scheint mir zwar etwas albern, da wir gleich wieder in den ersten Stock gehen und ich auch schnell selbst in mein Zimmer flitzen könnte, doch ich widerspreche nicht.

Dann beginnt Peters mit Gabriel ein Gespräch über die Wundheilung einer anderen Patientin, zu dem ich nichts beitragen kann. Die Narbe der älteren Dame hat offenbar selbst acht Wochen nach der Operation erst eine Festigkeit von zwanzig Prozent erreicht.

Ich fühle mich komplett überflüssig und weiß nicht, wohin mit meinen Händen.

Da nähern sich zum Glück auch schon die Schritte von Schwester Yvonne. Sie biegt mit klappernden Absätzen in den Gang und kommt uns in ihrem hellblauen, wadenlangen und figurbetonten Schwesternkittel, der aus der Zeit gefallen scheint, entgegen. Sie muss eine besondere Funktion im Haus haben, da die anderen Pfleger und Schwestern, die ich bisher gesehen habe, alle weiße oder türkisfarbene OP-Kleidung tragen.

»Bitte schön, Ihre Sachen.« Sie überreicht mir einen der beiden Kittel aus meinem Schrank, den ich ihr dankbar abnehme.

»Vielen Dank, Schwester Yvonne.« Betont freundlich lächle ich sie an, doch sie erwidert mein Lächeln nicht, sondern verzieht nur leicht die Mundwinkel, dreht sich auf dem Absatz um und verschwindet.

Ich werfe Gabriel erneut einen kurzen Blick zu, aber er unterhält sich noch immer angeregt mit Peters – und ignoriert mich, was mich mehr schmerzt, als es sollte.

Endlich wendet sich wenigstens Peters mir zu. »Na, dann gehen wir mal.«

»Gerne.« Ich drehe mich nach links zu einer breiten Aufzugtür, doch Peters zieht mich zurück.

»Nicht doch, Frau Doktor Sahin, der ist nur für die OP-Betten. Wir nehmen immer den großen vorne.«

Ich fühle mich ein wenig wie ein Schulmädchen, als ich versuche, seinen schnellen Schritten in Richtung Eingangshalle zu folgen.

Auf dem Weg knöpfe ich meinen Kittel zu, der wie angegossen sitzt und angenehm nach Waschmittel duftet. Es war schon immer so, dass ich mich in der »Uniform«, wie ich es für mich nenne, selbstbewusst und kompetent fühle – und tatsächlich wird mein Schritt sofort sicherer.

Peters eilt voran und bemerkt nicht, dass er uns abgehängt hat. Bilde ich es mir ein, oder geht Gabriel plötzlich dichter neben mir als nötig? Ich werfe ihm einen kurzen Blick zu, doch gerade als es so aussieht, als würde Gabriel mir etwas sagen wollen, wird er von Peters unterbrochen.

»Wo bleiben Sie denn?« Der Klinikleiter winkt uns ungeduldig zu und wartet vor dem Aufzug, der einen weiteren modernen Kontrast zu der alten Villa bietet. »Und da sagt man, Ärzte hätten es immer eilig.« Er lacht etwas gekünstelt.

Als sich die Tür mit einem »Pling« öffnet, tritt Peters galant zur Seite und lässt mir den Vortritt.

Kurz darauf stehen wir zu dritt in dem geräumigen Aufzug, der voll verspiegelt ist. Gabriel steht neben mir, und ich sehe ihn möglichst unauffällig an. Wie hoch sind die Chancen, dass ich – die sonst nie weggeht – meinen zukünftigen Chef in einem

Berliner Nachtclub kennenlerne? Und wie wahrscheinlich ist es, dass ich – die das letzte Mal als Teenie auf einer Party mit jemandem geknutscht hat – mit ihm in einer dunklen Ecke des Clubs lande und … Bei dem Gedanken daran, wie er mich geküsst und berührt hat, fängt mein Herz unweigerlich an, schneller zu schlagen, und mein Mund wird trocken. Seine Lippen auf meinen, seine Hände, die meinen Körper erkunden. Ist es hier im Aufzug gerade ein paar Grad wärmer geworden?

Gabriel wirft mir einen schnellen Blick über die verspiegelte Aufzugwand zu, ertappt mich beim Starren, und ich sehe schnell weg, würde am liebsten im Erdboden verschwinden.

Er räuspert sich. »Mirko, kann ich euch beide vielleicht doch bei Frau Modi allein lassen? Ich muss mit King Lil-Wun noch über ihren Nebenbefund sprechen. Es könnte sein, dass wir ihre Augmentation noch einmal verschieben müssen. Da möchte ich sie ungern warten lassen.«

Peters runzelt die Stirn. »Erledige das doch bitte im Anschluss, Gabriel. Ich möchte, dass du Frau Doktor Sahin begleitest. Frau Modi ist eine wichtige Patientin.«

Gabriel wirft mir einen kurzen Blick zu, den ich nicht deuten kann. Entschuldigend? Genervt?

Dann zuckt er die Achseln. »Klar, Chef.«

»Und vergiss bitte unseren Lunch nicht. Wir müssen noch ein paar Details besprechen. Eine der Empfangsdamen holt uns etwas von Hugos. Nimmst du das Übliche?«

»Aber gerne doch.«

Die beiden scheinen sich gut zu verstehen.

Als sich die Fahrstuhltür öffnet, wendet Peters sich wieder mir zu. »Hier entlang. Wenn wir eine unserer besonderen Patientinnen zu Gast haben, bringen wir sie meist in Zimmer zwei unter.«

»Und wer liegt in den anderen Zimmern?«

Neugierig schaue ich den Gang entlang, der mit hellgrünem Teppich ausgelegt ist und eher an ein Luxushotel erinnert als an eine Klinik. Am Ende befindet sich ein bodentiefes Fenster mit einer kleinen Sitzgruppe.

»Seit der Eröffnung sind alle Betten belegt. Hier liegen zurzeit Luna Umberto, King Lil-Wun und Antje Munkenberg und ihre Tochter. Aber lassen Sie uns gleich zu Frau Modi gehen.«

Fast wäre mir bei der Aufzählung ein »Wow« entfahren, obwohl ich mir eigentlich nichts aus großen Namen mache. Die drei Frauen sind Promis der A-Klasse. Luna Umberto, die italienische Operndiva, King Lil-Wun, die koreanische Influencer-Rapperin und die deutsche TV-Moderatorin Antje Munkenberg. Ich überlege kurz, wie es sich anfühlen muss, eine von ihnen zu operieren. Es scheint mir unvorstellbar, bei einer Frau wie Luna Umberto das Skalpell anzusetzen. Was, wenn etwas schiefgeht? Sie ist eine Ikone, und die Augen der ganzen Welt sind auf sie gerichtet. Ich hatte bisher ausgeblendet, dass ich mich von irgendwelchen Stars und Sternchen beeindrucken lassen könnte. Immerhin interessiere ich mich einfach nicht für Promi-Klatsch. Doch es sieht so aus, als müsste ich da doch noch an mir arbeiten.

Bevor ich weiter nachdenken kann, klopft Peters zweimal kurz an eine der Türen. Dann öffnet er sie schwungvoll. Einen Moment lang glaube ich, in ein weitläufiges Hotelzimmer einzutreten. Die Fensterfront ist bodentief verglast, die Einrichtung minimalistisch und geschmackvoll. Auch hier entdecke ich eine kleine Sitzgruppe, ähnlich wie auf dem Flur, nur dass die Polster mit petrolfarbenem Samt bezogen sind. Die Hightech-Mini-Küchenzeile besteht aus einem verglasten Kühlschrank mit Säften und Smoothies, daneben fügt sich ein Espresso-Vollautomat der Luxusklasse ein. Der Boden ist mit einem dunkelbraunen, edlen Fischgrät-Holzparkett ausgelegt. Im rechten, hinteren Teil des Raums, etwas entfernt vom Fenster, steht ein großes Patientenbett, von dem aus uns eine zierliche junge Frau neugierig entgegenblickt. Sie trägt Jeans und T-Shirt, darüber aber ein langes, traditionelles Sari-Tuch, das sie locker um ihr Haar und den Oberkörper gewickelt hat, als wolle sie sich so vor den Blicken anderer abschirmen. Der pinkfarbene Schal bildet einen starken farblichen Kontrast zu dem überdimensionalen Gemälde hinter dem Bett. Der petrolfarbene Ozean darauf reicht bis unter die Decke, und es sieht aus, als wäre die Patientin Teil des Motivs. Wobei Amba Modi eher wirkt, als wäre sie darin verloren. In einer Nische zwischen Bett und Fenster entdecke ich einen Rollstuhl.

In einer schnellen, reflexartigen Bewegung zieht die junge Frau den Stoff schräg über ihre rechte Gesichtshälfte. Mit ihren runden, ungewöhnlich großen, dunklen Augen und den zarten Unterarmen wirkt sie nicht viel älter als sechzehn Jahre.

»Good morning, Miss Modi, how are you? Did you sleep well?« Peters' Englisch klingt breit und eher amerikanisch, irgendwie angeberisch.

»Danke schön, sehr gut.« Amba Modi lächelt uns freundlich, aber etwas schüchtern an. »Wir können auch Deutsch reden. Ich habe mich frisch gemacht mit Sprachkurs.«

Sie deutet auf ein Smartphone und ein paar Kopfhörer neben sich auf dem Bett und lächelt mich dann noch einmal vorsichtig an.

Gabriel bedenkt sie mit einem freundlichen Lächeln. »Gerne wie immer auf Deutsch, Frau Modi. Ich wollte mal nach Ihrer Hautdichte schauen, damit wir die erste Operation vorbereiten können.« Er deutet auf mich. »Das ist übrigens Frau Doktor Sahin. Sie wird den Eingriff vornehmen. Sie ist unsere neue Fachärztin.«

Peters mischt sich ein und ergänzt: »Und sie ist Expertin für Brandwunden. Eine hervorragende Operateurin.«

Gabriel schiebt mich sanft Richtung Bett. Ich registriere die Berührung seiner Hand an meiner Schulter, doch ich habe keine Zeit, darüber nachzudenken. Ich bin hier, um meinen Job zu machen. Jetzt, wo es drauf ankommt, sind meine Zweifel wie weggeblasen.

Das hier ist der Grund, warum ich hier bin.

»Guten Tag, Frau Modi, ich bin Doktor Layla Sahin. Es freut mich sehr, Sie kennenzulernen.«

»Ich bin Amba.« Sie lächelt wieder, und ihre Augen strahlen, dabei hält sie ihr Tuch krampfhaft fest.

Sie versucht, ihre Narben dahinter zu verstecken, und ich kann nur erahnen, welche Geschichten sich dahinter verbergen. Selbst von meiner entfernten Position aus erkenne ich das dicke, dunkelrote Narbengewebe. Ihre Verletzung muss schon einige Wochen her sein. Die Haut ist dünn und spannt sichtlich, aber die Wunden scheinen bereits geschlossen zu sein. Ich unterdrücke ein Keuchen. Sie muss Furchtbares durchgemacht haben, geht es mir durch den Kopf.

Gabriel bittet sie, ihren Schal abzunehmen. Die junge Frau zögert.

»Keine Sorge. Sie können Frau Doktor Sahin vertrauen. Sie kennt sich mit Brandwunden gut aus.«

Behutsam setzt er sich neben Amba auf die Bettkante, und ich trete näher, als sie zögernd das Tuch hebt.

Die Haut ihrer rechten Wange ist bis zum Nasenflügel und der Hälfte ihres Mundes hin dunkelrosa. Der Hals ist fast vollständig verbrannt, auch das Dekolleté und die Schultern. An einigen Stellen ist die dünne Haut entgegen meiner ersten Annahme noch aufgeplatzt.

Ich reiße mich zusammen und schlucke meine Bestürzung

hinunter. Sofort muss ich an Dilara denken, doch Ambas Verbrennungen sind noch schlimmer als die meiner großen Schwester. Die zarte Gesichtshaut ist vollständig ruiniert. Zudem zieht sich die großflächige Wunde am Hals der jungen Frau hinab und verschwindet unter ihrem Oberteil. Es wird mehrere Operationen und Transplantationen brauchen, das sehe ich sofort.

Amba Modi schlägt den Blick nieder, als würde sie sich schämen.

»Vielen Dank, dass ich Ihre Verletzungen sehen durfte.« Ich gehe zum Ende des Bettes und werfe ihr ein aufmunterndes Lächeln zu, während Gabriel die Wunden inspiziert.

Dann steht er auf. »Sie scheinen gut auf die Salbe anzusprechen. Die Infektion im Oberhautgewebe ist abgeklungen. Frau Doktor Sahin wird mit Ihnen jetzt alles Weitere für das Vorgehen besprechen.«

Gabriel erhebt sich und wendet sich mir zu. Er schaut mir nun zum ersten Mal länger in die Augen, während er spricht. »Die Verbrennungen ereigneten sich vor knapp drei Monaten bei einer Explosion in Pakistan. Die Patientin saß in einem Auto direkt daneben, und die Flammen griffen auf den Wagen über. Gravierende Einwirkungen durch explosives Metall- und Flammengeschoss, Knalltrauma, inzwischen rezidiv, Gehör wiederhergestellt.« Da spüre ich plötzlich, wie meine Knie weich werden, und es hat nichts mit Gabriels blauen Augen zu tun, die noch immer auf mir ruhen, während er sachlich über etwas spricht, was nichts anderes als eine Katastrophe ist. »Verletzungen am rechten Oberschenkel, der Unterschenkel ist möglicherweise ebenfalls betroffen. Verbrennungen dritten und vierten Grades der rechten Körperhälfte.« Ich wende meinen Blick von ihm ab und sehe Amba an, die meiner Schwester für einen kurzen Moment zum Verwechseln ähnlich sieht. »Erstversorgung vor Ort, dann Einlieferung in die örtliche Klinik mit Verdacht auf generalisierte Sepsis, der sich nicht bestätigte. Die Patientin reagierte gut auf Antibiose, und die Verbrennungen verheilten. Akut haben wir eine leichte Oberhautinfektion, vermutlich ausgelöst durch Keime infolge ihres Transports nach Deutschland.«

Ich stehe da wie versteinert. Plötzlich blitzen Bilder meines persönlichen Albtraums in meinem Kopf auf und drohen mich zu überwältigen. Nur mit viel Mühe gelingt es mir, die Erinnerungen zu unterdrücken, meine Fassung zu wahren.

Peters mustert mich kritisch. »Frau Doktor Sahin? Ist alles in Ordnung mit Ihnen? Sie sehen so blass aus.«

Ich zucke zusammen, kalter Schweiß läuft mir über den Rücken. »Ja, Herr Peters, alles in Ordnung.«

Ich straffe meine Schultern und schaue in die großen, dunklen Augen der jungen Frau vor mir. Konzentriere dich aufs Hier und Jetzt, ermahne ich mich.

Ich räuspere mich und wende mich wieder Gabriel zu. »Wie viele OPs sind insgesamt geplant.«

»Zwei.«

Ich sehe ihn überrascht an. »Nur zwei?«

»Ja. Die erste ist für Mitte der Woche geplant. Danach sehen wir, wann Frau Modi für die zweite OP bereit ist.«

»Okay. Schließen Sie eine generalisierte Sepsis hundertprozentig aus? Sonst wäre eine Operation lebensgefährlich.«

»Derzeit ja.« Gabriel nickt mir anerkennend zu. »Aber zur Sicherheit sollten wir noch eine kardiologische Untersuchung vornehmen.«

»Ich lasse zusätzlich ein Hämatogramm für morgen früh anordnen. Wo finde ich die Akte von Frau Modi?«

Gabriel deutet auf ein kleines Fach am Fuß des Bettes. Erst jetzt bemerke ich den Ordner. Das Design hier übertrifft offenbar in einigen Fällen die Funktionalität.

»Danke. Ich schaue sie mir gleich an.«

»Lassen Sie sich Zeit, Frau Doktor Sahin. Ich gehe in der Zwischenzeit mit Herrn Doktor Goldberg zum Lunch.«

Die beiden verschwinden.

Gabriel hat es nicht mal für nötig befunden, sich von mir zu verabschieden. Doch das dumpfe, pochende Gefühl der Enttäuschung bleibt hinter dem Gefühl des Mitleids zurück, das ich im Moment für Amba Modi empfinde.

Sie schaut mich aus ängstlich aufgerissenen Augen an. »Werden Sie meine Haut wieder gut machen? Entschuldigung, ich sehe so schlimm aus.« Sie zieht wieder den Schleier über ihr Gesicht.

»Wir werden alles dafür tun. Versprochen.« Sanft nehme ich ihre Hand. »Ich fürchte, ich kann Sie erst heute Nachmittag gründlich untersuchen, denn ich habe jetzt nicht die richtigen Instrumente dabei. Dann besprechen wir gemeinsam die nächsten Schritte. Ja?«

Ich halte kurz inne, denn eines möchte ich wirklich gern wissen.

»Sie stammen aus Pakistan, nicht wahr? Warum sprechen Sie so gut Deutsch, Frau Modi?«

»Für Sie Amba, Frau Doktor, nicht Frau Modi.« Sie lächelt wieder. »Ich habe zu Hause Deutsch gelernt, durch viele Jahre Kontakt zu einer deutschen NGO.«

Überrascht sehe ich sie an. »Eine Hilfsorganisation?«

Sie nickt, ein dankbares Lächeln auf den Lippen. »Wir brauchen viel Hilfe. Denn ich bin Hinduistin, und wir werden verfolgt. Es ist nicht einfach.« Sie schlägt den Blick nieder, und ich halte weiter ihre Hand. Ein paar Minuten sitzen wir so da, dann fährt sie fort: »Und dann ist das hier passiert.«

Sie deutet vage auf Gesicht und Körper. Tränen treten in ihre Augen. Ich drücke ihre Hand. Fragend blicke ich zum Rollstuhl.

»Haben Sie Lähmungen? Können Sie nicht mehr laufen?«

»Doch. Aber nicht gut. Mein rechter … äh … Oberschenkel ist gebrochen und schief zusammengewachsen. Ich habe große Schmerzen.«

Ich streichle vorsichtig ihren Arm. »Das muss wahrscheinlich auch operiert werden. Das wird sicher die Chirurgie hier übernehmen.«

»Ich hoffe auch. Ich kann nicht halbe Stunde gehen oder stehen. Aber hier ist es gut.« Sie lässt sich erschöpft in ihr Kissen fallen. Das Sprechen muss sie sehr anstrengen, da die verbrannte Haut bei jeder Bewegung der Gesichtsmuskeln spannt.

Ich bin fest entschlossen, dieser Frau zu helfen, wieder so weit wie irgend möglich zu genesen.

Ich blicke sie voller Zuversicht an. »Wir werden das hinbekommen. Sie werden wieder gesund.«

Ich verlasse das Zimmer, stehe allein im Flur. Plötzlich spüre ich, wie sich mir die Kehle zuschnürt. Mein Herz beginnt zu rasen, und ich muss mich kurz an der weiß getünchten Wand abstützen.

Anders als eben im Patientenzimmer kommen die Bilder aus der Vergangenheit plötzlich mit so einer Wucht zurück, dass ich sie nicht mehr aufhalten kann. Dabei hatte ich seit Jahren keinen so starken Flashback mehr.

Ich bekomme nur noch schlecht Luft und lehne mich an die Wand, gebe auf, lasse die Geschehnisse über mich hinwegspülen, Bilder von der Nacht vor vielen Jahren, als ich von beißendem Qualm aufwachte, der durch die leicht geöffnete Tür in mein Zimmer drang.

Ich bin mir nicht sicher, ob ich wach bin oder noch träume. Es ist, als würde etwas Schweres auf mir lasten. Ich keuche auf, bekomme kaum Luft. Überall ist Rauch, er brennt in meinen Lungen, jeder Atemzug ist eine Qual. Ich schnappe nach Luft, verschlucke mich, huste und huste. Mein Hände ertasten meinen Stoff-Glücksbärchi, und ich presse mir das heiß geliebte Kuscheltier vor den Mund. Wie erstarrt sitze ich auf meinem Bett. Wo sind Anne und Baba? Mein Herz zieht sich zusammen. Ein erstickter Schrei dringt aus meiner Kehle, und ich klammere mich noch fester an das Bärchen.

Ein Geräusch lässt mich zur Tür herumfahren. Ich sehe orange flackerndes Licht darunter hervordringen. Wieder das Geräusch, als würde jemand meinen Namen rufen.

»Hier bin ich!«, will ich schreien, aber meine Stimmer gehorcht mir nicht. »Hier!«, versuche ich es noch einmal.

»LAYLA!« Mit einem Ruck öffnet sich meine Kinderzimmertür, und ich schluchze vor Erleichterung auf.

Dilara ist da. Jetzt wird alles wieder gut, meine große Schwester wird mich retten. Das orangene Licht blendet mich, und irgendwo in meinem Kopf sinkt die Erkenntnis ein: Es brennt. Die Wohnung steht in Flammen.

Dilara hält sich eine Decke vor den Mund gepresst, in ihren weit aufgerissenen Augen erkenne ich Panik, aber auch etwas anderes: Entschlossenheit.

Sie rennt zu mir, zerrt mich hoch. »Komm mit, Layla. Beeil dich.«

Ich klammere mich an sie, sie wirft mir die Decke über den Kopf und zieht mich hinter sich her, zurück in den Flur, in das orange Licht. Ich will nicht dahin, stolpere, aber Dilara hält meinen Arm fest.

»Komm, Layla, vertrau mir. Wir müssen hier weg.«

Ich sehe nichts, habe die Augen fest verschlossen, höre nur Dilaras schweren Atem und mein ängstliches Weinen. Und ein tosendes Knistern und Knacken um uns herum.

Unsere Eltern sind nicht da, wahrscheinlich sind sie bei Nachbarn.

Dilara schleppt mich durch den brennenden Flur, auf die Woh-

nungstür zu. Plötzlich höre ich ein lautes Krachen vor uns, doch Dilara stürmt weiter. Ich meine irgendwo Stimmen und Rufe zu hören. Da werden wir plötzlich von etwas Schwerem an der Seite getroffen. Der Geruch von verbranntem Haar steigt mir in die Nase, und wir werden zu Boden gerissen. Im letzten Moment stößt Dilara mich von sich, durch die Wohnungstür hindurch. Die schützende Decke fliegt weg, und ich lande hart auf dem Hausflur vor unserer Wohnung. Im selben Moment sehe ich ein paar Nachbarn, die nach mir greifen, mich mit sich zerren, hinaus in die rettende, kalte Nachtluft.

»Frau Doktor Sahin?« Eine Männerstimme reißt mich aus meinen Gedanken.

Ich brauche einen Moment, um die Erinnerung abzuschütteln und wieder in der Gegenwart anzukommen. Ich atme tief durch, um meinen rasenden Puls zu beruhigen, und hebe den Blick.

Es ist Gabriel, der mit besorgter Miene auf mich zukommt. »Alles gut bei Ihnen?«

Ich richte mich vollends auf und winke beruhigend ab. »Alles gut. Ich fürchte, ich sollte bald etwas zu Mittag essen. Der Kreislauf …«, lüge ich. »Aber was machen Sie hier? Sollten Sie nicht gerade beim Lunch mit Herrn Peters sein?«

»Ja, ich habe ihm gesagt, dass ich gleich nachkomme.« Er zögert kurz, bevor er mit gesenkter Stimme weiterspricht. »Ich denke, wir sollten kurz reden. Über Samstag und unsere weitere Zusammenarbeit.«

»Okay.« Ich bin nach meinem Flashback noch ein bisschen langsam, denn erst mit etwas Verzögerung setzt die Erkenntnis ein: Er hat mich wiedererkannt.

»Du weißt also doch, wer ich bin. Gabriel.«

»Natürlich, weiß ich, wer du bist. Layla. Und jetzt weiß ich sogar, wo du arbeitest.«

»Ja.« Ich muss grinsen. »Wer hätte das gedacht?«

Er wird ernster. »Was uns vor gewisse Herausforderungen stellt.«

»Was meinst du damit?« Hoffnung keimt in mir auf. Ich scheine ihm also nicht ganz gleichgültig zu sein. Doch seine nächsten Worte holen mich schnell auf den Boden der Tatsachen zurück.

»Können wir das, was am Samstag zwischen uns passiert ist, einfach vergessen? So tun, als wäre es nie geschehen? Immerhin bin ich dein Chef.«

Ich schlucke die Enttäuschung runter. »Okay.«

Plötzlich höre ich, wie weiter vorne im Gang eine Türe aufgeht, und die unverwechselbaren Schrittgeräusche von Yvonne sind zu hören.

»Mist.« Gabriel sieht mich erschrocken an.

Dann öffnet er die Tür zu einem anderen Patientenzimmer hinter ihm und zieht mich mit sich hinein, bevor er die Tür zügig, aber leise wieder schließt.

Das Zimmer ist ähnlich geschmackvoll eingerichtet wie das Zimmer von Amba, aber zum Glück leer.

Wir stehen hinter der Tür und lauschen. Nah beieinander, und sofort steigt mir sein Duft in die Nase. Ich müsste nur meine Hand ausstrecken, um ihn zu berühren. Mein Herzschlag beschleunigt sich, dieses Mal aber nicht vor Panik.

Auf der anderen Seite der Tür kommen vom Teppich gedämpfte Schritte näher.

Gabriel flüstert. »Yvonne hat einen sechsten Sinn dafür, was in dieser Klinik los ist. Unheimlich. Sie sollte uns lieber nicht zusammen sehen.«

»Aber wir arbeiten zusammen. Warum sollte sich ein Vorgesetzter nicht mit seiner Mitarbeiterin unterhalten?«

»Yvonne würde uns durchschauen. Wir müssen leise sein.«

»Okay, Boss.« Ich kann mir ein Grinsen nicht verkneifen.

Gabriel hält inne, und etwas flammt in seinem Blick auf. Seine dunkelblauen Augen blitzen gefährlich auf – und das ist die einzige Warnung, die ich bekomme. Ohne ein weiteres Wort schiebt er mich mit seinem Körper gegen die Wand neben der Tür und küsst mich. Mein Körper schaltet auf Autopilot, ich erwidere den Kuss instinktiv und voll ungeahnter Leidenschaft. Seine Lippen pressen sich fordernd auf meine, und ich komme seiner Zunge begierig mit meiner entgegen. Ein wildes Gefühl breitet sich in mir aus. Ein ungeahnter Hunger explodiert in mir. So kenne ich mich nicht. Das hier ist so neu, und doch fühlt es sich genau richtig an. Es ist, als wären wir zurück im Club. Als hätte ich mich nie in dieses Taxi gesetzt. Als wären meine Träume endlich in Erfüllung gegangen.

Mir entfährt ein kleines Stöhnen.

Mit einer schnellen Bewegung dreht Gabriel uns einmal um die eigene Achse und wirft mich auf das Patientenbett. Kaum eine Sekunde später ist er über mir, schiebt meine Knie auseinander und legt sich auf mich. Seine Lippen finden die meinen wieder, und ich ergebe mich ihnen. Ich genieße das Gewicht seines Körpers auf meinem, umschließe seine Hüften mit meinen Beinen, während meine Finger in seinem vollen, weichen Haar nach Halt suchen.

Geschickt öffnet Gabriel die Knöpfe meines Arztkittels und jagt heiße Küsse meinen Hals hinab. Ich erschaudere, als er an dieser einen Stelle in der Kuhle meines Schlüsselbeins ankommt, und ein drängendes Gefühl breitet sich zwischen meinen Beinen aus. Begierig presse ich mein Becken gegen die harte Wölbung in seiner Hose, passe mich dem verführerischen Rhythmus an, den Gabriel vorgibt, verschmelze mit ihm.

Plötzlich spannt Gabriel alle seine Muskeln an und hält inne.

»Das geht nicht.« Er löst sich widerstrebend von mir.

Ich liege mit einem sehnsüchtigen Ziehen zwischen den Beinen da. »Hör jetzt nicht auf.«

»Nein, wir … Das hier geht nicht.« Er steht auf. »Es ist falsch, und ich will das nicht.«

Plötzlich schäme ich mich. Ich richte mich auf und knüpfe meinen Arztkittel wieder zu. »Das hat eben aber anders gewirkt.«

»Ich weiß, und es tut mir leid. Das war nicht der Plan, glaub mir.«

»Was war denn der Plan?«

»Ich wollte dir eigentlich nur sagen, dass wir das, was im Club passiert ist, vergessen und uns auf unsere Jobs konzentrieren sollten.« Er fährt sich durchs Haar. »Und das sollten wir. Das hier war der erste und einzige Ausrutscher.«

Ein Ausrutscher. Seine Worte schmerzen.

»Ich muss los. Zu Peters. Es tut mir leid. Das alles tut mir leid. Können wir so tun, als wäre nie etwas passiert?«

Alles, was ich tun kann, ist nicken. »Okay.«

»Danke.« Er verlässt das Zimmer, ohne mich noch einmal anzusehen.

Kapitel 6

»Wie bitte? So ein Arsch. Und du hast danach nicht mehr mit Gabriel geredet?« Maxi fixiert mich aus ihren grünen Katzenaugen und beugt sich vor.

Wir sitzen zusammen auf dem Balkon und genießen den lauen Sommerabend mit einem Glas Riesling.

»Es hat sich irgendwie nicht mehr ergeben.« Ich rücke meinen Stuhl ein wenig nach hinten, sodass er scheppernd gegen einen Blumentopf kracht. »Ich habe mich in mein Arztzimmer zurückgezogen und Ambas Krankenakte studiert. Es müssen noch ein paar Untersuchungen gemacht werden, bevor sie operiert werden kann. Und dann war es Abend.«

»Du hast dich also lieber in deinem Zimmer verkrochen, anstatt die Fronten zu klären. Verstehe.«

»Die Fronten sind ziemlich klar.« Frustriert schüttle ich den Kopf. »Der Job geht vor, alles andere war ein Ausrutscher. Gabriel und ich können nicht einfach … Wir arbeiten zusammen. Jeden Tag. Er ist mein Boss, und wir müssen einfach ignorieren, was passiert ist.«

»Aber so was kann man doch nicht einfach ignorieren! Ihr habt wie verrückt rumgemacht.« Maxi stopft sich eine Handvoll Erdnüsse in den Mund und spült sie mit einem Schluck Wein hinunter. »Zwei Mal. Wäre es nicht mal angebracht, noch mal Klartext zu reden? Vor allem, da er dich heute ziemlich übel abserviert hat.«

Klartext. Ja, das ist typisch für Maxi. Nur bin ich überhaupt nicht in der Lage, Klartext zu reden. Ich verschanze mich lieber in meinem Arztzimmer und versuche, allein mit meiner Scham zurechtzukommen, und es ist auch nicht so, als hätte Gabriel angeklopft und ein klärendes Gespräch gesucht. Seine Vorstellung davon, wie wir in Zukunft miteinander umgehen sollen, hat er ziemlich klar zum Ausdruck gebracht.

»Was soll ich denn sagen?« Ich merke selbst, wie kläglich meine Stimme klingt. Es fällt mir schwer, so offen über meine Gefühle zu reden, selbst mit Maxi, obwohl sie meine beste Freundin ist.

»Du solltest ihm, wenn du ihn das nächste Mal siehst, zuerst einmal feste eine …« Maxi hält in ihrer Boxbewegung inne und atmet tief durch. »Nein, zuallererst musst du dir klar darüber werden, was du willst.«

Was ich will? Ich muss kurz an Gabriel und all das denken, was wir im Patientenzimmer miteinander gemacht haben. Dann an Amba und ihre fragenden dunklen Augen, die von mir wissen wollen, ob alles wieder gut wird. Wenn ich mich zwischen einer Affäre mit meinem Chefarzt, der mich nicht will, und meinem Lebenstraum entscheiden muss, fürchte ich, dass ich weiß, was ich will. Und dann ist da ja noch Ilkay.

»Können wir das Thema wechseln?« Verlegen starre ich in mein Glas mit der hellgoldenen Flüssigkeit.

Maxi scheint zu spüren, dass ich mich unwohl fühle. Sie wendet sich zur Brüstung, als würde sie im Hinterhaus gegenüber etwas ungeheuer Spannendes entdecken, und lehnt sich lässig in den leicht verbogenen Campingsessel zurück, der jämmerlich quietscht.

Ich müsste wirklich mal Balkonmöbel kaufen, zuckt es mir

durch den Kopf. Aber wer weiß, wie lange Ilkay und ich noch in dieser WG leben. Dass ich unser Zusammenleben hier nun schon selbst infrage stelle, jagt mir einen Schrecken ein.

Maxi wirft mir aus den Augenwinkeln einen kurzen Blick zu, sagt aber nichts, sondern nippt an ihrem Glas. Kleine Schweißperlen glänzen auf ihrer Oberlippe. Ihre Locken kringeln sich in der schwülen Sommerluft, die so drückend und heiß ist, als würde jeden Moment ein Gewitter heraufziehen.

Ich liebe diese Hochsommerabende auf meinem Kreuzberger Hinterhof-Balkon, wenn die Sonne langsam untergeht, aus den geöffneten Fenstern der würzige Geruch von Abendessen heraufzieht und Verkehrslärm von der Schlesischen Straße herüberweht. Heute wird er mal wieder von dem Geschrei eines streitenden Paares aus der gegenüberliegenden Wohnung übertönt.

Maxi lauscht gebannt dem verbalen Schlagabtausch. »Meinst du, sie zieht noch heute aus?«

»Ach, da gab es schon wildere Gefechte. In etwa einer Stunde werden sie sich erfahrungsgemäß wieder vertragen. Dann wird es anders laut.«

Maxi kichert. »Jedenfalls habt ihr es gemütlich hier. Vielleicht könnte ich ja als Untermieterin im Gästezimmer einziehen?«

Sie sieht mich unergründlich an, und ich bin nicht sicher, ob sie es ernst meint oder nur vom Thema »Gabriel« ablenken will, um mich wieder aufzumuntern. Sie hat manchmal etwas verrückte und spontane Ideen, aber es würde mich doch sehr wundern, wenn sie ihr freies Van-Leben für ein winziges Kreuzberger WG-Zimmer aufgeben würde. Trotzdem greife ich das Small-Talk-Angebot auf.

»Wirklich? Du hast bisher nicht allzu viel Zeit in der Rumpelkammer verbracht.« Ich ziehe eine Augenbraue hoch. »Ich denke da zum Beispiel an Samstagnacht.«

»Es konnte ja niemand ahnen, dass du so heiße Kollegen hast.« Sie grinst vieldeutig.

»Du bist hier immer willkommen, allerdings weiß ich selbst nicht, wie lange wir hier noch wohnen werden. Ilkay meinte, wir sollten vielleicht umziehen.«

Kaum habe ich es gesagt, bereue ich es und beiße mir auf die Lippe. Denn schon starrt mich Maxi wieder mit diesem durchdringenden Blick an.

»Ihr beide? Warum wollt ihr denn *zusammen* umziehen? Wäre es nicht eher an der Zeit, deinen Eltern die Wahrheit zu sagen? Ihr geht beide stramm auf die dreißig zu.«

Sofort nehme ich eine defensive Haltung ein. »Es hat sich einfach noch nicht ergeben.«

Konzentriert beobachte ich, wie sich die letzten Eiswürfelreste in meinem Glas auflösen. Doch Maxi kommt jetzt in Fahrt und beugt sich zu mir herüber.

»Verstehe schon. Du versteckst dich lieber in deinem Arztzimmer. Aber wie wollt ihr denn da jemals rauskommen? Also aus eurer Lügengeschichte. Und vor allem, wie willst du jemals einen anderen Mann in dein Leben lassen, wenn sich Ilkay ständig bei dir breitmacht?«

Ich knalle das Glas auf den Tisch. So langsam beginnt mir diese Befragung auf die Nerven zu gehen. Auch wenn ich weiß, dass Maxi es nur gut mit mir meint, fühle ich mich wie bei einem Verhör.

»Er macht sich hier nicht breit. Wir haben das so vereinbart, und ich habe selbst auch was davon. Ohne unsere Beziehung hätten mir meine Eltern zu Hause noch mehr in den Ohren gelegen, dass ich endlich einen Ehemann brauche – und du weißt, was nach einem Ehemann kommt. Kinder. Da hätte ich mein Studium niemals durchziehen können, meinen Traum, Ärztin zu werden, nie erfüllen können.« Meine Stimme ist lauter geworden, als ich beabsichtigt hatte. Ich verstumme erst bei Maxis überraschtem Blick. Sie sagt zum Glück nichts mehr, sondern nickt nur beruhigend.

»Sorry, ich will mich nicht in dein Leben einmischen. Es ist deine Sache, wie du das klärst. Tut mir leid.« Maxi schaut so bekümmert, dass mein Ärger sofort wieder verfliegt.

»Schon gut, ich weiß doch, dass du es gut meinst.«

Einen Moment schweigen wir fast ein wenig verlegen und starren in den Himmel, an dem sich nun dunkle Wolken zusammenballen.

Dann gebe ich mir einen Ruck. Statt beleidigt zu sein, sollte ich meiner Freundin dankbar sein, dass sie klare Worte findet.

»Du hast ja auch recht, Maxi.«

»Lieb, dass du das sagst. Aber ich habe auch gut reden. Ich habe ja nicht mal einen Freund oder Pseudo-Geliebten, sondern traue mich gar nicht mehr an einen Mann heran.« Sie rührt mit dem Strohhalm so heftig in ihrem Glas herum, dass das Wasser überschwappt.

»Auch nicht an Oliver?« Jetzt grinse ich ihr zu.

Maxi winkt ab. »Da wird nichts draus. Er ist in eine andere Frau verliebt. Sonst hätte ich ihn gleich abserviert.«

Als sie meinen mitleidigen Blick bemerkt, verdreht sie die Augen. »Du musst mich nicht bedauern. Wir hatten eine tolle Nacht zusammen. Ich bereue nichts.«

Ein lauter Donnerschlag unterstreicht ihre Aussage. Sie springt auf, beugt sich über die Balkonbrüstung und steckt den Kopf um die Mauer des Eckhauses Richtung Westen, wo die Wolken inzwischen tatsächlich fast schwarz geworden sind.

»Hier braut sich aber wirklich was zusammen.« Maxi verschränkt die Arme vor der Brust, schaut nachdenklich auf mich herab. Von ferne dringt ein weiteres, diesmal leiseres Donnergrollen heran. »Okay, meine Liebe, da es jetzt gleich anfängt zu regnen, sage ich es dir lieber hier und jetzt und klar und deutlich: Mach deinen Mund auf, bevor es zu spät ist. Rede mit Gabriel, rede mit Ilkay, und rede verdammt noch mal mit deinen Eltern. So kann das nicht weitergehen. Du steuerst hier zielsicher auf eine Katastrophe zu.«

»Und was soll ich Gabriel deiner Meinung nach sagen? Dass ich mich noch nie zu jemandem so stark hingezogen gefühlt habe wie zu ihm? Dass wir es probieren sollten, auch wenn er nicht will? Außerdem ist da noch mein schwuler fester Freund. Wobei … Vielleicht hat sich das mit Gabriel ohnehin bald erledigt, sobald ich meinen Eltern die Wahrheit über Ilkay und mich erzählt habe und sie mich an irgendeinen entfernten Verwandten in Ostanatolien verheiraten, damit es endlich Enkelkinder gibt.«

Maxi kann ein Lachen nicht mehr unterdrücken. »Das würden deine Eltern nie tun.«

»Bist du dir da sicher?« Ich muss jetzt auch grinsen.

Ein lauter Knall lässt mich zusammenzucken. Dann folgt ein ohrenbetäubendes Grollen. Ein Blitz zuckt über das Hinterhaus, und wir springen auf. In diesem Moment prasselt Regen auf uns hinab, und wir flüchten ins Wohnzimmer.

Kapitel 7

Viel zu wenig Schlaf, denke ich mir, als ich gähnend und in Gedanken versunken mein Arztzimmer verlasse und die Tür hinter mir schließe. Ich hätte das dritte Glas Wein nicht trinken sollen.

»Vorsicht!«

Eine tiefe Männerstimme reißt mich aus meinen Gedanken, und ich bleibe überrascht stehen. Gerade noch rechtzeitig. Fast wäre ich in einen Servierwagen voller Kuchenteller und Gläser gerannt. Wo kommt der denn her? Und wer hat mich gewarnt?

Ich sehe auf. Vor mir im Flur steht Gabriel, mit Umhängetasche und Fahrradhelm, ein Hosenbein hochgekrempelt, die Haare an den Seiten platt gedrückt. Er ist wohl gerade erst angekommen, sein Atem geht noch etwas schneller vom Radfahren. Seine Wangen sind leicht gerötet, die blauen Augen funkeln, und ich unterdrücke ein kleines Seufzen. Genau so hat er mich angesehen, bevor er mich im Patientenzimmer auf dieses Bett geworfen hat. Nur dass er heute keine OP-Kleidung trägt, sondern schmal geschnittene Bluejeans und ein graues Henley-Shirt, das seinen gut gebauten Oberkörper hervorragend zur Geltung bringt.

Wie immer, wenn ich ihn unvorbereitet sehe, setzt erst mein

Herz und dann mein Hirn einen Moment aus. Ich starre ihn einfach nur an, bevor ich etwas stammle.

»O nein … Sorry … Ich war wohl kurz weggetreten. Ich könnte schwören, dass der Wagen eben noch nicht da stand!«

Gabriel grinst, und seine Augen funkeln amüsiert. »Richtig erkannt. Den hat Yvonne gerade erst da abgestellt. Ich habe mir schon gedacht, dass du ihn nicht gesehen hast.«

Erleichtert lächle ich ihn an.

Er erwidert mein Lächeln, und ich schmelze dahin. Doch dann ist es, als würde sich ein Schalter bei ihm umlegen. Von einem Moment zum nächsten verschwindet das Lächeln, und sein Blick verliert an Wärme, wird distanzierter, kühler.

Er schaut auf die Uhr und wendet sich zum Gehen.

»Wir haben in zehn Minuten Visite, Frau Doktor Sahin. Holen Sie sich noch einen Kaffee, Sie sehen müde aus. Wir treffen uns dann im Besprechungszimmer auf Station – drüben im Westflügel. Seien Sie bitte pünktlich.« Dann dreht er sich um und verschwindet in seinem Zimmer.

Ich zucke zurück. Es ist, als hätte er mir eine Ohrfeige verpasst. Was war das denn gerade? Erst warnt er mich nett vor dem Servierwagen, und dann setzt er sich diese unnahbare Maske auf und verschwindet. Und das mit dem Siezen kann er nicht ernst meinen. Oder?

Auf jeden Fall sieht es nicht danach aus, als hätte er wegen gestern großen Redebedarf. Er hat gesagt, was er sagen wollte, und meine Meinung dazu interessiert ihn offenbar nicht.

Seufzend mache ich mich auf den Weg zur Krankenhaus-Cafeteria, um mir einen Kaffee zu holen.

Die schicke Kantine der Klinik, die zugleich Cafeteria und Restaurant für die Patienten ist, schließt im Erdgeschoss der Klinik an den Ostflügel an und ist über die Eingangshalle erreichbar.

Innen ist die »Cantina« in schwarzem Industriestyle gehalten. Die Wand nach Süden hin besteht völlig aus Glas, sodass man einen wunderbaren Blick auf den Garten der Klinik mit dem Landwehrkanal im Hintergrund hat, auf dem in der Ferne regelmäßig Tourischiffe vorbeituckern. Außerdem schließt sich ringsherum eine große Terrasse mit kleinen Sitzgruppen und Tischchen an, die sich in den Klinikgarten hinein erstreckt. Von der Terrasse aus kann man den Joggern zuschauen, die hier vor allem in den frühen Morgenstunden ihre Runden drehen. Die Küche ist ebenfalls nur durch eine Glasscheibe getrennt. Weil gerade Frühstückszeit ist, steht ein Koch an der Live-Cooking-Station bereit, der für das Klinikpersonal und die Patienten frische Eier nach Wunsch zubereitet. Die Anmutung eines Fünfsternehotels überfordert mich auch heute. Schnell bestelle ich meinen Kaffee und verschwinde wieder.

Als ich acht Minuten später das kleine Besprechungszimmer auf der Patientenstation im Westflügel der Villa betrete, sitzt Gabriel bereits am Computer. Fluchend klickt er auf die Maus. Dann gibt er dem Laserdrucker rechts neben dem Tisch einen leichten Klaps.

»Verdammt, der Drucker spinnt schon wieder! Was soll das heißen, Error D735-H?«

Ich trete näher und räuspere mich. Gabriel fährt erschrocken herum. Als er mich sieht, setzt er seine betont professionelle Miene auf. »Da sind Sie ja. Mein Ausbruch eben tut mir leid. Ich verzweifle gerade wieder an der Technik. Es wird wirklich Zeit, dass wir die Akten digitalisieren und Tablets anschaffen. Peters hat mir aber versichert, dass die Vorbereitungen laufen. Er möchte eine neue IT-Abteilung aufbauen. Es scheint jedoch nicht so leicht zu sein, gute Leute zu finden.«

Ich nicke nur und nippe an meinem Kaffee. Er ist wirklich stark, und ich bin froh, dass ich noch einen Löffel Zucker untergerührt habe.

»Was steht heute an?«, frage ich möglichst unverfänglich.

Gabriel rauft sich die Haare. »Als Erstes sollten wir diesen Drucker in der Spree versenken.«

Trotz der angespannten Situation muss ich kichern. »Der Landwehrkanal wäre näher.«

Unsere Blicke treffen sich kurz, und zu meiner Überraschung muss Gabriel kurz auflachen. Sofort durchzuckt mich ein Blitz, und mein Herz beginnt schneller zu schlagen.

Doch da steht er auch schon auf und schnappt sich die Patientenakten vom Tisch. Dann drückt er sie mir in die Hand und reicht mir einen Kugelschreiber.

»Wenn der Drucker nicht will, müssen wir eben mit dem Stift arbeiten.« Er zuckt entschuldigend mit den Achseln.

Ich versuche, mein heftig pochendes Herz zu beruhigen. Gut. Bleiben wir auf der Arbeitsebene. »Kein Problem. Das geht oft schneller, und es gibt weniger Fehlermeldungen.«

Doch Gabriel hebt die Augenbrauen und lacht schon wieder auf, woraufhin sich eine seltsame Wärme in meinem Brustkorb ausbreitet. »Wie erfrischend pragmatisch du doch bist. Oh, Verzeihung, ich meinte natürlich, wie pragmatisch *Sie* sind, Frau Doktor Sahin.«

Ich versuche meine Gefühle wieder in den Griff zu bekommen. »Wir können gerne beim Du bleiben.«

Gabriel sieht mich schweigend an, und ich sehe, wie es in ihm arbeitet. Was gibt es da groß zu überlegen? Nach all der Intimität zwischen uns kann er nicht ernsthaft glauben, dass ich ihn sieze. Auch wenn wir uns in nächster Zeit wohl nicht mehr küssen – und er mein Vorgesetzter ist. Meinen Chefarzt in der Charité habe ich auch geduzt.

Dann geht ein Ruck durch seinen Körper, und er nickt. »Ja, gerne. Das ist ja üblich zwischen Kollegen.«

Warum fühlt sich das gerade so an, als hätte ich ihm etwas aufgedrängt, das er gar nicht wollte? Wahrscheinlich, weil es so ist.

Ich muss an Maxi denken – und an den Klartext. Gabriel und ich sind allein im Besprechungszimmer. Es ist der perfekte Moment, um über gestern zu reden und Klarheit zu schaffen. Aber wo fange ich da an? Und wie?

Ich nehme meinen ganzen Mut zusammen und räuspere mich. »Noch mal wegen gestern. Du meintest, wir sollen alles vergessen, was …«

»Ja, wir sind Kollegen. Nicht mehr, nicht weniger.« Gabriel unterbricht mich mit einer Bestimmtheit, die mich zusammenzucken lässt. »Ich dachte, ich hätte mich klar ausgedrückt. Zwischen uns wird nichts mehr passieren, und wir sollten uns jetzt auf unsere Arbeit konzentrieren. Es gibt viel zu tun.« Er deutet mit dem Kinn auf den Stapel Akten in meinen Armen. »Wir haben zwei Post-OPs und eine Voruntersuchung. King Lil-Wun will die Augmentation trotz der Risiken durchziehen. Wir müssen sie also gründlich durchchecken und eingehend beraten. Die beiden Munkenbergs stehen dagegen kurz vor der Entlassung. Sie wollen rüber ins ›Wellhouse‹ ziehen und sich dort noch ein paar Tage verwöhnen lassen. Yoga, Saftkur, du weißt schon. Ich schlage vor, wir beginnen bei der Mutter, danach kommt die Tochter dran. Zum Schluss nehmen wir uns dann King Lil-Wun vor.«

Ich nicke benommen. »Okay.« Das war's? Er ignoriert das, was ich sagen will? Lässt mich nicht einmal ausreden?

»Hast du sonst noch Fragen?« Er sieht mich ruhig an. Keine Spur von einem Funkeln in den Augen. Ob ich noch Fragen habe? Die habe durchaus, aber vor mir steht ein Fremder. Die

Erkenntnis schmerzt. Es war jetzt natürlich nicht so, als hätten wir uns zu irgendeinem Zeitpunkt die ewige Liebe geschworen, aber ich hätte nicht gedacht, dass es ihm so leichtfällt, unsere Vorgeschichte und den kleinen Zwischenfall gestern beiseitezuwischen.

Ich blinzle ein paarmal irritiert und sammle mich dann. »Ähm, ich hätte in der Tat noch eine Frage. Was ist mit Amba, also Frau Modi? Wann bekommen wir denn die Befunde ihres Hämatogramms? Muss sie noch lange auf ihre OP warten?«

Gabriels Ausdruck verändert sich, als ich die junge Pakistani erwähne. »Amba Modi steht für Mitte nächster Woche im OP-Plan.«

Gabriel sieht mich jetzt interessiert an. »Brandwunden sind dein Spezialgebiet, nicht wahr? Wenn du dich schon sicher genug fühlst, kannst du die OP gerne leiten. Frau Modi ist deine Patientin.«

Ich brauche einen Moment, bis mir die Bedeutung seiner Worte klar wird. Er traut mir zu, eine eigene OP zu leiten. An meinem zweiten Arbeitstag. Begeisterung überkommt mich. »Echt jetzt? Das wäre ja der Wahnsinn, Gabriel! Aber wird Peters das überhaupt zulassen? Ich habe ja gerade erst angefangen.«

Gabriel, den mein Enthusiasmus offenbar auflockert, streicht sich genüsslich übers Kinn. »Ach, lass das mal meine Sorge sein. Immerhin bin ich der Chefarzt. Ich schreibe die OP-Pläne. Außerdem hat Mirko in den höchsten Tönen von dir geschwärmt. So viel kann ich dir verraten.«

Ich erröte und gehe über das Lob hinweg. »Bist du sicher? Ich kenne mich hier im OP-Saal doch noch gar nicht aus.«

»Du wirst ja nicht alleine sein.« Einen kurzen Moment sieht er mich an, etwas länger als nötig. Im nächsten Moment schlägt er wieder einen geschäftsmäßigen Ton an. »Wenn du magst, kannst du mir morgen assistieren. Auch wenn ich fürchte, dass es kaum etwas zu tun gibt. Es steht nur eine Fettabsaugung in Kombination mit Eigenfettinjektion an.« Er sieht mich fragend an, aber ich zögere keine Sekunde.

»Ich würde gerne mit in den OP kommen.«

Da öffnet sich die Tür, und Oberschwester Yvonne betritt den Raum. Sie sieht uns argwöhnisch an und setzt sich wortlos an den Besprechungstisch. Kurz darauf trudeln immer mehr Ärztinnen und Ärzte ein. Gabriel geht mit uns die Tagesplanung durch, und Yvonne nickt zustimmend.

Am Ende der Besprechung klatscht er in die Hände und wendet sich an mich. »Dann lass uns jetzt erst mal sehen, wie die Augenlider der Munkenberg-Damen aussehen, bevor wir sie ins Wellhouse entlassen. Nach dir.«

Er deutet zur Tür, und ich folge seiner Aufforderung.

Der restliche Arbeitstag verläuft ohne nennenswerte Vorkommnisse. Es fällt mir allerdings nicht immer leicht, Gabriel nur als meinen Kollegen beziehungsweise Vorgesetzten zu sehen und all das zu ignorieren, was sonst zwischen uns geschehen ist. Immer wieder ertappe ich mich dabei, wie ich einen Moment zu lang auf seine Lippen sehe, nachdem er mir ein neues Detail über die Klinik und die Abläufe erklärt hat. Oder ich beobachte ihn, wie er vor mir den Gang entlanggeht, und mein Blick wandert über seinen muskulösen Rücken. Deshalb biete ich mich auch mehr als bereitwillig an, die Munkenbergs nach ihrer Entlassung alleine ins »Wellhouse« zu bringen – das noble, der Klinik angeschlossene Wellness-Hotel. Es liegt im hinteren Teil des Geländes der »Villa Berlin« und ist dezent mit Pflanzen und einem kleinen Mäuerchen vom vorderen Klinikbereich abgetrennt. Es fügt sich aber trotzdem so ein, dass es ein harmonisches Gesamtbild ergibt.

Als ich zurück in den Besprechungsraum komme, entdecke

ich nur Gabriel, der gerade mit Papierkram beschäftigt ist. Lässig schlendere ich zu ihm hinüber. Vor seinem Tisch bleibe ich stehen.

»Hast du nicht ein Arbeitszimmer, wo du die administrativen Aufgaben erledigen kannst?«

Obwohl ich mich bemüht hatte, Geräusche zu machen, zuckt Gabriel zusammen, und sein Arm rutscht aus. Eine fette, schwarze Linie durchzieht nun die Patientenakte, an der er gerade sitzt.

»O nein … Ich wollte dich nicht erschrecken«, stammle ich und überlege krampfhaft, wie ich das Malheur noch retten kann. Vielleicht ein Korrekturstift?

Gabriel blickt von seiner Arbeit auf. Doch statt mich zurechtzuweisen, lehnt er sich in seinem Stuhl zurück und reckt die Arme in die Luft. Er gähnt herzhaft.

Ich verharre und betrachte das Schauspiel. Den Arztkittel hat er abgelegt und über den Stuhl neben sich gehängt. Das schlichte graue Shirt mit Knopfleiste spannt sich über seine Brust, und ich kann bei seiner Bewegung jeden Muskel darunter erkennen. Die langen Arme sind sehnig und gut gebräunt, ein blonder Flaum bedeckt sie.

Mein Mund wird trocken. Ich muss plötzlich daran denken, wie diese Arme mich gepackt und an ihn gepresst haben, wie seine harten Muskeln sich unter meinen Fingern angefühlt haben.

»Bist du fertig?« Gabriel grinst mich verschmitzt und irgendwie sexy an. »Kollegen, schon vergessen?«

Mir schießt das Blut in den Kopf, und ich überlege kurz, ob ich schon mal davon gehört habe, dass jemand durchs Erröten einen Kreislaufkollaps hatte. Ich würde am liebsten im Boden versinken.

Ich senke den Blick, drehe mich von rechts nach links und

klopfe mit viel zu künstlichen Bewegungen meine Taschen ab, als würde ich etwas in meinem Kittel suchen. Wie peinlich bin ich eigentlich gerade! Ich sollte schleunigst von hier verschwinden.

»Ich habe wohl was in meinem Büro vergessen. Äh, tschüss.« Ich deute vage zur Tür und setze mich schon in Bewegung, als Gabriel mich aufhält.

»Layla?«

Abrupt drehe ich mich um. »Das mit der OP nächste Woche sollte klappen. Und morgen auch, zum Warmwerden.« Er zwinkert mir zu, und mein Herz setzt einen Schlag aus.

»Danke, das ist wirklich großartig.« Ich lächle ihn an, ganz ohne Schamgefühl, einfach nur dankbar. »Es ist wirklich toll, dass du dich so für mich einsetzt, Boss.«

Kaum habe ich die Worte ausgesprochen, bereue ich sie. Das klang ja so, als würde er mich bevorzugen. Gabriels Gesichtsausdruck ändert sich sofort. Es ist, als würde er wieder diesen kühlen Schleier überziehen.

»Gern geschehen. Zehn Uhr, sei pünktlich«, presst er hervor, bevor er sich wieder den Papieren vor ihm widmet. Ich verlasse fluchtartig den Raum.

In der Nacht bekomme ich kaum ein Auge zu. Ich spiele jede Begegnung mit Gabriel der vergangenen Tage noch einmal durch, überdenke jeden Satz, der gefallen ist. Warum fällt mir immer erst hinterher ein, wie ich hätte reagieren sollen? Seine ständigen Sinneswechsel verwirren mich aber auch einfach. Erst tut er so, als würde er mich nicht kennen, dann schiebt er mich plötzlich an die Wand, und wir landen fast im Bett, dann besteht er darauf, dass wir nur Kollegen sind – und zwischendurch ist er plötzlich wahnsinnig nett. Ich wüsste auch wirklich gerne, warum er mich nach dem Club nach meiner Nummer gefragt hat und sich dann nicht mehr gemeldet hat. Obwohl ich nicht glaube, dass mir die Antwort darauf gefallen würde.

Als Gabriel am nächsten Morgen in den kleinen Waschraum neben dem OP kommt, bin ich längst mit meinen Vorbereitungen beschäftigt. Die Prozedur beruhigt mich jedes Mal, das war schon bei meinem ersten Praktikum so. Die Wirkung ist fast wie bei einer Meditation.

Ich binde mir die Haare zurück und verstecke sie unter meiner OP-Haube, auf der unzählige kleine blau-weiße Augen aufgedruckt sind. Dilara hat sie mir zum Studienabschluss genäht, weil das Motiv des Auges in der Türkei als Glücksbringer gilt. Ohne diese Haube, die vom vielen Waschen schon ausgeblichen ist, betrete ich keinen OP-Saal mehr. Obwohl ich weder religiös noch spirituell bin, ist diese Haube zu einer Art Talisman geworden.

Als Nächstes ziehe ich mir einen OP-Kittel an und schrubbe mir die Hände und Unterarme, bis sie rot sind. Normalerweise gehe ich dabei die Schritte der OP noch einmal durch. Da ich heute aber nur assistiere, summe ich leise ein Lied vor mich hin, das mir immer in den Kopf kommt, sobald ich eine Operation beginne: »Heal The World« von Michael Jackson.

»Originell«, kommentiert Gabriel mit einem Nicken in Richtung meiner OP-Haube, als er ebenfalls zum Waschbecken tritt.

Damit reißt er mich aus meinen Gedanken. Er grinst schief, und mein Herz macht einen kleinen Hüpfer.

Ich werfe einen Blick auf Gabriels Kopf, den eine langweilige blaue Baretthaube ziert. »Dein Standard-Ding hätte gegen meine Haare keine Chance, und es vertreibt auch keine bösen Blicke.«

Ich habe damit gerechnet, dass er mich auslacht oder nachfragt, was ich damit meine. Aber Gabriel sieht mich kurz zögernd an und zieht dann zu meiner Überraschung ein eigenes Nazar-Amulett, ein kleines weiß-blaues Auge, das an einer Silberkette um seinen Hals hängt, unter seinem OP-Kittel hervor.

»Ich war vor ein paar Jahren mit den ›Ärzten ohne Grenzen‹ in Gaziantep nahe der syrischen Grenze, um bei den Folgen eines blutigen Selbstmordattentats auszuhelfen. Eine alte Frau hat mir zum Dank für die medizinische Versorgung dieses Amulett hier geschenkt. Sie sagt, es hat sie vor dem Schlimmsten bewahrt und solle ab jetzt über mich wachen.« Sein Blick ist verklärt, als würde er die Szene noch einmal erleben. Dann räuspert er sich und schenkt mir ein kurzes, aber aufrichtiges Lächeln. »Ich sehe das als gutes Omen.« Er lässt das Amulett wieder zurück unter seinen OP-Kittel verschwinden und beginnt damit, sich die Hände und Unterarme zu waschen.

Ich habe mitten in meiner Bewegung innegehalten, ergriffen von seinen Worten. Ich wusste, dass Gabriel lange im Ausland war, aber »Ärzte ohne Grenzen«? Das wusste ich nicht. Er ist also nicht nur unheimlich attraktiv, sondern hat auch viel Zeit damit verbracht, Menschen in Not zu helfen. Sofort fängt mein Herz an, schneller zu schlagen. Er ist perfekt. Und unerreichbar. Wie soll ich das bloß aushalten?

Sofort kommen mir tausend Fragen in den Kopf, und die erste ist raus, noch bevor ich darüber nachdenken kann.

»Wow, wie lange warst du denn da? Ich stelle mir das sehr hart und herausfordernd vor.«

Gabriel überlegt. »In der Türkei war ich nur ein paar Tage. Bei dem Anschlag sind über hundert Menschen getötet oder verletzt worden, und wir wurden aus Syrien für die Soforthilfe angefordert. Dort war ich einige Monate, bevor ich zum nächsten Einsatz weitermusste.«

Er redet mit ruhiger Stimme, seine Worte sind sachlich, aber ich kann in seinen Augen lesen, wie wichtig diese Arbeit für ihn war. Unweigerlich frage ich mich, warum er dann nach Deutschland zurückgekommen und ausgerechnet in einer Privatklinik wie der »Villa Berlin« gelandet ist. Andererseits bin ich auch hier. Um zu helfen.

»Ich finde es bewundernswert, dass du das gemacht hast.« Ich weiß nicht, ob er mich gehört hat.

Gabriel schweigt. Dann richtet er sich auf. »Es war eine wertvolle Arbeit und eine lehrreiche Zeit. Aber jetzt kümmern wir uns erst mal um die schlanke Linie unserer Opern-Diva.«

Meine Augen werden groß. »Wir operieren die Umberto? Das wusste ich nicht, in der Akte steht Gudrun Meier.«

»Ihr bürgerlicher Name.« Gabriel lacht und drückt dann mit seiner Rückseite die Schwingtüren zum OP auf. »Du machst mir jetzt aber keinen Rückzieher, oder?«

Ich schüttle den Kopf und folge ihm mit weichen Knien in den angrenzenden Raum.

Es ist faszinierend, Gabriel bei der Arbeit zu assistieren. Ich habe den Prozess der Liposuktion oft als entwürdigend empfunden, wenn Ärzte scheinbar lustlos mit der Absaugkanüle im Gewebe der Patienten herumstochern. Gabriel allerdings geht dabei so behutsam vor, wie ich es noch nie gesehen habe. Ich reinige und spüle das Fettgewebe nach der Absaugung und wähle die besten Fettzellen für die anschließende Brustvergrößerung mit Eigenfett raus. Dabei geht Gabriel ebenfalls sehr behutsam vor, spritzt das Gewebe gezielt und vorsichtig durch kleine Einstiche in die Umschlagfalte sowie neben den Warzenhof. Luna Umberto hatte bereits vor dem Eingriff eine beachtliche Oberweite, jetzt allerdings macht sie dem klassischen Bild einer Opernsängerin alle Ehre.

»Sie wird auf jeden Fall zufrieden sein«, sage ich, als wir Stunden später erschöpft den OP-Saal verlassen.

Er streift sich die Handschuhe ab und wirft sie in den Mülleimer neben der Tür. Dann wiegt er den Kopf hin und her.

»Ich hoffe, sie verträgt den Eingriff gut. Ihrer Akte zufolge ist die Frau seit Jahren treue Kundin der Klinik und musste ihre Silikonimplantate vor einiger Zeit entfernen lassen, weil das Gewebe entzündet war.«

Das erklärt seine Vorsicht. Allerdings würde ich fast wetten, dass Gabriel bei jeder OP so bedächtig vorgeht.

Ich trete neben ihm an den Spind, wo wir unsere Habseligkeiten aufbewahren. Durch die Anstrengung der vergangenen Stunden ist sein herber, männlicher Geruch noch intensiver als sonst, und ich nehme nur noch einen Hauch seines Aftershaves wahr. Ich fühle mich sofort zurückversetzt in den Club, an zuckende Lichter, an seinen Körper, der mich an die Wand gepresst hat. Sofort muss ich daran denken, wie er mich gestern das zweite Mal an die Wand geschoben hat. Mit einem Mal wird mir bewusst, wie nah er neben mir steht. Ich müsste mich nur ein paar Zentimeter rühren und würde ihn spüren.

Ich weiß nicht, ob es die Erschöpfung ist, die jetzt von mir Besitz ergreift und meine Sinne vernebelt, oder pures Begehren, aber ich kann nicht anders. Ich hebe die Hand und streiche sanft über seinen Rücken. Das T-Shirt ist feucht vom Schweiß. Ich fühle die Hitze seines Körpers, seine harten Muskeln. Zu meiner Überraschung lehnt Gabriel sich in die Bewegung, kommt mir entgegen, und ich wende mich ihm erwartungsvoll zu. Die Schmetterlinge in meinem Bauch feiern ein Freudenfest. Mit großen Augen sehe ich ihn an.

Sein Blick ist weich, doch ich erkenne auch die widerstreitenden Emotionen darin: Zuneigung und Verlangen, aber auch Zweifel und Zerrissenheit. Ich sehe den Moment, als er sich entscheidet. Er strafft sich und tritt einen Schritt zur Seite, meine Hand schwebt nun leer und kalt zwischen uns.

»Layla.« Seine Stimme klingt gequält, und er schaut zur Decke, als ob er etwas suchen würde. Er räuspert sich. Als er mich wieder ansieht, ist sein Gesichtsausdruck kühl, distanziert. »Das ist keine gute Idee, Layla. Ich bin dein Chef und trage eine Verantwortung. Lass uns professionell bleiben und uns auf unsere Arbeit konzentrieren. Wir sind Kollegen, mehr nicht.«

Seine Worte sind wie ein Stich in mein Herz. Kollegen. Professionell. Ich brauche einen Moment, bis die Botschaft in meinem Hirn ankommt, und lasse meine Hand sinken. Ich habe mich ohnehin schon genug zum Narren gemacht.

»Kollegen, na klar, kein Problem. Wenn wir hier dann fertig sind, würde ich gehen. Ich habe noch zu tun.«

Ohne seine Antwort abzuwarten, schnappe ich mir meine Tasche aus dem Spind und stürme aus dem Raum. Das Blut rauscht so laut in meinen Ohren, dass ich nicht mitbekomme, ob er noch etwas zu mir sagt.

So schnell wie möglich und ohne Aufmerksamkeit zu erregen, verlasse ich den OP-Flügel in die Eingangshalle. Durch eine unscheinbare Nebentür verschwinde ich aus der Villa und laufe immer weiter in den Klinikgarten, bis ich sicher bin, dass mich niemand mehr sehen oder hören kann. Dann lasse ich einen gequälten Laut aus meiner Kehle dringen, eine Mischung aus Wut und Verletzung.

Was habe ich mir dabei nur gedacht? Dass er mich an sich zieht und wir alles um uns herum vergessen? Was ist nur mit mir los? Er will mich nicht, zumindest nicht mehr. Gabriel hat mir sehr deutlich gemacht, dass unsere Beziehung rein beruflicher Natur bleiben wird.

Ich gönne mir einige Minuten, um mich zu sammeln, dann recke ich die Schultern. Ich werde schon damit klarkommen.

Schließlich habe ich schon so manche Schwierigkeit überwunden und bin nun hier, weil ich einen guten Job machen und Menschen helfen will. Gabriel will mich als pragmatische Kollegin, die sich auf die Arbeit konzentriert? Das kann er gerne haben.

Kapitel 8

Wie viel sich in ein paar Tagen ändern kann, schießt es mir durch den Kopf, als ich in einer fast schon gewohnheitsmäßigen Geste meine Plastikkarte an das Bedienfeld neben dem gusseisernen Tor halte und mein Fahrrad die Auffahrt hochschiebe. Seit ich an meinem zweiten Tag den überdachten Stellplatz auf der Westseite der Villa entdeckt habe, verzichte ich dankend auf die U-Bahn und strample die knapp acht Kilometer von meiner Wohnung zur Klinik lieber selbst, auch wenn ich bei diesen sommerlichen Temperaturen völlig verschwitzt ankomme. Trotzdem ist mir das allemal lieber, als mich zu den Stoßzeiten in die überfüllte Bahn zwischen Pendler und Schüler zu quetschen.

Am bislang wichtigsten Tag in dieser Klinik bin ich eine Stunde früher als sonst da, um mich gut vorzubereiten. Die Operation von Amba steht an.

Die Werte ihrer Blutuntersuchung waren gut, und wir haben grünes Licht für die erste OP bekommen. Auch die offenen Stellen der Brandwunde haben sich geschlossen, und während ich jeden Tag die Verbände gewechselt habe, konnte ich Amba besser kennenlernen. Ich habe noch nie eine so liebenswerte und starke Person wie sie erlebt. Nichts kann ihren Optimismus brechen. Maxi würde sie wahnsinnig gerne mögen, da bin ich mir sicher. Ich nehme mir vor, die beiden mal zusammenzubringen, vielleicht kann ich Amba nach ihrer letzten Operation mal in die WG zum Essen einladen.

Gedankenverloren verdrehe ich die Zahlen an meinem Schloss, als ein Knirschen auf dem Kies die Ankunft eines weiteren Radfahrers ankündigt. Neugierig hebe ich den Kopf und kann nicht verhindern, dass sich mein Magen zusammenzieht, als ich Gabriel erkenne, der sein schickes Rennrad lässig mit einer Hand um die Ecke der Villa schiebt. Im Gegensatz zu mir ist er kein bisschen außer Atem und sieht trotz Fahrradhelm absolut umwerfend aus.

Die letzten Tage mit ihm waren nicht ganz so einfach wie mit Amba. Jedes Mal, wenn er ich ihm begegne, macht mein Körper seltsame Dinge mit mir. Einmal werden meine Knie weich, einmal bekomme ich Herzrasen, oder die Blutzufuhr in mein Hirn wird unterbrochen, und ich kann keinen klaren Gedanken mehr fassen. Es fällt mir wirklich nicht leicht, mich zu konzentrieren, wenn dieser wunderschöne, talentierte und zu allen stets freundliche Mann in meiner Nähe ist. Aber wenigstens habe ich es geschafft, ihn nicht mehr ungefragt – und ungewollt – anzufassen. Was meine Träume angeht, hat sich nicht viel verändert, seit ich ihn das erste Mal gesehen habe. Während wir tagsüber als Kollegen zusammenarbeiten, verschmelzen nachts unsere Körper miteinander. Ich wache jeden Morgen mit einer Sehnsucht nach ihm auf, die nicht so leicht abzulegen ist. Zum Glück hilft die Fahrt durch den sommerlichen Berliner Morgen, in die Realität zurückzukehren, denn jede verträumte Unachtsamkeit wird mit einem wach machenden Hupen quittiert.

Überrascht bleibt Gabriel stehen. Wir schauen einander verlegen an. Es ist zu spät, um sich zu ignorieren. Seit dem Vorfall nach der Liposuktion bin ich Gabriel möglichst aus dem

Weg gegangen und habe mich auf höfliche Floskeln verlegt. Auch wenn ich manchmal das Gefühl hatte, dass er mich beobachtet. Wir arbeiten gut zusammen, aber sobald wir uns abseits von Patientenbefunden und Dienstplänen gegenüberstehen, wird es seltsam. So wie jetzt.

»Ach. Hallo, Layla. Du bist das. Ich hatte mich schon gefragt, wer hier plötzlich noch mit dem Rad kommt.«

Er deutet auf den Fahrradunterstand, der außer unseren beiden Rädern völlig leer ist, und löst die Schnalle seines Helms. Sein nur leicht feuchtes Haar fällt ihm verstrubbelt in die Stirn, und ich würde es ihm am liebsten aus dem Gesicht streichen. Ich schlucke und schiebe den Gedanken schnell weg. Wir sind Kollegen, mehr nicht. Dieser Satz ist in den vergangenen Tagen zu meinem Mantra geworden.

»Sieht so aus. Wir sehen uns später, ich muss jetzt die OP vorbereiten«, entgegne ich kurz angebunden.

Er verzieht keine Miene, sondern nickt nur.

So schnell es der kiesige Untergrund erlaubt, eile ich zur Seitentür der Villa, die mich direkt in den Ostflügel führt, und die Treppe hoch in mein Büro. Dort angekommen, atme ich erst mal tief durch, um mich zu sammeln. Gabriel hat einfach immer noch diesen Effekt auf mich, Mantra hin oder her. Ich kann nicht vergessen, wie intensiv seine Küsse waren und was seine Berührungen in mir hervorgerufen haben – im Traum oder in Wirklichkeit.

Es hilft auch nicht, dass ich den Menschen Gabriel immer besser kennenlerne. Seine Arbeit bei »Ärzte ohne Grenzen« ist bewundernswert, und er hat sich als wirklich guter Chef entpuppt, der mir geduldig alles erklärt und aufmerksam zuhören kann, solange es um fachliche Dinge geht. Sein Umgang mit den Patienten und Kollegen ist vorbildhaft, und er schafft es, dass in seinem Team ein gutes Miteinander herrscht. Dafür, dass er mich durch seine bloße Anwesenheit vollkommen aus dem Konzept bringt, kann er nichts.

Ich gebe mir genau eine Minute, um mich zu sammeln, dann raffe ich mich auf, hänge meine Klamotten in den Schrank und ziehe die OP-Kleidung samt Arztkittel an.

Meine erste eigene OP als Fachärztin der »Villa Berlin« steht an! Ich bin froh, dass meine erste OP direkt pro bono ist, also zum Wohle der Allgemeinheit und somit für die Patienten kostenlos. Aber ich bin auch unglaublich aufgeregt. Immerhin werde ich Amba Modis Hauttransplantation leiten. Gabriel wird observieren und assistieren. Er soll nur einschreiten, wenn es absolut nötig ist. Natürlich habe ich keinerlei Absicht, es so weit kommen zu lassen. Heute werde ich allen beweisen, dass ich nicht umsonst eine der jüngsten Fachärztinnen im Ausbildungsprogramm der Charité geworden bin und dass man sich auf mich verlassen kann.

Amba Modi begrüßt mich mit einem strahlenden Lächeln. »Frau Doktor, ist es so weit, oder muss ich noch warten?«

Mit großen Augen sieht sie mich unter ihrem heute hellgelben Tuch hervor an.

»Nein, keine Angst! Ich komme nur, um noch einmal mit Ihnen das Vorgehen zu besprechen und zu schauen, wie es Ihnen geht. Haben Sie etwas gegessen oder getrunken?«

Amba schüttelt den Kopf. »Nein. Nur Mund mit Wasser ausgespült. Ich habe aber Durst!«

»In ein paar Stunden bekommen Sie etwas zu trinken und ein leckeres Abendessen aus unserem Restaurant. Sie werden sehen: Das Warten lohnt sich. Nach so einer OP schmeckt es immer besonders gut.«

Ich lege ihr beruhigend die Hand auf den Arm, um ihr zu bedeuten, dass ich mit der Untersuchung anfange. Ich muss sicher sein, dass ihre Narben nicht wieder entzündet sind und Ambas Gesundheitszustand stabil ist. Der Eingriff ist kompliziert und wird ihr einiges abverlangen. Behutsam begutachte ich Ambas Haut und erkläre ihr dabei noch einmal in aller Ruhe, was ich gleich tun werde.

Hinter mir ertönt ein leises Klopfen, dann tritt Gabriel ein, Schwester Yvonne im Schlepptau. Bisher bin ich einfach nicht warm geworden mit der strengen Pflegeleiterin. Gabriel schenkt Amba eines seiner 1000-Watt-Lächeln, mit dem er vermutlich schon reihenweise Frauenherzen erobert hat. Einschließlich deinem, flüstert eine leise Stimme in meinem Kopf. Ich ignoriere sie.

»Frau Modi, nun ist es also so weit. Sind Sie aufgeregt? Ich kann Ihnen versichern, dass Sie bei Frau Doktor Sahin in den besten Händen sind.«

Amba, die unter seinem Blick errötet, erwidert schüchtern sein Lächeln. »Ich weiß, Frau Doktor hat alles erklärt. Ich habe viel Vertrauen.«

Jetzt ist es an mir, rot zu werden, aber ich freue mich auch. Inzwischen ist mir die junge Pakistanerin ans Herz gewachsen, und ich bin froh, ihr dabei helfen zu können, positiv in die Zukunft zu blicken.

»Schwester Yvonne macht Sie jetzt für die OP fertig, und ich entführe Frau Doktor Sahin schon mal nach unten, damit auch wir alles für den Eingriff vorbereiten können.«

Gabriel legt bei seinen Worten die Hand leicht an meine Schulter. Sofort spüre ich, wie sich etwas in meinem Brustkorb zusammenzieht und mein Herz anfängt, schneller zu schlagen. Doch ich lasse mir nichts anmerken und winke Amba zu.

»Wir sehen uns unten.«

Das stimmt zwar nicht ganz, weil Amba vermutlich schon

unter Narkose sein wird, wenn sie in den OP-Saal kommt, aber ich weiß, dass ihr meine Worte Mut machen.

Als wir aus dem Patientenzimmer in den Flur des Westflügels gelangen, trete ich einen Schritt zur Seite, um etwas Distanz zwischen Gabriel und mich zu bringen. Er scheint es nicht zu bemerken, hält seine Ausweiskarte kurz an das weiße Kästchen neben dem Fahrstuhl und drückt den Knopf nach unten, um ihn in den Keller zu schicken. Verwundert registriere ich, dass Gabriel die Berechtigung hat. Kurz überlege ich, ihn zu fragen, aber dann traue ich mich nicht. Ich will nicht neugierig erscheinen. Mir bleibt nichts anderes übrig, als mit ihm zu warten, dabei hätte ich am liebsten den Umweg über die Treppe im Haupthaus genommen, um gleich nicht alleine mit ihm auf so engem Raum sein zu müssen.

Ein Pling erklingt, und die Fahrstuhltüren öffnen sich. Gabriel lässt mir mit einer galanten Geste den Vortritt. Ich bin mit einem Mal extrem nervös, und das nicht nur, weil ich gleich als leitende Chirurgin im OP-Saal stehen werde und mir keinen Fehler erlauben darf.

Ich ermahne mich, tiefe Atemzüge zu nehmen, um meine Nerven zu beruhigen.

Die Aufzugtür schließt sich hinter uns, und ich bin mir seiner Nähe nur allzu bewusst.

»Layla?« Seine Stimme ist tief. Obwohl er leise spricht, hat sie Kraft.

Ich kann nicht anders, als zu ihm aufzusehen. Seine Augen fesseln mich.

»Ja?«, hauche ich.

Wenn er mich jetzt küsst, werde ich nichts dagegen tun, schießt es mir durch den Kopf. Er beugt sich zu mir, hebt langsam die Hand, und ich erwarte, dass er mir eine verirrte Strähne aus dem Gesicht streicht oder etwas in der Art. Doch seine Hand fährt an mir vorbei zum Bedienungsfeld des Aufzugs hinter mir.

»Wir haben noch nicht gedrückt«, sagt er nüchtern.

Oh, no. Ich mache hastig einen Schritt zur Seite, irgendeinen Unsinn wie »O ja, natürlich« murmelnd. Wo ist ein Loch, in dem ich versinken kann?

Für den Rest der Aufzugfahrt, die wir in einer angespannten Stille verbringen, halte ich meinen Blick krampfhaft auf den Boden des Fahrstuhls gesenkt.

Als ein Pling endlich das Ende der Fahrt ankündigt, springe ich aus der Kabine, nur, um wie angewurzelt stehen zu bleiben. Zu spät merke ich, dass nicht der hellgrüne Linoleumboden des OP-Flügels auftaucht, sondern ein glänzender weißer Steinboden.

Ich sehe auf und erkenne, dass ich in einem Vorraum stehe, bei dem ein paar Meter weiter eine große, schwere Sicherheitstür uns die Sicht versperrt. Wo die wohl hinführt?

Überrascht drehe ich mich zu Gabriel um, der sich ebenfalls verdutzt umsieht. »Wo sind wir denn hier gelandet?«

»Wir sind im Keller. Ich muss den falschen Knopf gedrückt haben. Komm wieder rein.« Er hält die Aufzugtür auf, die sich gerade schließen will.

»Was ist hinter der Tür?« Ich zeige auf die schwere Metalltür. »Leichen im Keller? Organe, die nach dem Zusammennähen übrig geblieben sind?«

»Sehr witzig.« Gabriel lächelt gequält. »Mit Leichen kann ich leider nicht dienen. Hier unten sind nur die Server, das Patientenarchiv und ein paar Lagerräume.«

»Hinter einer Sicherheitstür?« Ich sehe ihn irritiert an.

»Ja.« Warum wirkt Gabriel plötzlich so nervös? »Du solltest auch eigentlich gar nicht hier unten sein. Komm jetzt, bitte.«

»Okay, Boss.« Zögerlich gehe ich zurück in den Aufzug.

»Danke.« Sichtlich erleichtert drückt Gabriel auf den Knopf fürs Erdgeschoss. »Wir sollten uns jetzt ohnehin auf Frau Modi konzentrieren.«

»Natürlich.« Ich muss allerdings gestehen, dass ich jetzt doch neugierig bin. »Willst du mir den Keller später mal zeigen? Irgendwie ist der bei der Führung durchs Haus ausgelassen worden.«

»Das geht, fürchte ich, nicht.« Er lächelt mich gespielt bedauernd an. »Oder kennst du dich mit Servern aus? Unserer stürzt nämlich in schöner Regelmäßigkeit ab.«

Ich muss lächeln, denn ich mag diese spielerische Seite an Gabriel. »Leider nein. Mein Skalpell dürfte bei der Sache nicht helfen.«

Er lacht kurz auf, und ich muss gestehen: Ich mag dieses Geräusch. Ich sollte ihn öfter zum Lachen bringen.

Als wir endlich im OP-Saal ankommen, ist Yvonne schon da und mustert uns mit zusammengekniffenen Augen. »Wurden Sie aufgehalten?«

Gabriel zwinkert Yvonne zu. »Ich wollte Frau Doktor Sahin nur mal den Keller zeigen.«

Sie hebt eine dünne Augenbraue, die stärkste Gefühlsregung, die ich bei ihr bislang beobachten konnte. Ich eile an ihr vorbei und verschwinde in den Vorbereitungsraum.

Gabriel überlässt mich in der nächsten halben Stunde meinen Vorbereitungen. Ich verstecke meine Haare unter meiner Glücks-OP-Haube und beginne den meditativen Prozess des Händewaschens. In Gedanken gehe ich dabei jeden Schritt der anstehenden Behandlung noch einmal durch. Ich fühle mich gut vorbereitet und freue mich darauf, Amba helfen zu können.

Als Gabriel den Raum betritt, nickt er mir kurz zu. Die

Maske, die sein Gesicht bedeckt, lässt nur seine Augen frei. Sie sind kühl, ruhig und professionell. Genau das, was ich jetzt brauche.

Ich schiebe mit dem Rücken die Schwingtür zum OP auf, wo Amba gerade unter Narkose versetzt wird.

»Zählen Sie jetzt bitte von zehn herunter, Frau Modi«, höre ich Doktor Jacobi, die Anästhesistin der Klinik, gerade sagen. Die attraktive Mittvierzigerin hat ihre rote Mähne unter einer OP-Haube verborgen. Hier und da schauen aber ein paar Strähnen heraus.

Sie wirft mir einen schnellen Blick aus ihren wachen Augen zu, als sie mich hereinkommen sieht, und lächelt mir dann aufmunternd zu.

Ich trete an den Tisch heran, wo OP-Pfleger Andreas die nun schlafende Amba gerade so positioniert, dass ich perfekten Zugang zu ihrer Verletzung habe. Unter dem grellen Licht der OP-Lampen kann ich jede Falte, jede Erhebung, jeden Knoten der Haut genau erkennen. Ich schlucke. Das wird ein extrem herausfordernder Eingriff, der mir alles abverlangen wird. Aber für Amba, diese starke junge Frau vom anderen Ende der Welt, die schon so viel durchmachen musste, werde ich mein Bestes geben.

»Bist du so weit?« Gabriels sanfte Stimme reißt mich aus meinen Gedanken.

Ich habe nicht mal bemerkt, dass er sich mir gegenüber auf der anderen Seite des OP-Tischs aufgestellt hat.

Ich nicke kurz und richte dann das Wort an Andi. »Brille?«

Ich habe einen Nachmittag lang mit dem netten, etwas schlaksigen Pfleger geprobt, die Abläufe durchgesprochen und ihn kennengelernt. Im OP müssen wir ein Team sein, der eine denkt für den anderen mit. Andi mit seinem offenen Lächeln war mir gleich sympathisch und hat sich mit Feuereifer in unsere erste gemeinsame Arbeit gestürzt. Jetzt reicht er mir die Brille mit dem aufgebrachten Mikroskop und setzt sie mir in einer gekonnten Bewegung auf die Nase.

Ich nehme mir ein Skalpell vom Tablett und fokussiere meinen Blick auf Ambas Gesicht.

Plötzlich überkommen mich Zweifel. Es fühlt sich an, als würde Dilara vor mir liegen, und ich werde mir der wochenlangen Pein bewusst, die Amba ausgestanden haben muss. Wenn ich das verpfusche, füge ich ihr völlig unnötig noch mehr Schmerzen zu. Vielleicht hätte ich doch Gabriel den Vortritt lassen sollen, darauf bestehen sollen, zunächst zu observieren und gegebenenfalls eine Folge-OP zu übernehmen.

Meine Kehle ist mit einem Mal ganz trocken, mein Blick verschwimmt, und ich schaue hoch – direkt in Gabriels ruhige, dunkelblaue Augen.

Darin liegt kein Zweifel, kein Urteil, im Gegenteil: Ich sehe Zuversicht und Vertrauen, Wärme und Zuneigung.

Er nickt mir aufmunternd zu und richtet dann seine Worte an Doktor Jacobi, die am Kopfende des OP-Tischs sitzt. »Evelyn, würdest du uns etwas Musik anmachen? Frau Modi hier bekommt ein neues Gesicht. Wäre da nicht etwas Hoffnungsvolles angebracht? Vielleicht ›Heal the World‹ von Michael Jackson?«, sagt Gabriel und lächelt mich unter seiner OP-Maske an.

Ich blinzle überrascht. Er erinnert sich daran?

Evelyn Jacobi geht zu dem iPod in einer Ecke des OP-Saals. »Ist das für dich okay, Layla? Deine OP, deine Entscheidung.«

Ich benetze meine trockenen Lippen und räuspere mich. »Gerne.« Mit Musik habe ich noch nie operiert.

Nur Sekunden später erklingt eine Klavier-Melodie, und ich summe, ohne zu zögern, zu Michael Jackson, der seinen Text anstimmt. »There's a place in your heart / And I know that it is love …«

Frau Doktor Jacobi grinst und stimmt leise singend mit ein. »And if you really try / You'll find there's no need to cry.«

Woraufhin auch ich leise mitsinge. »In this place you'll feel there's no hurt or sorrow.«

Schließlich stimmt auch Andi ein, und unter Gabriels überraschtem Blick singen wir zusammen weiter.

Ermutigt greife ich nach dem Skalpell. Jede Unsicherheit fällt von mir ab. Meine Hände bewegen sich wie von allein. Ich spüre, dass die Operation ein Erfolg wird.

Kapitel 9

Vorsichtig löse ich den Verband an Ambas Kopf und wickle ihn langsam ab. Sie blickt mich mit leicht zusammengekniffenen Augen an, das grelle Untersuchungslicht blendet sie.

»Jetzt kann es kurz wehtun.«

Noch bevor ich meinen Satz vollendet habe, nehme ich mit einer schnellen Bewegung die sterile Kompresse ab, und die neue, transplantierte Gesichtshaut liegt frei.

Amba zuckt nur leicht zusammen. Ich habe selten Patienten erlebt, die so tapfer sind. Auch jetzt muss die Haut noch furchtbar spannen, doch sie sagte in den vergangenen Tagen nie mehr als: »Ach, es geht schon.« Und sie hat auch jetzt noch keinen Piep gesagt, obwohl die Untersuchung bereits fast eine Stunde dauert.

»Gleich haben Sie es geschafft. Sie dürfen heute sogar rausgehen, wenn Sie sich im Schatten aufhalten.«

Amba lächelt mich freudig an, und ich empfinde eine Welle von Mitleid und Sympathie für diese Frau, deren Geschichte ich noch immer nicht so richtig kenne. Ich weiß inzwischen nur, dass sie das Opfer eines religiös motivierten Anschlags geworden ist. Ein Selbstmordattentäter hat sich in ihrem Heimatdorf am helllichten Tag am Rande des Marktplatzes in die Luft gesprengt. Amba saß im Auto und sah, wie ihre Mutter starb. Sie kam gerade vom Einkaufen aus dem Geschäft, als der Mann die Bombe zündete. Amba musste mit ansehen, wie ihre Mutter durch die Luft geschleudert wurde, als kurz darauf das Auto, in dem sie saß, von den Flammen erfasst wurde. Amba war eingeschlossen. Wie sie herauskam, weiß sie bis heute nicht. Helfer müssen sie herausgeschnitten und den Brand gelöscht haben. Ihre Erinnerung setzt erst wieder einen halben Tag später im Krankenhaus ein, wo sie mit schwersten Verbrennungen und einem zertrümmertem Bein eingeliefert worden war.

Genau wie an ihrer rechten Körperhälfte sieht auch im Gesicht auf den ersten Blick alles gut aus. Vorsichtig prüfe ich mit der Lupe die Hautoberfläche, die neuen Hautareale wachsen gut an, und auch die Nähte verheilen und haben sich zum Glück nicht entzündet.

»Prima. Es sieht gut aus. Ihre Haut verbindet sich mit dem Transplantat, es scheint anzuwachsen. Und eine Entzündung erkenne ich nicht.«

Ich versorge die Haut und lege anschließend wieder einen Verband an. Das erfordert ziemlich viel Geschick, doch es gelingt mir zum Glück gleich beim ersten Versuch, Ambas Mund-, Nasen- und Augenpartie auszusparen. Verbände anlegen war leider nie meine große Stärke, aber dieses Mal ist es richtig gut gelungen. Nur noch Ambas große, braune Augen schauen heraus und blicken mich aufmerksam an.

Ich zucke kurz zusammen, als sich im Flur Schritte nähern. Ist es Gabriel? Wollte er nicht heute den Gips von King Lil-Wuns Nase entfernen?

Die Schritte entfernen sich, und dann höre ich nur noch das leise, monotone Summen der Klimaanlage. Enttäuscht atme ich aus. Ich sollte mich auf meine Arbeit konzentrieren.

»Alles in Ordnung mit Ihnen?« Amba schaut mich besorgt an.

»Natürlich.« Ich lege die Verbandsschere auf das Tablett und ziehe meine Handschuhe aus.

Als könne sie Gedanken lesen, fährt Amba fort. »Wollte Doktor Goldberg nicht auch noch kommen?«

»Er hat noch zu tun.« Mit einer raschen Bewegung stehe ich auf, werfe die Handschuhe in den Mülleimer und desinfiziere mir energisch die Hände.

Er hat seit Ambas OP immer viel zu tun. Zuerst war ich stolz darauf, dass er offenbar genug Vertrauen in mein Können hat, um mich allein arbeiten zu lassen. Langsam kommt es mir allerdings so vor, als würde er mir einfach aus dem Weg gehen.

Ich spüre Ambas Blicke in meinem Rücken und drehe mich um.

»Sie mögen ihn, oder?« Ihre Stimme ist lockend, und sie sieht mich an, als würde sie direkt in mein Herz schauen. »Ich kenne Doktor Gabriel. Er ist guter Arzt und hat viel für meine Familie getan.«

Ich starre sie an. »Du kennst ihn?«, platzt es aus mir heraus. »Ich meine, Sie kennen ihn? Woher?«

»Bitte, nennen Sie mich Amba. Es ist mir immer so kalt, wenn alle Frau Modi sagen.« Amba blickt mich mit strahlenden Augen an, die mich so sehr an die Augen meiner Schwester erinnern.

»Dann sag aber bitte auch Layla zu mir.« Ich weiß nicht, wie streng die Regeln hier in der Villa sind, aber es fühlt sich gut an.

»Gerne. Danke, Layla«, wenn sie lachen könnte, würde sie das jetzt tun, doch der Verband verhindert, dass sich ihre Gesichtsmuskeln bewegen können.

Sie reicht mir ihre zarte, kühle Hand, und ich schüttle sie vorsichtig.

Dann sieht Amba mich mit ihren großen dunklen Augen an. »Du willst wissen, warum ich Doktor Gabriel kenne.«

Ich nicke etwas verlegen.

»Ich erzähle dir gern. Doktor Gabriel war lange in unserem Dorf, für ›Ärzte ohne Grenzen‹. Hat auch meine kleine Schwester geheilt. Bei ihr war Gift im Blut. Wie sagt man?«

»Sepsis. Blutvergiftung.«

»Genau. Eine Wunde war nicht gut. Ohne Doktor Gabriel sie wäre tot.« Ambas Augen füllen sich mit Tränen, und sie wendet sich kurz ab.

Ich lasse ihr Zeit, bis sie mich wieder ansieht, und auch ich selbst muss erst einmal kurz nachdenken. Ich wusste zwar, dass Gabriel die letzten Jahre im Ausland war, aber Pakistan hat er bisher mit keinem Wort erwähnt, und vor allem nicht, dass er Amba bereits kannte, bevor sie in die Villa gekommen ist. Warum hat Gabriel das nie erwähnt?

Amba schluckt, und ich warte weiter ab. Das Gute in dieser Klinik ist, dass ich Zeit dafür habe. Statt wie in anderen Krankenhäusern nur wenige Minuten pro Patient gibt es hier keine Obergrenzen. Im Gegenteil. Auch für die Pro-Bono-Patientinnen, die »besonderen Patientinnen«, sollen sich die Ärzte viel Zeit nehmen.

Als Amba sich wieder entspannt, versuche ich, mehr über Gabriel und seine Verbindung zu Amba herauszufinden.

»Und hat Gabriel …« Ich räuspere mich. »Ich meine, Doktor Goldberg. Hat er dich auch behandelt? Nach deinem Unfall?«

»Nein. Da war er schon weg. War kein Spezialist mehr da. Ich konnte nicht richtig geheilt werden. Wir alle waren sehr traurig, als Doktor Gabriel weg war. Wir dachten, er bleibt immer in Pakistan. Aber er sagte, er muss weg. Er hat Angebot von Doktor Peters für eine Klinik in München.«

Ich nicke, wundere mich aber, wie Amba darauf kommt, dass Gabriel in Pakistan bleiben würde. Die Einsätze bei den »Ärzten ohne Grenzen« dauern für gewöhnlich neun bis zwölf Monate.

»Er behandelte also deine Schwester und ging dann zurück nach Deutschland, um für Herrn Peters zu arbeiten?«

»Ja. Aber Doktor Gabriel hat mich nicht vergessen. Hat mich nach Berlin abgeholt. Für Operation.«

»Er kam selbst nach Pakistan und hat dich abgeholt?«

»Nein. Aber er hat geschrieben. Er versucht, dass ich Pro-Bono-Programm machen kann. Dann kam Anruf von der Klinik und eine E-Mail. Ich wollte erst nicht, weil ich kleine Schwester nicht allein lassen kann, aber sie hat überredet, dass ich gehen soll. Und jetzt bin ich glücklich.« Ambas Augen strahlen wieder. Vor lauter Aufregung ist ihr Akzent stärker geworden, ihre Aussprache gebrochen.

»Das ist schön, und du machst das sehr gut. Bald bist du wieder wie neu.« Ich lächle sie zuversichtlich an. »Und jetzt komm mit, wir gehen noch kurz eine Runde in den Park. Danach muss ich Papierkram erledigen.«

Amba steht auf, und ich reiche ihr die Gehhilfen. Sie soll so oft wie möglich laufen und den Rollstuhl vermeiden, damit die Muskulatur nicht abbaut. Da sie wegen der Transplantation starke Schmerzmittel nimmt, scheint es für sie in Ordnung. Zumindest lässt sie sich nichts anmerken.

Ich halte ihr die Tür auf, und sie geht vor. Auf dem Flur hüllt uns der zitronige Duft von Putzmittel ein.

»Wann wird denn dein Bein operiert?« Mir fällt auf, dass ich auf dem OP-Plan noch gar nichts dazu gesehen habe.

Amba schaut mich verwirrt an, während wir in den Aufzug steigen. »Mein Bein? Das wird nicht operiert. Nur Haut.«

Ich blinzle verwirrt.

»Was? Warum nicht? Bist du sicher?«

»Ganz sicher. Nur Haut. Dann fliege ich zurück nach Pakistan. Ist schon gut.«

Ich will schon etwas erwidern, da sehe ich, dass Amba gerade genug damit zu tun hat, einen Schritt vor den nächsten zu setzen.

Wir verlassen schweigend den Aufzug und gehen langsam in Richtung Eingangshalle, lassen die Schleuse zum OP-Bereich hinter uns. Für gewöhnlich sind unsere Patienten so fit, dass sie die große Mahagonitreppe nach unten nehmen. Die wenigen Ausnahmen werden diskret an den OP-Sälen vorbeigeführt.

Helles Sonnenlicht strahlt durch die bodentiefen Fenster der Eingangshalle, und ich steuere eine der Terrassentüren an, die in den gepflegten Garten auf der Rückseite der Villa mit den üppig blühenden Rosenbüschen führt.

Es ist erst Vormittag, aber es fühlt sich an, als wären 40 Grad hier draußen – im Vergleich zu den kühlen Klinikräumen scheint die Luft tropisch heiß, und wir folgen dem kleinen Kiesweg im Schatten der alten Linden. Ich spanne zusätzlich den Schirm mit UV-Schutz mit dem Klinik-Logo auf und halte ihn über Ambas Kopf, sodass sie vollständig im Schatten gehen kann. Zu viel Sonnenlicht wäre Gift für ihre frisch transplantierte Haut. Deshalb sind wir die ersten Tage nach der OP auch nur den Gang im Westtrakt auf und ab gegangen, aber Amba hat mich irgendwann gebeten, einen Spaziergang im Garten machen zu dürfen.

Ich deute auf eine Bank im Schatten unter einer alten Eiche etwas am Rand der Anlage, und Amba bewegt sich langsam mit ihren Gehhilfen dorthin.

Hinter den Rosen erkenne ich im glitzernden Sonnenlicht die Oberfläche des Pools, der an das »Wellhouse« im hinteren Teil des Geländes grenzt. Die prominenten Patienten sollen sich in der Klinik wie in einem Luxus-Hotel fühlen und im »Wellhouse«, wo sie nach der Operation noch ausspannen und ausheilen können, wie im Urlaub. Nur, dass sie dann eine gerade Nase oder gestraffte Gesichter und Körper mitbringen.

Amba lässt sich auf die Bank fallen.

»Geht es dir gut?« Ich sehe, wie sich ihr Brustkorb schnell hebt und senkt. »Soll ich den Rollstuhl holen?«

»Nein. Alles gut.« Amba sieht mich zufrieden lächelnd an. »Ich muss stark werden. Für die Reise nach Pakistan.«

»Die Reise … Ich verstehe das nicht. Wieso wird dein Bein nicht auch operiert? Das muss doch dringend gemacht werden, sonst wirst du ein Leben lang Probleme haben.«

Amba zuckt die Schultern. »Ärzte haben gesagt, die Haut wird operiert. Von Bein haben sie nichts gesagt.«

»Das muss ein Missverständnis sein.« Ich schüttle ungläubig den Kopf. »Ich werde nachher gleich mit Doktor Goldberg und Herrn Peters sprechen.«

»Danke, Layla.«

»Das ist doch selbstverständlich. Aber jetzt gehen wir erst einmal wieder rein. Die Haut unter dem Verband heizt sich sonst zu sehr auf.«

Wir gehen den Weg zurück zur Eingangshalle. Während Amba mit ihrer Gehhilfe nur langsam vorankommt, sehe ich mich um. In einer der Sitzgruppen vor mir leuchtet die hellblau gefärbte Haartolle von King Lil-Wun, die lautstark telefoniert, ich vermute, es ist Koreanisch. Der schneeweiß leuchtende Verband um Stirn und Nase stört sie dabei nicht im Geringsten. Gabriel hat ihn offenbar gerade erneuert. Die Untersuchung muss schnell gegangen sein.

Ich beobachte die Influencerin aus den Augenwinkeln, während wir in Richtung Schleuse gehen. Sie trägt trotz der Hitze enge, schwarze Lederkleidung und schwere Stiefel, und sie wirkt deutlich kleiner und zierlicher als in ihren Videos, in denen sie nicht nur Musik, sondern auch ihre neuesten Klamotten und Frisuren präsentiert. Die Frau ist ein Gesamtkunstwerk. Wie alt sie wohl sein mag? Ich schätze sie auf achtzehn oder neunzehn. Für eine Nasen-Operation also eigentlich viel zu jung.

Ich bringe Amba in ihr Zimmer, wo sie sich sofort aufs Bett legt. Dann verabschiede ich mich und verspreche noch einmal, bei Gabriel und Peters wegen des Beins nachzuhaken.

Auf der Suche nach Gabriel wird schnell klar, dass keiner eine Ahnung hat, wo er gerade ist. Die meisten tippen auf Mittagspause. Ich gehe zum Fahrradstellplatz und entdecke sein Rennrad. Er ist also noch auf dem Klinikgelände. Nur wo? Ich blicke mich suchend um. Seltsam. Ich kann ihn einfach nicht richtig einschätzen, manchmal habe ich das Gefühl, dass er mir etwas vorenthält.

Doch schnell schiebe ich den Gedanken beiseite, als ich von Weitem Gabriel entdecke. Er steht im weißen, lässig geöffneten Kittel im kleinen Rosengarten, geht auf und ab und tippt dabei auf seinem Smartphone herum. Er ist völlig in sein Handy vertieft und bemerkt mich nicht, als ich mich ihm langsam nähere. Ich verlangsame meine Schritte noch mehr, obwohl ich am liebsten sofort zu ihm hinübersprinten würde. Ich habe die starke Vermutung, dass rennende Ärzte nicht gerne gesehen werden, wenn es kein echter Notfall ist.

Als ich nur noch wenige Meter von Gabriel entfernt bin, blickt er auf. Für einen Moment blitzen seine Augen, dann räuspert er sich.

»Oh, hallo Layla, ich hab dich gar nicht gesehen. Wie lief es mit Frau Modi?«

Ich streiche meinen Kittel glatt. »Amba macht große Fortschritte. Ich bin sehr zufrieden mit dem Heilungsprozess«, erkläre ich ihm sachlich, kann dabei die Freude in meiner Stimme nicht verbergen.

»Das ist großartig.« Die Weichheit seiner Stimme lässt mich aufhorchen, und ich sehe ihn direkt an.

Er zögert. Ich halte gespannt die Luft an. »Ich wollte dir das schon die ganze Zeit sagen, Layla. Du hast wirklich eine beeindruckende Arbeit geleistet im OP-Saal. Ich wusste, dass du eine gute Ärztin bist, aber das war wirklich eine eigene Liga. Man könnte meinen, du machst seit Jahren nichts anderes.«

Ich spüre, wie mir heiß wird, und sehe schnell weg.

Wie immer, wenn ich verlegen bin, fange ich an zu plappern. »Ach, was. Ich hatte einfach gute Lehrer. Wir hatten in der Hautklinik einmal einen ähnlichen Fall, und ich habe von Professor Krüger vieles gelernt. Er ist eine echte Koryphäe und sehr versiert im Umgang mit Verbrennungen und Hauttransplantationen. Du solltest sehen, wie er …«

Ich breche ab, als Gabriel mir sanft eine Hand an den Arm legt. »Nimm das Kompliment einfach an, Layla. Ich würde das nicht sagen, wenn es nicht stimmt.«

Seine Berührung ist kaum merklich, aber sie reicht aus, um meinen Puls zu beschleunigen. Ich bete, dass er es nicht merkt. Und warum darf er mich berühren, aber ich ihn nicht? »Okay.« Hastig trete ich einen Schritt zurück. »Danke.«

»Gerne.« Der verletzte Ausdruck in seinen Augen entgeht mir dabei nicht. »Layla, was ist los?«

Was los ist? Ich weiß nicht, was ich erwidern soll. Denn so genau weiß ich inzwischen auch nicht mehr, was los ist. Er selbst hat mir doch klargemacht, wie wir zueinander stehen: *Wir sind nur Kollegen.* Das eben hat sich aber nicht so angefühlt, und überhaupt fühle ich mich ganz und gar nicht wie seine Kollegin, denn egal, was ich mir vormache: Ich will ihn jetzt schon wieder küssen. Jetzt, wo er so unsicher vor mir steht und mich so ansieht, als wäre ich mehr als nur eine Kollegin. Oder haben wir einfach unterschiedliche Vorstellungen davon, wie Kollegen miteinander umgehen?

Ich schüttle resigniert den Kopf. »Danke für die professionelle Einschätzung meiner Arbeit, Gabriel. Ich muss jetzt an meinen Schreibtisch.«

»Natürlich.« Auch Gabriel macht jetzt einen kleinen Schritt von mir weg. »Wir sehen uns ja dann sicher später beim All-Hands-Event.«

»Beim was?« Ich sehe ihn irritiert an.

»Beim All-Hands-Event. Hat Peters das nicht erwähnt?«

»Nein? Was soll das sein?«

»Eine Art Mitarbeiterversammlung, zu der Kollegen aus anderen ›Villa‹-Kliniken in ganz Deutschland anreisen. Es gibt Häppchen und Sekt in der Skybar auf dem Dach der Villa, Peters hält eine Rede, alle stehen in Abendgarderobe herum und besprechen wichtige Dinge.«

»Abendgarderobe?«, frage ich gequält, denn ich bin heute Morgen sicherlich nicht in Abendgarderobe mit dem Fahrrad in die Arbeit gekommen.

»Ja. Mein Anzug hängt oben im Schrank.« Gabriel hält kurz inne. »Wohnst du weit weg? Sonst kannst du nachher früher gehen und dich noch umziehen.« Plötzlich schleicht sich ein kleines Lächeln auf seine Lippen. »Ich möchte dich jetzt nicht schockieren, aber den Leuten hier in der Villa ist das oberflächliche Äußere wirklich wichtig. Vor allem denen, die dein Gehalt festlegen.« *O nein.*

»Gut.« Ich wende mich zum Gehen. »Und danke.«

»Gerne.« Gabriels Stimme ist schon wieder unkollegial sanft, und ich will gar nicht wissen, wie sein Blick ist.

Entschlossen gehe ich zurück zum Haupthaus, erklimme die Stufen und trete in die angenehme Kühle der Villa. Ich möchte früh fertig werden, um auf keinen Fall zu spät zu dem Event zu kommen. Bis dahin habe ich aber noch einiges zu tun.

Ich bleibe abrupt stehen. Mist, ich habe vergessen, mit Gabriel über Ambas Bein zu sprechen.

Kapitel 10

Sanfte Loungemusik dringt aus den diskret hinter den Blumenkübeln platzierten Boxen durch die Abendluft. Die Palmen und exotischen Pflanzen der Skybar bilden aufregende Silhouetten vor der untergehenden Sonne, die den Himmel in Richtung Tiergarten und Bahnhof Zoo in ein leuchtendes Pink taucht.

Fasziniert betrachte ich das Farbspiel und nippe an meinem Sekt. Auf dem Landwehrkanal fahren einige hell erleuchtete Boote und Touristenfrachter vorbei. Ich bin froh, dass mich die wunderbare Aussicht vom Dach der Villa ablenkt, denn ich fühle mich befangen. Auch wenn ich mich zu Hause noch schnell geduscht habe und in ein schwarzes, schulterfreies Cocktailkleid geschlüpft bin, fühle ich mich, als würde ich nicht dazugehören zu den vielen gut aussehenden Menschen in Abendkleidung, die in Grüppchen zusammenstehen und sich unterhalten. Leider habe ich bisher kein vertrautes Gesicht entdeckt.

Aus den Augenwinkeln mustere ich die Frauen und Männer, viele sind kaum älter als ich – sicher auch Berufsanfänger. Dazwischen entdecke ich ein paar etwas ältere Gesichter, die mir vage bekannt vorkommen. Vermutlich sind es die Klinikleiter der regionalen Niederlassungen der »Villa Clinics«, die ich schon auf der Homepage vor dem Bewerbungsgespräch gesehen hatte. Hier sind mindestens hundert Leute, und es können nicht nur die klinischen Leiter der anderen »Villa«-Kliniken sein. Dazu ist es viel zu voll hier.

Zwischen den schwatzenden Grüppchen bewegen sich dezent Bedienungen mit Tabletts, reichen Sektgläser und Kanapees.

Ich ertappe mich dabei, dass ich mich immer wieder nach Gabriel umsehe. Unser Aufeinandertreffen von heute Nachmittag schwirrt mir noch immer im Kopf herum. War ich zu schroff ihm gegenüber? Im Nachhinein war es vielleicht doch einfach eine kollegiale Geste, nach einem wirklich netten Kompliment. Dafür, dass mich jede seiner Berührungen aus dem Konzept bringt, kann er nichts. Außerdem muss ich mit ihm noch über Ambas Bein sprechen. Es kann nicht sein, dass wir sie so nach Hause schicken. Es muss ein Missverständnis sein.

Doch ich entdecke Gabriel nicht. Dafür sehe ich Mirko Peters zusammen mit zwei Herren in dunklen Maßanzügen in einer Loungeecke sitzen. Ich überlege, hinüberzugehen und ihn auf Amba anzusprechen, traue mich dann aber nicht. Ich sollte zunächst mit Gabriel reden, der aber nirgends zu sehen ist.

Also wende ich mich wieder dem Sonnenuntergang zu und trinke mein Glas leer. Mir wird angenehm schummrig, und ich beobachte verstohlen die anderen Gäste. Ich hatte zunächst befürchtet, dass mein Kleid vielleicht etwas zu kurz für diesen Event sein könnte, verglichen mit dem pinkfarbenen Stück Stretch der weißblonden Frau, die sich in einiger Entfernung über die Brüstung beugt, wirkt es aber geradezu bieder. Der Stoff rutscht nach oben und gibt fast ihren Hintern frei.

»Herrlich, diese Aussicht, gell?«, eine fremde Männerstimme mit unüberhörbar bayerischem Akzent dringt direkt in mein Ohr.

Neben mir steht ein kerniger Mann mit Halbglatze und roten Pausbacken. Er trägt einen teuer aussehenden dunkelgrünen Anzug mit Karomuster, der mich entfernt an eine Jägeruniform erinnert. Ein Hut mit Gamsbart würde perfekt dazu passen.

»Verzeihung. Ich habe mich gar nicht vorgestellt. Mein Name ist Doktor Alois Gschwendt. Ich bin Klinikleiter der ›Villa München‹.« Er streckt mir die Hand entgegen, die ich nur widerwillig ergreife.

»Doktor Layla Sahin, plastische Chirurgie hier an der ›Villa Berlin‹«, erwidere ich möglichst freundlich.

Da ertönt ein lauter Gong und rettet mich vor einem Gespräch mit Doktor Gschwendt. Die Musik aus den Lautsprechern verstummt, und Mirko Peters drängt sich durch die Menschen, in der Hand ein Mikrofon. Lässig macht er einen Satz auf einen hohen Blumenkasten aus Teakholz und räuspert sich. Er trägt eine dunkelblaue Anzughose und ein weißes Hemd, den oberen Knopf hat er offen gelassen. Seine durchdringend blauen Augen strahlen. Sofort verstummt das Stimmengewirr. Ohne Frage ist Mirko Peters ein charismatischer Mann.

»Entschuldigung. Ich möchte nur ungern unser geselliges Miteinander stören, liebe Kolleginnen und Kollegen. Ich freue mich sehr, dass Sie so zahlreich erschienen sind. Mit Blick auf die Uhr möchte ich bitten, dass wir nun kurz zum geschäftlichen Teil des Abends kommen. Danach können wir uns sofort wieder dem Vergnügen zuwenden.« Er grinst sein schiefes Lächeln und macht eine Kunstpause, dabei genießt er sichtlich das anerkennende Murmeln der Zuhörer. »Nehmen Sie Ihre Gläser einfach mit, und folgen Sie mir bitte unauffällig in den Konferenzsaal hier gleich nebenan. Das Team unserer großartigen Cantina beglückt uns heute in der Skybar mit allerlei Gaumenfreuden. Prost.«

Er trinkt sein Glas aus und macht einen eleganten Satz nach unten, bevor er in Richtung des modernen Konferenzsaals verschwindet. Neugierig stehe ich auf und ergreife die Gelegenheit, mich möglichst weit von dem Münchner Alois Gschwendt zu entfernen, der bis jetzt dicht neben mir stand. Ich folge den anderen Besuchern zu einem schicken, hochmodern aussehenden Glasanbau, der in moderne Betonelemente eingefasst und im Zuge der Renovierungsarbeiten auf den Ostflügel der Villa direkt oberhalb der Cantina aufgesetzt wurde.

Im Inneren dieser hell erleuchteten, etwas asymmetrischen Glasarena ist es angenehm kühl, und mir weht der frische, chemische Geruch eines neuen Gebäudes entgegen. Suchend lasse ich meinen Blick über die Stuhlreihen gleiten. Doch ich sehe Gabriel noch immer nirgendwo.

Weil ich nicht auffallen will, lasse ich mich in einer der hinteren Reihen am Rand zum Ausgang nieder. Erfreut stelle ich fest, dass ich mich genau neben die Anästhesistin Evelyn Jacobi gesetzt habe, die mir verschwörerisch zugrinst.

»Auch eine, die lieber in der letzten Bank sitzt?«

Ich nicke. In der Schule war ich definitiv immer eher jemand, der in der ersten Reihe saß. Aber das muss Evelyn, die ihre dunkelrote Mähne aufwendig frisiert hat und mit passendem Lippenstift wie immer fabelhaft aussieht, ja nicht wissen.

»Vor allem ist man hier hinten aus der Schusslinie«, flüstere ich zurück.

In diesem Moment unterbricht Mirko Peters unser Gespräch. Er steht vorne auf einer Art Podium vor einer hellblauen Leuchtschrift »Villa Clinics GmbH«. Quer darüber prangt ein orangefarbenes Logo mit der Aufschrift »Stiftung Camino«.

Er räuspert sich, und sofort wird es still im Saal. »Werte Kolleginnen und Kollegen, liebe Ärztinnen und Ärzte, verehrte

Mitstreiter. Ich freue mich sehr, dass Sie heute Abend zu unserer alljährlichen Mitarbeiterversammlung gekommen sind. Als ich vor fünf Jahren das Unternehmen in München aufgebaut habe, hätte ich mir nie träumen lassen, was uns alles gelingen würde.« Er hält kurz inne und blickt in den Saal. »Wir haben es geschafft, das Vorbild der ›Villa München‹ als Kernzelle dieses Unternehmens zu etablieren, als Vorbild für alle weiteren ›Villa‹-Kliniken in ganz Deutschland. Und dazu haben Sie alle beigetragen. Mein besonderer Dank gilt meinem unermüdlichen Nachfolger Doktor Alois Gschwendt, der nun die Leitung der ›Villa München‹ übernommen hat und mich dort würdig vertritt. Ich weiß das Haus in den besten Händen und kann mich voll darauf konzentrieren, die Geschäfte von der Hauptstadt aus zu leiten. Danke, Alois.«

Doktor Gschwendt steht auf und nickt stolz in alle Richtungen, während die Mitarbeiter höflich applaudieren.

»Nach fünf Jahren, in denen die ›Villa Clinics GmbH‹ beständig gewachsen ist, können wir unsere erste Gesamt-Mitarbeiterversammlung in unserem neuen Sitz in Berlin abhalten, liebe Kolleginnen und Kollegen. Einigen von Ihnen begegne ich heute zum ersten Mal. Erlauben Sie mir darum ein paar erläuternde Worte zu unserem Unternehmen.«

Peters räuspert sich und nimmt einen Schluck Wasser, das auf dem Pult bereitsteht. Ich werfe einen Blick zu Evelyn, die theatralisch mit den Wimpern klimpert, und muss mir ein Grinsen verkneifen.

»Sie glauben gar nicht, wie glücklich mich die Arbeit dieser großartigen Kliniken macht. Nicht nur sind wir über die Landesgrenzen hinaus bekannt als eines der führenden ästhetisch-chirurgischen Konsortien. Die ›Villa‹-Kliniken verfügen über einen ausgezeichneten Ruf bei unseren Kundinnen und Kunden, und ich bin stolz, dass hier so viele hoch angesehene Ärzte und Ärztinnen, aber natürlich auch Pflegerinnen und Pfleger, Therapeutinnen und Therapeuten arbeiten. Darüber hinaus verfügen wir über ein weltweit einzigartiges Geschäftsmodell, in dessen Rahmen zehn Prozent unserer Einnahmen einem Pro-Bono-Programm zugutekommen. Sie alle sind dafür mitverantwortlich, dass wir so vielen Mädchen und Frauen in der ganzen Welt eine neue Zukunft schenken konnten. Dafür möchte ich Ihnen von ganzem Herzen danken. Sie sind wunderbar.«

Er blickt in die Menge und macht eine Pause. Obwohl ich diese Art der Ansprache als etwas pathetisch empfinde, merke ich doch, dass auch mich seine Worte berühren.

Peters tritt einen Schritt zur Seite, und ein Film startet. Er zeigt Aufnahmen von schwer verletzten Frauen und Mädchen direkt nach dem Unfall, blutende Wunden und schmerzverzerrte Gesichter. Und dann, als mir die Tränen gerade in die Augen steigen, sieht man dieselben Frauen und Mädchen in Krankenhausbetten mit Verbänden und Gipsen, die glücklich in die Kamera lächeln. Zum Schluss endet der Film mit kurzen Sequenzen, in denen die Frauen nach Hause kommen und ihre Familien umarmen.

Vielleicht sollte ich Peters doch direkt nach Ambas Bein fragen. Ihm scheint das Wohl der Frauen wirklich am Herzen zu liegen.

Er fährt nun fort. »All dieses Leid konnten wir nur lindern, weil wir mit der Camino-Stiftung einen starken Partner an unserer Seite wissen, und, geschätzte Kolleginnen und Kollegen, wir haben uns hohe Ziele gesetzt. Wir wollen wachsen. Wir wollen in jeder größeren Stadt in Deutschland ein Haus eröffnen und die Zahl der Häuser in fünf Jahren verdreifachen. Zudem werden wir die Zahl unserer besonderen Patientinnen steigern. Wir wollen so vielen Frauen wie nur irgend möglich helfen. Wir haben namhafte politische Entscheidungsträger auf unserer Seite. Unser einzigartiges Pro-Bono-Modell findet internationale Beachtung. Ich bin sicher, dass wir bald auch über die Landesgrenzen hinaus wachsen werden. Die ›Villa Clinics‹ sind ein Erfolgsmodell. Und das haben wir Ihnen zu verdanken.«

Ein anerkennendes Murmeln breitet sich im Saal aus und wird zu vereinzeltem Klatschen, das dann zu lautem Beifall anschwillt. Mir läuft ein wohliger Schauder über den Rücken. Dass ich einmal als Ärztin Teil eines so wirkungsvollen, großartigen Projekts werden würde, hätte ich mir im Studium nie träumen lassen.

Als sich der Applaus gelegt hat, greift Peters wieder zum Mikrofon. »Ich freue mich darauf, Ihnen gleich zu skizzieren, wie wir die Entwicklung vorantreiben wollen.«

Evelyn beugt sich zu mir. »Ich hoffe, er fasst sich dabei kurz, ich muss nämlich gleich noch nach einer neuen Patientin sehen, die ziemlich viele Vorerkrankungen hat. Da muss ich bei der Propofol-Dosierung möglicherweise besonders gut aufpassen.«

Gerade will ich sie fragen, ob eine neue Pro-Bono-Patientin eingetroffen ist, da entdecke ich hinter ihr an der Fensterfront Gabriel. Fast hätte ich ihn nicht erkannt. Er trägt einen dunklen Anzug und sieht einfach umwerfend aus, und ich muss wieder an den Schauspieler Chris Hemsworth denken, der trotz verwegenem Dreitagebart und zerzausten Haaren auf den roten Teppichen eine gute Figur macht. Gabriel könnte glatt sein Bruder sein.

Unsere Blicke treffen sich, und er zwinkert mir tatsächlich zu. Er scheint also nicht verärgert zu sein, wegen heute Nachmittag. Doch ich nicke nur und konzentriere mich wieder auf Peters, der ankündigt, nach der Pause die Details der neuen Klinikpläne darzustellen.

»Und bevor wir gleich zum Organisatorischen übergehen,

habe ich noch eine wichtige Bitte.« Peters macht eine bedeutungsvolle Pause. Auch Evelyn beugt sich aufmerksam nach vorn. »Bis zu unserer großen Spendengala sind es nur noch wenige Tage. Diese Veranstaltung ist so etwas wie eine jährliche Sternstunde für unsere Kliniken. Diejenigen, die schon länger dabei sind, wissen, was die Gala für unser gesamtes Erfolgsmodell bedeutet.«

Bilde ich es mir ein oder wechselt er dabei einen Blick mit Gabriel?

»Bei der diesjährigen Gala wird auch unsere Stiftungsrätin, die verehrte Frau Oksana Pavlova anwesend sein, und was mich besonders freut: Es ist ihr gelungen, die Bundespräsidentin selbst als Gast für diesen Abend zu gewinnen.«

Wieder macht Peters eine kleine Pause, und ich muss schlucken. Die Bundespräsidentin wird zur Gala kommen. Wow. Mit einem Mal bin ich aufgeregt. Bisher hatte ich mir über die groß angekündigte Veranstaltung kaum Gedanken gemacht. Ich war, ehrlich gesagt, davon ausgegangen, dass Kai Pflaume der Star des Abends werden würde. Nicht die Bundespräsidentin. Allein der Gedanke an all die zu erwartenden Scheinwerfer und das Rampenlicht macht mir ein bisschen Angst. Ob es dort auch einen Hintereingang gibt? Für die Nicht-Promis, die kein Interesse daran haben, in die Klatschpresse zu geraten – und sei es nur aus Versehen irgendwo im Hintergrund. Und was zieht man bei so einer Veranstaltung an? Wenn ich mich allein auf dieser Versammlung umschaue, kann ich mir kaum vorstellen, wie die Gala das noch toppen will – oder mein Kleiderschrank. Ich brauche dringend ein neues Outfit.

Peters fährt fort: »Wir möchten alles dafür tun, diesen Abend zu nutzen, den Fokus der Öffentlichkeit auf unsere wohltätige Arbeit zu richten. Wir erwarten an diesem Abend Prominenz aus dem Musik- und Filmbusiness. Wer alles dabei sein wird, möchte ich aber noch nicht verraten.«

Zustimmendes Gemurmel dringt durch den Raum, und Peters rattert ein paar organisatorische Informationen herunter. Dann hebt er zum Schlusswort an.

»Verehrte Kolleginnen und Kollegen, es ist mir eine Herzensangelegenheit, Sie alle bei der Gala zu begrüßen. Wir wollen zeigen, dass wir viele sind. Und dass wir wachsen. Dieser Abend ist für uns ausgesprochen wichtig, um neue Sponsoren zu gewinnen, damit wir noch mehr Menschen helfen können. Ich danke Ihnen.«

Es ist dunkel geworden, der Himmel sternenklar, als ich an der kühlen Wand des Turmes am Rand der Skybar lehne, hinter der sich Mirko Peters' Büro befindet. Die Kombination aus Sekt und schwüler Sommernacht macht mich ein wenig duselig. Ich versuche meine Gedanken zu sortieren, immerhin steht mein Chef direkt neben mir. Nachdem Peters mit seiner Rede fertig war, habe ich ihn gesucht, um über Amba zu sprechen. Es war gar nicht so leicht, ihn von der Menge an Kollegen wegzulocken, die den Klinikleiter konstant umringt haben.

»Gefällt es Ihnen hier oben? Ich bin wirklich sehr froh, dass Sie Teil unsere Teams sind, Frau Doktor Sahin. Die Patientinnen mögen Sie. Das wurde mir bereits zugetragen. Auf Ihr Wohl.«

Peters blickt mich lächelnd an und hebt sein Glas. Wir stoßen an. Dies ist der richtige Moment, um nach Amba und ihrem Bein zu fragen.

»Ich freue mich auch sehr, Herr Peters. Apropos Patientinnen. Wann wird eigentlich das Bein von Frau Modi operiert?«

Peters' Lächeln verschwindet. Er schaut mich aus zusammengekniffenen Augen an. »Das Bein?«

»Ja, genau. Sie kann doch nicht richtig laufen, weil ihr Bein gebrochen ist, als sie durch die Explosion weggeschleudert wurde. Leider ist durch die lange Verzögerung der Knochen falsch zusammengewachsen. Ich ging davon aus, dass sie noch operiert wird.«

»Das war nicht geplant.« Peters wirkt plötzlich kühl und kurz angebunden. »Es scheint mir auch nicht sonderlich dringlich. Frau Modi ist in der Lage, sich mit einer Gehhilfe selbstständig fortzubewegen, nicht wahr?«

Ich bin sprachlos. Amba soll also tatsächlich mit dem verletzten Bein zurück nach Pakistan? Ich glaube, nicht richtig zu hören, zwinge mich aber, sachlich zu bleiben. Ich hole tief Luft und nehme meinen ganzen Mut zusammen.

»Aus meiner Sicht ist es durchaus dringlich. Die Fraktur betrifft wahrscheinlich nicht nur den Oberschenkel. Ich habe keine Röntgenaufnahmen in der Krankenakte entdeckt, aber der Knochenbruch ist offensichtlich nicht richtig verheilt. Frau Modi hat deshalb starke Schmerzen bei jeder Bewegung. Ohne Therapie verringern sich diese Schmerzen nicht, sondern werden im Gegenteil immer stärker und somit chronisch. So kann ich sie nicht entlassen. Außerdem: Ist es nicht unser Ziel, das Leid unserer besonderen Patientinnen nach dem Aufenthalt in einer unserer Kliniken zu lindern?«

Ich schaue ihm fest in die Augen und hoffe, dass er nicht bemerkt, wie viel Überwindung mich das hier gerade kostet. Mein Herz jedenfalls schlägt mir bis zum Hals.

Peters mustert mich einen Moment nachdenklich, dann nickt er knapp. »Ich werde sehen, was sich machen lässt.« Er leert sein Glas und stellt es auf einen der Stehtische ab. »Bitte entschuldigen Sie mich jetzt, Frau Doktor Sahin.« Er setzt sein schiefes Lächeln auf und verschwindet.

Verwirrt blicke ich ihm nach und beschließe, ebenfalls zu

gehen. Es muss schon nach 22 Uhr sein, und mein Tag war lang. Ich bücke mich und krame in meiner Tasche nach meinem Handy.

»Frau Doktor, schön, Sie wiederzusehen.«

Die Nackenhaare stellen sich mir auf, als ich die tönende Stimme höre. Direkt vor mir steht Alois Gschwendt und blickt zu mir herab. Ich springe auf, denn es ist mir unangenehm, vor ihm zu knien.

»Ja, ich wollte mich gerade auf den Weg machen.« Doch dazu kommt es nicht, als sich ein anderer Mann zu uns gesellt. Ich schätze ihn auf Anfang fünfzig, er ist groß und stattlich, der dunkle Anzug eindeutig maßgeschneidert, die grau-blonde Föhnfrisur sitzt perfekt. Ich muss gleich an Doktor Stefan Frank denken, die Hauptfigur einer älteren Arzt-Serie, die meine Anne immer gerne geschaut hat, »um ihr Deutsch aufzupolieren«, wie sie stets betonte.

»Warum so eilig, schöne Frau? Ich hoffe, du hast die bezaubernde Kollegin nicht vertrieben, Alois?« Er reicht mir ungefragt sein Glas Sekt. »Nun nehmen Sie schon. Ich trinke ohnehin lieber ein gutes Bier.«

Er lacht dröhnend, und ich greife widerwillig nach dem Glas. Wer weiß, mit wem ich es hier zu tun habe. Am Ende ist er ein ebenso hohes Tier wie Gschwendt. Ich will es mir nicht gleich zu Beginn meines neuen Jobs mit den Chefs verderben.

»Verzeihung. Mein Name ist Rademacher. Doktor Stefan Rademacher, Klinikleiter der ›Villa Düsseldorf‹.«

Erwartungsvoll schaut er mich an, und ich ringe mir ein krampfhaftes Lächeln ab. Ich hole tief Luft und will mich gerade vorstellen, da poltert Rademacher schon wieder los.

»Sie müssen die neue Kollegin Sahin sein. Syrerin? Alois, hast du dich dieser bezaubernden Dame überhaupt schon richtig vorgestellt? Alles muss man selber machen!« Rademacher lacht wieder dröhnend, dabei wirft er den Kopf in den Nacken, dass sein Haar nur so fliegt. »Das ist mein Kollege Herr Doktor Alois Gschwendt. Neuer Klinikleiter …«

»… der ›Villa München‹. Wir hatten schon das Vergnügen«, falle ich ihm ins Wort. Rademacher starrt mich aus seinen runden blauen Augen an, als wäre ich ein Fabeltier.

»Sie sprechen ja akzentfrei Deutsch«, stellt er erstaunt fest. »Sind Sie schon lange hier?«

Ich schnappe nach Luft und spüre, wie Ärger in mir hochsteigt. Diese Art von dämlichen Vorurteilen als Reaktion auf meinen Nachnamen und mein leicht orientalisches Aussehen höre ich nicht zum ersten Mal. Aber ich hatte nicht damit gerechnet, ausgerechnet in dieser international wirkenden Klinik auf solche Sprüche zu treffen.

»Danke. Ich hatte achtundzwanzig Jahre Zeit, mich zu integrieren. Mein Nachname stammt übrigens aus der Türkei. Sie haben da ethnografisch etwas durcheinandergebracht.«

Mein Tonfall ist schärfer als beabsichtigt, aber was die Herkunftsfrage angeht, bin ich entgegen meiner sonst eher ruhigen Art richtig auf die Palme zu bringen. Rademacher und Gschwendt blicken sich entgeistert an.

Ein tiefes Lachen unterbricht das Schweigen. Ich drehe mich um und sehe Gabriel hinter mir stehen.

Ich freue mich so über sein Auftauchen, dass ich ihn am liebsten umarmen würde, und er sieht in seinem schicken Anzug, der seine breiten, männlichen Schultern betont, mindestens so gut wie im weißen Kittel aus. Rademacher und Gschwendt wirken neben ihm wie Mainzelmännchen, die sich nun mit dem freundlichen Hinweis, dass sie jetzt einen Termin mit Peters im Turm haben, von uns verabschieden. Gabriel scheint es nicht zu stören, dass sie gehen. Ob sie sich aus München kennen?

Als er jetzt näher kommt, rieche ich sein vertrautes, frisches Rasierwasser.

»Layla, schön, dich zu sehen.« Der kurze, aber intensive Blick, den er mir aus seinen tief-dunkelblauen Augen zuwirft, geht mir durch und durch.

Dann stehen Gabriel und ich einfach so da, allein, abseits des Trubels am Rand der Skybar in der kaum beleuchteten Ecke zwischen Turm und gemauerter Brüstung.

»Das eben war ziemlich unverblümt«, unterbricht Gabriel unser Schweigen. Täusche ich mich oder klingt seine Stimme bewundernd? »Ich weiß nicht, ob es klug war, aber mutig war es auf jeden Fall.«

Ich kichere und wundere mich über mich selbst. Ich muss angetrunkener sein, als ich dachte. Entschieden stelle ich das Sektglas auf der Brüstung neben mir ab und stelle dabei fest, dass wir uns, ohne es zu merken, noch weiter in den Schatten von Peters' Turm bewegt haben.

»War ich etwa unhöflich?« Ich sehe ihn mit gespielt unschuldigen Augen an.

Gabriel grinst. »Ich würde es eher ›ehrlich‹ nennen. Im Ernst, du hast genau richtig reagiert. Diese beiden selbstverliebten Wichtigtuer können einen Dämpfer gut vertragen.«

»Sie werden es überleben.«

Wir lächeln uns einen Moment unbefangen an, und ich spüre, wie mein Herz schneller schlägt. Wenn er mich so ansieht, ist er einfach nur Gabriel und nicht Doktor Goldberg, der mich auf Abstand halten und mit mir nur über die Arbeit und die Patienten reden will.

Da fällt mir plötzlich Amba ein.

»Sag mal, Gabriel. Ich habe eben kurz mit Peters über Frau Modi gesprochen. Kann es sein, dass wir ihr Bein nicht therapieren?«

Gabriels Grinsen fällt in sich zusammen. »Ähm. Ja.«

»Und damit bist du einverstanden? Frau Modi meinte, ihr kennt euch noch aus Pakistan und du hättest sie ins Programm gebracht. Warum kümmern wir uns nur um ihre Verbrennungen? Es ist doch absehbar, dass sie über kurz oder lang im Rollstuhl sitzen wird. Ich verstehe das nicht.«

Gabriel zögert. »Was hat Peters gesagt?«

Ich sehe ihn kurz irritiert an. »Er meinte, er will sehen, was sich machen lässt.«

»Hm. Das klingt doch gut.« Gabriel scheint das Thema unangenehm zu sein.

Ich werde das Gefühl nicht los, dass er mir etwas verheimlicht. »Sollten wir sie nicht ganz heilen?«

Warum will Gabriel nicht über Amba reden, und warum setzt er sich nicht stärker für sie ein?

Er atmet resigniert aus. »Das wäre schön, aber es ist kompliziert.«

»Aber es muss doch möglich sein. Ich weiß, so eine Therapie ist langwierig und kostenintensiv, aber wir können sie doch nicht mit Schmerzen nach Hause schicken!« Allein der Gedanke daran ist unerträglich. »Wir wollen den Frauen, die zu uns kommen, doch helfen.«

Sein Blick wird wieder weicher. »Du hast recht. Ich werde auch noch einmal mit Peters reden. Vielleicht ist da noch etwas zu machen. Danke, dass du dich so für sie einsetzt.«

»Natürlich, das ist doch unser Job.« Ich spüre, wie mir Tränen in den Augen brennen, die ich schnell wegblinzle.

»Ich weiß.«

Mir fällt nichts ein, was ich noch sagen soll, und auch Gabriel bleibt stumm, macht aber auch keine Anstalten zu gehen. Wir stehen einfach da und schauen gemeinsam über den Tiergarten.

Gabriel wendet sich mir schließlich zu. »Layla, wegen heute Nachmittag. Ich wollte dir nicht zu nahe treten, sondern dir einfach sagen, wie gut du dich machst. Du bist wirklich eine tolle Ärztin.«

»Danke.« Ich weiß nicht, warum, aber jetzt stört es mich überhaupt nicht mehr, dass er mir ein Kompliment macht. Vielleicht liegt es am Sekt. Anders kann ich mir auch meine nächsten Worte nicht erklären. »Kein Wunder bei einem solchen Vorbild. Man merkt, dass du eine ganz andere Praxiserfahrung hast als die Ärzte, mit denen ich bisher zusammengearbeitet habe. Es ist wirklich faszinierend, was du schon alles gemacht hast und wie du mit den Patienten umgehst.«

Ich hebe mutig den Kopf, schaue ihm direkt in seine blauen Augen, atme seinen Duft ein, der vom lauen Nachtwind zu mir herübergetragen wird, und spüre plötzlich überdeutlich, dass sein Arm fast meinen berührt. Uns trennen nur wenige Zentimeter. Er rückt noch ein Stück weiter an mich heran, so nah, dass ich jede einzelne Wimper sehen kann. Mir ist nie zuvor aufgefallen, wie lang sie sind.

Ein Kribbeln breitet sich vom Bauch aus in meinen ganzen Körper aus, und ich bin mir sicher, dass es nicht vom Sekt kommt.

Er stützt seinen Arm direkt neben mir am Turm ab. Augenblicklich fühle ich mich wieder an den Abend in der »Hilde« zurückversetzt, wo wir in einer ganz ähnlichen Position an der Wand standen. Die anderen Menschen sind weit entfernt. Es gibt nur noch ihn und mich.

Ich blicke ihm im matten Schein der Lampe tief in die Augen, und er hält meinen Blick. Das Stimmengewirr von ferne nehme ich kaum noch wahr. Wir stehen einfach da und sehen uns an. Seine Augen funkeln, ich lese Begierde.

Er schluckt. »Wir sollten vielleicht lieber zu den anderen

zurückgehen.« Seine Stimme ist rau, belegt, und es klingt eher wie eine Frage.

Ich befeuchte meine trockenen Lippen mit der Zungenspitze. »Ich würde lieber hierbleiben.«

Gabriels Antwort ist ein leises Stöhnen. »Layla.« Gequält streicht er sich die Haare aus der Stirn, rückt aber keinen Schritt von mir ab.

Als wir uns so gegenüberstehen, kann ich an nichts anderes mehr denken als an das Gefühl, seine Lippen auf meinen zu spüren. Ich folge diesem Drang, schließe die Lücke zwischen uns und hebe ihm mein Gesicht entgegen.

Es ist, als hätte Gabriel nur auf meine Erlaubnis gewartet. Den linken Arm noch immer an die Mauer gestützt, beugt er sich ganz langsam zu mir. Mit der rechten Hand umgreift er meinen Nacken.

Das Blut rauscht so laut in meinen Ohren, dass ich außer Gabriel und mir nichts mehr wahrnehme. Alles, was zählt, ist das Hier und Jetzt. Ich lege meine Arme um seinen Hals und komme ihm entgegen.

Als seine Lippen endlich meine berühren, ist es, als würde ein Feuerwerk in meinem Körper gezündet. Ich schließe die Augen, seufze auf, mein Atem heiß an seinem Mund. Sein Kuss ist hungrig, seine Zunge drängt sich mir entgegen, und ich verliere mich völlig in diesem Gefühl. Unsere Lippen suchen einander, verfallen in ein sinnliches Spiel, können nicht genug voneinander bekommen. Mein Herz rast, und meine Knie werden weich, während unsere Körper ineinander verschmelzen. Instinktiv presse ich meine Brüste gegen seinen Oberkörper, meine Hüfte gegen seine und spüre seine Erregung. Unser Kuss wird leidenschaftlicher, inniger. Gabriel hebt mich hoch und drängt mich gegen die Wand, der raue Beton beißt sich in meinem Rücken, aber ich spüre den Schmerz nicht. Ich schlinge meine Beine um seine Hüften und klammere mich an ihn, küsse ihn, als ginge es um mein Leben. Ich kann nicht genug von ihm bekommen.

»Hat jemand Frau Doktor Sahin gesehen?«

Wir zucken zusammen und fahren auseinander. Hastig ziehe ich mein verrutschtes Kleid herunter. Gerade noch rechtzeitig. Denn im nächsten Moment erscheint Mirko Peters an der Brüstung und blickt sich suchend um. Als er mich entdeckt, winkt er mir zu.

»Ah, da sind Sie ja. Gut, dass ich Sie noch erwische, Frau Doktor Sahin. Ich wollte mit Ihnen noch etwas besprechen.« Peters kommt auf uns zu. »Ach, Gabriel, du bist auch noch da.«

Er scheint nichts bemerkt zu haben. Mein Herz rast wie verrückt, aber dieses Mal vor Schreck.

»Worum geht es denn?« Ich greife hektisch nach meiner Handtasche auf dem Boden. »Ich wollte gerade los, ich habe etwas Kopfschmerzen.«

Beschwichtigend hebt Peters die Hände. »Sie Arme. Lassen Sie nur, wir können auch Montag sprechen. Es ging nur um den Dienstplan für nächste Woche. Ruhen Sie sich aus, Frau Doktor Sahin, wir klären das ein andermal.«

Dann wendet er sich Gabriel zu, der ihn cool angrinst. »Gut, dass du noch hier bist. Könnte ich dich kurz sprechen? Oder bist du auch auf dem Sprung.«

»Nein, nein. Ich gehöre ganz dir. Um was geht es denn?« Ihm ist nichts anzumerken.

»Nur eine Kleinigkeit. Aber kommt doch kurz mit in mein Büro.« Dann wendet Peters sich mir noch einmal zu. »Und Ihnen gute Besserung, Frau Doktor Sahin. Bis morgen. Sie haben morgen Dienst, nicht wahr?«

»Ja, und vielen Dank, bis dann«, stammle ich und laufe mit wild pochendem Herzen über die Terrasse in Richtung Aufzug.

Ich habe das Gefühl, dass mich alle anstarren. Was war das gerade? Es war toll, aber alles andere als kollegial.

Erleichtert atme ich auf, als der Lift mit einem sanften Ruck anhält. Ohne mich noch einmal umzudrehen, trete ich durch die gläserne Tür. Verdammt. Das war knapp.

Kapitel 11

Wie immer knarzt die lose Diele im Flur, und ich halte kurz inne. Der Schweiß rinnt mir den Nacken hinunter, die Nachmittagsluft ist schwül.

»Maxi? Ilkay? Jemand zu Hause?« Ich hoffe, dass sie noch unterwegs sind und ich die Wohnung zumindest kurz für mich habe.

Ich liebe die beiden, aber alles, was ich jetzt will, ist meine Ruhe, eine kühle Dusche und ein gemütlicher Abend im Bett. Vor allem aber will ich heute mit niemandem mehr reden. Der Tag war anstrengend, Luna Umberto hatte starke Schmerzen und viele Fragen – und Kritikpunkte an unserer Arbeit. Ich musste Rede und Antwort stehen und dann mehrere Drainagen legen, da die ersten beiden aufgrund der hohen Temperaturen verstopften. Zum Glück – oder Unglück – war Gabriel heute nicht im Dienst. Ich hätte ihn gut an meiner Seite brauchen können, hätte aber nicht gewusst, wie ich ihm begegnen soll. Unser heißes Aufeinandertreffen verfolgt mich schon den ganzen Tag, und ich habe bei jeder Gelegenheit auf mein Handy geschaut, gehofft und erwartet, dass er sich meldet. Vergeblich.

»Layla? Ich bin in der Küche.«

Verdammt! Ich folge Ilkays Ruf in unsere enge Ikea-Küche. Das war es wohl mit meinem ruhigen Abend. Wie zum Beweis dringt in diesem Moment lautes Kindergeschrei durch die offenen Fenster, gefolgt von dem mahnenden Rufen einer Mutter. Im Sommer spielt sich das Leben der Familien hier im Haus gefühlt von Sonnenaufgang bis zum Abend nur im Hinterhof ab, wo es schön schattig ist. Dort planschen die Kinder stundenlang in einem kleinen Becken herum. In den Wohnungen ist es einfach zu stickig. Ich wische mir den Schweiß von der Stirn. Ich kann es ihnen nachfühlen.

Ilkay sitzt mit einem Bier in der Hand am Tisch, vor sich eine Pappschachtel von seiner Lieblings-Dönerbude an der Wrangelstraße.

»Hi, hast du Hunger?« Er schiebt mir einladend die Pommes hin, doch ich bleibe in der Tür stehen.

Mein Blick erfasst das Chaos in der Küche, und ich seufze tief. Der Mülleimer in der Ecke quillt über, daneben stapeln sich Pappschachteln und Altglas. Auf der Ablage in der Küche steht schmutziges Geschirr herum, die Spülmaschine müsste vermutlich dringend ausgeräumt werden.

Maxi hat sich letzte Woche erbarmt, die Küche und das Bad in Ordnung zu halten. Eigentlich wäre Ilkay jetzt an der Reihe, hier sauber zu machen.

Ich seufze matt. Vielleicht ist es wirklich an der Zeit, mir eine eigene Wohnung zu suchen.

Ilkay sieht mich prüfend an. »Alles in Ordnung? Hattest du Stress?«

»Das wäre untertrieben.« Ich fülle ein Glas mit Leitungswasser, gehe zum Fenster und beobachte die Straße.

Am liebsten würde ich einfach im Bad und dann in meinem Bett verschwinden, aber Ilkay und ich hatten wegen unserer unterschiedlichen Arbeitszeiten schon seit Tagen keine Gelegenheit, uns richtig zu unterhalten. Dabei müssen wir miteinander reden, denn wenn ich ehrlich bin: Ich sehne mich nach einer aufgeräumten, ordentlichen Küche, und ich wünschte, dort würde mich ein Mann erwarten, der mir etwas Leckeres gekocht hat. Nein, nicht irgendein Mann. Gabriel.

Wieder schaue ich auf mein Handy, als hätte ich das Piepen einer Nachricht verpasst.

Dann drehe ich mich wieder zu Ilkay. »Ich bin einfach nur k.o., und bei dir?«

Ilkay hebt gerade an, mir zu erzählen, wie sein Tag verlaufen ist, da klingelt mein Handy. Ein Blick aufs Display dämpft allerdings meine Freude. Es ist Maxi.

»Ich bin da. Kommst du runter?«

»Was? Wohin?«

In diesem Moment fällt es mir wieder ein. Verdammt. Charlie. Die dritte in unserem Bunde. Wir kennen uns seit der Schulzeit und haben alle Höhen und Tiefen des Erwachsenwerdens miteinander erlebt. Die beiden sind meine besten Freundinnen, und obwohl Maxi sich dem Van-Leben verschrieben hat und Charlie nach einer ziemlich fiesen Trennung von ihrem Ex in die USA geflüchtet ist, gehören wir zusammen und versuchen uns so oft wie möglich zu sehen. Deshalb ist Maxi überhaupt hier. Seit Wochen haben wir vereinbart, dass wir Charlie heute Abend vom Flughafen abholen und uns eine schöne Zeit in Berlin machen. Und noch vorgestern hat sie uns die Abflugzeit in Los Angeles mitgeteilt – und die Ankunft. 18:54 Uhr am BER.

»Maxi, ich brauche noch fünf Minuten.«

»Okay, aber mach schnell. Es gibt übrigens eine Planänderung. Charlie hat mir eben geschrieben. Ihre Agentur hat die Hotelreservierung vermasselt. Kann sie nicht zu uns in die WG …?«

»Charlie? Na klar, aber … Wo soll sie denn schlafen? Auf dem Sofa?«

Stille. Maxi scheint zu überlegen.

»Sie schreibt, dass sie für heute Nacht zurück in ihr altes Jugendzimmer im Keller bei ihren Eltern geht. Dann doch lieber hier, oder? Wir haben ewig keine Übernachtungsparty zu dritt mehr gemacht.«

Mit dem Wort Übernachtungsparty hat sie mich. »Ich bin dabei. Wenn es für Charlie okay ist, die Rumpelkammer mit dir zu teilen … Lass sie uns einfach fragen. Aber hier sieht es schlimm aus.«

Fluchend renne ich in mein Zimmer, ziehe mir ein frisches T-Shirt über, sprühe Deo auf und haste durch den Hausflur. Vor der Tür wartet Maxi in ihrem Van.

Immer wieder betrachte ich Charlie bewundernd von der Seite, wie sie auf der Wiese am Spreeufer im Treptower Park ihr Bier trinkt. Wir sitzen zusammen auf Maxis bunter Picknickdecke, blenden die Spaziergänger und Jogger am Wegesrand neben uns aus und schauen aufs Wasser, wo Tretboote ihre Runden um die Insel der Jugend ziehen. Um uns herum sitzen Grüppchen von meist jungen Leuten, die den lauen Sommerabend ähnlich wie wir in der Nähe des Wassers verbringen wollen.

Charlie sieht einfach umwerfend aus. Sie ist braun gebrannt, ihre Nase sprenkeln ein paar Sommersprossen. Sie wirkt völlig entspannt, als käme sie gerade vom Strand in Malibu. Zumindest stelle ich mir vor, dass man dort so aussieht, denn ich selbst war noch nie dort. Was für ein Kontrast muss Berlin im Vergleich zu Kalifornien sein!

Charlie streicht sich durch das blond gewellte Haar, während Maxi sie über ihren Job löchert. Der hat sich gerade von der Promi-und-Lifestyle-Journalistin zur Influencerin erweitert, nachdem sie für einen ihrer Magazin-Beiträge über Body Positivity einen Preis bekommen hat. Doch das ist noch nicht alles.

»Ein Buch? Wow, Charlie, das ist der Wahnsinn!« Maxis Augen leuchten vor Begeisterung. »Damit geht dein Traum endlich in Erfüllung. Herzlichen Glückwunsch. Wann ist das denn passiert? Und worum geht es eigentlich? Auch Body Positivity?«

Charlie nickt. »Es ist quasi eine Anleitung, seinen Körper so zu lieben, wie er ist, und wie es gelingt, diesem ganzen Diätwahn ein Ende zu bereiten. Natürlich gespickt mit Fotos von mir und diversen Celebrities.«

Maxi klopft ihr anerkennend gegen die Schulter. »Ich habe schon immer gewusst, was in dir steckt. Auch wenn ich nicht unbedingt damit gerechnet hätte, dass die schlauste Person, die ich kenne, ausgerechnet auf Instagram ein Star wird.«

Ich verdrehe innerlich die Augen, dass Maxi solche direkten Worte wählt.

Aber Charlie lacht laut auf, und ihre Freude steckt mich an. »Ich auch nicht, aber man muss eben das Beste aus seinem Leben herausholen. In den vergangenen Monaten ist es mir jedenfalls deutlich leichter gefallen, meine Miete zu zahlen.«

Ich stimme in ihr fröhliches, unbeschwertes Lachen ein. Wie sehr habe ich meine Freundinnen vermisst.

Maxi schlendert zu ihrem Van, kommt mit drei weiteren Flaschen Bier zurück und öffnet sie mit ihrem Autoschlüssel. Wir stoßen an, und Charlie lässt den Blick die Spree hinauf Richtung Oberbaumbrücke wandern, wo in diesem Moment eine gelbe Straßenbahn vorbeifährt. Auf dem Wasser darunter liefern sich drei Kanus eine wilde Verfolgungsjagd. Das Lachen der Paddler dringt bis zu uns auf die Wiese.

Charlie seufzt. »Es ist irgendwie toll, wieder in Berlin zu sein.«

Ich proste ihr zu. »Wie wäre es, wenn du einfach hierbleibst?«

Sie zuckt bedauernd die Schultern und hebt vielsagend die Augenbrauen. Natürlich weiß ich, warum sie der Stadt den

Rücken gekehrt hat. Ich werde jetzt besser nicht auf ihre große Liebe Phil eingehen und alte Wunden aufreißen. Die gute Stimmung in der Abendsonne an der Spree mit meinen beiden liebsten Freundinnen möchte ich nicht ruinieren.

Charlie scheint es ähnlich zu gehen, denn sie boxt mich gegen den Arm. »Und jetzt erzähl mal endlich, Layla. Wie ist der neue Job? Und was höre ich da von einem heißen Boss und deinem Grey's-Anatomy-Moment?«

Da hat Maxi wohl bereits geplaudert. Sie hebt entschuldigend die Hände, als ich sie fragend ansehe. Natürlich habe ich sie bei unseren gemeinsamen Abenden auf dem Balkon auf dem Laufenden gehalten. Wobei es seit dem Ausrutscher im Patientenzimmer ja eigentlich nicht mehr viel zu erzählen gab. Von dem heißen Kuss gestern auf dem Dach weiß sie noch nichts.

Ich räuspere mich. Wo soll ich nur anfangen zu erzählen?

»Mein neuer Job ist toll. Ich hatte schon meine erste Pro-Bono-OP bei einer ganz starken jungen Frau aus Pakistan, die Opfer einer Autobombe geworden ist. Das muss wirklich schrecklich gewesen sein, und ich bin so froh, dass ich ihr zumindest ein bisschen helfen konnte.«

Charlie nickt interessiert. Ich bin erleichtert, dass sie mich reden lässt und nicht sofort nach Gabriel fragt. Sie mag zwar oberflächlich wirken mit ihrem perfekt gestylten Äußeren und dem Job am roten Teppich in Hollywood, aber im Grunde ihres Herzens ist sie eine toughe Journalistin, die sich für Schicksale wie das von Amba Modi interessiert. Sie war auf dem besten Weg, eine gefragte Investigativreporterin zu werden, bevor das mit Phil passiert ist.

»Wow, das ist genau das, was du immer machen wolltest. Ich freue mich, dass du diesen Job gefunden hast.« Charlie ist aufrichtig glücklich für mich. »Und wie geht es weiter mit der Frau? Sie bleibt hoffentlich zu ihrem Schutz in Deutschland?«

Ich zucke mit den Achseln. Diese berechtigte Frage hatte ich mir noch gar nicht gestellt.

»Ich weiß es leider nicht genau. Die Haut-OP letzte Woche war der Anfang, und sie muss sich erst mal davon erholen. Dann geht es in die zweite Runde. Und eigentlich müsste auch ihr rechtes Bein gerichtet werden, sie sitzt nach einer mehrfachen Fraktur quasi im Rollstuhl.«

Charlie schürzt nachdenklich die Lippen, die sie sich im Van noch rot nachgezogen hatte, bevor wir ausgestiegen sind. »Ich dachte, ihr macht vorwiegend Nasen und Brüste.«

Ich muss grinsen. »Mit Nasen und Brüsten verdient die Klinik mein Gehalt. Ich hatte in dem Bereich auch schon ein paar Vorgespräche mit Patienten. Trotzdem bin ich froh, dass ich mit einem sinnvollen Projekt einsteigen konnte.«

Charlie nickt verständnisvoll und will gerade etwas sagen, da fällt ihr Maxi ins Wort. »Jetzt spuck doch endlich aus, was mit Gabriel läuft.«

»Mann, da läuft nichts!« Ich beiße mir auf die Zunge, dass ich sie so angeblafft habe. Aber ich mag es nicht, unter Druck gesetzt zu werden. »Zumindest fast nichts.« Der Gedanke daran, dass Gabriel sich nach unserem heißen Kuss gestern noch immer nicht gemeldet hat, versetzt mir einen kleinen Stich. Aber was habe ich erwartet?

»Wir hören?« Maxi bohrt unbeirrt weiter.

Ich drehe meine Bierflasche in den Händen, um mich zu sammeln. »Ich weiß nicht, was dir Maxi schon erzählt hat …«

»Alles.« Maxi nimmt einen tiefen Schluck und grinst. »Du lässt ja nichts raus.«

»Okay.« Ich räuspere mich. »Die Kurzversion lautet: Wir sind nur Kollegen. Die Langversion: Wir verstehen uns als Kollegen so gut, dass wir uns beim Teamtreffen gestern Abend in der Skybar geküsst haben.«

»Was?« Maxi beugt sich vor und fixiert mich, während Charlie die Augenbrauen hebt. Ich seufze und berichte.

Die Sonne verschwindet hinter der Oberbaumbrücke, und endlich kühlt sich die Luft ab. Es ist ruhiger geworden. Die Ruder- und Tretboote müssen zum Sonnenaufgang zurück zum Verleih gebracht werden, die Spree liegt jetzt friedlich vor uns. Maxi hat uns Knabberzeug und Obst gebracht und ist auf Wasser umgestiegen, während Charlie und ich eine Rotweinflasche aufgemacht haben.

Als mein Handy piept, zucke ich zusammen und werfe einen hastigen Blick darauf. Eine fremde Nummer.

Ich öffne mit zittrigen Fingern die Nachricht.

Es ist Gabriel. Endlich!

Hey Layla. Es tut mir wirklich leid, wenn ich dich in eine schwierige Situation gebracht habe. Gabriel

Ich schlucke, lese den Text noch einmal. Dann steigt Wut in mir auf. Es tut ihm leid? Was meint er damit?

Ich will schon das Handy weglegen, als die Anzeige unter seinem Namen zu »Online« wechselt. Aus einem Impuls heraus tippe ich, bevor Charlie oder Maxi etwas sagen können, die mich schon begierig ansehen.

Bereust du es?

Die Antwort lässt ewig auf sich warten. Mindestens zwei Minuten vergehen, bis das Handy wieder piept.

Nein, auf keinen Fall. Aber es war der falsche Ort und die falsche Zeit.

Aufgeregt setze ich mich auf, warte, ob noch mehr kommt. Das kann noch nicht alles gewesen sein, denn damit kann ich jetzt auch nichts anfangen.

Die Anzeige im Chatfenster springt immer wieder von »Schreibt …« zu »Online«, und erst da wird mir bewusst, dass auch er sehen kann, dass ich seine Nachricht gelesen habe. Und dass er wahrscheinlich auf eine Antwort wartet. So wie ich.

»Was schreibt er denn nun?«

Maxi streckt die Hand nach meinem Handy aus, und ich bin überzeugt, dass sie es mir wegnehmen würde, wenn ich mich weigere. Also gebe ich nach und berichte lieber.

»Es tut ihm leid.«

»Es tut ihm leid?« Maxi starrt mich aus ihren Katzenaugen an. »Macht er jetzt schon wieder einen Rückzieher?«

Sie spricht aus, was ich denke. Tränen treten mir in die Augen, und ich spüre, wie mich die Enttäuschung erfasst.

Charlie hakt nach. »War das alles?«

Ich zucke mit den Achseln. »Er bereut es nicht. Aber es war der falsche Ort und die falsche Zeit.«

Charlie schlägt sich triumphierend mit der Hand auf den nackten Oberschenkel. »Von wegen Rückzieher. Das heißt doch auch, es gibt auch einen richtigen Ort und eine richtige Zeit. Jetzt schreib ihm.«

Zarte Hoffnung keimt in mir auf. »Was soll ich ihm denn schreiben?«

Charlie kichert. »Na, frag ihn einfach, wann der richtige Zeitpunkt ist.«

Als ob irgendetwas daran einfach wäre. »Ich weiß nicht. Er ist mein Boss. Wir sind Kollegen, und ich habe keine Ahnung, ob er das überhaupt so gemeint hat.«

Charlie verdreht die Augen. »Wir leben im 21. Jahrhundert. Du kannst mit deinem Boss machen, was du willst, und wenn du nicht nachhakst, erfährst du nie, was er eigentlich gemeint hat.«

Ich sehe sie an. Eigentlich hat sie recht.

Da schaltet sich Maxi ein. Sie verschränkt die Arme vor der Brust und wiegt den Kopf. »Ehrlich gesagt, finde ich seine Nachricht seltsam.«

»Seltsam?«

Sie druckst herum. Es kommt eher selten vor, dass sie nicht mit der Sprache rausrücken will.

»Du weißt, ich möchte dir nichts Schlechtes über ihn einreden, aber für mich klingt es, als ob er machen kann, was er will – und wann es ihm passt. Erst küsst ihr euch, dann will er nicht, dann küsst ihr euch wieder, dann schreibt er so halbgare Nachrichten …«

»Aber er schreibt doch, dass er nichts bereut.« Verärgert starre ich Maxi an.

Natürlich bekommt sie jetzt meinen Frust darüber ab, dass ich mir etwas anderes von Gabriel erhofft hatte. Das ist mir klar. Und dass ich in dieser Beziehung nicht wirklich etwas zu sagen habe, stört mich auch.

Maxi legt beschwichtigend die Hand auf meinen Arm. »Ich will ihn auch gar nicht schlechtmachen.«

»Aber?« Charlie nippt interessiert an ihrem Rotwein.

»Aber: Ich mache mir einfach Sorgen um dich. Ich sehe doch, dass du jetzt schon über beide Ohren verknallt in ihn bist. Entweder ihr seid nur Kollegen, dann sollte er sich aber auch an seine eigenen Regeln halten, oder eben nicht. Dieses Hin und Her ist ungesund und sogar für mich enorm verwirrend. Was soll seine Nachricht denn bitte bedeuten? Er bereut es nicht, aber er will auch keine Fortsetzung, oder?«

Charlie und ich blicken uns an, sie zuckt die Achseln. »Sie hat nicht ganz unrecht, so richtig klar, was er will, sagt er nicht.«

Ich seufze. So heiß unser Kuss in der Skybar auch war – so richtig entflammt scheint mir Gabriel dann doch nicht.

»Soll ich ihm noch mal schreiben und fragen, was er eigentlich will?«

»Nein!«, antworten meine Freundinnen wie aus einem Munde.

»Dazu hatte er reichlich Gelegenheit.« Charlie sieht mich mitfühlend an. »Ihm gefällt dieses Spielchen vielleicht sogar. Die Frage ist jetzt, was du willst: mitspielen oder aussteigen.«

Deprimiert schütte ich den Rest meines Weins auf die Wiese. Die Feierlaune ist mir vergangen. Die Erkenntnis schmerzt, aber anscheinend bin ich für Gabriel wirklich nicht mehr als ein Spielzeug, mit dem er sich den Klinikalltag vertreiben will.

Maxi legt mir wieder tröstend die Hand auf den Arm. »Tut mir leid. Aber es ist doch besser, wenn du weißt, woran du bist, oder?«

Ich nicke verkrampft. Ich weiß, dass sie es gut mit mir meint, aber ich will ihr Mitleid nicht. Außerdem weiß ich ja überhaupt nicht, woran ich bin. Mein Gefühl sagt mir nämlich, dass Gabriel nicht mit mir spielt. Aber er macht auch keine Anstalten, mich außerhalb der Klinik treffen zu wollen.

Kapitel 12

Nach einer unruhigen, schwülheißen Nacht und wirren Träumen wache ich viel zu früh auf. Es ist gerade mal fünf Uhr, dabei hätte ich bis sieben schlafen können. Doch die Aussicht auf die Begegnung mit Gabriel in der Klinik macht mich so nervös, dass ich keine Ruhe mehr finde. Vielleicht wäre es doch besser gewesen, ihm auf seine letzte Nachricht zu antworten? Noch mal nachzufragen. Oder ihn anzurufen. Jetzt habe ich ja seine Nummer. Aber dann denke ich wieder an Maxis Worte. Mitspielen oder aussteigen.

Erst einmal Pause. Entschlossen schlage ich die Bettdecke zurück, schiebe mein verkorkstes Liebesleben beiseite und stehe auf. Ich bin schließlich kein kleines Kind, und ich habe einiges vor diese Woche. Es stehen zwei kleinere Operationen auf dem Plan, zudem ein paar minimale Eingriffe, Nachsorge- und Beratungstermine. Volles Programm.

Während meine beiden besten Freundinnen noch in der Rumpelkammer schlafen, fühle ich mich nach einer kühlen Dusche und zwei Tassen Kaffee wieder klar im Kopf. Kurz überlege ich, das Bad gründlich zu putzen, damit Charlie zumindest einen gewissen Mindeststandard vorfindet, wenn sie aufwacht, aber dann verwerfe ich den Gedanken. So schlimm sieht es eigentlich gar nicht aus.

Ilkays Zimmertür steht weit offen, und ich sehe im Vorbeigehen, dass sein Bett unberührt ist. Ich muss grinsen. Vermutlich würde es ihm gar nicht schwerfallen, diese WG zu verlassen und in eine eigene, größere Wohnung zu ziehen. Dann könnte er seine Lover wenigstens mal mit nach Hause bringen. Ich habe ihm zwar gesagt, dass es mich nicht stört, wenn er mit jemandem hier übernachtet, aber er hat daraufhin nur gelächelt und gemeint, dass das schon okay ist. Er sei gerne derjenige, der gehen kann, wann er will. Wenn das Zimmer leer wäre, könnte ich mir hier doch eigentlich ein Arbeitszimmer einrichten, in dem ich mich fortbilden kann. Internationale Videokonferenzen, virtuelle OP-Schulungen, für all das hätte ich Platz – ohne Glücksbärchi im Hintergrund. Verdammt. Außerdem müsste ich dann meine Eltern und meine Schwester nicht mehr anlügen. Es wäre eine große Last, die von mir abfallen würde. Auch wenn ich etwas Angst davor habe, ihnen die Wahrheit zu sagen, glaube ich nicht, dass sie mich verstoßen. Im Idealfall würde ich ihnen gleich den neuen – »echten« – Mann an meiner Seite präsentieren, um meiner Mutter die Hoffnung auf zeitnahe Enkelkinder nicht ganz zu nehmen, aber der spielt momentan lieber Spielchen mit mir – wenn meine besten Freundinnen recht haben.

Je genauer ich darüber nachdenke, umso mehr muss ich mir eingestehen, dass ich mich eigentlich schon entschieden habe. Nicht unbedingt, was Gabriel angeht, aber doch was Ilkay und meine Familie betrifft. Ich muss wirklich mit ihnen reden.

Diesem Impuls folgend, gehe ich ins Wohnzimmer und hole Stift und Block von dem antiken, mit Büchern und Unterlagen überlagerten Flohmarkt-Schreibtisch neben der Balkontür.

»Hi Ilkay, wollen wir die Tage mal reden,
wie es weitergehen soll? Würde mich freuen.«

Ich lege den Zettel auf sein Bett und fahre mir im Flur noch einmal durch meine halb nassen Locken. Dann lasse ich die Wohnungstür hinter mir zufallen.

Ein Gefühl der Erleichterung überkommt mich, als ich die ausgetretenen Stufen unseres Treppenhauses hinablaufe, das auch schon bessere Zeiten gesehen hat. An den Wänden blättert die Farbe ab, die hölzernen Handläufe sind so spröde, dass man aufpassen muss, sich keinen Splitter einzuziehen. Unten angekommen, stolpere ich fast über das Laufrad der kleinen Zoe aus dem dritten Stock. Schmunzelnd platziere ich es neben ihrem Kinderwagen. Die Kleine hat wohl mal wieder vergessen, es wegzuräumen.

Als ich die letzten Meter der Auffahrt zur Villa schlendere, entdecke ich zu meiner Überraschung Gabriels Rad am Ständer. Ich bin heute ausnahmsweise mal wieder mit den Öffentlichen zur Arbeit gefahren, da ich heute Abend mit Maxi und Charlie zum Essen verabredet bin und Maxi mich nach der Arbeit mit dem Van abholt.

Mir wird beim Anblick von Gabriels Fahrrad direkt ganz flau. Obwohl es doch nur ein Fahrrad ist. Warum ist er so früh da? Ich dachte, er hat Spätdienst. Ich sehe auf meine Armbanduhr. Fast eineinhalb Stunden bis Dienstbeginn.

Eigentlich hatte ich vor, Unterlagen zu sortieren, aber die Gefahr, bei den Arztzimmern auf Gabriel zu treffen, ist auf einmal recht hoch. Alles in mir sträubt sich dagegen, auch wenn mir bewusst ist, wie kindisch es ist. Fürs Erste sehe ich ihn aber lieber bei der Visite zusammen mit anderen.

Ich beschließe, mir einen Kaffee zu holen und so die Zeit zu vertreiben.

Ich gehe am Aufzug im Westtrakt vorbei, und als ich in der Kabine meine Karte an den Sensor halte, habe ich eine Idee. Ich blicke mich kurz um, aber niemand ist zu sehen. Schnell drücke ich auf »UG«. Ich kann mir die Zeit auch damit vertreiben, mir den Keller anzusehen.

Doch zu meiner Enttäuschung blinkt das kleine Licht am Sensor nicht grün, sondern rot auf. Offenbar habe ich im Keller nichts verloren.

Enttäuscht verlasse ich den Aufzug, gehe dann in Richtung »Cantina«, die um diese Uhrzeit noch vollkommen leer ist, und biege scharf um die Ecke zur Baristatheke, als ich plötzlich frontal in jemanden hineinlaufe, der mir entgegenkommt.

Es ist Gabriel! Natürlich.

Mein Atem stockt.

»Holla, Layla, aufgepasst. Du könntest noch jemanden umbringen bei dem Tempo.« Er grinst mich so charmant an, dass ich sofort weiche Knie bekomme – und sogar einen roten Kopf, fürchte ich.

»Gabriel … Hallo, was machst du denn hier?« Ich spüre, wie ich jetzt wirklich rot anlaufe.

Er grinst noch breiter. »Ich arbeite hier, schon vergessen?«

Auf seine Leichtigkeit kann ich mich jetzt nicht einlassen. Ist das nur gespielt? Oder bin ich die Einzige, der unser Beziehungsstatus unruhige Nächte bereitet?

»Ja, natürlich. Ich wollte mir gerade einen Kaffee holen. Wir sehen uns dann später bei der Visite, nicht wahr?« Ohne eine Antwort abzuwarten, versuche ich mich an ihm vorbei in Richtung Theke zu schieben.

Doch Gabriel fasst mich am Arm und hält mich zurück. »Warte doch mal. Du hast gestern nicht mehr geantwortet.«

Er schaut mich eindringlich an. Die Intensität nimmt mir völlig den Wind aus den Segeln, und mir fällt auf die Schnelle keine Ausrede ein. Also bleibe ich bei der Wahrheit. »Doch. Aber deine zweite Nachricht hat eigentlich alles gesagt.«

Ich wende meinen Blick ab und schaue angestrengt an ihm vorbei in den Garten. Einige Pflegekräfte, darunter Andi, stehen zusammen und machen Kaffeepause.

Gabriel folgt meinem Blick. »Verpasse ich was?«

»Nein, ich …« Mir fehlen die Worte. Also hole ich tief Luft und sehe ihm in die Augen. »Ich wusste einfach nicht, was ich noch schreiben soll. Geändert hätte es ohnehin nichts.«

Überrascht blitzen seine Augen auf, und er hebt eine Braue. »Ich wollte eigentlich nur hören, was du dazu sagst. Zu uns. Ich dachte, du schreibst mir noch mal …«

»Nachdem du mir mitgeteilt hast, dass dir leidtut, was passiert ist, und dass wir am falschen Ort zur falschen Zeit sind? Und nachdem du immer wieder betonst, dass wir nur Kollegen sind?« Ich atme frustriert aus. »Ich habe keine Lust mehr auf deine Spielchen. Es reicht. Ich steige aus.«

Nach meinen hastig hervorgesprudelten Worten muss ich schlucken. Mir ist klar, dass ich gerade preisgegeben habe, wie verletzt und verunsichert ich bin.

In meinem Hals hat sich ein dicker Kloß gebildet, und ich wünsche mich weit weg.

Gabriels Blick, der eben noch verständnislos war, wird weicher, und er lächelt mir vorsichtig zu. »Ich habe geschrieben, dass es mir leidtut, dass ich dich in diese schwierige *Situation* gebracht habe. Das, was zwischen uns passiert ist, tut mir nicht leid. Kein bisschen.« Dann tritt ein Blitzen in seine Augen, und er sieht sich rasch um. »Und wir waren *vorgestern* am falschen Ort zur falschen Zeit. Aber das lässt sich ändern. Wenn du willst.«

Außer uns beiden und der Bedienung, die gelangweilt hinter der Auslage lehnt und an ihrem Handy spielt, ist niemand da. Trotzdem führt er mich ein Stück weg zum Eingang, sodass wir außerhalb des Sichtfeldes der jungen Barista sind.

Wir stehen jetzt eng beieinander, und ich spüre die Wärme, die von ihm ausgeht und mich umhüllt. Er beugt sich näher zu mir. Ein leichtes Lächeln umspielt seinen sinnlichen Mund. Er beugt sich zu mir, seine Hände streifen meine Unterarme.

»Layla, wenn ich nicht dein Chef wäre, hätte ich dich längst um ein Date gebeten«, flüstert er mir ins Ohr.

Verständnislos starre ich ihn an. Hat er das gerade wirklich gesagt? Doch sein Blick ist ernst und aufrichtig.

Einen Moment lang stehen wir beieinander und sehen uns in die Augen. Er ergreift vorsichtig meine Hand und drückt sie leicht. Ich schließe kurz die Augen, und mir wird schwindelig vor Glück, von seinem Duft und seiner Nähe.

Ganz langsam kommt die Bedeutung seiner Worte bei mir an. Er will mich treffen. Ein Date!

Nun wird mir auch klar, dass sein merkwürdiges Verhalten keineswegs an mangelndem Interesse lag, sondern an seiner Zurückhaltung, seinem Verantwortungsbewusstsein mir gegenüber.

Plötzlich überrollen mich die Emotionen. Ich spüre, wie mir die Tränen hochsteigen, am liebsten würde ich mich an ihn schmiegen, uns trennen nur wenige Zentimeter. Doch dann rufe ich mich zur Vernunft. Definitiv falscher Ort! Wir stehen hier zwischen Eingangshalle und »Cantina«, und jeden Moment kann jemand vorbeikommen.

Sanft löse ich meine Hand aus seiner. Ich nehme all meinen Mut zusammen und sehe ihm fest in die Augen. »Es ist mir egal, dass du mein Boss bist, Gabriel.«

Er nimmt wieder meine Hand, führt sie rasch an seinen Mund, ohne den Blick abzuwenden, und küsst sie. Ein warmes Lächeln umspielt seine Lippen, als er sie loslässt.

Er beugt sich zu mir und sagt leise: »Lass es uns langsam angehen, Layla. Ich möchte wirklich nicht, dass du in Schwierigkeiten kommst. Ich habe keine Ahnung, wie Peters auf uns reagieren würde. Oder die Kollegen. Im Zweifel, fürchte ich, wärst du die Leidtragende.«

In diesem Moment höre ich lautes Klappern von Absätzen, und wir fahren auseinander. Doktor Evelyn Jacobi biegt gut gelaunt um die Ecke. Sie trägt ein olivfarbenes, kurzes Sommerkleid, das ihr rotes Haar und ihre hellen Augen zur Geltung bringt.

Sie strahlt uns an. »Guten Morgen, Kollegen. Zeit für einen schnellen Kaffee?«

Sie scheint bester Laune und wirkt vollkommen unbefangen. Vor allem hat sie bestimmt nichts gemerkt.

»Warum nicht?« Gabriel sieht mich gut gelaunt an.

»Na, dann.« Mein Dienst beginnt ohnehin erst in einer Stunde.

Wir setzen uns auf die Skybar, auf der es noch angenehm kühl ist. Wir reden über Peters Rede gestern, die Kollegen aus den anderen Häusern und einige der letzten Operationen.

Evelyn sieht mich neugierig an. »Wie geht es eigentlich unserer Pro-Bono-Patientin? Wird sie schon entlassen? Eine bewundernswerte junge Frau. Ist alles gut verheilt?«

Gabriel schaltet sich ein. »Dank der hervorragenden Technik von Layla ist sie ein neuer Mensch.«

Sofort laufe ich wieder rot an, und Evelyn grinst.

»Gabriel übertreibt. Amba braucht noch eine zweite Operation. Ich spreche gleich mit ihr, und dann kümmere ich mich auch um das Timing. Du wirst sie also sicher wiedersehen.«

»Wunderbar. Grüß sie lieb von mir.«

»Das werde ich tun.« Ein Blick auf die Uhr sagt mir, dass ich schnellstens in mein Arztzimmer gehen und meinen Kittel anziehen sollte. »Ich muss dann auch. Bis später.«

Ich vermeide es, Gabriel länger als nötig anzusehen, hebe die Hand zu einem unbestimmten Gruß und eile davon.

Als ich die Treppe hinauf in mein Arztzimmer sprinte, spüre ich, wie sich ein Glücksgefühl in mir ausbreitet. Gabriel will mich treffen. Es fällt mir schwer, mich noch auf einen anderen Gedanken zu konzentrieren, doch als ich mein Zimmer betrete und einen frischen gestärkten Kittel überstreife, bin ich wieder bei Sinnen. Ich greife nach meinen Notizen, die ich mir auf dem Schreibtisch zurechtgelegt habe, und mache mich auf den Weg zu den Patientenzimmern.

Amba begrüßt mich mit strahlenden Augen. Sie sitzt in ihrem Rollstuhl und trägt noch immer einen Verband, aber ihr Fortschritt der vergangenen Tage ist wirklich erstaunlich. In zwei bis vier Wochen können wir vielleicht schon mit der zweiten OP starten.

»Layla, ich habe so gute Neuigkeiten. Ich darf in das Wellhouse ziehen und da auf nächste OP warten! Danke, danke, dass du das gemacht hast.«

Überrascht sehe ich sie an und lasse meinen Blick durch das Zimmer schweifen. Tatsächlich steht hinter mir in der Ecke neben dem Schrank ein chromfarbener Kofferwagen mit dem Logo des klinikeigenen »Wellhouse«-Emblems. Darauf ruht ein winziger, fast nagelneu aussehender Koffer. Ihr Leben passt in diesen kleinen Koffer, schießt es mir durch den Kopf.

»Amba, das sind ja tolle Neuigkeiten. Heißt das, du bekommst auch das Bein gerichtet?«

Amba wiegt den Kopf. »Ich weiß nicht. Schwester Yvonne hat nur gesagt: Amba, du kannst bleiben bis zweite OP. Ziehst ins Wellhouse. Aber warum bist du so überrascht? Hast du nicht dafür gesorgt?«

Ich verneine. »Aber ich habe mit Herrn Peters geredet und

warte noch auf eine Antwort, ob das Bein auch gemacht werden kann.« Da erst fällt es mir auf. »Moment. Solltest du ursprünglich nicht bis zur zweiten OP in Berlin bleiben?«

Amba sieht mich verunsichert an. »Nein. Nach erster OP geht es zurück nach Pakistan. Dann verheilt alles, und ich komme für zweite OP zurück.«

Ich kann kaum glauben, was ich da höre. Eine Rückreise nach Pakistan bis zur zweiten OP-Runde wäre viel zu verfrüht gewesen. Die Gefahr einer Entzündung viel zu hoch. Was haben sich Gabriel und Peters dabei gedacht?

Da Amba mich noch immer verunsichert ansieht und das Problem ja nicht mehr besteht, beschließe ich, es fürs Erste gut sein zu lassen.

»Der neue Plan gefällt mir auf jeden Fall besser. Soll ich dich rüberbringen? Oder kommt jemand?«

Amba schaut mich unschlüssig an. »Ich weiß nicht. Soll warten.«

»Ich frage mal nach.« Kurz entschlossen greife ich zum Telefonhörer neben dem Bett und wähle die Station. Als Schwester Yvonne sich mit kühler Stimme meldet, bitte ich sie, in Ambas Zimmer zu kommen.

Mit einem lauten Rumms öffnet sie kurze Zeit später die Tür und macht deutlich, wie ungern sie meiner Bitte nachkommt. »Was ist denn?«

Ich reiße mich zusammen und lächle Yvonne freundlich an, doch ihre graublauen Augen bleiben kühl. »Es tut mir leid, wenn ich Sie bei einer wichtigen Aufgabe unterbrochen habe, Schwester Yvonne. Frau Modi hat mir eben erzählt, dass sie ins Wellhouse umzieht. Können Sie mir mehr dazu sagen?«

»Ich weiß auch nur, dass sie rübergebracht werden soll«, stößt Yvonne hervor.

Sie will sich schon zum Gehen wenden, als sich ihre Stimme

plötzlich ändert und ein Lächeln auf ihrem Gesicht ausbreitet. Sie hat wohl jemanden auf dem Flur entdeckt.

»Oh, Herr Peters. Vielleicht können Sie der Frau Doktor Auskunft geben, wie es mit Frau Modi weitergeht?«

Sie tritt zur Seite und macht dem Geschäftsführer Platz.

»Ah, Frau Doktor Sahin, wie schön, dass Sie auch da sind. Sie haben also die gute Nachricht schon gehört.« Er lächelt mir schief zu und zeigt seine übergroßen Zähne. Amba ignoriert er.

»Ich habe mir den Fall nach unserem Gespräch noch einmal angeschaut.« Er räuspert sich und strafft die Schultern. »Ich konnte zusätzliche Mittel aus dem Spendenfonds gewinnen. Um Frau Modi die Strapazen einer Reise zu ersparen, haben wir beschlossen, sie mit allen Annehmlichkeiten in unserem Wellhouse unterzubringen. Ganz sicher wird sie sich dort gut erholen.« Sein schiefes Lächeln wird breiter, und er sieht aus, als erwarte er Dank.

Zu meiner Überraschung ergreift Amba das Wort. »Danke, Doktor Peters.« Sie steht ungeschickt aus ihrem Rollstuhl auf, nimmt sich die Gehhilfe, die daran befestigt ist und humpelt zwei Schritte auf Peters zu. »Vielen Dank. Ich weiß nicht, wie ich je zurückzahlen kann.«

Jetzt richtet Peters seinen Blick auf die kleine Pakistanerin, tätschelt ihr väterlich die Schulter, zieht dann aber ebenso schnell die Hand wieder zurück.

»Das ist ja das Schöne an unserem Programm, Frau Modi. Sie müssen es nicht zurückzahlen.« Ich räuspere mich. »Haben Sie auch Neuigkeiten zu Frau Modis Bein-OP?«

Jetzt richtet er seine leicht hervortretenden, hellblauen Augen auf mich. »Leider noch nicht. Ich habe eben erst durchbekommen, dass Frau Modi vorerst nicht zurück nach Pakistan muss. Da wollte ich nicht gierig erscheinen, wenn Sie verstehen, was ich meine.« Er lächelt mich gönnerisch an. »Wären Sie so freundlich und begleiten Frau Modi hinüber ins ›Wellhouse‹? Zimmer fünf ist für sie vorbereitet. Das Gepäck wird auch gleich abgeholt.«

Ich nicke. »Aber natürlich. Vielen Dank, Herr Peters.«

Der grinst noch einmal schief und verlässt dann mit Yvonne im Schlepptau das Zimmer.

Ich bugsiere Amba zurück in den Rollstuhl und fahre mit ihr zum Fahrstuhl ins Erdgeschoss. Als die Türen sich öffnen, wäre ich schon wieder beinahe in Gabriel gelaufen, der offensichtlich gerade nach oben fahren will. Er zwinkert mir vertraulich zu, und mein armes Herz weiß schon wieder nicht, ob es stehen bleiben oder davonrasen soll.

Ich blicke zu Boden und murmle ein »Entschuldigung«, dann schiebe ich Amba schnell an ihm vorbei.

»Was ist mit dir und Doktor Gabriel passiert?«, fragt Amba neugierig, als wir außer Hörweite der Klinik durch den Park fahren, und ich kann ihr Amüsement in der Stimme hören. »Er sieht dich an wie Jalebi, und du kriegst Farbe wie Jalebi.« Sie dreht sich im Rollstuhl etwas zu mir um. »Genauso wie jetzt.«

»Jalebi?«

»Eine leckere, süße Dessert. Sehr rot.«

Ich drehe schnell den Kopf in den Wind und hoffe auf etwas Abkühlung. »Eine Süßspeise also.«

»Du und Doktor Gabriel, ein schönes Paar.«

»Wir sind aber kein Paar.«

Amba wiegt den Kopf. »Noch nicht.«

Ich beschließe das Thema zu wechseln. »Bist du nicht traurig, dass du deine Familie nun noch länger nicht sehen kannst?«

Sofort fällt ein Schatten über ihr Gesicht. »Ja, schon. Aber lieber als ich in Pakistan hätte ich Familie hier, in Berlin. Dort kein guter Ort jetzt, viele Bomben.«

Sie zittert trotz der Sommerhitze leicht, und ich weiß, dass die Kälte von innen kommt, vermutlich von ihren Erinnerungen.

»O Amba, es tut mir leid.« Ich wollte keine alten Wunden aufreißen.

Amba reckt die Schultern. »Das ist okay. Ich vermisse nur meine kleine Schwester. Aber sie und mein Vater sind sehr froh, dass ich in Sicherheit bin.«

»Ich auch.« Ich lege ihr kurz die Hand auf die Schulter. »Und das mit deinem Bein kriegen wir auch noch hin.«

Als ich dreißig Minuten später das »Wellhouse« verlasse und mir sicher bin, dass es Amba hier gut gehen wird, brennt die Sonne vom Himmel. Viel Zeit ist nicht mehr für die Untersuchung bei King Lil-Wun, die noch ansteht. Ich checke trotzdem mein Handy. Nur eine Nachricht blinkt auf meinem Display.

War schön, dir eben noch mal zu begegnen.
Beim nächsten Mal nicht mehr per Zufall.
Heute Abend?

Ich verlangsame meine Schritte. Eigentlich wollte ich heute mit Maxi und Charlie nach der Arbeit essen gehen, aber ich bin mir ziemlich sicher, dass sie nichts dagegen haben, wenn ich sie versetze – solange ich ihnen morgen beim Frühstück alles bis ins letzte Detail erzähle.

Wie automatisch fangen meine Hände an zu tippen, während ich langsam den Weg durch den Park zur Klinik zurückgehe.

Gerne. Freu mich.

Nervös streiche ich mir eine Strähne aus dem Gesicht, bleibe stehen und warte. Lasse das Display nicht aus den Augen. Sofort kommt eine weitere Nachricht.

Direkt um 19 Uhr nach der Arbeit?
Essen beim Italiener? Wir können uns
um die Ecke an der Kreuzung treffen.

Okay, Boss.

Ich halte den Atem an. Bin ich zu weit gegangen? Als seine Antwort kommt, pruste ich los.

Ich steh drauf, wenn du mich Boss nennst.

Wenige Sekunden später geht noch eine Nachricht ein.

Dieses Lachen hat mir definitiv den Tag versüßt.

Alarmiert sehe ich mich um, und tatsächlich entdecke ich Gabriel am anderen Ende des Parks auf der Terrasse der Cantina stehen. Er hat einen Kaffeebecher in der Hand und winkt mir mit seinem Handy zu.

Ich winke etwas linkisch zurück und würde am liebsten im Erdboden versinken, als mir bewusst wird, dass er mich vermutlich die ganze Zeit beobachtet hat.

Kapitel 13

Um meine Meinung nicht doch noch zu ändern, lenke ich mich mit so viel Arbeit ab, dass ich letztlich beinahe zu spät zu unserem Treffpunkt nahe der Klinik gekommen wäre. Leicht paranoid schaue ich mich mehrfach nach allen Seiten um, aber natürlich beobachtet mich niemand. Außer dem unfassbar attraktiven Chris-Hemsworth-Klon, der in Jeans und T-Shirt an einem Zaun des Nachbargrundstücks lehnt.

Als er mich sieht, beginnt sein Gesicht zu strahlen, und er kommt auf mich zu. »Layla, du siehst umwerfend aus.«

Nervös ziehe ich am Saum meines rot geblümten Sommerkleids und muss grinsen, als ich an Ambas Jalebi-Vergleich denke. Ich hatte das Kleid heute Morgen zwar eigentlich für den Abend mit Maxi und Charlie eingepackt, aber für einen Besuch beim Italiener passt es allemal.

Gabriel bleibt vor mir stehen. »Warum grinst du so?«

»Ach nichts, nur über etwas, das Amba über Süßspeisen gesagt hat. Ich hoffe, dein Italiener macht gute Pizza? Ich könnte eine Kleinigkeit essen!«

Ich blicke mich suchend um, sehe aber weit und breit kein italienisches Restaurant.

Gabriel lacht auf, und mir wird bewusst, wie viel gelöster er außerhalb der Klinik ist. »Keine Angst, Giuseppe macht die besten Pizzen nördlich von Neapel. Wir müssen allerdings noch ein Stück fahren.«

Ich sehe ihn überrascht an. »Fahren?«

»Ja, kommt mit.« Wie selbstverständlich nimmt er meine Hand und führt mich zur anderen Straßenseite, wo etliche E-Scooter geparkt sind. Als er vor zwei rosafarbenen Modellen stehen bleibt, geht mir auf, was er vorhat.

»Das ist nicht dein Ernst.«

»Absolut.« Er sieht gerade sehr mit sich zufrieden aus.

»Du willst Roller fahren?«

»Zu Fuß ist es ein bisschen weit. Also folge mir.«

Lachend gebe ich nach. Ich bin tatsächlich bisher noch nicht mit solchen E-Rollern gefahren. Ilkay wollte mich schon tausend Mal überreden, aber ich habe mich immer verweigert.

Gabriel lotst mich durch den Tiergarten, am Holocaust-Mahnmal und den Menschenmassen vorbei durchs Brandenburger Tor, als wäre ich eine Touristin in meiner eigenen Stadt. Ich spiele das Spiel mit und lasse mich von der Begeisterung der Leute anstecken, die fasziniert auf dem Pariser Platz stehen und versuchen, das eine Foto zu machen, auf dem das ganze Tor zu sehen ist – ohne die Demonstranten aufs Bild zu bekommen, die auch heute wieder für den Weltfrieden auf die Straße gehen.

Schließlich biegt Gabriel ab und kommt auf dem kleinen Platz vor dem Bahnhofsgebäude Friedrichstraße zum Stehen, direkt neben einer jungen Musikerin, die gerade dabei ist, ihren Gitarrenkoffer so zu platzieren, dass er nicht in der Schusslinie der Tauben steht, die im Bahnhofsdach nisten.

»Von hier geht es zu Fuß weiter. Wir können die Roller stehen lassen.«

»Giuseppe« erweist sich als winzige Pizzeria in einem der vielen S-Bahn-Bögen neben dem Bahnhof Friedrichstraße.

Allein weil sie mitten im Touristen-Berlin liegt, wäre ich hier wohl nie gelandet.

»Machen wir heute Touri-Programm?«

»Natürlich. Ich bin schließlich so etwas wie ein Tourist.«

»Sollte ich dann nicht lieber dich herumführen?«

»Nächstes Mal.« Er zwinkert mir zu, und ich muss sagen, der entspannte Gabriel gefällt mir viel besser als Doktor Goldberg aus der Villa.

»Wie lange bist du eigentlich schon in Berlin?«

Gabriel weicht aus. »Ach, noch nicht so lang.«

»Und seit wann kennst du Peters?«

Er räuspert sich. »Soll das hier ein Dienstgespräch werden?«

»Willst du über etwas anderes reden?«

»Als über die Arbeit? Ja!«

»Okay.«

Er macht keine Anstalten, das Restaurant zu betreten, sondern nimmt stattdessen meine Hände und sieht mir direkt in die Augen. »Wir haben Dienstschluss. Lass uns die Klinik und alles, was damit zu tun hat, für heute vergessen, okay?«

Ich nicke, von der Berührung seiner Hände und der Ernsthaftigkeit in seinem Blick überrascht. Wie gerne würde ich ihn jetzt küssen.

»Na, dann mal los.« Er lächelt mich herausfordernd an.

Ich nicke und schlage die Finger im Salut gegen die Stirn. »Jawohl, Boss.«

Gabriel zögert einen kurzen Moment, legt dann aber eine Hand auf meinen Rücken und zieht mich an sich. Mit der anderen schiebt er langsam eine Haarsträhne hinter mein Ohr. Wir sind uns plötzlich so nah, dass mir kurz der Atem stockt. Da ist es wieder, dieses Knistern zwischen uns.

»Nenn mich noch einmal so, und ich kann mich nicht länger

beherrschen«, flüstert er in mein Ohr und drückt mir einen Kuss auf diese empfindliche Stelle an meinem Nacken direkt unter dem Ohr.

Es kostet mich einiges an Willensstärke, nicht wohlig aufzustöhnen. Gabriel scheint das zu spüren. Er fährt mit seinem Finger die Linie meines Kinns nach und streicht dann sanft über meine Unterlippe. Seine Berührung hinterlässt ein Prickeln auf meiner Haut. Ich hebe den Kopf und öffne die Lippen.

Eine weitere Einladung braucht Gabriel nicht. Er küsst mich, zunächst zärtlich, dann werden seine Lippen immer fordernder. Mein Herz rast, mein ganzer Körper ist erfüllt von einem Hochgefühl. Gabriel scheint es ähnlich zu gehen.

Umso überraschter bin ich, als er mich plötzlich ein Stück von sich wegschiebt. »Wollen wir uns einfach eine Wegpizza holen und irgendwo draußen essen?«

Verblüfft starre ich ihn an. »Wegpizza?«

Er lacht, dabei entdecke ich ein paar sehr attraktive Fältchen in seinen Augenwinkeln.

»Ja. Für unterwegs.« Er zieht mich wieder ein Stück näher an sich. »Die Vorstellung, dir die nächsten zwei Stunden an einem Tisch in einem Raum voller Menschen gegenüberzusitzen, gefällt mir mit jeder Sekunde weniger.« Seine Fingerspitzen streichen sanft über meine Schulter.

»Okay.« Ein Lächeln schleicht sich auf mein Gesicht. »Ich kenne den perfekten Platz, wo wir in Ruhe essen können.«

Als wir kurz darauf Hand in Hand durch den Monbijou-Park schlendern, fühle ich mich beschwingt und leicht. Gabriels Hand ist fest und warm, und ich bemerke, wie er mich von der Seite immer wieder beobachtet. »Du zuerst.«

Ich sehe ihn irritiert an. »Was zuerst?«

»Erzähl mir von dir.« Herausfordernd schaut er mich an.

»Wieso ich? Was soll ich denn von mir erzählen? Mein Leben ist wirklich ziemlich langweilig«, weiche ich aus.

»Das glaube ich dir nicht, Layla.« Seine Augen blitzen kurz auf.

»Erzähl mir von dir, und ich unterbreche dich, wenn es zu langweilig wird, okay? Wer bist du? Was magst du? Und was machst du in deiner Freizeit, außer Fremden in Clubs den Kopf zu verdrehen?«

Ich spüre, wie bei seinen letzten Worten ein kleiner Schwarm Schmetterlinge in meinem Bauch aufflattert.

»Ich fürchte, ich muss dich enttäuschen. Der Abend war definitiv eine Ausnahme.« Ich atme tief durch. »Was mag ich? Ich mag meine Arbeit. Normalerweise verbringe ich meine Tage damit zu arbeiten, und wenn ich nicht Patienten behandle, versuche ich herauszufinden, wie ich bei meiner Arbeit besser werden kann. Manchmal esse und schlafe ich auch.«

Gabriel lacht auf. »Das kenne ich.«

»Apropos Essen.« Ich deute auf eine etwas abseits auf einer Wiese gelegene Steinbank zwischen ein paar Büschen und Bäumen. Von hier aus hat man einen märchenhaften Ausblick auf den Park, ohne selbst sofort gesehen zu werden. »Wir sind da.«

Wir setzen uns und beginnen damit, unsere vorgeschnittenen Pizzen zu essen. Sie sind noch warm.

»Die schmeckt fantastisch.« Ich sehe ihn mit großen Augen an.

Gabriel nickt wissend und leckt sich mit der Zunge einen Krümel aus dem Mundwinkel. »Schön, dass sie dir schmeckt.« Dann räuspert er sich. »Du lebst also für deinen Beruf. Wolltest du immer schon Ärztin werden?«

Ich überlege kurz. Eigentlich gab es tatsächlich nie einen anderen Berufswunsch für mich, und nach Dilaras schrecklichen Verbrennungen war es für mich entschieden.

»Ich glaube, ich wollte erst mal einfach gut in der Schule sein. Ich komme aus Neukölln, meine Eltern sind türkische Einwanderer. Es klingt nach Klischee, aber es ist wirklich so, dass du mit türkischen Wurzeln mehr Probleme mit den Lehrern hast. Sie glauben nicht an dich.«

Und schon erzähle ich Gabriel von meiner Kindheit, der Schule, den guten Noten, für die ich mich immer doppelt so stark anstrengen musste wie die Kinder mit einem deutschen Nachnamen. Von meiner Lehrerin, die dafür gesorgt hat, dass ich die Gymnasialempfehlung bekam, und von meinem späteren Klassenlehrer, der mich im Abitur darin bestärkt hat, Medizin zu studieren. Und von Dilara und der Nacht, die alles verändert hat.

Er hört mir zu und will genau wissen, was in der Brandnacht geschehen ist. Nachdem ich geendet habe, schweigt er eine Weile und nimmt meine Hand.

»Das muss hart für dich gewesen sein. Du warst noch ein Kind.«

Ich nicke, und wir sehen uns einen Moment schweigend um, jeder in seinen Gedanken verloren.

Dann ergreift Gabriel das Wort – und ich bin ihm dankbar dafür.

»Eine so schreckliche Erfahrung habe ich nicht gemacht. Aber ich weiß, wie es sich anfühlt, aus einem bestimmten Grund Arzt werden zu wollen. Ich hatte einen ähnlichen Impuls, wollte unbedingt etwas Sinnvolles tun, etwas bewirken. Nachdem ich nach dem Facharzt ein Jahr in einer klassischen Schönheitsklinik in München gearbeitet hatte, reichte es mir.« Er lacht kurz auf bei der Erinnerung. »Ich war ziemlich naiv, als ich mich für diese Fachrichtung entschieden habe. Mich reizten damals die Möglichkeiten, die rasante Fortentwicklung der Behandlungsformen. Aber ich habe schnell gemerkt, dass ich keinen Spaß daran hatte, reiche Leute zu straffen und zu verjüngen.«

Eine Woge der Sympathie durchfließt mich. Gabriel fühlt also genauso wie ich.

»Und dann bist du ins Ausland gegangen?«

Er nickt. »Ich habe von einem Tag auf den anderen den Job an den Nagel gehängt und bin mit ›Ärzte ohne Grenzen‹ auf die Philippinen geflogen. Dort war gerade ein heftiges Erdbeben, und die Menschen brauchten dringend Hilfe. Das hat mir dann endgültig die Augen geöffnet. Zum ersten Mal fühlte ich mich am richtigen Platz.« Seine Stimme wird eindringlicher, und ich hänge gebannt an seinen Lippen. »Noch nie habe ich meine Arbeit als so sinnvoll empfunden wie in diesem Team. Wir konnten nicht allen Menschen helfen, aber wir haben so viele Kinder behandelt, Frauen und Männer, die schwerste Verletzungen hatten ...«

Er verstummt, scheint sich zu sammeln, denn als er weiterredet, ist seine Stimme wieder ruhiger.

»Jedenfalls wurde mir dort unten klar, dass ich genau so arbeiten möchte. Und seitdem habe ich das getan. Nach den Philippinen war ich noch in Südamerika, Kambodscha, Syrien. Zum Schluss in Pakistan. Ich war eigentlich nur in München, um die Klamotten zu wechseln. Geld habe ich bei den Einsätzen kaum verdient. Darum brauchte ich hier einen Brotjob. Berlin ist jetzt mein erstes Zuhause seit Jahren.«

Er grinst und zuckt die Achseln, was ich ausgesprochen lässig finde. Ich brauche noch einen Moment, um meine Emotionen in den Griff zu bekommen.

»Bist du denn jetzt zufrieden als Chefarzt in der ›Villa Berlin‹? Was hat dich überhaupt von Pakistan zu Peters verschlagen? Es ist sicher anders als bei ›Ärzte ohne Grenzen‹.«

Gabriels Gesichtsausdruck wird plötzlich hart, und ich spüre, wie sich sein Körper anspannt.

»Mirko hat mich gefragt, ob ich den Job übernehme. Er

brauchte Unterstützung in Berlin, und er fand wohl, da wäre ich der Richtige«, erklärt er zögerlich. »Aber lass uns nicht über Peters reden. Genießen wir lieber unseren Feierabend.«

Es ist dunkel geworden. Die Lichter der Laternen erhellen den Park nur noch leicht, der Nachthimmel ist von Sternen übersät. Bis auf das Gelächter und die Gesprächsfetzen der wenigen Menschen in einiger Entfernung ist es heute fast ruhig.

Ich schmiege mich enger an Gabriel, sehe seine langen Wimpern trotz der Dunkelheit und möchte in diesen Augen versinken.

»Daran könnte ich mich gewöhnen.«

Er grinst mich an. Unter seinem dunkelblonden Drei-Tage-Bart erkenne ich auf der rechten Wange ein Grübchen, das mir noch nie aufgefallen war.

»Ich mich auch.« Ich gebe ihm einen Kuss auf die Schulter.

Er zieht mich an sich und legt meine Beine über seine Oberschenkel, dann neigt er seinen Kopf zu mir, legt seine Stirn an meine, und ich schließe die Augen. Die laue Abendluft zwischen uns scheint zu knistern. Sanft sucht sein Mund den meinen, und als sich unsere Lippen berühren, spüre ich wieder dieses sehnsüchtige Ziehen in meinem Unterleib. Wir küssen uns langsam und fast ein wenig zögerlich, als wüssten wir beide, dass wir hier in aller Öffentlichkeit die Kontrolle verlieren, wenn wir uns nicht zurückhalten. Gabriels Lippen sind sanft und ein klein wenig rau zugleich. Ich spüre seine Hände, die über meinen Rücken wandern, während er mich jetzt ganz auf seinen Schoß zieht. Unser Kuss gewinnt an Tiefe, und unser Atem beschleunigt sich. Wir lassen keine Sekunde voneinander ab. Ich spüre, wie er eine Hand etwas unter den Saum meines Kleides schiebt. Dort, wo seine Fingerspitzen die sensible Haut meines Oberschenkels berühren, breitet sich ein wohliges Kribbeln aus.

Dass sich eine Gruppe von Menschen mit lautem Gegröle nähert, nehme ich nur wie durch Watte wahr.

»Die werden uns gleich sehen.« Es klingt eher wie ein lustvolles Stöhnen als eine Warnung.

»Nicht unbedingt.« Gabriel zieht mich von der Steinbank herunter und legt mich sanft auf die vom Tag noch warme Wiese hinter der Bank, ohne aufzuhören, mich zu küssen. Dann spüre ich auch schon seinen Körper auf meinem, die Muskeln seiner Oberarme spannen sich an. Instinktiv öffne ich meine Beine für ihn und genieße sein Gewicht auf mir. Er küsst mich innig, und die plötzliche Nähe ist unendlich aufregend, mein ganzer Körper beginnt zu prickeln.

Dann richtet er sich leicht auf und sieht mich für einen Moment an. Seine Augen funkeln im sanften Licht der Laternen. »Du bist so wunderschön.«

Ich kann nicht antworten. Mein Herz rast vor Nervosität und Lust, unser Atem geht schwer. Da beugte er sich schon wieder zu mir herunter, küsst meinen Hals, mein Schlüsselbein, meine Schulter. Als er jetzt auch noch langsam damit beginnt, sein Becken zu bewegen, entweicht mir ein sehnsüchtiger Laut. Er soll bitte nie damit aufhören. Ich suche seine Lippen, während sich zwischen meinen Beinen eine unwiderstehliche Hitze ausbreitet und ich mich seinen Bewegungen anschließe. Ich bin unendlich froh, dass uns die massive Steinbank vor den Augen der lärmenden Truppe schützt, die nun in einiger Entfernung vorbeizieht, ohne uns bemerkt zu haben.

»O mein Gott, Layla, du fühlst dich so gut an«, flüstert Gabriel an meine Lippen.

Während wir uns weiter langsam und zärtlich küssen, genieße ich es, wie sich unsere Körper aneinanderreiben. Ein heftiges Pulsieren durchzuckt mich, als ich seine harte Erektion dort spüre, wo ich es jetzt am meisten brauche. Das Pochen zwischen meinen Beinen wird immer heftiger und unsere Küsse leidenschaftlicher.

Plötzlich hören wir eine laute Männerstimme. Wir halten kurz inne und werfen einen Blick über die Bank. Jemand aus der Gruppe ist zurückgeblieben und spricht keine zwanzig Meter von uns entfernt aufgeregt in sein Handy.

Wir ducken uns zurück hinter die Steinbank und sehen uns fragend an. Da schleicht sich plötzlich ein schelmisches Grinsen auf Gabriels Gesicht, und er beginnt damit, wieder langsam seine Hüfte zu bewegen, während er mich nicht aus den Augen lässt. Als ich mit einem leisen Stöhnen beginne, mich wieder auf seinen Rhythmus einzulassen, beugt er sich zu mir nach unten, und ich spüre seine Küsse. Ich liebe es, wie sich seine Lippen auf meiner Haut anfühlen. Vor allem, wenn er wie jetzt diese empfindliche Stelle zwischen Hals und Schulter küsst und leicht daran saugt.

»Gabriel«, keuche ich etwas zu laut.

Sofort halte ich mir den Mund zu. Gabriel hält sich einen Finger an die Lippen, hört aber auch nicht auf, mich mit seinen Bewegungen zu reizen. Im Gegenteil. Er greift nach meinem Knie und zieht es ein wenig zu sich heran, sodass ich mich noch weiter für ihn öffne. Dann fährt er mit den Fingerspitzen über meinen Oberschenkel, so sanft und verführerisch zugleich, dass ich erschaudere. Ich kriege kaum noch Luft, und das Blut rauscht in meinen Ohren. Gabriels Brustkorb hebt und senkt sich schnell.

Endlich entfernt sich der Mann mit dem Handy, bis seine Stimme nicht mehr zu hören ist. Jetzt geben wir uns gar nicht einmal mehr die Mühe, uns zurückzuhalten. Seine Lippen sind so warm und köstlich. Seine Zungenspitze teilt meine Lippen und gleitet in meinen Mund. Wir tauchen ineinander ein. Ich nehme alles nur noch verschwommen war, bin von seinem Duft, seiner Zärtlichkeit und dem heißen Pochen zwischen meinen

Beinen wie benommen, und während er mit seinen warmen, starken Händen meinen Körper erkundet, lasse ich meine Hand unter sein T-Shirt gleiten. Sein muskulöser Rücken fühlt sich zugleich fest und weich an.

Am liebsten würde ich ihm das T-Shirt über den Kopf ziehen, ihn ganz spüren

Gabriel raubt mir jeden Funken Verstand. Seine weichen Lippen liebkosen meine Schulter, meinen Nacken, meinen Hals, während seine Hand nach vorn wandert und über meine Brust gleitet. Wie gut, dass ich auf den BH verzichtet habe. Sein Atem geht schneller, sein Daumen streicht über meinen harten Nippel und sendet einen kurzen elektrischen Stoß durch meinen Körper.

Ich keuche auf und schließe die Augen. »Gabriel. Ich will dich so sehr.«

Und tatsächlich habe ich noch nie ein solches Verlangen nach jemandem empfunden, wie es mich hier durchströmt, und ich wünsche mir sehnlichst, jedes Stück Stoff zwischen uns loszuwerden und ihn einfach in mir zu spüren. Denn in mir baut sich etwas auf, das mehr braucht.

Ich bewege meine Hüften vor und zurück, reibe mich an seiner Härte, im verzweifelten Versuch, dadurch Erleichterung zu bekommen.

Mir entfährt ein tiefer Seufzer, als er mit dem Mund mein Schlüsselbein berührt und seine Nase in meinem Nacken vergräbt, während er weiter meinen Nippel massiert.

»Du riechst fantastisch«, murmelt er.

Dann fährt er mit seinen heißen Lippen weiter nach unten, schiebt den Stoff meines Kleides am Dekolleté zur Seite, findet meinen anderen Nippel und nimmt ihn in den Mund, saugt daran, beißt leicht zu. Überwältigt von dem sinnlichen Schmerz stöhne ich auf, drücke meinen Rücken durch, meinen Körper ihm entgegen. Ich gebe mich ganz dem Gefühl hin, das sein Mund auf meiner Haut auslöst, fühle mich seltsam schamlos und unbefangen, bin zu allem bereit.

In diesem Moment klingelt mein Handy und holt mich mit einem Schlag zurück ins Hier und Jetzt.

Verdammt.

»Moment.«

Während mein Körper sich weiterhin nach Gabriel sehnt, richte ich mich etwas auf, greife hektisch nach dem iPhone, das lautstark meinen Lieblingssong »Koca Bir Sacmalik« von Jakuzi abspielt. Obendrein vibriert es und löst auf der Steinbank ein tiefes, penetrantes Brummen aus.

Der Moment ist ruiniert, die Realität prasselt auf mich ein. Noch nie habe ich mich in der Öffentlichkeit so gehen lassen. Ich sitze halbnackt in einem Park mitten in der Stadt und knutsche herum wie ein Teenager. Noch dazu mit meinem Boss! Was ist nur los mit mir?

Ich springe auf und verstecke das Handy hinter meinem Rücken. Eine Entschuldigung stammelnd, stelle ich das nervige Teil auf lautlos.

»Ich komme gleich wieder«, rufe ich Gabriel zu, während ich mein Kleid richte. Schamesröte überzieht plötzlich mein Gesicht.

Mein Handy blinkt auf. Es ist eine Nachricht von Ilkay.

Layla, bitte, kannst du mich abholen? Bin am Teufelsberg.
Enrico ist weg. Bin mitten im Wald. Taxi will nicht kommen.
Mir geht's gut, aber Akku ist fast leer. Notfall!

Als ich die seltsame Nachricht entschlüsselt habe, fliegen meine Finger wie von selbst über die Tastatur.

Ich komme. Schick mir deinen Standort
und bleib, wo du bist!

Gabriel kommt mir mit besorgter Miene entgegen. Sein Haar ist verstrubbelt, sein T-Shirt verrutscht, und er hält meine Tasche in der Hand.

»Alles okay?« Er sieht mich fragend an.

Da meldet sich mein Handy erneut mit einem kurzen Ping. Wahrscheinlich hat mir Ilkay gerade seinen Standort geschickt.

Verdammt, ich habe Gabriel noch nicht von Ilkay und unserer besonderen Beziehung zueinander erzählt. Ich bezweifle aber auch, dass unser erstes Date der richtige Moment ist, Gabriel zu sagen, dass ich mit meinem schwulen besten Freund, mit dem ich zusammenlebe, seit Jahren eine Fake-Beziehung führe und meine Eltern belüge. Wo soll ich da bloß anfangen? Und wo aufhören? Außerdem ist das Einzige, woran ich im Moment denken kann, sein verführerischer Mund, der gerade unsicher lächelt, seine vom Küssen leicht geröteten Lippen. Auch meine Lippen sind ganz wund und empfindlich. Nein, das ist jetzt definitiv nicht der richtige Zeitpunkt für ein Gespräch über Ilkay – und vielleicht hat sich das Thema demnächst ohnehin erledigt.

Verzweifelt suche ich nach einer weniger komplizierten Erklärung, entscheide mich dann aber für eine Notlüge. »Meine Mutter. Sie hat Schmerzen.«

Gabriel starrt mich verwirrt an. »Schmerzen? Hatte sie einen Unfall? Komm, wir fahren hin.«

Er packt mich an der Hand und will mich Richtung Oranienburger ziehen, wo wir bestimmt ein Taxi finden. O mein Gott, ich fühle mich furchtbar und bereue schon jetzt, ihm nicht die Wahrheit gesagt zu haben.

Ich bleibe stehen. »Es ist nichts Schlimmes. Meine Mutter

ist neulich beim Einkaufen gestürzt und hat seither Schmerzen an der Hüfte. Sie will keine Tabletten nehmen, aber sie hat mir versprochen anzurufen, wenn es schlimmer wird. Damit ich ihr dann eine Spritze geben kann.«

Ich blicke zu Boden, im Lügen bin ich wirklich nicht sehr überzeugend. Wenigstens ist es im Kern wahr.

»Der Unfall ist schon ein paar Wochen her. Es ist wirklich nichts Ernstes und braucht auch kein Ärzteteam. Aber ich möchte gerne nach ihr sehen. Ich habe es ihr versprochen.«

Ich schaffe es nicht, ihm direkt in die Augen zu schauen, und wende mich ab. Er legt den Arm um mich

»Natürlich. Das verstehe ich. Komm, ich rufe dir ein Taxi.«

Sofort fühle ich mich noch mieser.

Ich lasse mich von ihm zur Oranienburger Straße führen und bringe keinen weiteren Ton heraus. Noch vor wenigen Minuten hätte ich Gabriel mitten im Monbijou-Park fast alles mit mir machen lassen, jetzt kann ich ihm nicht mal in die Augen sehen.

Gabriel winkt einem Taxifahrer zu und öffnet die Tür für mich. Bevor ich einsteigen kann, hält er mich behutsam am Arm fest. Ich sehe zu ihm auf und versinke fast in seinem mitfühlenden Blick.

Er beugt sich zu mir und küsst mich zärtlich. »Es war ein wunderschöner Abend. Sehen wir uns morgen?«

In seiner Stimme schwingt so viel Gefühl mit, dass mich eine Gänsehaut überkommt.

Ich nicke und lasse mich mit klopfendem Herzen im Wagen nieder. »Bis morgen.«

Moment.

»Mist.« Ich sehe ihn entschuldigend an. »Ich habe gerade zwei Freundinnen zu Besuch, mit denen ich am Wochenende etwas unternehmen muss.« Ich *will*, aber ich würde auch gerne Gabriel wiedersehen. »Sie sind nur für ein paar Tage hier.«

»Verstehe schon.« Gabriel lächelt mir tapfer zu. »Alles gut. Wir wollten es ohnehin langsam angehen lassen.«

Ich muss kurz auflachen. »Das heute war für dich langsam?«

Auch Gabriel muss grinsen. »Nicht wirklich. Aber bei dem Tempo sind wir nächste Woche verheiratet.«

Wir sehen uns einen Moment überrascht an.

Gabriel räuspert sich. »Wenn dich deine Freundinnen am Wochenende mal ein paar Stunden entbehren können, würde ich mich freuen, wenn du dich meldest. Ansonsten sehen wir uns am Dienstag wieder.«

»Am Dienstag? Gehst du am Montag nicht zur Gala?« Ich spüre, wie sich Enttäuschung in mir breitmacht.

»Doch, doch. Stimmt. Ich habe am Montag frei. Das ist alles.« Er sieht mich neugierig an. »Du kommst auch, oder?«

»Hat Peters uns eine Wahl gelassen?«

Gabriel lacht auf. »Nicht wirklich.«

Da fällt mir Ilkay wieder ein. »Ich muss dann los.«

»Natürlich.« Gabriel beugt sich noch einmal zu mir herab, und gibt mir einen zarten Abschiedskuss. »Bis bald.«

Ich strahle ihn an. »Bis bald, Boss.«

Kapitel 14

Das Aroma frisch gebrühten Kaffees steigt mir in die Nase, als ich am nächsten Morgen aus dem Bad komme. Ich folge dem Duft in die Küche, wo Ilkay gerade dabei ist, frische, süße Pflaumen und Datteln auf dem Tisch anzurichten. So, wie meine Mutter das immer gemacht hat.

Maxi und Charlie sitzen ebenfalls am Frühstückstisch und sehen mich vielsagend an. Nachdem ich mich gestern von Gabriel verabschiedet habe, bin ich mit dem Taxi nach Hause gefahren. Unterwegs habe ich Maxi angerufen, die mit Charlie ebenfalls gerade auf dem Heimweg war. Kurz darauf bin ich in Maxis Van gestiegen, und wir haben uns zu dritt auf den Weg in den Grunewald gemacht. Ich habe auch versucht, Ilkay anzurufen, wurde aber sofort auf die Mailbox umgeleitet. Natürlich musste ich den beiden unterwegs jedes Detail meines Dates mit Gabriel erzählen. Es war eine Tortur, aber Maxi und Charlie haben sich köstlich amüsiert, auch wenn sie nicht verstanden, warum ich Gabriel zum Schluss angelogen habe. Meine Erklärung, dass ich in dem Moment noch nicht ganz bei Sinnen war, haben sie nicht gelten lassen.

Ich nehme eine Tasse Kaffee von Ilkay entgegen, die er mir mit einem verlegenen Grinsen reicht.

»Womit habe ich das nun verdient?«

Ilkay kratzt sich schuldbewusst am Kopf. »Ganz ehrlich, das ist das Mindeste, was ich tun kann nach gestern. Habe ich wenigstens Danke gesagt?«

»Ja, das hast du.« Charlie lächelt ihn milde an.

»Nicht nur einmal.« Maxi kann sich ein Grinsen nicht verkneifen. »Auch wenn ich nicht alles verstanden habe, was du genuschelt hast.«

Ich winke ab. Als wir ihn vorige Nacht am Teufelsberg geholt haben, war er kaum mehr ansprechbar und ist auf der Heimfahrt sofort eingeschlafen. Keine Ahnung, was er da schon intus hatte, aber es war auf jeden Fall zu viel. Kein Wunder, dass ihn kein Taxi abholen wollte.

Ich bemühe mich um einen versöhnlichen Ton, kann meine Sorge aber kaum verbergen. »Ich war froh, dass du nicht weggelaufen bist, bis wir da waren. Seit dem Feuer im Munitionslager der Polizei überkommt mich immer sofort die Panik, wenn ich Grunewald höre. Was war denn los?«

Ich setze mich an den Tisch und puste in meinen heißen Kaffee. Dann nehme ich einen vorsichtigen Schluck.

»Ich habe es den Mädels gerade schon erzählt. Enrico und ich sind mal wieder aneinandergeraten.« Er atmet tief durch. »Aber ich glaube, es war mein Fehler. Er wollte irgendwas Wichtiges von mir. Wir waren mit ein paar Freunden dort, ich hatte schon einiges getrunken und keinen Bock auf ein Gespräch, oder was auch immer er da oben auf dem Berg vorhatte. Wir haben uns dann gestritten, und die anderen sind schon mal los ins ›Mylord‹. Ich habe ihm irgendwann, fürchte ich, gesagt, dass er mich nervt. Da ist Enrico einfach abgehauen.« Ilkays Stimme wird brüchig. »Er hat mich einfach sitzen lassen. Da habe ich erst gemerkt, dass ich keine Ahnung hatte, wo ich war. Ich war nicht mehr ganz ich selbst, wie euch sicherlich aufgefallen ist … und mir blieb nichts anderes übrig, als dich anzurufen.« Er wischt sich mit dem Handrücken die Nase ab.

Am liebsten würde ich ihm jetzt eine Standpauke halten, aber er sieht ohnehin schon so zerknirscht aus, dass ich nur mit den Achseln zucke und mir eine Pflaume schnappe.

Ich sehe mich nach dem Salzstreuer um, den mir Ilkay automatisch hinschiebt.

»Wir sind echt wie ein altes Ehepaar.« Ich spreche die Worte aus, ohne darüber nachzudenken.

Als ich aufblicke, sieht Ilkay mich mit einem merkwürdigen Gesichtsausdruck an, und ich bedauere, etwas gesagt zu haben.

Jetzt wäre eigentlich der richtige Zeitpunkt, über das Thema »eigene Wohnungen« zu sprechen, aber Maxi und Charlie sitzen mit am Tisch, und Ilkay hat Männerprobleme – und einen tierischen Kater.

Da überrascht er mich schon wieder. »Du hast recht, Layla, wir sind wie ein Ehepaar. Aber im schlechten Sinn. Wir leben nebeneinander her und halten uns gegenseitig auf. Wie lang willst du mir schon sagen, dass du ausziehen willst?«

Überrumpelt sehe ich ihn an. Ist er noch betrunken? Nein, sein Blick ist klar. Er nimmt sich eine Tasse Kaffee und setzt sich mir gegenüber.

»Ich möchte nicht ausziehen …«, beginne ich unsicher, aber Ilkay unterbricht mich.

»Dann ziehe ich aus. Vielleicht zu Enrico, wenn er mir verzeiht. Oder ich suche mir eine Wohnung. Irgendwas ergibt sich schon.«

Ich starre ihn an. Wieder einmal habe ich Ilkay unterschätzt. Er wirkt immer so unbekümmert und lebensfroh, ist aber aufmerksamer, als ich dachte.

Maxi und Charlie wechseln einen kurzen Blick, stehen mit

einem »Wir machen uns schon mal fertig« auf und verlassen die Küche.

Als sie weg sind, wende ich mich wieder Ilkay zu. »Bist du sicher? Bist du bereit dazu, dich bei meinen Eltern zu outen?«

Sein ernster Blick wird weicher. »Bist du es denn, Layla? Ich habe schon seit einiger Zeit den Eindruck, dass du dich da in etwas verrannt hast. Du glaubst, deine Eltern erwarten von dir Hochzeit und Kinder, aber ich bin mir da nicht so sicher. Ganz ehrlich: Trau deinen Eltern doch mal etwas mehr zu.«

Er hat recht. Doch mir fällt es schwer, die Gedanken zuzulassen, die damit verbunden sind.

»Und deine Familie? Was willst du denen erzählen?«

»Die Wahrheit.« Er zuckt mit den Achseln. »Die sind so weit weg, da mache ich mir keine Sorgen, und inzwischen stehe ich hier auf eigenen Beinen.«

Nachdenklich drehe ich eine Pflaume zwischen meinen Fingern hin und her. Ich muss daran denken, wie sehr meine Mutter sich eine Familie für mich wünscht.

Als hätte er meine Gedanken gelesen, fährt Ilkay fort. »Was ist mit diesem Gabriel? Willst du deinen Eltern nicht irgendwann von ihm erzählen?«

Bei der Erwähnung seines Namens tauchen sofort wieder die Bilder vor meinem inneren Auge auf, wie wir gestern Abend im Park übereinander hergefallen sind. Ich laufe knallrot an.

Ilkay zieht eine perfekt gezupfte Augenbraue nach oben. »Oh. Da scheint sich tatsächlich etwas anzubahnen.« Als ich den Blick abwende, grinst er anzüglich. »Oder läuft da schon was?«

Ich stopfe mir die Pflaume in den Mund, um nicht antworten zu müssen. Mist, Salz vergessen.

Ilkay wird wieder ernst. »Du hast es ja selbst gesagt. Wir sollten das Versteckspiel aufgeben. Wir müssen endlich reinen

Tisch machen und uns gegenseitig die Chance geben, uns weiterzuentwickeln.«

Ich kann kaum glauben, was ich da höre. Wann ist Ilkay so vernünftig geworden?

»Und was ist, wenn du mal wieder betrunken irgendwo strandest? Wer soll dich dann abholen?«

Ilkay legt mir über den Tisch eine Hand auf den Arm. »Layla-Schatz, wir werden doch weiterhin befreundet sein. Keine Angst, ich werde dich auch weiterhin nachts anrufen und in den Grunewald locken.« Ein schelmisches Grinsen zeigt sich auf seinem Gesicht.

Erleichtert atme ich aus. Plötzlich scheint mir die Hürde, mit meinen Eltern zu sprechen, längst nicht mehr so hoch wie noch vor wenigen Tagen.

»Gut. Ich rede mit ihnen.«

Ich habe mir das Wochenende freigenommen, um endlich Zeit mit meinen beiden Freundinnen zu verbringen. Wir haben uns seit Monaten nicht mehr alle gleichzeitig gesehen. Erst jetzt merke ich, wie sehr ich die beiden vermisst habe.

Wir beginnen unseren gemeinsamen Samstag am »Boxi«, einem bunten Trödlerparadies am Boxhagener Platz in Friedrichshain, auf dem man an unzähligen Ständen neben modernem und antikem Hausrat vor allem Schallplatten, CDs, Bücher, Kunst und Kleidung kaufen kann. Charlie findet eine alte Leica-Kamera, Maxi ein paar Vorhänge für ihren Van und ich ein wunderschönes, wenn auch für meinen Geschmack etwas zu freizügiges Abendkleid. Da Maxi und Charlie damit drohen, mir die Freundschaft zu kündigen, wenn ich das Kleid nicht sofort kaufe und auf der Gala anziehe, nehme ich es mit nach Hause. Danach genehmigen wir uns im Rausch Schokoladen-Café eine der besten Trinkschokoladen der Stadt samt Schokotörtchen. Abends gehen wir chic essen, und danach schleppt

Maxi mich zum zweiten Mal in wenigen Wochen tanzen, in einem Club, der von außen wie ein normales altes Wohnhaus aussieht, im Inneren aber eher an eine große, verrückte WG-Party erinnert, bei der ich mich selbst nach Stunden noch nicht richtig orientieren kann. Aber ich genieße jede Sekunde mit meinen besten Freundinnen, vor allem als wir irgendwann früh morgens mit einem Glas Sekt in der Hand im Garten dieses seltsamen Clubs sitzen und uns alte Geschichten erzählen, während es langsam hell wird.

Am späten Sonntagvormittag gehen wir nur leicht verkatert und dezent übermüdet ins Frauen-Hammam in der Schokoladenfabrik in Kreuzberg, tauchen in orientalische Welten ab und schwitzen die Reste vom Alkohol aus. Die obligatorische Essiggurke rundet das dann noch ab. Abends kocht Ilkay für uns, als Dank für die Rettung. Damit überzeugt er Charlie dann vollends, in der Rumpelkammer wohnen zu bleiben und den Hotel-Plan aufzugeben.

Auf dem Weg zur Klinik klingelt am nächsten Morgen mein Handy. Ich halte kurz an und stelle mein Rad auf dem Fußweg ab, wobei ich fast in Hundescheiße trete.

Ausgerechnet meine Mutter ruft an. Kaum drücke ich den grünen Knopf, schallt es mir auch schon entgegen: »Layla, endlich. Ich muss dringend mit dir sprechen.«

Ich müsste auch dringend mit ihr sprechen. Aber hier und jetzt ist nicht der richtige Zeitpunkt, um ihr über Ilkay und mich die Wahrheit zu sagen.

»Mama, ich bin auf dem Weg zur Arbeit. Können wir später reden?«

»Immer Arbeit. Du musst dich auch ausruhen. Ich wollte fragen, welche Kleidergröße Ilkay hat.«

»Kleidergröße?« Will sie ihm Klamotten schenken?

»Ich kann vom Sohn von Elisa einen Smoking ausleihen für

die Gala. Dann muss er keinen neuen kaufen. Ich glaube, Elisas Sohn hat eine ähnliche Größe wie Ilkay …«

»Mama. Die Gala ist heute, und Ilkay wird nicht mitkommen.«

»Was? Warum kommt er nicht mit?« Die Stimme meiner Mutter überschlägt sich, als hätte ich ihr mitgeteilt, dass ich nächste Woche das Land verlasse.

Ich atme tief durch und versuche, ruhig zu bleiben. »Er kann nicht. Ich muss jetzt auflegen. Aber ich komme die Tage mal zum Kaffee vorbei, ja?«

»Layla, das kannst du doch nicht machen. Ich …«

»Tschüss, Anne, es tut mir leid. Bis bald.«

Mit schlechtem Gewissen, dass ich meine Mutter abgewürgt habe, komme ich zehn Minuten später in der Klinik an. Um ein Haar stoße ich an der Tür zur Eingangshalle mit Mirko Peters zusammen, der von einer leicht atemlosen jungen Frau mit Klemmbrett und Stift in der Hand verfolgt wird.

»Ah, Frau Doktor Sahin, wie gut, dass ich Sie hier treffe. Wie Sie ja wissen, sind wir im Endspurt zur Vorbereitung der Gala heute Abend. Frau Benke hier hat mir eben mitgeteilt, dass Sie noch nicht RSVPt haben.«

Er zeigt auf die Klemmbrett-Frau, die sich erleichtert über eine kleine Verschnaufpause eine Haarsträhne aus dem Gesicht pustet.

»Areswi-was?« Ich bin völlig überfordert von Peters' Frage.

»R.S.V.P. – répondez s'il vous plaît. Sie haben sich noch nicht für die Gala angemeldet.« Er spricht langsam und überbetont, als sei ich schwer von Begriff.

Nervös ziehe ich an den Ärmeln meiner Jacke. »Oh, äh, ja, das tut mir wirklich leid. Ich komme natürlich. Soll ich noch eine Mail schreiben, oder reicht das?«

Frau Benke ist bereits dabei, mit ihrem Stift an einer Liste mit Namen entlangzufahren. Als sie bei S wie Sahin ankommt, setzt sie einen Haken.

»Plus One?«, fragt sie, ohne aufzublicken.

Peters, dem das alles hier viel zu lang zu dauern scheint, fragt genervt: »Kommen Sie alleine oder in Begleitung?«

Ich denke sofort an Gabriel, der sicher eine tolle Figur im Smoking machen wird. Aber wir haben noch nicht darüber gesprochen, wie wir öffentlich mit unserer Beziehung umgehen. Oder ob wir überhaupt eine Beziehung haben.

»Oh, äh, also ich komme alleine«, sage ich schnell und hoffe, dass er mich nicht nach einer Begründung fragt.

Peters ist zum Glück mit seinen Gedanken schon wieder ganz woanders. Er bedeutet seinem Schatten, ihm zu folgen, und verschwindet gleich darauf in seinem Turm. Ich beneide Frau Benke nicht um ihren Job.

Von der alljährlichen Spendengala hängt ein Großteil der Finanzierung des Pro-Bono-Programms ab. Zwar spendet die »Villa Clinics GmbH« zehn Prozent ihrer Umsätze an die Camino-Stiftung, die diese dann wiederum in den Pro-Bono-Fonds fließen lässt, damit alleine könnte aber lange nicht so vielen Frauen geholfen werden. Entsprechend nervös ist Mirko Peters so kurz vor dem großen Abend. Mich rührt, wie engagiert er bei der Sache ist. Der Erfolg dieser Gala scheint ihm viel zu bedeuten, weil davon abhängt, dass wir dann noch mehr Frauen helfen können.

Der Gedanke bringt mich zurück in die Realität, und ich setze meinen Weg fort. Heute habe ich viel zu tun. Wenn die Zeit es zulässt, würde ich zudem gerne Amba im »Wellhouse« besuchen.

Obwohl ich weiß, dass Gabriel heute frei hat, fliegen meine Gedanken immer wieder zu ihm, zu seinen funkelnden Augen, dem verwegenen Grinsen, den Grübchen. Und dann weiter zu seinen starken Händen. Ganz zu schweigen von seinen Küssen. *Mensch, jetzt reiß dich zusammen, Layla!*

Die Sonne strahlt durch die Fenster in die große Eingangshalle, als ich auf die Treppe zu den Ärztezimmern zusteuere. Aus der Patientenstation dringt ein lautes Klappern, die Schwestern verteilen gerade das zweite Frühstück. Es duftet nach frischen Brötchen.

Zwar werden die Patientinnen hier genauso früh geweckt wie in jedem anderen Krankenhaus, aber dafür bekommen sie jeden Morgen eine luxuriöse Auswahl an Rührei mit Trüffeln, frisch gepresstem Orangensaft, frischem Obst und Joghurt – alles frisch aus der Cantina. Wer möchte, kann auch handgerüttelten Champagner bestellen, sofern nicht noch ein medizinischer Eingriff am selben Morgen bevorsteht und es sich mit der Heilung verträgt.

»Hallo Layla, du strahlst ja mit der Sonne um die Wette heute!« Andi lacht mir breit grinsend entgegen, als ich oben an der Galerie ankomme, seine Wangen sind wie immer leicht gerötet, sein dunkelblondes Haar verstrubbelt.

Seine gute Laune ist einfach ansteckend. Jeder mag Andi, selbst Oberschwester Yvonne habe ich schon dabei erwischt, wie ihre Augen eine Gefühlsregung erkennen lassen, wenn der schlaksige Lieblingspfleger der »Villa Berlin« auftaucht.

»Guten Morgen, Andi. Na, was steht an?« Ich gehe zu ihm rüber.

»Erst mal Frühstück. Magst du?« Er nimmt einen Teller mit einem Buttercroissant und ein Glas Orangensaft vom Servierwagen neben ihm und überreicht mir beides. Ich habe außer einem Kaffee noch nichts im Bauch und merke, dass mein Magen knurrt. Zeit fürs Mittagessen werde ich heute sowieso kaum haben.

»Danke, was für ein Service.«

Andi grinst wieder, nimmt sich auch ein Glas Saft und stößt mit mir an.

»Prost, Layla. Sehen wir uns nachher unten im OP? Ich bin ab elf eingeteilt.«

»Das hoffe ich doch sehr, mein Lieber. Ich bin heute den ganzen Tag im OP.«

Ich grinse meinen Lieblingspfleger ebenfalls breit an und verschwinde mit Glas und Croissant in meinem Arztzimmer, um die Unterlagen zu holen. Jetzt muss ich mich ranhalten. Meine erste Patientin liegt sicher schon im Vorbereitungsraum.

Erleichtert lasse ich sechs Stunden später die Schwingtür hinter mir zufallen und streife mir im Vorbereitungsraum die Handschuhe ab. Dann nehme ich Mund- und Haarschutz herunter und massiere mir die schmerzenden Handgelenke.

Die Liposuktion eben war Schwerstarbeit, da die Patientin darauf bestanden hatte, dass wir die maximale Menge absaugen – obwohl ich ihr davon abgeraten habe. Wir einigten uns dann auf zehn Kilogramm statt dreizehn, damit zumindest noch ein Rest an Fett erhalten blieb, um den Körper nicht völlig aus dem Gleichgewicht zu bringen.

Ich lasse mich erschöpft auf den Drehstuhl vor dem Computer fallen. Die Uhr zeigt 16:40 Uhr, ich brauche dringend einen Kaffee. Zwischen meinen beiden Operationen heute hatte ich keine Pause, weil die Brust-OP zuvor länger gedauert hat als geplant. Das Gewebe war deutlich weicher als erwartet gewesen, und ich musste zweimal das Implantat wieder austauschen.

Deprimiert starre ich auf den Boden. Mir fehlt einfach noch die Routine. Brustimplantate und Fettabsaugen gehören nicht zu meinen Spezialgebieten.

Die Schwingtür öffnet sich. Andi kommt fröhlich pfeifend

herein, doch als er mich entdeckt, verzieht sich sein Gesichtsausdruck besorgt.

»Alles in Ordnung, Layla?«

»Natürlich, bin nur etwas müde.«

Ich richte mich auf und versuche einen gut gelaunten Eindruck zu machen, doch mein Grinsen gelingt mir nicht so richtig.

Andi schenkt mir einen mitfühlenden Blick. »Ging ganz schön lang, oder? Hier, ich habe eine Spezialcreme. Für die Handgelenke.«

Er wirft mir eine Tube zu, die er aus seiner Kitteltasche gezaubert hat. Dankbar reibe ich mir die schmerzenden Stellen ein.

»Was ist das für ein Zeug?«

»Die Wundermischung meiner Ahnen. Spaß. Irgendwas mit Diclofenac.« Andi grinst mich wieder an, und langsam bessert sich meine Stimmung. »Du bist nicht so der Fan von diesen Schönheitssachen für reiche Promis, oder?«

Ich schlucke. Andi ist ganz schön direkt. So gern ich ihn mag, kann ich meine Gedanken nicht mit ihm teilen – und ich wüsste auch nicht, was ich sagen soll. Die Prominenten-Operationen gehören nun mal zum Job, und ich muss die Klinik erst mal kennenlernen.

»Das ist schon okay, Andi. Ich bin nur müde. Danke für dein Wundermittel.«

Als ich vor meinem Arztzimmer nach meiner Karte krame, höre ich eine tiefe, vertraute Stimme durch die Nebentür. Sofort beginnt mein Herz zu rasen. Gabriel. Was macht er hier? Ich dachte, er hätte heute frei.

Lauschend suche ich in meinem Kittel, doch ich finde meine Karte nicht. Dafür höre ich, wie sich Schritte nähern. Als ich gerade überlege, wo sie sein könnte, öffnet sich Gabriels Tür.

Er läuft fast in mich hinein. »Hoppla. Layla!« Seine Augen strahlen wie immer, aber auch er sieht müde aus, die Fältchen neben seinen Augen kommen mir tiefer vor als sonst.

»O … Gabriel … Meine Karte …«

Mein Gestammel ist wirklich erbärmlich, doch Gabriel grinst mich nur an, und dieses Mal fällt mir sein Grübchen unter dem Bart sofort auf.

Er ist mir so vertraut, am liebsten würde ich ihn umarmen, aber ich weiß nicht, ob er das möchte. Wir hatten noch keine Chance, darüber zu sprechen, wie wir in der Klinik miteinander umgehen. Wir haben uns zwar die letzten beiden Tage immer wieder kurze Nachrichten geschrieben, darin ging es aber eher darum, dass der eine an den anderen denkt und dass wir bald wieder im Park spazieren gehen sollten. Nicht darüber, ob wir jetzt offiziell ein Paar sind.

Gabriel zieht die Augenbrauen zusammen und schaut mit gerunzelter Stirn über meine Schultern.

»Was ist los?«, frage ich alarmiert.

Er winkt ab. »Nichts. Nur Schwester Yvonne, die uns beobachtet.«

Ich mache instinktiv einen Schritt von ihm weg. »Schaut sie noch?«

»Das weiß man bei ihr nie so genau, aber lass dich nicht von ihr stören.« Er wendet sich wieder ganz mir zu. »Du hattest ein schönes Wochenende?«

»Ja.« Ich entspanne ein wenig. »Danke übrigens für die netten Nachrichten.«

Gabriel lacht kurz auf. »Danke für die netten Antworten. Wie geht es dir?«

»Ganz gut. Die OPs heute waren ziemlich anstrengend.« Ich reibe mir wieder die Handgelenke. »Aber alles lief glatt. Und bei dir?«

Gabriel zögert einen Moment. »Es lief.« Er räuspert sich. »Wegen heute Abend.«

»Ja?«

»Kommst du allein?«

Einen kurzen Moment denke ich fast, er will wissen, ob wir zusammen zur Gala gehen. »Ja. Und du?«

»Ich auch.« Er fährt sich durch die Haare. »Ich wollte darüber nicht am Handy mit dir reden, aber … Wenn es für dich okay ist, würde ich das zwischen uns noch nicht an die große Glocke hängen.« Er sieht mich fragend an.

Seine Worte versetzen mir einen kleinen Stich, andererseits möchte ich mir auch nicht vorstellen, was passiert, wenn hier in der Klinik über Gabriel und mich getuschelt wird.

»Von mir aus.« Ich frage mich kurz, ob er es wirklich vorschlägt, um mich zu schützen oder sich selbst. Aber vor allem frage ich mich, ob er Zweifel hat. Ich senke meine Stimme. »Und wie soll es weitergehen – zwischen uns?«

»Heute Abend sollten wir uns ein wenig zurückhalten.« Da schleicht sich ein leises Lächeln auf seine Lippen. »Aber hast du Lust, nach der Gala noch mit zu mir zu kommen?«

Eine Welle der Erleichterung spült über mich hinweg. Er hat keine Zweifel, und das Funkeln in seinen Augen nimmt auch mir jede Unsicherheit. »Klar.«

Da fällt es mir erst auf. »Hast du nicht frei heute?«

»Ja, eigentlich schon.« Sein Lächeln fällt etwas in sich zusammen. »Aber Mirko wollte mich dringend sprechen. Wir treffen uns gleich bei ihm im Turm.«

Fragend schaue ich ihn an, doch er lächelt nur etwas gekünstelt.

Merkwürdig, diese Verbindung zwischen Peters und ihm. Sie kennen sich seit Langem und verstehen sich gut, aber trotzdem scheint etwas zwischen ihnen zu stehen. Etwas, das Gabriel stört. Mir fällt wieder ein, wie hart sein Gesichtsausdruck wurde, als ich ihn am Freitag gefragt habe, was ihn von Pakistan zu Peters verschlagen hat. *Er brauchte Unterstützung in Berlin, und er fand wohl, da wäre ich der Richtige.* Im Nachhinein klingt das beinahe so, als wäre Gabriel nicht unbedingt freiwillig hier. Und auch jetzt scheint er sich nicht auf das Treffen zu freuen.

Gabriel scheint meine Bedenken zu spüren.

»Es geht nur um etwas Organisatorisches.« Das Thema ist ihm sichtlich unangenehm. »Wie geht es denn deiner Mutter?«

»Meiner Mutter?« Verdattert starre ich ihn an.

Ja, dieses Thema ist wiederum mir unangenehm. Meine spontane Notlüge. Ich hasse es, dass ich nun weiter schwindeln muss.

»Ah, ja. Besser. Ich habe ihr eine Spritze gegeben. Ich vermute, ihre Hüfte ist rausgesprungen, eine Luxation. Außerdem hat sie eine beginnende Osteoporose, das macht mir Sorgen. Sie braucht dringend eine osteologische Diagnostik.«

Zumindest die letzten beiden Sätze entsprechen der Wahrheit, beruhige ich mich. Meine Mutter geht nächste Woche zum Glück endlich zum Spezialisten.

Gabriel schaut mich an, und ich kann seinen Blick nicht ganz deuten. Glaubt er mir nicht?

»Okay.« Er sieht mich entschuldigend an und wendet sich zu der großen Tür am Ende des Ganges, hinter der sich Peters' Reich verbirgt. »Ich muss dann. Bis später. Ich freu mich schon.«

»Ja.« Bei dem Gedanken daran, ihn im Smoking zu sehen, hebt sich meine Laune wieder. »Du kommst auch, oder?«

»Das würde ich mir um nichts in der Welt entgehen lassen.« Er lächelt mich vielsagend an und macht sich dann auf den Weg zu Peters.

Da fällt mir auch wieder ein, wo ich meine Karte habe. Schnell greife ich in die Hintertasche meiner Hose und ziehe die kleine weiße Plastikkarte hervor.

Kapitel 15

Beim Anblick der vielen Kameras und des roten Teppichs vor dem »Grand Hotel Esplanade« am Landwehrkanal zittern mir vor Nervosität so sehr die Knie, dass ich in meinen High Heels fast umgeknickt wäre, als ich aus dem Taxi steige. Ich fühle mich plötzlich furchtbar unwohl in meiner Haut, was zu einem großen Teil an dem Kleid aus schimmerndem, dunkelrotem Satin liegen dürfte, zu dem mich Maxi und Charlie genötigt haben. Ich bilde mir ein, dass es für jemanden gemacht wurde, der einen halben Kopf größer ist als ich – und sehr schmal. Bei mir liegt die Robe eng an und betont meine Hüften und die Taille mehr, als mir lieb ist. Wegen des weiten Rückenausschnitts musste ich auch noch den BH weglassen. Ich habe das ungute Gefühl, dass ein Windhauch genügen würde, um mich oben ohne dastehen zu lassen. Ich verfluche meine Entscheidung, mich nach dem Abend in der »Hilde« noch ein zweites Mal von Maxi bei der Kleiderfrage beraten haben zu lassen. Charlie war in der Hinsicht auch keine große Hilfe.

Nervös sehe ich mich um. Bis zum Eingang des imposanten Hotels mit der modernen Fassade aus Glaselementen sind es nur knapp hundert Meter, aber in meinen hohen Schuhen dürfte es sich anfühlen wie ein Kilometer. Mindestens. Riesige

Scheinwerfer tauchen jeden Millimeter des Vorplatzes und des roten Teppichs in gleißend helles Licht.

Mir wird schlagartig bewusst, dass ich hier nicht unbemerkt durchkomme. Meine Hände sind schweißnass, ein Flattern in meinem Magen kündigt eine leichte Panik an. Ich mag es einfach nicht, im Rampenlicht zu stehen. Und hier gibt es wortwörtlich nichts anderes als Rampenlicht.

Ein Hupen bringt mich schlagartig zurück auf den Teppich. Mein Taxi ist weggefahren, das nächste Auto steht bereit. Ich halte den ganzen Verkehr auf. Langsam setze ich mich in Bewegung und gehe auf die anderen Besucher zu, die in Grüppchen an den Reihen von Fotografen vorbeischlendern, ihr Zahnpasta-Lächeln und ihre perfekt sitzenden Roben präsentieren. Bei den meisten von ihnen kommt es mir vor, als hätte ich sie irgendwo schon einmal gesehen. Wahrscheinlich im Fernsehen oder in einem der Klatschmagazine, die bei meinen Eltern zu Hause rumliegen. Da entdecke ich am Eingang zum Foyer einen kurzhaarigen Mann in einem grauen Anzug. Ist das etwa Kai Pflaume? Bevor ich mich vergewissern kann, verschwindet er in der Menge. Und da drüben ist ein Tagesschausprecher, an dessen Namen ich mich nicht mehr erinnern kann, und die Frau da vorne kenne ich auch. Plötzlich wünsche ich mir meinen weißen Kittel, der mir Halt und Sicherheit gibt. Denn ich spüre schon die nächste Welle der Panik anrollen. Vielleicht gibt es hier doch irgendwo einen Hintereingang? Oder einen Fluchtweg?

Abrupt drehe ich mich um – und stoße mit jemandem zusammen. Mit einem sehr großen, sehr männlichen Jemand in einem perfekt sitzenden dunklen Anzug.

»Hey, nicht so stürmisch!«

Ich bin unendlich erleichtert, als ich aufsehe und in Gabriels dunkelblaue Augen blicke, die mich amüsiert anfunkeln.

»Oh, äh, hallo Gabriel, ich habe dich gar nicht gesehen.« Ich bemühe mich um einen möglichst gefassten Gesichtsausdruck. Ein Lächeln schleicht sich auf seine Lippen. »Wolltest du gerade türmen?«

»Nein, ich …« Nervös streiche ich mein Kleid glatt. »Wollte nur schauen, ob es auch einen Hintereingang gibt.«

»Ich fürchte, da muss ich dich enttäuschen.«

Sein Blick fällt auf mein Kleid – und bleibt einen Moment zu lange darauf liegen.

»Wow«, stößt er hervor, bevor er mich vorsichtig an den Armen fasst und mich mit einem Küsschen rechts und links begrüßt – förmlich genug, dass kein Kollege Verdacht schöpfen könnte. Doch mich durchläuft ein wohliger Schauer, als ich seine Lippen an meinen Wangen spüre. Sofort ist da wieder dieses Knistern zwischen uns.

»Du siehst toll aus«, flüstert er mir zu, und mir wird plötzlich heiß.

»Danke.« Schnell trete ich einen Schritt zurück und mustere ihn. »Du aber auch.«

Der Anzug sitzt wie angegossen und betont seine schmalen Hüften und die starken Schultern. Wie erwartet, macht er eine umwerfende Figur im Smoking.

»Ich gehe schon mal vor.« Nicht, dass jemand auf falsche Gedanken kommt, wenn ich ihn weiter so anstarre. »Wir sehen uns dann drinnen.«

Zu meiner Überraschung widerspricht Gabriel. »Nichts da. Komm, wir gehen zusammen rein. Daran ist doch nichts Verwerfliches unter Kollegen.« Souverän nimmt er meine Hand und legt sie auf seinen Unterarm. »Und nicht vergessen: ganz entspannt bleiben. Denk einfach nicht an die Kameras. Die haben es ohnehin nicht auf uns abgesehen.«

Ich atme tief durch und gehe mit ihm los. Sofort beginnt das

Blitzlichtgewitter – und das, obwohl wir beide völlig unbekannt sind. Vor lauter grellen Lichtblitzen kann ich nichts sehen und muss mich auf meine Schritte konzentrieren.

»Gleich geschafft. Noch ein paar Meter«, flüstert mir Gabriel unauffällig ins Ohr.

Sein Atem streift dabei die empfindliche Stelle zwischen meiner Schulter und meinem Nacken, und ich bekomme trotz der warmen Abendluft Gänsehaut. Ich bete, dass sich meine Nippel nicht durch das Kleid abzeichnen, aber ein Blick zu Gabriel, dessen Augen einen kurzen Moment an meinem Ausschnitt hängen, zeigt mir, dass meine Hoffnung enttäuscht wird.

Da nimmt er meine Hand und führt mich schnellen Schrittes an den Kameras vorbei ins Foyer des Gebäudes. Zu meiner Überraschung stolpere ich weder über meine Füße noch knicken meine High Heels in dem weichen Teppich ein und befördern mich vor den Augen der Großstadtpresse auf den Boden.

Erleichtert betrete ich das kühle, abgedunkelte Foyer. Ich bin noch dabei, mich in dem in kräftigen, warmen Brauntönen gehaltenen Raum zu orientieren, in dem zahllose Menschen in Abendgarderobe in kleinen Grüppchen zusammenstehen, als Gabriel meinen Arm loslässt. Sofort fühle ich mich wieder verloren, aber natürlich können wir nicht den ganzen Abend zusammen sein.

»Na, dann mischen wird uns mal unters Volk.« Ich versuche es möglichst locker klingen zu lassen, obwohl sich bei dem Gedanken daran, hier gleich allein auf mich gestellt zu sein, alles in mir zusammenzieht.

»Warte.« Er blickt sich kurz um, dann nimmt er plötzlich wieder meine Hand. »Komm mit.«

Überrascht folge ich ihm in den hinteren Bereich des Foyers, wo er neben einer unscheinbaren Tür stehen bleibt.

»Was hast du vor?«, frage ich, als er sich verstohlen umblickt und dann die Türklinke nach unten drückt.

Zu meiner Überraschung schwingt die Tür auf. Gabriel zieht mich im nächsten Moment mit einer schnellen Bewegung in einen nur schwach beleuchteten Nebenraum, in dem ich eine Reihe Kleiderstangen, aufeinandergestapelte Stühle und Tische erkenne.

Noch bevor ich mich darüber beschweren kann, dass er mich in die Abstellkammer scheucht, hat er die Tür auch schon hinter uns geschlossen – nur um mich im nächsten Moment gegen die Wand zu schieben. Sofort spüre ich seine fordernden Lippen auf meinen. Ich bin überrumpelt, überwältigt, und doch erwidere ich seinen Kuss. Wir lassen uns dieses Mal keine Zeit, sondern küssen uns heftig und leidenschaftlich, unsere Münder verschmelzen miteinander. Ich stöhne auf, mein Körper entflammt vor Verlangen, und ich fahre mit meinen Fingern in sein weiches Haar, während sein harter Körper sich an meinen drängt. Mit einer Hand stützt er sich an der Wand ab, die andere zieht mich noch näher.

»Ich konnte nicht anders.« Seine dunkle, raue Stimme lässt mich erschaudern. »Ich habe die letzten Tage oft an dich gedacht, und dann stehst du plötzlich vor mir. In diesem Kleid.«

Seine Fingerspitzen fahren langsam über den weichen Satin an meinem Körper entlang nach unten, und ich fürchte für einen Moment, dass ich unter seiner Berührung tatsächlich schmelze.

Als er am Saum meines Kleides angekommen ist, lege ich widerstrebend meine Handflächen an seine Brust und löse mich vorsichtig von ihm.

»Es könnte jeden Moment jemand kommen«, flüstere ich. Meine Stimme klingt belegt, ich erkenne sie selbst kaum wieder.

»Das ist mir im Moment egal.« In seinen Augen lodert die Lust auf, und er zieht mich wieder an sich.

»Ich werde es nicht überleben, dich im Saal in diesem Kleid zu sehen, ohne dich zu berühren.«

Er streift mir mein langes, dunkles Haar behutsam von der Schulter und küsst mich sanft in die Halsbeuge. Dabei streift seine Zungenspitze kurz meinen hyperempfindlichen Punkt, und alle Härchen meines Körpers stellen sich auf.

Seine Lippen wandern weiter bis zur Schulter, dann blickt er mich fragend an. Er scheint die wachsende Zustimmung in meinen Augen zu erkennen, denn im nächsten Moment streift er mir die dünnen Träger des Satinkleids über die Schultern. Der fließende Stoff gleitet nach unten. Ich stehe mit nacktem Oberkörper vor ihm.

Einen Moment lang fühle ich mich unwohl, aber als ich seine Blicke sehe, wird mir klar, dass es dafür keinen Grund gibt, denn darin glüht pures Verlangen. Er hält inne, lässt seinen lodernden Blick über meinen Körper wandern.

»Wow. Was für ein Anblick«, flüstert er.

Mutig recke ich ihm meine erregten Brustwarzen entgegen, und Gabriel zögert keinen Moment. Ich schließe die Augen, als seine Lippen über meinen Hals zu meinen Brüsten wandern. Dann lasse ich mich einfach fallen und gebe mich seinen Händen und Lippen hin, mit denen er jetzt meinen Körper erkundet.

Da umfasst Gabriel plötzlich meine Taille, hebt mich vorsichtig auf den Tisch neben uns und platziert sich zwischen meinen Schenkeln. Ich spüre das kühle Holz unter meinem Hintern. Er zieht schnell seine Smokingjacke aus, und ich streife ihm das Hemd über den Kopf. Ich bin überrascht, wie muskulös sein Oberkörper ist. Dass er gut gebaut ist, war mir nicht entgangen, aber eine solche Brustmuskulatur hatte ich nicht erwartet.

Ich streiche mit meinen Fingern vorsichtig durch die goldbraun schimmernden Härchen. Seine Anzughose sitzt locker auf seinen Hüften, und ich lasse meine Hände über diesen wundervollen Oberkörper immer tiefer gleiten, während er mich beobachtet, wie ich ihn erkunde. Da spüre ich seine harte Erektion, die sich mir durch den Stoff entgegenreckt, und ich blicke zu ihm auf. Gabriel atmet schwer, seine Lippen sind leicht geöffnet, sein Blick ruht auf mir. Noch nie hat mich ein Mann so angesehen, noch nie habe ich mich so begehrt gefühlt. Dann sind seine weichen Lippen plötzlich wieder auf meinen, wandern über meinen Hals, über meine Schulter, seine Lippen umschließen meine Brustwarzen, jagen wohlige Schauer durch meinen Körper, der sich Gabriel entgegenbäumt.

Mit der Zungenspitze leckt er spielerisch über einen Nippel, dann den anderen. Ich kann sehen, welche Kontrolle es ihm abverlangt, nicht sofort über mich herzufallen. Vielleicht ist es diese Tatsache, die mich noch mutiger werden lässt. Vielleicht aber auch das einsetzende Kribbeln zwischen meinen Beinen. Jedenfalls ziehe ich ihn am Gürtel noch näher zu mir heran und reibe meinen Körper langsam gegen seine harte Mitte. Gabriel stöhnt gegen meine Brustwarzen. Er saugt und leckt, und mich durchzuckt ein wohliger Schauer.

Dann schiebt er seine Hand in meinen Slip. Als seine Finger ihr Ziel erreicht haben, stöhne ich leise auf. Jetzt streichelt und reibt er mich rhythmisch, bis ich keuche. Da spüre ich seine Lippen wieder auf meinen Nippeln, seine warme, feuchte Zunge, die mit mir spielt, und ich versuche hektisch, mit einer Hand seinen Gürtel zu öffnen.

Als er jetzt einen Finger langsam in mich hineingleiten lässt, stöhne ich auf vor Lust.

»Pssst«, flüstert er, und ich beiße mir auf die Lippen, während er mit dem Daumen weiter meine Klitoris reibt und mit dem Mittelfinger noch tiefer in mich eindringt.

Meine Finger suchen den Reißverschluss seiner Hose, mittlerweile fällt es mir schwer zu atmen.

Mir ist inzwischen ganz egal, wo wir sind, dass wir jeden Moment ertappt werden könnten. Ich will ihn nur noch spüren, überall, in mir. Sofort.

Ich greife zwischen seine Beine und lasse meine Hand langsam über seine beachtliche Länge gleiten. Er stöhnt auf, küsst mich wieder, mit einer Intensität, die mir den Atem raubt.

»Gabriel«, flehe ich. »Schlaf mit mir.«

Er blickt auf, wie um sicherzugehen, dass ich auch meine, was ich sage. Ich nicke.

Ich bin in diesem Moment unfassbar dankbar, dass der Rock meines Kleides weit geschnitten ist und einen recht hohen Schlitz hat. Ich ziehe das Kleid hoch und versuche, meinen Slip abzustreifen, aber Gabriel hält meine Hände fest.

Dann küsst er mich, wandert mit seinen Lippen meinen Hals hinab und über meine Brüste, fährt mit der Zungenspitze über meine Rippen und meinen Bauchnabel, geht vor mir auf die Knie, bahnt sich seinen Weg nach unten, bis mir schwindelig wird.

Seine Hände streifen meinen schwarzen Spitzenslip nach unten und von meinen Füßen. Er spreizt meine Beine und betrachtet mich einen Moment an meiner intimsten Stelle, dann beugt er sich vor. Seine Lippen wandern die Innenseiten meiner Schenkel entlang, erreichen meine Mitte, umschließen meinen Kitzler, und er beginnt, fest und zugleich zärtlich zu saugen.

Mein Atem geht schneller, und ich lasse mich ein wenig nach hinten sinken. Meine Lust ist so groß, dass ich es kaum ertrage, an dieser empfindlichen Stelle berührt zu werden. Ein verdächtiges Ziehen setzt in meinem Unterleib ein, und meine Hüften passen sich dem Rhythmus seiner Lippen an.

Als er dann auch noch damit beginnt, meinen Kitzler mit der

Zunge zu massieren, entfährt mir ein leises Keuchen. Er spürt meine Lust, und ich wünschte, er würde in seinen Bewegungen fortfahren, doch er löst sich sanft von mir.

»Nächstes Mal nehme ich mir mehr Zeit«, verspricht er, und ich meine, Bedauern in seiner Stimme zu hören.

Dann steht er wieder auf und greift nach seiner Hose, ein Knistern verrät mir, warum. Er streift das Kondom über, beugt sich über mich, schiebt schließlich seine Hüfte ein wenig vor – dringt langsam in mich ein. Ein erlösendes Seufzen entkommt meinen Lippen, während ich ihn Zentimeter für Zentimeter umschließe. Er gibt mir Zeit, mich an ihn zu gewöhnen. Es ist ein unglaubliches Gefühl, von ihm ausgefüllt zu sein – und ich will mehr davon.

»Gabriel«, stöhne ich fordernd.

Er zieht sich ein Stück zurück, nur um mich gleich wieder zu erfüllen. Dann stößt er erneut zu, tiefer, und noch einmal, dann erhöht er das Tempo. Mehr, schneller, tiefer. Seine Zunge hat mich vorbereitet, und schon nach wenigen Stößen spüre ich das erste Flattern tief in mir, gleichzeitig finden seine Lippen endlich wieder meine. Sie unterdrücken mein Stöhnen, und der Höhepunkt baut sich unaufhaltsam in mir auf, kommt mit jedem Stoß seiner Hüfte näher. Auf Gabriels Stirn bilden sich erste Schweißperlen, und ich sehe ihm an, dass auch er sich nicht mehr lange zurückhalten kann. Dann hebt er meine Hüften ein wenig an und dringt noch tiefer in mich ein.

»Gabriel, ich kann nicht mehr«, keuche ich.

»Dann lass los.« Und mit zwei tiefen Stößen bricht ein unendliches Glücksgefühl wie ein Tsunami über mir herein und reißt mich mit sich fort. Gabriel steigert das Tempo noch einmal, und mein Körper bäumt sich unter ihm auf, vor meinen Augen tanzen bunte Lichter. Endlich spüre ich, wie auch er die Kontrolle verliert. Verzweifelt klammern wir uns aneinander, während eine elektrisierende Welle nach der anderen über uns hinwegrollt, uns mit sich fortreißt.

Und uns irgendwann endlich sanft zum Ufer trägt.

Gabriel lässt seinen Oberkörper auf mich sinken, ich schließe meine Arme um ihn.

»Das war…« Ich bin noch völlig außer Atem.

»Unglaublich«, beendet Gabriel meinen Satz.

»Hoffentlich nicht das letzte Mal, wollte ich sagen.« Ich grinse und sehe im Halbdunkel, dass auch seine Mundwinkel sich nach oben ziehen.

»Die forsche Frau Doktor Sahin gefällt mir, und ich würde sie gerne besser kennenlernen. Am liebsten mit eingeschaltetem Deckenlicht. Kommst du nachher mit zu mir?«

Ich löse mich von ihm. »Das würde ich mir um nichts in der Welt entgehen lassen.«

Er lächelt mich an und zieht sich von mir zurück, nicht ohne mir einen zarten Kuss auf die Lippen zu hauchen.

Mit zittrigen Knien stelle auch ich mich wieder hin und beginne mein Kleid in Ordnung zu bringen, lasse mich aber kurz von Gabriels Anblick, wie er seinen sexy Körper wieder bekleidet, ablenken. Ich ertappe mich, wie ich mich frage, ob er wohl gleich noch mal könnte.

Als würde er meine Blicke spüren, wendet sich Gabriel mit einem überraschend jugendlichen Grinsen mir zu. »Geduld. Wir müssen nur noch ein paar Reden über uns ergehen lassen, dann können wir von hier verschwinden.«

Ich streife die Träger meines Kleides wieder über meine Schultern. »Okay, Boss.«

Sofort flackert wieder Lust in seinen Augen auf, doch dann beginnt er leise zu lachen und schüttelt leicht den Kopf. »Layla, du spielt mit dem Feuer. Die Reden beginnen gleich, und wir sollten nicht zu spät kommen.«

»Mist.« Ich suche hektisch in dem spärlichen Licht nach meinem Slip, der irgendwo auf dem Boden liegen müsste.

»Suchst du den hier?« Verschmitzt lächelnd hält Gabriel den Stofffetzen in die Luft. »Den leihe ich mir aus. Du bekommst ihn nachher bei mir zurück.«

»Was?! Jetzt gib mir …!« Doch als ich danach greifen will, knüllt er ihn zusammen und steckt ihn sich in die Tasche seines Smokings.

Ich schlüpfe als Erste durch die unscheinbare Tür am Ende des Foyers und sehe mich um. In einiger Entfernung entdecke ich unseren Chef neben der Tür zum eigentlichen Festsaal, ins Gespräch mit Berlins Regierender Bürgermeisterin und dem Gesundheitsminister vertieft. Ein paar Meter weiter stehen einige Ärzte aus der Villa zusammen, die mich noch nicht entdeckt haben. Ich mache mich auf den Weg zu den Kollegen, während Gabriel zurückbleibt.

Ein junger Kerl in schwarzer Livree stellt sich mir in den Weg und bietet mir ein Glas Champagner an, das ich dankbar annehme. Gut, immerhin eine Hand ist jetzt beschäftigt. Während ich an meinem Getränk nippe, schlängle ich mich weiter durch das Publikum.

Da entdeckte ich unter den Kollegen aus der Villa auch unsere Anästhesistin Doktor Jacobi in einer wunderschönen dunkelgrünen Robe, die einen tollen Kontrast zu ihrem roten Haar bietet, an ihrer Seite ein gut aussehender Mann Mitte vierzig im Anzug.

Als sie mich sieht, winkt sie mich zu sich herüber. »Layla, wow, du strahlst ja!«

»Danke.« Kurz muss ich an Gabriel denken, der sich wahrscheinlich gerade noch am kleinen Waschbecken in der Abstellkammer frisch macht, zwinge mich dann aber sofort zurück ins Hier und Jetzt. »Ich bin so froh, ein vertrautes Gesicht zu sehen. Besser gesagt: eines, zu dem ich auch den Namen kenne!«

»Das kann ich gut verstehen. Es ist echt alles hier, was Rang und Namen hat! Viele kenne ich aber auch nur, weil ich sie schon selbst im OP betreut habe«, flüstert sie verschwörerisch. »Darf ich dir meinen Mann vorstellen? Konstantin, das ist unsere neue Kollegin Leyla Sahin, ein echtes Wunderkind. Sie ist noch keine dreißig und schon Fachärztin.«

Konstantin schüttelt meine Hand und mustert mich neugierig. »Na so was, mit dreißig warst du noch im Studium, Evy. Und ich habe dich schon für sehr tüchtig gehalten. Da muss ich meine Meinung wohl revidieren.«

Evelyn knufft ihn in die Seite. »Layla hat aber auch noch keine Kinder, oder hast du mir etwas verschwiegen?«

»Nein, keine Kinder«, beeile ich mich zu sagen und verschweige Evelyn, dass ich von der dreißig noch ein paar Jahre entfernt bin.

Evelyn sieht sich suchend um. »Bist du nicht vorhin mit Gabriel reingekommen?«

Nervös senke ich den Kopf. »Ich bin alleine hier, aber ich habe Gabriel vor dem Eingang getroffen.«

»Wo steht er denn?«

Sie sieht sich suchend nach ihm um.

Dann deutet sie aufgeregt auf einen ausgesprochen charismatischen jungen Mann, der umringt ist von einer Schar junger Frauen.

»Ha, Konstantin. Schau mal, da ist Nick Fontane! Magst du ihn nach einem Autogramm für Lizzie fragen?« Amüsiert dreht sich Evelyn zu mir. »Lizzie ist unsere Tochter, und sie ist ganz verrückt nach dem Typen.«

Konstantin reagiert nur mit einem Augenrollen. »Wir können es ihr einfach verschweigen …«

»Das wird aber nichts helfen. Nick hat definitiv schon längst alles bei Instagram oder diesem TikTok gepostet. Aus der Nummer kommen wir nicht raus – und mit ein bisschen Glück räumt Lizzie ihr Zimmer eine Woche lang auf, wenn sie dafür ein Autogramm bekommt.«

Sie kramt in ihrer kleinen, glitzernden Handtasche nach einem Zettel und Stift, doch in diesem Moment ertönt ein Gong. Die Menschen strömen in den Festsaal, wir folgen dem Pulk, und ich mache mich auf die Suche nach meinem Tisch. Zu meiner Freude sitzen Evelyn und Konstantin auch dort, genauso wie Pfleger Andi und ein Kollege aus der Dermatologie. Ich bin froh, endlich zu sitzen, und schaue mich unauffällig nach Gabriel um, kann ihn aber nirgends entdecken.

Da ertönt ein weiterer Gong, und das Licht wird gedimmt. Mirko Peters betritt das Podium, das am Rand des Saals aufgebaut ist. Ein Stehpult aus Glas befindet sich darauf, dahinter riesige Aufsteller mit dem hellblauen Logo der »Villa Clinics GmbH« sowie dem leuchtend orangefarbenen Emblem aus stilisierten lachenden Gesichtern und einer geschwungenen Linie der »Camino-Stiftung«.

Peters beginnt wortreich und mit sonorer Stimme die Ehrengäste und uns zu begrüßen. Dann lässt er den Blick erwartungsvoll über die Menschen schweifen. »Nach meinen einführenden Worten dürfen Sie sich nun auf die Begrüßungsansprache durch unsere Bundespräsidentin freuen, die zugleich Schirmherrin der Camino-Stiftung ist. Danach wird der erste Gang unseres Menüs serviert, gefolgt von einer weiteren kurzen Rede von meiner Wenigkeit, wonach der zweite Gang serviert wird. Zuletzt wird meine hochverehrte Kollegin Professor Oksana Pavlova, Vorsitzende der Camino-Stiftung, das Pro-Bono-Programm vorstellen, auf das wir alle sehr stolz sind. Das Dessert wird Ihnen danach hoffentlich den Rest des Abends versüßen. Aber jetzt bitte ich Sie ganz herzlich, die Präsidentin der Bundesrepublik Deutschland Regine von Weinstedt zu begrüßen.«

Im Saal bricht tosender Applaus los, und auch ich beklatsche begeistert die Bundespräsidentin. Ihrer Rede kann ich allerdings nicht folgen, da just in diesem Moment mein Handy vibriert. Unauffällig lasse ich es aus meiner Clutch gleiten und lese unter dem Tisch die Nachricht von Gabriel.

Wo sitzt du?

Ich sehe mich erneut im Saal nach Gabriel um, kann ihn aber noch immer nirgends entdecken. Möglichst unauffällig antworte ich ihm.

Links neben der Bühne. Mit Evelyn und Andi. Du?

Die Antwort kommt direkt.

Bei Peters. Ist bei euch noch ein Platz frei?

Ich blicke in die vorderste Reihe, und tatsächlich, Gabriel sitzt mit dem Rücken zu mir, und ich sehe, wie er auf sein Handy schaut.

Leider nicht. Aber ich habe nachher ohnehin noch ein Date. Vorher muss ich aber noch etwas essen. Ich habe irren Appetit.

Ich weiß nicht, ob es daran liegt, dass ich noch nicht zu Abend gegessen habe und der Champagner wirkt, aber meine Finger tippen weiter.

Auf dich.

Ich sehe, wie Gabriels Schultern kurz vor Lachen zucken, bevor er zu tippen beginnt.

Mir geht es genauso. Die Vorspeise war vielversprechend.

Ich zögere kurz, antworte dann aber doch.

Ich freue mich schon auf den Hauptgang. Und den Nachtisch. Und das Frühstück im Bett.

Gabriel dreht sich zu mir um, ein Funkeln in den Augen, ein verwegenes Grinsen auf den Lippen. Wie gerne würde ich ihn jetzt küssen.

Schnell stecke ich das Handy weg.

Wieder brandet Applaus auf. Gut. Die Bundespräsidentin ist fertig.

Kurz darauf wird das Essen serviert, und mir entfährt beim ersten Bissen ein leises Seufzen, denn ich habe wirklich Hunger, und das Essen ist göttlich. Laut Menükarte habe ich einen mild geräucherten Lachs und Hummerbällchen auf Buchweizen-Blinis im Mund.

Während Peters' Vorstellung der ›Villa‹-Kliniken schwebe ich noch immer im Geschmackskoma und schnappe nur Brocken auf. Seine Rede scheint sich aber nur marginal von der zu unterscheiden, die er auf der Mitarbeiterversammlung gehalten hat. Viel mehr interessiert mich der anschließende Gang, bestehend aus Wachtelbrust auf sautierten Steinpilzen mit Bratapfel-Wan-Tan und Polentaschaum.

Als dann aber eine hochgewachsene, schlanke Frau mit einem weißblonden Pagenkopf die Bühne betritt, schaue ich interessiert auf. Oksana Pavlova ist eine beeindruckende Erscheinung, und ich muss kurz an eine Eiskönigin denken. Mit ihrer vornehmen Blässe, ihrem schlichten, aber sicherlich teuren eisblauen Kleid und ihrer weichen, hohen Stimme, die so gar nicht zu ihrem kühlen Äußeren passen will. Ihre Rede ist kurz, sie besteht vor allem aus Fakten: wie vielen Frauen bereits geholfen werden konnte und wie viel Geld benötigt wird, um das Ziel erreichen zu können, tausend Frauen im Jahr zu helfen.

Ich frage mich unwillkürlich, wie diese eiskalte Frau zu unserem Pro-Bono-Programm passt, und vor allem, wie sie den Anwesenden ihre Spenden aus der Tasche locken will.

Doch dann deutet sie mit einer großen Geste hinter sich. In diesem Moment öffnet sich ein Vorhang.

»Ich freue mich außerordentlich, Ihnen heute vier starke, mutige Frauen vorzustellen, denen wir mit Ihrer Hilfe bereits ein neues Leben ermöglichen konnten«, fährt Oksana mit ihrer weichen, hohen Stimme fort.

Vier junge Frauen betreten nacheinander langsam die Bühne. Sie tragen exotische bunte Gewänder, vermutlich traditionelle Kleidung ihrer Herkunftsländer. Nacheinander ruft Oksana sie nach vorne, während die vier Frauen stumm ins grelle Scheinwerferlicht blinzeln.

Auf einmal stutze ich. Die Frau links in dem leuchtend gelben Sari, die als Letzte die Bühne betreten hat, hat den Kopf so weit gesenkt, dass man ihr Gesicht kaum sehen kann, aber … Ist das nicht Amba? Sie verbirgt sich hinter ihrem glänzenden schwarzen Haar und hat zusätzlich den Schal ihres Gewands um den Kopf gewickelt. Die Geste ist mir vertraut. Auch ihre Statur und Größe passen. Ich bin mir sicher: Dort oben steht Amba!

Mein Herz beginnt zu rasen, und ich blicke zu Gabriel, der ebenfalls zu Eis erstarrt zu sein scheint.

Was macht sie hier? Sie sollte im »Wellhouse« sein und sich erholen, statt auf einer Party präsentiert zu werden und viel zu lange auf den Beinen zu sein.

Als sie den Kopf hebt und ich kurz ihr Profil sehe, kann ich erkennen, dass sie ihren Verband nicht trägt. Ich verfluche mich innerlich, dass ich mir heute nicht mehr die Zeit genommen habe, sie zu besuchen. Warum hat sie nicht nach mir gerufen?

Oksana zeigt auf eine junge Frau in schlichter, hellblauer Kleidung. »Roga Zaher kommt aus Afghanistan. Sie hat bei einem Bombenangriff ihr Augenlicht auf einem Auge verloren, das andere war so beschädigt, dass man ihr wenig Hoffnung gemacht hat, je wieder sehen zu können. Dank neuester Operationstechniken, engagierter Ärzte und der großzügigen Unterstützung unserer Spender konnte ein Team der ›Villa‹-Ärzte Rogas Auge jedoch retten. So kann Roga Sie hier heute alle sehen.«

Lautes Klatschen unterbricht sie. Als es abebbt, macht Oksana einen Schritt auf die zweite Frau zu. Sie ist bereits etwas älter und leicht untersetzt, und sie trägt einen bunten Kaftan.

»Soraya Khaled wurde auf ihrer langen Flucht aus Syrien verletzt. Ihr Kiefer ist falsch zusammengewachsen. Jeder Bissen und jedes Wort bereiteten ihr Schmerzen. Ein Ärzteteam hat das korrigiert, und Soraya kann nun schmerzfrei ein neues Leben beginnen.«

Applaus, Oksana geht ein paar Schritte, dann beginnt sie erneut vom Schicksal der jungen Filipina Laarni Flores zu berichten, die bei einem Selbstmordattentat vor ihrer Haustür stark entstellt wurde. Ihr gesamter Oberkörper wurde durch Säure verätzt, sie ist seither nicht mehr in der Lage, sich ohne Panikattacken zu entkleiden oder zu waschen.

Zuletzt ist Amba an der Reihe. Meine Patientin zittert, als Oksana neben ihr zum Stehen kommt, und verbirgt weiter ihr

Gesicht. Als Oksana sie länger ansieht, dreht sie jedoch den Kopf. Sie entblößt die neue, noch pinkfarbene Haut in ihrem Gesicht und an ihrem Hals. Ich hoffe, dass sie den Verband nur für wenige Minuten abgelegt hat und hinter der Bühne sofort wieder verbunden wird. Die Gefahr einer Infektion ist noch immer groß.

Ein Raunen geht durch die Menge, als die Stiftungsrätin ihr Schicksal beschreibt.

»Frau Modi wird in wenigen Wochen eine weitere Operation bekommen, welche die Transplantation abschließt. Aktuell erholt sie sich hier in Berlin im Gästehaus der Villa, dem Wellnesshotel Wellhouse«, endet Oksana und bedeutet den Frauen mit einer kurzen, knappen Handbewegung, dass sie nach hinten treten sollen.

Peters betritt nun ebenfalls die Bühne. Als er mit einem »Sie sehen, jede einzelne Spende kommt dem besten aller Zwecke zugute« den Vortrag beendet und darlegt, wie wichtig die heutige Spendengala für das Leben so vieler Frauen und Mädchen ist, betreten Kellner den Saal und bringen das Dessert, das mich nun gar nicht mehr interessiert.

Ich atme auf, als die Frauen die Bühne verlassen. Das ungute Gefühl, das mich bei Ambas' Anblick befallen hat, wird stärker.

Wer kümmert sich gerade um sie?

Wo wird sie jetzt hingebracht?

Ich hole schnell mein Handy hervor.

Was war das eben? Wusstest du davon?

Kapitel 16

Die Birnencreme mit Lavendel-Schoko-Topping überlasse ich Andi, da mir der Appetit vergangen ist. Der Gedanke an Amba lässt mir keine Ruhe.

Gabriel hat mir noch nicht geantwortet und unterhält sich gerade mit Peters. Ich blicke mich suchend im Saal um, sehe aber keine der Frauen. Also entschuldige ich mich bei meinen Tischnachbarn, murmle etwas von »Toilette« und verlasse den Saal.

Ich muss wissen, ob Amba ins »Wellhouse« zurückgekehrt ist und ob ihr jemand den Verband angelegt hat. Und vor allem wüsste ich gerne, warum mir niemand Bescheid gegeben hat. Immerhin ist Amba meine Patientin. Vielleicht weiß Peters mehr. Mich würde auch interessieren, wo die anderen Frauen untergebracht sind – und was mit ihnen passiert. Bisher habe ich keine von ihnen in der Villa gesehen.

Als ich das Foyer betrete, treffe ich dort auf Gabriel, der leger neben der Tür an einem Tisch lehnt, als hätte er auf mich gewartet.

»Was sollte das eben?« Ich versuche, möglichst ruhig zu bleiben, was mir aber nur zum Teil gelingt. »Wo ist Amba? Wusstest du, dass sie hier sein würde?«

Er nickt. »Sie wurde eben abgeholt und zurück ins Wellhouse gebracht.«

»Von wem denn?«

»Von der Not-Schicht. Wirklich, Layla, es geht ihr gut. Ich hätte dem Ganzen nicht zugestimmt, wenn es riskant wäre.«

»Und ihre Verbände?«

»Sind sofort wieder drangekommen.« Gabriel macht einen Schritt auf mich zu. »Peters hat mich heute Nachmittag damit überrascht. Wir brauchen die Spenden, und zu zeigen, was damit erreicht werden kann, hilft.«

Verwirrt starre ich Gabriel an. Ob ich es darauf beruhen lassen soll?

»Bist du sicher, dass sie in Ordnung ist? Kann ich mich wirklich darauf verlassen, dass sie ordentlich versorgt wird?«

Gabriel fasst mich beruhigend am Oberarm, seine blauen Augen blicken mich vertrauensvoll an.

»Natürlich, Layla. Schon vergessen, dass du in einer der besten Kliniken Deutschlands arbeitest? Amba ist hier in guten Händen. Mach dir keine Gedanken.«

»Warum hast du mir nichts gesagt?«

»Peters hat mich selbst damit überrascht.«

»Ich meine, warum hast du mir vorhin nichts gesagt? Sie ist immerhin meine Patientin.«

»Du hast recht. Aber es war alles sehr kurzfristig, und ich wollte dir eigentlich noch Bescheid geben, aber …« Gabriel muss plötzlich schmunzeln. »… ich war vorhin abgelenkt. Tut mir leid.«

Ich beruhige mich etwas. »Okay, aber Amba ist jetzt in Sicherheit – und gut versorgt.«

»Ja.« Gabriel sieht mich ruhig an.

»Und die anderen Frauen auch.«

»Ja, Layla. Alle Frauen sind in Sicherheit. Es geht ihnen gut.«

»Und wenn ich morgen früh im Wellhouse nach Amba sehe, ist alles mit ihr in Ordnung?«

»Ja.«

»Versprichst du es mir.«

»Ja. Layla, ich verspreche es dir.«

Ich glaube Gabriel, der mich jetzt aus funkelnden blauen Augen ansieht.

»Lass uns verschwinden.« Er grinst mich verwegen an.

»Einfach so? Müssen wir uns nicht verabschieden?«

»Warum? Wir haben doch den Pflichtteil erfüllt.«

Kapitel 17

Wir brauchen ungefähr eine halbe Stunde, bis wir in der vierten Etage ankommen, und das auch nur, weil Gabriel mich irgendwann hochhebt und entschlossen sagt: »So kommen wir nie an. Kussverbot.«

Wir sind auf jedem Treppenabsatz stehen geblieben und haben uns wie verliebte Teenager abgeknutscht, erleichtert darüber, dass wir uns hier nicht verstecken müssen.

Gabriel öffnet das Sicherheitsschloss zu der hohen Altbautür und trägt mich wie eine Braut in seine Wohnung, den langen Flur entlang, an der Küche vorbei, bis zu einem riesigen offenen Ess- und Wohnbereich. Die Einrichtung ist minimalistisch, wobei das auch der Tatsache geschuldet sein könnte, dass er erst vor Kurzem hier eingezogen ist. Außer einem schwarzen Ledersofa mit einem weißen Teppich davor, einem kleinen Esstisch mit zwei Designerstühlen und einer Louis-Poulsen-Pendelleuchte stehen keine Möbel in dem großzügigen Raum. In einer Ecke stapeln sich meterhoch Schallplatten. Mehr kann ich allerdings nicht entdecken, denn Gabriel küsst mich schon wieder, während er mich langsam durch eine Flügeltür trägt.

Wir erreichen ein kleineres Zimmer mit einem Schreibtisch und Bücherregalen, die nur halb eingeräumt sind. Davor stehen Umzugskartons. Offenbar soll das sein Arbeitszimmer sein oder werden. Von dort aus führt eine weitere Flügeltür in sein Schlafzimmer. Das ist zumindest unverkennbar. Ein gigantisches Bett dominiert den Raum, dessen Wände dunkelgrau gestrichen sind. Gabriel lässt mich auf das Bett gleiten.

»Du bist ja zielstrebig.«

Er küsst mich auf die Nasenspitze. »Na gut, dann hole ich uns erst mal was zu trinken.«

Er greift kurz in das Schränkchen neben dem Bett. Leise Musik ertönt von der Box gegenüber, ein sanftes, dezentes Licht erhellt den Raum genau so, dass es nicht ungemütlich wirkt.

Ich liege in meiner roten Robe auf dem weißen Bett und fühle mich wie in einem Film. Neugierig schaue ich mich im Schlafzimmer um, doch auch hier gibt es nicht viel zu erkunden, obwohl mir dieser Raum noch am meisten eingerichtet zu sein scheint. Das Auffälligste ist ein riesiges Foto von einer schwarzhaarigen, exotisch aussehenden Frau im kurzen geblümten Kleid, die zwischen knallbunten Fischerbooten vor türkisfarbenem Meer in einem Hafen entlangläuft. Es scheint irgendwo in Asien aufgenommen worden zu sein, vielleicht in Indien. An der linken Wand hängt eine stylishe Kleiderstange von der Decke herab, ich erkenne ein paar dunkle Anzüge. Daneben steht ein Metallschrank, mit Sicherheit ein Designer-Stück, und daran lehnt ein dazu passender riesiger Spiegel im schlichten Industriedesign. Wenn ich mich nach vorne beuge, kann ich mich sehen. Schnell lehne ich mich an das Kopfende. Das Bett ist ungeheuer weich und gemütlich, und ich kuschle mich in die riesigen Kissen.

»Hast du es dir bequem gemacht, meine Schöne?« Gabriel tritt durch die Flügeltür mit einer Flasche und zwei Gläsern in der Hand.

Er ist nackt bis auf ein paar sehr enge, kurze schwarze Boxershorts. Ich muss mich zusammenreißen, um ihn nicht anzustarren, so wohlgeformt ist sein Körper. In dem warmen Licht zeichnet sich sein Bizeps vor der dunklen Wand ab, seine Brustmuskeln werfen kleine Schatten. Fasziniert blicke ich diesen wunderschönen Mann an. Er sieht ohne Anzug noch viel besser aus. Als er Flasche und Gläser auf dem Nachttisch abstellt, mustere ich aus den Augenwinkeln seinen knackigen Hintern in den engen Shorts. Ich kann mich einfach nicht sattsehen an diesem Körper.

Er beugt sich über mich und küsst mich, und ich rutsche ihm entgegen, während er mit einer schnellen Bewegung die Träger meines Kleides abstreift.

»Das Kleid ist heiß, aber noch heißer bist du ohne.«

Ich fühle mich wie eine Göttin, und dann wage ich es. Ich erhebe mich langsam. Gabriel fixiert mich, und ich schaue ihm in die Augen, während ich mit einem eleganten Hüftschwung mein Kleid auf den Boden hinabgleiten lasse. Nun stehe ich nackt vor dem Bett.

»O mein Gott, Layla, du bist unglaublich«, stöhnt Gabriel und steht auf.

Er zieht sich die Shorts herunter, und sein steifer Schwanz springt mir entgegen. Da zieht er mich auch schon in seine Arme, dreht mich um und schiebt mich sanft zur Wand mit der fast leeren Kleiderstange.

Er steht nah hinter mir und küsst meinen Nacken und meinen Rücken, während seine Hände meine Brüste umfassen und liebkosen. Ich vergehe fast vor Lust, als ich seine Erektion an meinem Hintern spüre. Seine Lippen an meinem Nacken treiben mich in den Wahnsinn, sein schneller, heißer Atem an meinem Ohr zeigt mir, dass er mich genauso will wie ich ihn. Noch halte ich mich ruhig, denn ich bin neugierig, was er mit mir vorhat.

Seine Hände gleiten über meinen Rücken zu meinem Hintern. Er streichelt ihn erst sanft und dann fester, dann drückt er mich vorsichtig nach vorne. Ich spreize leicht die Beine und greife nach der Kleiderstange vor mir. Während er weiter meinen Nacken küsst, gleitet er mit einer Hand zwischen meine Beine. Streicht mit den Fingerspitzen über meinen Kitzler, massiert ihn, bis ich spüre, dass ich feucht werde. Er stöhnt laut auf, als er seinen Finger schließlich in meine nasse Pussy gleiten lässt. Ich zittere vor Erregung, Lust breitet sich in mir aus. Ich fürchte, dass ich jeden Moment komme. Zum Glück hält er in diesem Moment in seiner Bewegung inne.

»Ich kann nicht mehr, ich will dich haben«, presst er hervor.

Meine Hand sucht nach seinem harten Schwanz. Kaum bewege ich meine Hand auf und ab, keucht er laut.

»Stopp, warte.«

Ich lasse meine Hand kurz ruhen, während er meinen Nacken küsst. Ein Rascheln verrät mir, dass er sich einen Gummi überzieht. Einen Moment später spüre ich seinen Schwanz an meiner nassen, heißen Pussy. Dann stößt er zu.

Die sanfte Musik hat mich schläfrig gemacht. Ich kuschle mich in Gabriels Arm und dämmere vor mich hin, während er meine Schulter streichelt.

Hoffentlich ist es noch nicht so spät. Ich möchte nicht aufstehen, diese Nacht soll nicht enden.

»Magst du noch einen Schluck Wasser?«

Ich schrecke auf. Ich muss tatsächlich kurz eingenickt sein. Dankbar greife ich nach dem Glas, das Gabriel mir schmunzelnd hinhält.

»Du bist eingeschlafen. Ich muss dich ja furchtbar gelangweilt haben.«

»Du? Mich langweilen? Na hör mal!« Empört richte ich mich auf, doch er zieht mich an sich. »Hey. Du willst mir doch wohl nicht davonlaufen!«

Nicht im Traum, aber das muss ich ihm ja nicht sagen. Wir haben zwar miteinander geschlafen, aber noch immer nicht ausgesprochen, wohin das alles führen soll. Vielleicht ist jetzt ein guter Moment, das Gespräch in die Richtung zu lenken.

»Soll ich etwa hierbleiben?«

Meine Worte waren scherzhaft gemeint, aber der Satz klingt ernst. Gabriel nimmt meine Hand und spielt mit meinen Fingern, aber er antwortet nicht.

Ein ungutes Gefühl macht sich in mir breit. Warum schweigt er? Ich hatte damit gerechnet, dass er laut »Ja« sagt.

Ich wickle das Laken fest um meinen Oberkörper und warte darauf, dass endlich etwas von ihm kommt. Vergeblich. Ich spüre, wie mir die Tränen in die Augen steigen.

»Das heißt, ich sollte besser gehen?« Ich schwinge meine Beine über das Bett und möchte aufstehen, doch er hält mich an der Schulter fest.

Seine Stimme klingt fast flehentlich. »Nein, auf keinen Fall. So meine ich das nicht.«

»Wie meinst du es denn?«

Ich starre ihn an, und er fährt sich durch das strubbelige Haar.

»Ich habe mich lange nicht mehr so gut mit einer Frau gefühlt wie mit dir, Layla. Und ich habe auch nicht geglaubt, dass ich noch mal jemanden wie dich kennenlernen würde.«

Worauf will er hinaus?

Er wendet den Blick ab und lässt ihn durch das halbdunkle Zimmer schweifen, vermeidet, mir in die Augen zu sehen, dann wendet er sich mir wieder zu.

»Du bist einzigartig. Die Arbeit ist dir wichtig. Aber dir geht es nicht ums Geld, sondern darum, Menschen zu helfen. Dein Idealismus imponiert mir, Layla.«

Unter anderen Umständen wäre ich errötet vor Freude, aber in dieser Situation frage ich mich, was er mir damit sagen will.

Es wirkt, als würde er mir ausweichen wollen, denn dass er meinen Idealismus schätzt, hat nichts damit zu tun, wie wir zueinander stehen.

Er nimmt einen Schluck aus seinem Wasserglas und stellt es dann auf den Nachttisch. Dann lehnt er sich zurück in die Kissen und schaut an die Decke. Er holt erneut tief Luft, während ich ihn ansehe.

Oder will er damit sagen, dass wir nicht zusammen sein können? Weil unsere Arbeit wichtiger ist?

Mein Herz rast.

Nun bekomme ich also die Abfuhr. Jetzt wird er mir sagen, dass er nicht mehr von mir will als Sex.

»Mein Leben ist chaotisch. Und ich versuche gerade, mich zu sortieren. Wie du siehst, bin ich hier noch gar nicht richtig angekommen.«

Er deutet mit einer unbestimmten Kopfbewegung in Richtung Wohnzimmer, und ich warte ungeduldig auf den Kern der Botschaft. Was soll dieser Rückzieher? Hier? Und vor allem jetzt, wo wir gerade miteinander geschlafen haben?

»Die Sache ist die. Ich bin ja erst seit einem Jahr in Berlin und habe mich noch nicht mal eingelebt.« Er sieht mich fragend an, als würde er eine Reaktion erwarten.

»Mich stört es nicht, dass hier noch ein paar Kisten stehen«, versuche ich mich in einem lockeren Plauderton, hoffe aber, dass er endlich auf den Punkt kommt.

Zum Glück scheint er zu begreifen, dass ich mehr erwarte als ein Gespräch über seinen Wohnstatus. Er setzt sich auf und nimmt meine Hände, dann lässt er sie wieder los.

»Dass ich hierher komme, war überhaupt nicht geplant. Eigentlich wollten wir, also eigentlich wollte ich mit meiner Frau ein Haus in der Nähe von München kaufen.«

Ich starre ihn an. Seine Frau?

Er bemerkt es, aber er spricht einfach weiter. Zum Glück. »Ex-Frau. Wir sind getrennt, seit einem Jahr auseinander. Wir waren acht Jahre verheiratet.«

Erleichtert atme ich auf. Doch meine Gedanken rasen.

»Ist sie das da auf dem Foto?« Ich zeige auf das riesige Bild.

Er lacht amüsiert auf. »Nein. Das ist eine Frau aus Goa, ich kenne sie nicht. Ich fotografiere viel, dieses Foto habe ich vor vier Jahren gemacht. Von meiner Ex-Frau habe ich kein Bild hier hängen.«

»Und wo lebt sie nun?«

Nun schaut er mich verwirrt an und runzelt die Stirn. Er nickt, dann schüttelt er den Kopf. Auf mich wirkt er ziemlich durcheinander. Sein Gesicht verschließt sich.

»Meine Ex lebt inzwischen in dem Haus, das wir zusammen kaufen wollten.« Seine Stimme klingt hart, er atmet hörbar ein, dann bemerkt er meinen verletzten Blick und zieht mich an sich.

»Entschuldige, Layla. Ich möchte dich nicht mit meiner Vergangenheit belasten. Glaub mir bitte einfach, dass ich dich unheimlich gerne mag und gerne mit dir Zeit verbringe.«

Er umarmt mich fest, streichelt mein Haar und küsst meine Stirn. Dann nimmt er mein Gesicht in seine Hände.

»Du bist mir sehr wichtig, und ich bin froh, dass wir uns kennengelernt haben. Bitte bleib heute Nacht hier, ja?«

Ich schließe die Augen und spüre, wie eine Mischung aus Erleichterung und Erschöpfung über mich hereinbricht und meine Gedanken verwirbelt.

Seine Lippen berühren meine Augen, dann rutscht er sanft nach unten und zieht mich an sich. Mein Kopf liegt auf seiner Brust, und ich höre, wie sein Herz gleichmäßig schlägt. Seine Hand streichelt jetzt vorsichtig und liebevoll meinen Rücken, und obwohl es warm ist, genieße ich es, hier eng umschlungen zu liegen.

Ich könnte mich daran gewöhnen, schießt es mir durch den Kopf.

Die Müdigkeit überkommt mich wie eine Welle. Kurz denke ich an Gabriels Worte und richte mich noch einmal auf, blicke direkt in seine blauen Augen, die mich offenbar beobachtet haben.

»Entschuldige, ich bin furchtbar müde und muss früh in die Klinik zu Amba.«

»Klar. Aber bevor du einschläfst, meine Schöne... ich fürchte, wir müssen uns erst mal für ein paar Tage voneinander trennen.«

Meine Müdigkeit schwindet für einen kurzen Moment.

»Warum? Musst du verreisen?«

»So was Ähnliches. Ich fahre mit Mirko, ich meine, mit Peters nach Düsseldorf zu einem ›Villa‹-Kongress.«

»Oh, wie lang bleibt ihr?«

»Ein paar Tage nur. Das hat viel mit Teambuilding zu tun, ich muss mich da blicken lassen. Mirko will mich gern dabeihaben, es geht wohl um den Ausbau der Kliniken.«

Für meinen Geschmack verbringt Gabriel ganz schön viel Zeit mit Peters. Aber ich bin so müde, dass ich keine Kraft mehr habe, den Gedanken weiter zu verfolgen. Gabriel streichelt mir gleichmäßig über das Haar. Ich registriere noch, wie er nach seinem Handy greift. Mehr bekomme ich nicht mit, denn ich falle in einen tiefen Schlaf.

Kapitel 18

Die blonde, hochgewachsene Rezeptionistin des Wellhouse, die auch ein Model sein könnte, lächelt mir freundlich zu. Ich zeige meine Karte vor, und sie nickt, sie scheint mich zu erkennen.

Es duftet dezent nach Blumen und leicht nach Kaffee. Ich trete auf glänzendes Holzparkett mit einem orientalischen Läufer und folge dem Gang bis zur Nummer 5.

Bis auf das Plätschern eines kleinen Brunnens am Ende des Flurs, um den eine Sitzecke gruppiert ist, höre ich keinen Laut. Mit Sicherheit hat der Stararchitekt in das »Wellhouse« schalldichte Wände einbauen lassen.

Vorsichtig klopfe ich an. Einmal. Zweimal. Nichts passiert. Seltsam.

»Amba?« Meine Stimme klingt laut, fast ein wenig schrill. Ich versuche es noch einmal etwas leiser.

»Amba, bist du da?«

Keine Antwort. Ich will mich gerade umdrehen, da höre ich hinter der Tür ein Geräusch. Es könnte ein dumpfes Poltern sein.

Energisch klopfe ich an. Das unbehagliche Gefühl, das mich gestern auf der Gala erfasst hat, ist wieder da.

»Amba, mach auf! Ich bin es, Layla. Bitte lass mich …«

Die Tür öffnet sich. Amba blickt mir verstört entgegen. Sie trägt einen dunkelblauen Sari, der sie fast komplett verhüllt, darüber eine kleine Umhängetasche aus braunem Leder. Ihre Augen sind verweint, und sie wirkt völlig aufgelöst. Doch zum Glück ist ihr Gesicht von einem frischen Verband bedeckt.

»Was ist los, Amba? Mein Gott, was ist denn passiert?«

Ihr kleiner Rollkoffer liegt halb geöffnet im Flur, Zahnbürste, Cremes und ein Paar Hausschuhe sind herausgefallen. Er ist wohl umgekippt, das erklärt auch das Gepolter. Daneben liegen die Gehhilfen auf dem Boden.

Ich umarme Amba vorsichtig, begleite sie dann zu der Sitzgruppe am Fenster und setze mich neben sie auf das cremefarbene Sofa. Sie schluchzt heftig, ich streichle ihr Haar und greife zu der Wasserkaraffe auf dem Couchtisch, fülle ein Glas und reiche es ihr.

»Trink erst mal was, Amba. Und dann erzähl mir bitte, was passiert ist.«

Amba zieht sich den verrutschten Sari vom Kopf und wischt sich die Haare aus der Stirn, ich gebe ihr ein Taschentuch, und sie tupft sich die Nase ab. Sie wirft mir einen scheuen Blick aus ihren runden, dunkelbraunen Augen zu, öffnet den Mund, dann schließt sie ihn wieder und faltet ihre Hände über dem Schoß.

»Amba, bitte rede mit mir. Was ist los? Ich kann dir nicht helfen, wenn du nichts sagst.« Ich ergreife ihre Hände und blicke sie eindringlich an. »Wolltest du abreisen? Wohin? Du musst doch noch zur Beobachtung bleiben.«

Amba schaut mich unentschlossen an. »Ich gehe weg. Hier will ich nicht bleiben. Gehe zur Botschaft und frage nach Ticket für Rückflug nach Pakistan. Aber keiner geht ans Telefon.«

Ich starre sie an. Meint sie das ernst? Was redet Amba da? Es steht doch noch eine zweite Transplantation an. Und ihr Bein muss auch noch operiert werden.

»Amba, hör auf damit. Du wirst nirgendwo hingehen. Ich kann das als deine Ärztin nicht verantworten. Du hast nicht mal Entlassungspapiere.«

Mein strenger Ton überrascht mich selbst. Amba schaut mich verwirrt an und hält kurz inne.

»Ich kann nicht bleiben, Layla. Bitte lass mich gehen. Ich habe Angst vor Doktor Peters.«

Ich starre sie an. »Warum hast du Angst vor Peters?«

Auf Ambas unversehrter Wange, die nicht vom Verband bedeckt ist, breiten sich rote Flecken aus. Ich hoffe, dass dies eine reine Reaktion auf die Aufregung ist und kein Anzeichen für eine Entzündung. Ihre Augen füllen sich wieder mit Tränen, und sie beginnt erneut zu schluchzen, reißt sich dann aber zusammen. Doch sie antwortet mir nicht. Ich versuche mich langsam vorzuarbeiten.

»Amba, warum warst du gestern auf der Bühne bei der Gala? Hat Peters dir gesagt, dass du dort hinmusst? Das war doch gefährlich für deine neue Haut. Du sollst dich doch hier erholen.«

Amba schaut mich groß an, nickt dabei und scheint nach den richtigen Worten zu suchen.

»Peters hat mir Handy weggenommen. Er sagt, ich kriege es zurück, wenn ich mitmache bei der Gala.«

Ich glaube nicht richtig zu hören. »Er hat dein Handy weggenommen?«

»Ja. Und er hat versprochen, es mir zu geben, wenn ich bei Gala nach vorne gehe und mein Gesicht zeige. Durfte es niemandem sagen.«

Das ist ja unglaublich. Zweifelnd schaue ich Amba an, doch mir scheint nicht, dass sie fantasiert.

»Hat er dir dein Handy inzwischen wiedergegeben?«

Sie kramt in ihrer Tasche, zieht ein Samsung-Galaxy hervor, entsperrt es und hält es mir hin.

»Ja. Hier ist Handy. Aber es ist alles weg. Habe es gestern Abend gesehen. Alle Nachrichten und Fotos. Auch die Telefonnummern von meine Familie. Ich weiß nur noch die von meiner Schwester. Die habe ich im Kopf.«

Ich greife nach dem Phone. Es ist tatsächlich komplett leer. Keine Fotos, keine Nachrichten, keine Telefonnummern, auch der E-Mail-Eingang ist leer.

Ratlos drehe ich das Gerät um, aber das hilft mir auch nicht weiter.

Amba schaut mich verzweifelt und hilflos an. »Peters ist böse. Er hat mir versprochen, dass ich mein Handy bekomme, und jetzt habe ich nichts mehr von meinen Fotos und Nummern. Ich will weg. Nach Hause. Zu meine Familie.«

Das, was sie erzählt, klingt unglaublich, ich kann mir keinen Reim darauf machen. Warum sollte Peters so etwas tun? Warum sollte er seine Patientinnen zu etwas zwingen, das sie nicht wollen? Und warum sollte er alle Inhalte ihres Handys löschen?

Das klingt verrückt.

Außer … Ich schieße ins Blaue, äußere eine Vermutung. »Hast du Fotos mit deinem Handy gemacht, Amba?«

»Ja, viele Fotos, von meiner kleinen Schwester. Und von Flughafen in Berlin.«

»Nein, ich meine, hier in der Villa. Hast du etwas fotografiert?«

Amba blickt mich verwirrt an und überlegt angestrengt.

»Nein, nicht viele. Hier in der Klinik habe ich nur meine Unterlagen fotografiert, zum Übersetzen.«

»Unterlagen?«

»Vor meiner Operation habe ich alles fotografiert. Die Papiere. Wie sagt man dazu?«

»Die Akte? Deine Patientenakte?«

Als Amba meinen Gesichtsausdruck sieht, weiten sich ihre

Augen. »Ja, genau. Habe ich was falsch gesagt? Darf ich nicht fotografieren?«

»Du hast alles richtig gemacht, Amba. Bitte erzähl mir nur, was du genau fotografiert hast.«

Amba beginnt stockend. »Schwester Yvonne war bei mir, hat untersucht. Sie ist wieder raus, aber graue Mappe war noch da, lag auf Tisch. Ich dachte, das war Absicht, wirklich, Layla. Ich dachte, wäre für mich zum Lesen.« In ihren Augen schimmern Tränen, der Ausdruck der Verzweiflung wird durch den halbseitigen Gesichtsverband nur verstärkt. »Ich habe reingeguckt. Aber Deutsch zu schwierig. Deshalb ich wollte mit Handy übersetzen und habe Fotos gemacht.«

»Das ist doch völlig in Ordnung, Amba. Was ist dann passiert? Kam Yvonne zurück?«

Amba schüttelt den Kopf. »Nein, nicht Yvonne. Peters kommt rein, sieht Handy und Fotos. Ist sehr wütend. Er hat geschrien und bekommt rotes Gesicht.«

Sie blickt angsterfüllt um sich, als befürchte sie, dass Peters auftaucht. Ich streichle beruhigend ihren Rücken.

»Dann hat Peters Mappe genommen. Er sagt, dass Mappe nicht für mich ist, dass Yvonne vergessen hat. Und dann …« Sie stockt. »Er hat mein Handy genommen und gesagt, ich bekomme Handy erst wieder, wenn ich mache, was er sagt.«

Fassungslos sehe ich Amba an. All das ergibt für mich überhaupt keinen Sinn. »Das muss ein Missverständnis sein. Ich muss dringend mit Peters reden.«

Amba schüttelt den Kopf. »Nein. Bitte nicht. Ich gehe. Jetzt. Ich kann nicht mehr bleiben in Deutschland, meine Visum ist zu Ende.«

»Bist du sicher? Wie lang kannst du noch bleiben?«

»Nur noch Ende vom Monat. Ich habe mit Botschaft gesprochen.«

Verdammt. Nun kommt also auch noch der Zeitdruck dazu, was es nicht leichter macht. Je länger ich darüber nachdenke, umso mehr glaube ich, dass hier ein Missverständnis vorliegt. Doch warum war er so grob zu ihr?

Ich schüttle den Kopf. Eines steht fest: Amba hat Angst vor Peters. Und so, wie sie redet und die Arme vor der Brust verschränkt, wird sie sicher nicht hierbleiben wollen.

»Du darfst mit niemandem reden, Layla. Auch bitte Doktor Gabriel nichts sagen.« Sie schluckt, dann fügt sie leise hinzu: »Bitte, ich will jetzt gehen, ich will hier weg. Ich will hier mit keinem Doktor mehr reden. Sie lassen mich sonst nicht gehen und nehmen mein Handy wieder weg.«

Mein Herz beginnt zu rasen. Sagt sie mir etwa gerade, dass Gabriel etwas damit zu tun haben könnte?

Ich bin vollkommen verwirrt, aber dies ist nicht der Moment, um dem auf den Grund zu gehen. Erst einmal brauchen wir eine Lösung. Sie will nicht hierbleiben, und ich will nicht, dass sie in ihrem Zustand nach Hause fliegt. Eigentlich sollte ich Peters Bescheid geben, aber der ist mit Gabriel in Düsseldorf, und wenn Amba mitbekommt, dass ich mit Peters rede, verlässt sie die Villa alleine – und irrt dann womöglich irgendwo in Berlin herum, wo ich sie nie wieder finde. Ich bin hier fürs Erste auf mich allein gestellt. Den Rest kann ich morgen mit Gabriel und Peters klären.

Entschlossen nehme ich Ambas Koffer in die eine Hand und deute mit der anderen auf den Rollstuhl, der in der Ecke zum Fenster steht. »Du kommst jetzt erst einmal mit zu mir. Ich werde dich auf keinen Fall nach Pakistan fliegen lassen.«

Amba sieht mich hoffnungsvoll an. »Wie meinst du?«

»Du kannst bei mir bleiben. Dann sehen wir weiter. Komm.«

Kapitel 19

Ich ziehe mein Handy aus der Tasche und wähle Maxis Nummer. Sie geht sofort ran. »Layla, was gibt's?«

»Ich brauche deine Hilfe. Warum, erkläre ich dir später. Kannst du mich mit dem Van am Reichpietschufer, etwa auf Höhe der Friedrich-Ebert-Stiftung abholen?«

Maxi zögert keine Sekunde. »Ich bin auf dem Weg in den Boxclub. Aber ich kann auch später hin. Gib mir zehn Minuten«

»Perfekt. Danke.«

Ich lege auf und nicke Amba auffordernd zu. Sie erhebt sich, geht einen unsicheren Schritt und lässt sich dann in den Rollstuhl fallen.

»Kannst du den Koffer auf den Schoß nehmen?«

Sie streckt mir die Hände entgegen, immerhin hat sie sich gefasst. Ich hänge die Gehhilfen an den Rollstuhl und schiebe sie über den Gang.

Die Rezeptionistin blickt überrascht auf, und ich erkläre ihr, dass ich Ambas behandelnde Ärztin bin und sie auf eigene Verantwortung entlasse.

»Amba, kannst du bitte hier kurz warten? Ich gehe rüber und fülle die Papiere aus. Das ist wichtig für die Versicherung.«

Amba nickt, und die Rezeptionistin lächelt ihr aufmunternd

zu. »Bis es so weit ist, bringe ich Ihnen gerne einen Kaffee, Frau Modi.«

Ambas angestrengte Miene hellt sich ein wenig auf.

Beruhigt lasse ich die beiden kurz allein, um in der Klinik die Entlassung zu dokumentieren. Peters muss darüber informiert werden, dass Amba auf eigenen Wunsch bei mir unterkommen möchte. Ich überlege kurz, dann fange ich an zu schreiben: *Patientin bekommt Albträume allein im Hotelzimmer, vermutlich ausgelöst durch eine posttraumatische Belastungsreaktion …*

Zum Glück ist es noch früh, sodass wir niemandem vor den Toren der Klinik begegnen. Nach wenigen Sekunden hält ein alter, roter Van mit quietschenden Bremsen neben uns. Maxi drückt von innen die Beifahrertür auf, stutzt aber, als sie Amba sieht.

»Oh, du bist nicht allein. Seid ihr auf der Flucht?« Maxi sagt das so, als wäre es das Normalste auf der Welt. Ich könnte meine toughe Freundin dafür knutschen, dass sie keine Fragen stellt, sondern meiner Einschätzung blind vertraut.

»Nein, nicht direkt auf der Flucht, aber Amba hat Angst allein im Hotel«, beeile ich mich zu sagen, als ich Ambas warnenden Blick bemerke.

Maxi macht das Blinklicht an und steigt aus, um mir mit Amba und dem Rollstuhl zu helfen. Als Amba und ihr Gepäck sicher verstaut sind, schwinge ich mich auf den Beifahrersitz, Maxi nimmt wieder hinter dem Steuer Platz und fährt los.

In diesem Moment fällt mir ein, dass Maxi keine Ahnung hat, wen sie hier herumkutschiert.

»Das ist übrigens Amba Modi, eine Patientin von mir. Oder Ex-Patientin, da bin ich mir nicht mehr so ganz sicher.«

Maxi dreht sich kurz um. »Hi Amba, ich bin Maxi, eine Freundin von Layla.«

Ambas Lächeln erreicht endlich auch ihre Augen. »Guten Tag, Maxi.« Sie sieht sich neugierig um. »Wohnst du hier im Auto?«

Maxi lacht. »Meistens. In den letzten Jahren war ich viel unterwegs.«

Immerhin sind die Parkplatz-Götter auf unserer Seite, und Maxi ergattert eine ausreichend große Lücke direkt vor meinem Wohnhaus. Wir laden aus und stehen dann einen Moment hilflos vor den Stufen des Altbaus. Ob Amba da allein hinaufkommt?

»Vielleicht kann Ilkay ...« fange ich an, aber Maxi winkt ab.

»Ach was, ich nehme Amba Huckepack, du bringst den Koffer und die Krücken. Den Rollstuhl kann Charlie gleich holen.«

Doch Amba winkt ab. »Das kann ich auch allein. Hab Laufen geübt.«

Zweifelnd schaue ich sie an. In der Klinik hat sie immer den Aufzug zu ihrem Zimmer genommen. »Bist du sicher? Kannst du Treppen steigen?«

Sie nickt heftig. Vorsichtig helfe ich ihr aus dem Auto und halte ihr die Haustür auf. Maxi wuchtet schwungvoll den Rollstuhl die Treppe hinauf. Zum Glück wohnen wir nur im ersten Stock.

»So, da wären wir.« Ich führe die erschöpfte Amba zu einem Stuhl in der Küche, in der Charlie gerade einen Tee kocht und neugierig zu uns aufblickt, und stelle Ambas Gehhilfen an den Tisch. »Charlie, das ist Amba. Amba, das ist Charlie.«

Amba wirkt mit einem Mal völlig apathisch, so, als wäre ihr alle Energie verloren gegangen. Ich beschließe, ihr erst mal nicht mehr zuzumuten.

»Charlie, gibst du Amba was zu trinken? Ich beziehe schnell mein Bett für sie neu. Sie sollte sich ausruhen.«

Während ich mein Zimmer etwas aufräume und mein Bett neu beziehe, erscheint Amba im Türrahmen und sieht sich um.

»Ich weiß, es ist nicht das Wellhouse oder die Klinik, aber immerhin hast du das Zimmer für dich«, rechtfertige ich die neue Bleibe.

»Nein, ist gut. In Pakistan wir sind vier in Zimmer wie dieses. Ist es dein Zimmer?«

»Ja.«

»Wo schläfst du?«

Ich lächle sie an. »Wir haben ein sehr bequemes Sofa im Wohnzimmer. Keine Sorge, ich bin schon oft darauf eingeschlafen.«

»Ich kann auf dem Sofa schlafen.«

»Nein, keine Widerrede. Leg dich erst mal hin. Du siehst blass aus.«

Gehorsam setzt sich Amba aufs Bett. Ich hole meine Arzttasche mit der Notfallapotheke, Stethoskop und Blutdruckmessgerät. Als ich zurückkomme, sind ihre Augen geschlossen. Sie öffnet sie kurz und schenkt mir ein Lächeln.

»Wie kann … ich je danken?«, flüstert sie.

Ihr Blutdruck ist niedrig, aber im akzeptablen Bereich. Ihr steriler Gesichtsverband sitzt zum Glück noch an der richtigen Stelle, aber ich werde ihn erneuern, wenn sie aufwacht. Sie atmet bereits tief und gleichmäßig. Ich ziehe die Gardinen zu und verlasse das Zimmer.

Maxi und Charlie blicken mir neugierig vom Küchentisch entgegen. »Amba schläft. Jetzt brauche ich einen Kaffee. Ihr auch?«

Maxi nickt. »Geniale Idee, doppelt und stark.«

Charlie hebt ihre Teetasse. »Ich bin versorgt.«

Ich schalte die Espressomaschine ein, die sich laut röhrend aufwärmt. Während ich uns zwei doppelte Espressi zubereite, erkläre ich meinen Freundinnen in knappen Worten, was sich im »Wellhouse« zugetragen hat. Ich muss meine Sorgen mit jemandem teilen, und die beiden kennen die Klinik von meinen Erzählungen bereits.

Ihre Augen werden immer größer.

Maxi findet zuerst ihre Sprache wieder. »Kann ich ihr Handy mal sehen? Vielleicht finde ich da noch was drauf.«

Begeistert sehe ich sie an. Natürlich! Maxi als IT-Fachfrau kann da sicher weiterhelfen.

»Super Idee. Klar, Amba hat das Handy in ihrer Tasche. Wir sollten sie aber besser vorher fragen. Sie ist schließlich ein gebranntes Kind.«

Maxi nickt bekräftigend.

»Ich werde ihr klarmachen, dass du uns hilfst und sie dir vertrauen kann.«

»Guter Plan. Wenn sie aufwacht, fragen wir sie, und dann nehme ich es mir vor.«

Charlie sieht mich ernst an. »Aber darfst du sie denn einfach hier aufnehmen, wenn sie noch nicht austherapiert ist?«

»Ja. Sie verlässt die Klinik auf eigenen Wunsch. Und ich als ihre Ärztin habe die Papiere unterschrieben.«

Charlie zieht die Brauen leicht zusammen. So richtig überzeugt sieht sie nicht aus.

»Und dieser Peters, dein Chef, weiß er Bescheid? Wenn er wegen Amba was tun will, bist du dann nicht auch in der Schusslinie, solange sie hier ist?«

Ich lasse mich auf den Stuhl gegenüber fallen und schaue kurz aus dem Fenster. Darüber hatte ich tatsächlich noch nicht nachgedacht. Ein mulmiges Gefühl breitet sich in meiner Magengegend aus. Doch dann winke ich ab.

»Das glaube ich nicht. Peters mag schmierig und exzentrisch sein, aber ernsthaft gefährlich scheint er mir nicht. Bestimmt ist das alles ein blödes Missverständnis. Ich werde ihn morgen direkt ansprechen und fragen, warum er Amba das Handy weggenommen hat.«

»Warum nicht gleich heute?« Charlie nippt an ihrem Tee.

»Er ist bei einem Kongress, genau wie Gabriel. Und es ist ja jetzt auch nicht so, als würde Amba in Lebensgefahr schweben. Ich denke, es ist schon in Ordnung, wenn sie für ein oder zwei Nächte hier ist. Hoffe ich zumindest.«

Maxi überlegt kurz. »Vielleicht gar nicht so schlecht, wenn er nichts davon weiß. Dann kann ich das Handy erst mal checken, und wir sehen weiter.«

Ich nicke erleichtert.

»Danke, Maxi.«

»Nichts zu danken.« Sie trinkt ihren Espresso in einem Schluck aus, dann setzt sie die Tasse abrupt ab. »Apropos Ärzte und Geheimnisse. Was ist denn eigentlich mit Gabriel? Du warst heute Nacht nicht zu Hause. Erzähl.«

»Beziehungsweise nur kurz heute Morgen.« Ein Lächeln schleicht sich auf Charlies Gesicht. »Wir hören alles.«

Mir schießt das Blut in die Wangen. »Na ja. Ich habe mit ihm geschlafen.«

Maxi quiekt. »Endlich! Wo? Auf der Gala? Oder bei ihm zu Hause?«

Manchmal beängstigt mich, wie gut meine Freundinnen mir alles im Gesicht ablesen können.

Ich vergrabe mein Gesicht in einem Stuhlkissen. »Ja. Und ja.«

Maxi quetscht mich nach den Details aus, aber ich vertröste sie auf später und stehe auf.

»Ich muss leider in die Klinik zurück. Könnte eine von euch vielleicht hierbleiben? Bei Amba?«

Maxi lehnt sich auf dem Stuhl zurück. »Klar. Gerne. Ich passe auf Amba auf. Ich frage sie dann auch gleich wegen des Handys.«

»Ähm, Layla.« Charlie zieht wieder die Brauen zusammen. Sie sieht aus, als wolle sie etwas sagen.

Fragend blicke ich sie an. »Was ist?«

Charlie schlägt die Augen nieder. »Layla, vielleicht spinne ich, aber wenn Gabriel und Peters so enge Vertraute sind, wie du erzählt hast, denkst du dann, Gabriel weiß von dem Vorfall mit Amba?«

Natürlich trifft Charlie damit einen wunden Punkt. »Ich … glaube nicht. Er wusste zwar, dass Amba abends bei der Gala sein würde, aber ich glaube nicht, dass er etwas von dem Handy weiß. Oder davon, dass Peters Amba Angst gemacht hat. Gabriel liegt viel an Amba. Er hat sie selbst für das Pro-Bono-Programm vorgeschlagen.«

»Ach ja?« Charlie hebt neugierig die Augenbrauen. »Kennt er sie?«

»Ja, er hat sie während seiner Zeit bei den ›Ärzten ohne Grenzen‹ kennengelernt.«

»Vielleicht solltest du ihn dann wenigstens einmal anrufen. Und seine Sicht der Dinge hören.«

Charlie hat wie immer recht.

Ich hole mein Handy aus der Tasche und rufe ihn an, doch der Anruf wird direkt auf seine Mailbox weitergeleitet. Also öffne ich eine Nachricht an ihn.

Ich hoffe, es geht dir gut.
Können wir später mal reden?

Ich überlege, ob ich Amba erwähnen soll, suche dann aber nur ein Herz heraus und drücke schnell auf Senden.

Kapitel 20

Missmutig spieße ich ein Stück Baklava auf meine Kuchengabel. Der Teig ist herrlich faserig und glänzt vom Zuckersirup. Die Pistazienfüllung quillt grün und cremig hervor, genau so, wie ich sie liebe.

Aber heute habe ich keine rechte Lust auf meine Leibspeise. Eigentlich wollte ich nach meinem Dienst in der Villa so schnell wie möglich zurück nach Hause, aber dann hat meine Mutter mich angerufen und wollte, dass ich heute Abend mit der Familie esse. Ein Nein hat sie nicht akzeptiert.

»Layla, Kind, warum schaust du so trübe? Ist etwas nicht in Ordnung? Ist was mit Ilkay? Habt ihr euch gestritten?«

Meine Mutter ist unbemerkt mit der Teekanne in der Hand wieder in den Raum gekommen und hat sich mit sorgenvollem Blick vor mir aufgebaut. Mir fällt auf, dass sie sich viel geschmeidiger bewegt als letztes Mal. Ihre Hüfte scheint zum Glück besser geworden zu sein.

Die Situation mit Ilkay allerdings nicht. Ich hatte kurz überlegt, ob ich ihn heute mitbringen soll, damit wir endlich mit der Wahrheit rausrücken, aber Ilkay war gerade auf dem Weg zu einem klärenden Gespräch mit Enrico und mir liegt die vertrackte Situation mit Amba noch im Magen. Die Wahrheit muss also noch etwas länger warten.

Ich schüttle schnell den Kopf. »Nein, mit Ilkay ist alles okay. Ich habe nur viel Arbeit in der Klinik, und er muss heute noch eine Wohnung vermieten.«

Ich beiße mir auf die Zunge und lächle gequält.

Sie nickt und wirft einen kurzen Blick ins Wohnzimmer, wo es sich mein Vater auf der Couch bequem gemacht hat. »Dann erzähl endlich mal von der Gala. Alles muss man dir aus der Nase ziehen. War Kai Pflaume da?«

Ich grinse. »Lass das bloß nicht Baba hören! Hier, ich habe ein Foto von ihm für dich gemacht.«

Ich ziehe mein Handy aus der Tasche, um nach dem Bild zu suchen, das ich mir in Wirklichkeit einfach runtergeladen habe, da ich nach der Entführung in die Abstellkammer nicht mehr wirklich an meine Anne und ihren Lieblingsstar gedacht habe. Allein die Erinnerung an Gabriels Hände auf meiner Haut jagt mir einen kurzen, wohligen Schauer über den Rücken.

Da entdecke ich sie!

Mein Herz rast.

Eine Nachricht von Gabriel.

Voller Vorfreude drücke ich auf den Button, endlich hat er geantwortet.

Kongress läuft prima an.
Heute erstes Abendessen.
Können wir morgen reden?

Ich lese die Nachricht dreimal und bin dann immer noch nicht sicher, ob er sie wirklich mir schicken wollte. Kein persönliches Wort, kein Flirt, nicht mal ein Emoji.

Ist das sein Ernst?

»Findest du das Bild nicht?«

Ich fahre zu meiner Mutter herum. »Doch, Moment, ich habe

eine Nachricht von der Arbeit bekommen. Ich muss kurz zurückrufen. Bin gleich wieder da.«

Hastig drücke ich die Nachricht weg und gehe auf die Toilette.

Okay. Morgen. Ruf mich an, sobald es geht.
Es ist wichtig.

Dann wähle ich Maxis Nummer. Als ich heute nach der Arbeit angerufen habe, um zu sagen, dass ich noch zu meinen Eltern muss, hat Amba ihr gerade erlaubt, sich das Handy anzusehen. Ich bin neugierig, ob sie schon etwas herausgefunden hat.

Zu meiner Überraschung geht Charlie ans Telefon, der es so gut bei uns in der WG gefällt, dass sie im Scherz schon Pläne geschmiedet hat, nach Berlin zurückzukommen und mit Maxi und mir in ein Townhouse in Charlottenburg zu ziehen. »Layla, ist euer Essen schon zu Ende?«

»Nein, noch nicht ganz, aber warum gehst du an Maxis Telefon?«

»Sie ist beschäftigt und flucht gerade in unserem Zimmer vor sich hin.«

»Wegen des Handys?«

»Wahrscheinlich.«

»Wie geht es Amba?«

»Besser. Sie schläft wieder. Hast du inzwischen Gabriel erreicht?«

»Nein, er geht nicht ans Handy.« Ich atme tief durch. »Er hat mir nur eine kurze Nachricht geschrieben – und die liest sich, ehrlich gesagt, nicht gerade wie von jemandem, mit dem ich eine Nacht verbracht habe. Eher wie von meinem umwerfend gut aussehenden Chefarzt, der sich plötzlich doch nicht mehr sicher ist, ob es eine gute Idee war, sich mit seiner Untergebenen einzulassen.« Jetzt, da die Worte aus mir heraussprudeln, steigen mir auch die Tränen in die Augen. »Glaubst du, Gabriel macht einen Rückzieher?«

»Was hat er denn geschrieben?«

Ich wische mir über die Augen. »Es ist eher, was er nicht geschrieben hat. Aber ich muss aufhören. Ich komme bald nach Hause. Bis später.«

»Bis später.« Charlie klingt so besorgt, wie ich mich fühle.

Ich gehe zurück ins Wohnzimmer und suche nach dem Bild. Meine Enttäuschung verbanne ich in den hintersten Winkel meines Bewusstseins. Als ich meiner Mutter das Foto ihres Lieblingsmoderators hinhalte, quietscht sie begeistert auf.

»Er sieht umwerfend aus. Findest du nicht?«

»Wer sieht umwerfend aus?«

Ertappt fahren wir zusammen und drehen uns zur Tür, durch die Dilara gerade das Wohnzimmer betritt. Sie kommt näher, umarmt erst unsere Mutter, dann mich und wirft dabei einen Blick auf mein Handy.

»Ist das etwa dieser heiße Chefarzt, von dem du so geschwärmt hast, Layla?«

Dilara sieht mich mit hochgezogenen Augenbrauen an – während mir das Blut in den Adern gefriert. Sie hat mein Gespräch eben gehört und ist bestimmt sauer, dass ich ihr noch nichts von Gabriel erzählt habe. Aber warum spricht sie das vor meiner Mutter an?

Ich werfe ihr einen flehenden Blick zu und bedeute ihr, die Klappe zu halten, aber meine Mutter ist schneller.

»Welcher Arzt? Und wie redest du überhaupt, Dilara? Ich habe dich wirklich besser erzogen.«

Dilara blickt gespielt betreten zu Boden. »Ja, Anne. Es tut mir leid.«

»Und was ist das mit dem Arzt, Layla?« Meine Mutter sieht mich streng an.

»Nichts, Anne. Er ist mein Chef und …« Ich werfe einen kurzen Blick zu Dilara, die mich neugierig ansieht. »… und er ist ein umwerfend guter Operateur. Ich kann noch viel von ihm lernen. Rein beruflich.«

Als Dilara jetzt den Kopf nach vorne beugt, fällt mir auf, dass ihre Narbe rot und geschwollen aussieht. Sofort vergesse ich unser Gespräch, und das schlechte Gewissen macht sich in mir breit. Ich hatte mir schon vor Wochen vorgenommen, einen Termin für Dilara in der Klinik zu machen.

In zwei schnellen Schritten bin ich bei ihr. »Dila, deine Narbe. Geht es dir gut?«

Sie hebt den Kopf und winkt ab. »Ach, es juckt und spannt zurzeit wieder etwas stärker, aber das ist halb so wild.«

Kritisch beäuge ich die dicke, rote Erhebung, die sich quer über ihr Gesicht bis zum Ohr erstreckt. Eigentlich sollte die Narbe längst verblasst sein, jetzt macht sie aber eher den Eindruck, wenige Wochen anstatt einige Jahre alt zu sein.

»Ich bin mir da nicht so sicher. Hier auf der Stirn könnte sie sich entzündet haben. Mir wäre es lieber, du würdest mal einen Arzt draufschauen lassen.«

»Das hast du doch hiermit getan, Frau Doktor Sahin, oder nicht?«

Dilara wirkt aufgebracht, ihr Tonfall ist schneidend. Das ist genau der Grund, warum ich Dilara nicht behandle. Ich habe immer das Gefühl, dass sie mir Vorwürfe macht.

»Einen Arzt, der nicht deine Schwester ist«, füge ich leise und mit gepresster Stimme hinzu.

»Wie dein Doktor Gabriel?«

»Doktor Goldberg ist ein angesehener Chirurg und Chefarzt unserer Klinik.«

Ich betone jedes Wort. »Aber er ist gerade auf einem Kongress. Ich kann Doktor Franck anrufen und fragen, ob er Zeit hat.«

Dilara schüttelt den Kopf. »Es ist okay, Layla, wirklich. Ich trage nachher etwas von der Narbensalbe auf, die du mir gegeben hast. Und wenn es nicht besser wird, gehe ich zu meinem alten Hautarzt, okay?«

Ich nicke, fahre flehentlich fort. »Mein Angebot steht, Dila. Wir können wirklich noch mehr tun, noch mal operieren. Du musst nur ein Wort sagen.«

»Layla, deine Schwester hat es gehört. Sie weiß, dass du dich um sie sorgst«, unterbricht mich unsere Mutter. Sie kann es nicht ertragen, dass Dilara und ich uns streiten, und diese Unterhaltung hatten wir schon zu oft. Außerdem würde sie Dilaras Verletzung und den Brand, der dazu führte, am liebsten totschweigen.

Sie wendet sich an Dilara: »Und du hörst auf, deine Schwester zu provozieren mit irgendwelchen Ärzten. Layla hat Ilkay. Also wirklich ... wie kleine Kinder!«

Kopfschüttelnd räumt sie die Teller ab und fährt dann an mich gewandt fort, während sie Richtung Küche geht. »Ich packe dir etwas Baklava für zu Hause ein. Ilkay freut sich immer darüber. Ich weiß doch, wie sehr er meine Baklava liebt. Und von dir bekommt er so was ja nicht.«

Mir fehlt die Kraft, ihr etwas entgegenzusetzen. Ich möchte sie einfach nicht enttäuschen.

Als ich kurz darauf zu meinem Fahrrad gehe, höre ich hinter mir Schritte.

»Layla, warte.« Es ist Dilara.

Ich bleibe stehen und atme tief durch, denn ich wusste, dass sie das Thema Gabriel nicht einfach so stehen lassen würde. Schnell werfe ich einen Blick zum Balkonfenster meiner Eltern, doch die Tür ist zum Glück zu.

Meine Schwester bleibt wütend vor mir stehen. »Ist das dein Ernst? Nach all den Jahren, in denen ich dich gedeckt habe, fängst du was mit einem Kerl an und erzählst es mir nicht mal?«

Ich schüttle den Kopf, sehe sie verzweifelt an. »Nein, Dila, so ist das nicht. Es ist noch ganz neu, und ich bin nicht dazu gekommen…«

»Das klang eben am Telefon aber anders.« Sie verschränkt die Arme vor der Brust. »Und was ist mit Ilkay? Weiß der, dass seine angebliche Freundin einen anderen hat?«

»Ilkay weiß Bescheid.« Ich mache einen Schritt auf sie zu und senke die Stimme. »Wir wollen mit Anne und Baba reden, auch mit seinen Eltern. Aber im Moment passiert einfach so viel, in der Klinik ist die Hölle los, meine Pro-Bono-Patientin soll zurück nach Pakistan geschickt werden, und dann noch das mit Gabriel.« Ich werfe die Arme in die Luft und lasse sie verzweifelt wieder hängen.

Dilaras Miene verändert sich, wird weicher, und sie legt behutsam einen Arm um meine Schultern. »Und dann kommt noch deine große Schwester und macht dir Vorwürfe. Ist schon gut, Layla. Komm, ich begleite dich ein Stück, und du erzählst mir alles von Anfang an.«

Dankbar erwidere ich ihre Umarmung und lasse mich dann von ihr die Straße entlangziehen. Dieses Gespräch sollte möglichst weit weg von der Wohnung meiner Eltern stattfinden.

Als ich am nächsten Morgen von einigen verirrten Sonnenstrahlen, die durch einen Spalt in den schweren Vorhängen in mein Zimmer fallen, geweckt werde, fühle ich mich seit Tagen zum ersten Mal wieder so richtig ausgeschlafen.

Ich folge dem Geräusch von klapperndem Geschirr und dem Duft von frisch gebrühtem Kaffee in die Küche, wo Maxi und Charlie schon dabei sind, den Tisch zu decken.

»Ah, gut, dass du wach bist.« Maxi lächelt mich gut gelaunt

an. »Wo sind denn eure Eierbecher? Ich habe überall geschaut, kann aber keine finden?«

»Eierbecher?« Ich starre Maxi an, die in einer weiten Jogginghose und einem bauchfreien Sport-Bustier durch die Küche wirbelt.

»Ja, du weißt schon, diese kleinen Dinger, meist aus Porzellan? Ich habe Eier gekocht. Fürs Frühstück.«

»Wir haben keine Eierbecher. Und wir haben übrigens auch keine Eier.«

Charlie dreht sich grinsend zu mir um. »Dafür sind Freunde ja da. Ich war eben schnell einkaufen, nur das Nötigste. Nachher machen wir mit Amba einen Großeinkauf. Wir wollen etwas zusammen kochen. Jetzt schau nicht so besorgt, ich nehme den Rollstuhl mit.«

Maxi überlegt. »Dann nehmen wir eben Schnapsgläser.«

Ich gebe es auf, ihren Plänen folgen zu wollen, und gieße mir eine große Tasse Kaffee ein. Den brauche ich definitiv, wenn ich mit diesen beiden Energiebündeln vor mir mithalten will.

Maxi richtet die Brötchen in einer Schale an. »Warst du schon bei Amba? Ist sie schon wach? Ich habe mir gestern ihr Handy angesehen.«

Ich verneine. »Ich wollte gerade nach ihr sehen und den Verband wechseln, heute Nacht war es zu spät. Hast du etwas herausgefunden?«

»O ja.« Charlie sieht mich vielsagend an.

Maxi setzt sich an den Tisch. »Und das werden wir gleich beim gemeinsamen Frühstück besprechen. Holst du Amba?«

»Okay.« Ich klopfe verhalten an die Tür zu meinem Zimmer, und sofort erklingt ein leises »Herein«.

Amba sitzt auf dem Bett und blättert durch ein Magazin, das Charlie ihr wohl vom Einkaufen mitgebracht hat. Sie sieht erholt aus, ihre Wange, die nicht vom Verband bedeckt ist, wirkt rosig, und sie hat sich umgezogen.

»Guten Morgen, Amba. Hast du gut geschlafen? Wie fühlst du dich?«

Amba lächelt zaghaft. »Ja, sehr gut geschlafen. Danke für alles, Layla.«

»Nichts zu danken. Ich konnte dich doch in deinem Zustand nicht den Gefahren einer Reise aussetzen. Das verbietet schon mein ärztlicher Schwur. Außerdem solltest du wirklich deine weiteren Operationen abwarten. Mach dir keine Sorgen, ich werde das alles mit Peters regeln.«

Amba scheint nicht überzeugt.

»Darf ich mir deine Wange ansehen?«

Bereitwillig hält sie mir ihre rechte Gesichtshälfte entgegen. Ich öffne meinen Arztkoffer, den ich direkt neben dem Bett platziert habe, desinfiziere mir die Hände und mache mich vorsichtig daran, den Verband zu lösen. Die Haut darunter ist hell und gut durchblutet.

»Amba, das sieht toll aus, die Heilung geht voran.«

»Kann ich Verband bald abmachen?«

»Ich denke, wir können ihn bald durch eine sterile Kompresse ersetzen. Das ist ein großes Pflaster.«

Amba nickt begeistert und strahlt mich an, während ich vorsichtig die medizinische Salbe auftrage und die Haut neu verbinde.

»So. Alles wieder frisch. Magst du zum Frühstück in die Küche kommen? Charlie war beim Bäcker, und Maxi hat sogar Eier gekocht.«

Amba lächelt dankbar. »Das ist ja wie in Wellhouse. Gerne.«

Umständlich steht sie aus dem Bett auf und geht ein paar Schritte zu dem Regal, wo sie die Gehhilfen abgestellt hat. Ich will ihr zu Hilfe eilen, aber sie winkt ab.

»Es geht schon. Immer trainieren, für Zukunft.«

In der Küche hat Maxi inzwischen die gekochten Eier auf kleinen Schnapsgläsern angerichtet und den Tisch gedeckt. Überrascht sehe ich sie an.

»Wo kommt das denn her? Ich wusste nicht, dass wir so was haben«, sage ich mit Blick auf die Butterdose.

»Die habe ich ganz hinten im Schrank gefunden. Ich dachte, ich mache es uns schön an unserem ersten Tag als voll ausgebuchte Mädels-WG. Zumal Ilkay auch nicht aufgetaucht ist.«

»Wie es aussieht, haben er und Enrico sich wieder versöhnt.« Der Gedanke macht mich glücklich. Dann fällt mir ein, dass ich möglichst bald mit ihm sprechen sollte, da Dilara ja nun Bescheid weiß und wir nicht mehr lange warten können, bis wir es meinen Eltern sagen müssen.

Maxi wendet sich an Amba. »Außerdem habe ich mir dein Handy mal genauer angesehen. Layla hat mir gesagt, dass Peters deinen Speicher gelöscht hat. Ich bin eigentlich ziemlich gut mit solchen Sachen, und ich hatte gehofft, dass ich deine Daten wiederherstellen kann, allerdings ...«

Ich halte die Luft an. Dass Maxi auch direkt so mit der Tür ins Haus fallen muss.

Sie zieht Ambas Smartphone aus der Hosentasche und legt es vor sie auf den Tisch. »Ist das hier dein Handy?«

Amba sieht sie neugierig an. »Ja.«

Maxi mustert das Smartphone, das aussieht wie neu. Sie knibbelt an einer Kante herum und löst ein Stück Folie ab, das offensichtlich vergessen wurde zu entfernen.

»Bist du sicher, dass es dein Handy ist, oder könnte es auch ein anderes sein? Ein neues? Hier ist noch die Schutzfolie dran. Also kann es sein, dass es vielleicht jemand ausgetauscht hat?«

Amba zögert. »Ich weiß nicht, vielleicht. Peters hat es weggenommen. Ich hatte Folie immer drauf. Als Schutz. Meine

Familie hat es vor Abflug frisch gegeben.« Amba nimmt das Handy in die Hand und betrachtet es genauer. »Sieht genau aus wie meins, aber sehr sauber.«

»Ja, das ist mir auch aufgefallen. Es hat auch so gut wie keine Kratzer.« Maxi streckt die Hand nach Ambas Handy aus. »Ist das derselbe Typ? Also selbe Marke und Größe?«

Amba nickt und reicht es ihr. »Ja. Genau dieselbe.«

Maxi begutachtet das Handy skeptisch. »Und du hattest kein Passwort?«

Amba schaut verständnislos.

»Ich meine die PIN. Du meintest gestern, dass du nichts eingeben musst, damit das Handy startet?«

Amba nickt. »Nein, hatte kein PIN, habe nur ausgeschaltet. Es war nichts Geheimes drauf.«

»Es hätte also jeder dein Handy nehmen und problemlos alle deine Daten löschen können.« Maxi sieht uns vielsagend an.

Amba sieht beschämt zu Boden. »Ja. Es war dumm von mir.«

»Maxi!« Ich sehe meine Freundin streng von der Seite an. Das Letzte, was Amba im Moment brauchen kann, ist eine Belehrung über Datensicherheit. »Hast du jetzt etwas gefunden oder nicht?«

Maxi sieht mich irritiert an. »Was denn? Ich habe ja nur gesagt, dass es ohne PIN leicht ist, Daten zu löschen. Und nein, ich habe nichts gefunden.«

»Nichts?« Die Enttäuschung liegt schwer in meinem Magen.

»Na ja, so ganz *nichts* ist es auch nicht.« Maxi zwinkert uns zu. »Es kommt eher darauf an, wie man es interpretiert.«

»Maxi, jetzt komm doch endlich zum Punkt.« Charlie legt ihr Buttermesser zur Seite. »Hast du jetzt etwas gefunden, das uns weiterbringt, oder nicht?«

»Okay, also: Nein, es ist nichts auf dem Handy. Das Entscheidende ist aber, dass das Teil nagelneu ist. Nicht auf Werkseinstellungen zurückgesetzt oder so, sondern tatsächlich neu. Der Cache ist leer, aber nicht, weil er gelöscht wurde, sondern weil noch nie etwas drauf war. Und das, obwohl Peters die Daten ohne PIN einfach hätte löschen und Amba ihr altes Handy unauffällig zurückgeben können. Er wollte sichergehen. Versteht ihr, was ich meine?«

Charlie nickt. »Auf Ambas Handy ist etwas, das ihm sehr gefährlich werden kann. Wahrscheinlich die Fotos von der Krankenakte. Amba, hast du eine Cloud, auf die du Zugriff hast?«

»Nein. Keine Cloud.« Amba schüttelt den Kopf. »Auch kein Back-up. Fotos sind nur auf Handy.«

Maxi gibt Amba das Handy zurück. »Tut mir leid, Amba. Diesen Peters schnappen wir uns schon noch.« Sie nimmt sich ein Brötchen und rammt das Messer tief ins Herz des Gebäckstücks.

Amba senkt den Kopf. Ich lege ihr mitfühlend eine Hand auf den Arm.

»Es tut mir leid. Ich hatte wirklich gehofft, dass Maxi deine Daten wiederherstellen kann. Vielleicht kann dir deine Schwester neue Fotos von deiner Familie schicken. Du kennst ja noch ihre Nummer.«

Amba nickt tapfer. »Danke für Versuch, Maxi. Ich kann nicht verstehen, warum Peters Handy tauscht und Bilder wegnimmt. Ich wollte nicht Böses, nur übersetzen. Ich hätte Bilder selbst gelöscht.« In ihren großen Augen schimmern die Tränen.

»Ich kann mir das wirklich auch nicht erklären, Amba. Aber ich verspreche dir, dass ich es herausfinden werde. Sobald Herr Peters zurück ist, gehe ich zu ihm und frage ihn. Vielleicht hat er nachher gleich Zeit für mich.«

Amba nickt dankbar, aber bevor sie etwas sagen kann, schaltet Charlie sich ein. »Bist du sicher, dass das so eine gute Idee ist? Willst du wirklich hingehen und ihn bezichtigen, Amba das Handy abgenommen und ausgetauscht zu haben? Erstens wird er es wahrscheinlich einfach abstreiten, und zweitens: Wenn er wirklich etwas verheimlichen will, dann könnte das auch für dich unangenehm werden, Layla.«

Verdammt, sie hat recht. »Aber wie sollen wir sonst herausfinden, was hier los ist?«

Charlie zuckt mit den Achseln. »Ich weiß es nicht, Layla. Irgendetwas stimmt in der Klinik nicht – oder zumindest etwas mit Ambas Krankenakten. Und ich finde einfach, dass du vorsichtig sein solltest, wenn du anfängst, unangenehme Fragen zu stellen.«

Kurz überlege ich und komme zu dem Schluss, dass sie recht hat. Aber es geht schließlich nicht nur um das Handy, sondern vor allem darum, dass Amba weiterhin versorgt werden kann.

»Wir dürfen Ambas Gesundheit nicht gefährden. Sie braucht ihre zweite Transplantation, und außerdem muss auch ihr Bein dringend operiert werden.«

Charlie nickt. »Natürlich. Ihre Gesundheit geht vor – aber wir müssen auch an ihre Sicherheit denken. Und an deine.«

Ich atme entnervt aus. »Ich muss ohnehin mit Peters sprechen, er soll der Bein-OP noch zustimmen. Er ist mir noch eine Antwort schuldig. Vielleicht kann ich ihm dabei vorsichtig auf den Zahn fühlen, was das Handy angeht.«

Je länger ich rede, umso mehr wächst der Entschluss in mir. Sobald Peters vom Kongress zurück ist, werde ich ihn ansprechen. Hoffentlich heute noch.

Amba hat sich wieder ihren Schal über das Gesicht gezogen. Das macht sie immer, wenn sie sich unwohl fühlt. Plötzlich frage ich mich, wie das alles auf sie wirken muss. Sie kam voller

Hoffnung nach Berlin, dass man ihr helfen würde – und plötzlich wird sie bedroht und bloßgestellt.

Ich schenke ihr ein aufmunterndes Lächeln. »Ich finde heraus, was los ist. Und dann sorge ich dafür, dass du deine Operationen bekommst.«

Außerdem muss ich noch mit Gabriel sprechen.

Kapitel 21

»Hereinspaziert!«

Als ich die Tür zum Turm öffne und durch den schmalen Gang in das Büro des Geschäftsführers trete, empfängt mich ein sichtlich gut gelaunter Mirko Peters. Zu meiner Überraschung hat er mich, als ich in der Klinik angekommen bin und nach einem Termin gefragt habe, gleich zu sich gebeten. Jetzt stehe ich nervös vor ihm und versuche meine Gedanken zu sortieren.

Er trägt lodengrüne Hosen und eine Funktionsjacke in Tarnfarben, dazu einen passenden Filzhut. Er lässt von einem länglichen schwarzen Kasten auf seinem Mahagonischreibtisch ab und wendet sich mir zu.

»Frau Doktor Sahin, schön, Sie zu sehen.«

»Guten Tag, Herr Peters.«

Ich versuche, meine Verwunderung über sein Outfit zu verbergen, und konzentriere mich auf seine blassblauen Augen. Dass der Klinikchef etwas exzentrisch ist, das ist das eine. Aber in Jagdkleidung in der »Villa Berlin« aufzutauchen scheint mir schon sehr merkwürdig.

Gut gelaunt nickt er mir zu, dann lässt er die Verschlüsse des schwarzen Kastens aufschnappen. Ob er da ein Instrument drin transportiert, vielleicht ein Blasinstrument?

Er winkt mich zu sich.

»Schauen Sie mal.« Als er meinen verständnislosen Blick sieht, öffnet er die Kiste. »Nun kommen Sie schon, Frau Doktor Sahin.«

Er greift in den Kasten, und mir entfährt ein kleiner Schrei, als er ein Gewehr hervorzieht.

Er lacht gönnerhaft. »Keine Sorge, das ist doch nur ein Jagdgewehr. Genauer gesagt: eine Davide Pedersoli, 45 Kaliber. Wollen Sie mal? Sie liegt gut in der Hand, wiegt gerade mal 3,5 Kilo.«

Er hält mir die holzverkleidete Waffe entgegen, ich weiche einen Schritt zurück.

»Danke, ich verzichte. Ich hatte noch nie ein Gewehr in der Hand«, entgegne ich.

»Na, ich will ja niemanden zwingen.« Peters grinst und wiegt die Waffe in seiner Hand. »Vielleicht ein anderes Mal. Ich hatte sie ja in Düsseldorf lang genug in Gebrauch. Ich bin der Überzeugung, man sollte die Arbeit und das Vergnügen stets miteinander verbinden.«

Er lässt das Gewehr im Kasten verschwinden und ihn zuschnappen. Dann legt er seinen grünen Filzhut ab und zieht sich die Jacke aus.

»Verzeihen Sie, ich wollte Sie nicht verwirren. Ich bin gerade erst zurückgekommen, heute Morgen war ich noch mit Stefan und Alois auf der Jagd. Ich nutze gerne jede freie Minute bei diesen Kongressen, um mein Hobby zu pflegen.«

Stefan und Alois? Richtig. Er muss Rademacher und Gschwendt meinen. Ich hoffe nur, dass Gabriel nicht auch mit ihnen auf die Jagd musste, aber ich kann mir kaum vorstellen, dass ihm das gefallen würde.

Beim Gedanken an unseren knappen Nachrichtenaustausch bekomme ich sofort schlechte Laune. Aber damit werde ich mich später befassen.

Peters nimmt seinen Hut ab und hängt die Jacke an den Kleiderständer in der Ecke, dann zieht er sich den weißen Kittel über, der daneben hängt.

»So. Jetzt bin ich wieder ganz der Klinikchef. Ich brauche gelegentlich einen Rollenwechsel. Aber meine eigentliche Verpflichtung sehe ich in der Medizin. Da bin ich unserem geschätzten Chefarzt Doktor Goldberg nicht ganz unähnlich.«

Bilde ich es mir ein oder grinst er sein schiefes Lächeln noch breiter, als er Gabriel erwähnt?

»Also, was kann ich für Sie tun, Frau Doktor?«

»Es geht um unsere Patientin Frau Modi.«

»Ah, Frau Modi? Ja, was ist mit ihr? Ach, bitte, setzen Sie sich doch. Was kann ich Ihnen anbieten, Kaffee?«

»Gerne ein Wasser.«

Peters drückt auf die Sprechanlage.

»Yvonne, lassen Sie bitte frisches Wasser bringen, hier ist schon wieder alles aufgebraucht.«

Er deutet mit der Hand auf den runden Tisch, der sich genau in den Erker des Turmzimmers mit den tiefen Fenstern einfügt. Von hier aus kann man auf den Zuweg zur Villa sehen und sogar das Tor zur Straße erkennen.

»Was ist mit Frau Modi?«

Ich wäre lieber stehen geblieben, vielleicht, weil ich dann das Gefühl gehabt hätte, schneller verschwinden zu können. Es klopft, und eine Schwester, die ich noch nicht gesehen habe, kommt herein und stellt Wasser auf den Tisch, dann verschwindet sie schnell wieder.

Peters nickt ihr kurz zu und wendet sich dann zu mir. »Also, Frau Doktor Sahin, wie geht es denn nun Frau Modi?«

»Nun ja. Es geht ihr gut. Aber sie ist nicht mehr im Wellhouse, sondern bei mir zu Hause. Ich habe sie auf eigenen Wunsch entlassen.«

Peters verzieht keine Miene, nur eine Augenbraue hebt sich leicht. »Bei Ihnen zu Hause? Was meinen Sie damit?«

Sollte er alarmiert sein, so lässt er sich nichts anmerken, er schaut mich nur fragend an. Ich halte seinem Blick stand und hoffe, dass er mir nicht anmerkt, dass ich ihm eine Lüge auftische.

»Frau Modi hatte eine Panikattacke, als ich gestern nach ihr sah. Sie wollte das Wellhouse verlassen, ich vermute, es hängt damit zusammen, dass sie in der Nacht Geräusche gehört hat, die einen Flashback ausgelöst haben – an die Explosion im Auto. Ich konnte sie davon abhalten zu fliehen und habe sie auf eigene Verantwortung entlassen. Nun ist sie bei mir in der Wohnung.«

Peters starrt mich mit undurchdringlichem Blick an. Er scheint zu überlegen. »Und wie soll es Ihrer Meinung nach nun weitergehen?«

Ich runzle die Stirn, da ich nicht verstehe, worauf er sich bezieht. »Laut Behandlungsplan steht ja noch die zweite, alloplastische Transplantation mit Fremdgewebe am Oberkörper an.«

»Ja. Ich gehe davon aus, dass dies demnächst möglich sein wird, sofern Frau Modi ihre Panikattacke in den Griff bekommt. Was gibt es denn nun zu besprechen?« Sein Tonfall ist jetzt etwas ungehalten. Er steht auf und beginnt auf und ab zu laufen.

Ich hole tief Luft. Alles oder nichts. »Wir müssen auch noch ihr Bein operieren lassen. Diese OP ist doch vorgesehen, oder?«

Abrupt bleibt er stehen und starrt mich an, sein Blick ist kalt. »Frau Doktor Sahin, alle Achtung für Ihr Engagement, aber wir haben genug für Frau Modi getan. Nach ihrer zweiten Hautoperation wird sie die Klinik verlassen.«

»Aber Herr Peters, Sie haben doch gesagt, dass wir ihr Bein …«

Er unterbricht mich mit schneidender Stimme. »Ich habe

Ihnen gesagt, dass wir sehen, was wir tun können. Und Frau Modi ist wegen ihrer Haut zu uns gekommen. Damit helfen wir ihr sehr, und es besteht keine medizinische Notwendigkeit, ihr Bein in der ›Villa Berlin‹ richten zu lassen.«

»Das heißt, sie muss im Rollstuhl zurück nach Pakistan? In Islamabad reiht sich eine islamistische Anschlagsserie an die andere. Die Patientin ist Hinduistin, ein Anschlag war der Grund für ihre schwerwiegenden Verletzungen. Sie kann unmöglich in ihrem immobilen Zustand dorthin zurückkehren. Und wenn sich ihr Bein entzündet, dann …«

»So leid es mir tut, aber unser Auftrag hier waren die Verbrennungen.« Meine Worte scheinen Peters nicht zu erreichen. Er schaut an mir vorbei und hebt ungeduldig die Brauen. »Ich bin sicher, dass Frau Modi auch in Islamabad die Gelegenheit bekommen wird, eine OP an ihrem Bein vornehmen zu lassen.«

Mein Puls wird schneller. Amba soll einfach so zurück nach Pakistan? Das darf ich nicht zulassen.

»Herr Peters, bitte erlauben Sie mir, dass ich darüber noch mit Doktor Goldberg spreche und seinen medizinischen Rat einhole.«

»Tun Sie das. Doch ich kann Ihnen sagen, dass Herr Doktor Goldberg das genauso sieht wie ich. Das Budget ist begrenzt. Frau Modi muss zurück nach Pakistan. So bald wie möglich.«

Ich schlucke und versuche meine Gedanken zu sortieren. Er hat mit Gabriel gesprochen? Gabriel muss genauso gut wie ich wissen, dass es Amba nahezu unmöglich sein wird, ihren komplizierten Bruch in Pakistan richten zu lassen. Zwar gibt es dort auch OP-Zentren, doch das würde sie viel Geld kosten, das sie nicht hat.

Ein Blick in Peters' Augen und auf seine vor der Brust verschränkten Arme macht mir aber deutlich, dass er darüber nicht verhandeln wird. Es ist sinnlos, ihn weiter zu verärgern, ich muss kooperieren. Zumindest dem Anschein nach. Er darf nicht merken, dass ich misstrauisch bin.

Allerdings ist eines sicher: Nach dem Handy brauche ich erst gar nicht zu fragen. Und ich hatte Charlie versprochen, vorsichtig zu sein. Also senke ich den Blick und nicke.

»Verstehe, Herr Peters. Ich werde Frau Modi, sobald es medizinisch möglich ist, ein zweites Mal operieren.«

Peters presst die Lippen zusammen und tritt einen Schritt auf mich zu. Ich weiche zurück, fühle mich unwillkürlich bedroht. Seine Stimme ist noch schneidender als zuvor, er spricht langsam und deutlich.

»Frau Doktor Sahin, ich möchte Ihnen nicht zu nahe treten, aber Sie sollten sich darüber klar sein, dass Sie Frau Modi illegal bei sich beherbergen. Ihr Visum ist an ihre medizinische Versorgung gebunden. Und es läuft bald aus.«

Mein Mund ist trocken. Ich schlucke, es fällt mir schwer, noch einen Ton herauszubringen. »Was bedeutet das?«

»Nun. Wenn ihr etwas passiert, wenn sie sich verletzt, dann hat sie keinerlei Versicherungsschutz. Und auch für Sie könnte die Sache übel ausgehen.«

Schweigend starre ich ihn an, einen Moment lang sehen wir uns fest in die Augen.

Dann breitet sich auf seinem Gesicht plötzlich ein Lächeln aus. Er tätschelt mir den Arm, sein Ton klingt nun wieder beschwingt, fast freundlich.

»Aber es ist ja noch nichts geschehen. Wir sollten nur rasch eine Lösung finden.«

Ich räuspere mich, habe Mühe, mit seinem abrupten Launenwechsel mitzuhalten. »Was schlagen Sie vor?«

»Operieren Sie Frau Modi so bald wie möglich. Wie wäre es, wenn Sie den Termin schon für nächste Woche vorbereiten?«

Ich zögere. »Es sollten mindestens drei bis vier Wochen zwischen den Operationen liegen, aber nächste Woche könnte vielleicht machbar sein. Die Haut verheilt gut.«

»Schön. Und Frau Modi will nicht zurück ins Wellhouse?«

»Ja. Leider.«

»Nun denn. Wenn Sie Frau Modi auf eigene Verantwortung noch ein paar Tage in Ihrer Wohnung behalten möchten, so wäre dies wohl die einfachste Lösung.«

Peters geht in Richtung Tür, und das Gespräch ist damit offenkundig beendet. »Ich würde wirklich gerne noch weiter mit Ihnen plaudern, aber ich habe ein wichtiges Meeting. Ist denn aus Ihrer Sicht alles geklärt?«

Ich nicke und schlucke, als er mich zum Ausgang des Turmzimmers begleitet. Es gibt nur noch eine Möglichkeit, Amba zu helfen. Ich muss endlich mit Gabriel sprechen.

Kapitel 22

Benommen verlasse ich die Klinik und versuche einen klaren Kopf zu bekommen. Ich krame mein Handy hervor, und als die Klinik außer Sichtweite ist, rufe ich Gabriel an. Doch das Handy klingelt durch, nicht mal seine Mailbox geht ran. Er müsste eigentlich zurück in Berlin sein, vielleicht ist der Empfang schlecht. Dann wähle ich Charlies Nummer. Auch sie ist nicht erreichbar. Verdammt. Vermutlich ist sie mit Amba und Maxi beim Einkaufen. Gleich darauf wird mir bewusst, dass es vielleicht gut ist, dass ich Amba nicht erreiche. Besser, ich bringe ihr behutsam bei, dass Peters vorhat, sie mit ihrem verletzten Bein zurückzuschicken.

Kurz entschlossen schicke ich Maxi und Charlie wenigstens eine Nachricht.

Peters will Ambas Bein nicht operieren lassen.
Das Gespräch war übel. Habe ein komisches Gefühl.
Konnte ihr Handy nicht ansprechen. Bitte sagt
Amba nichts, muss in Ruhe mit ihr reden.

Ich beschließe, nicht sofort nach Hause zu fahren und noch einen Umweg zum Gleisdreieckpark zu nehmen. Die Bewegung tut mir gut und hilft dabei, meine Gedanken zu sortieren.

An dem hölzernen Gebäude im Park kaufe ich mir einen Cappuccino und setze mich auf die Steinstufen, wo um diese Uhrzeit kaum etwas los ist. Nur ein paar Männer und Frauen mit Kinderwagen ziehen ihre Bahnen rund um die Wiese. Ein alter Mann inspiziert die Müllbehälter nach Pfandflaschen. Ich lasse mich rückwärts auf die Stufen fallen.

Da klingelt mein Handy.

Gabriel.

Meine Hände zittern, als ich abnehme. Ich freue mich so darauf, seine Stimme zu hören, doch gleichzeitig habe ich Angst davor, was er zu sagen hat.

»Gabriel, danke, dass du zurückrufst.«

Es knackt in der Leitung, er klingt abgehackt.

»Layla, sorry, ich bin im Zug. Tunnel …« Stille, die Verbindung ist unterbrochen. Sekunden später höre ich ihn wieder.

»Dieses verdammte Netz. Entschuldige, hörst du mich jetzt besser?«

»Ja.«

Ich schweige kurz, fühle mich befangen. Ich habe das Gefühl, dass da eine Distanz zwischen uns ist, die nichts mit der räumlichen Entfernung zu tun hat.

»Ich vermisse dich, Gabriel.«

»Ich dich auch, Layla.« Seine Stimme klingt weit weg, was sicher an der schlechten Verbindung liegt.

»Wann kommst du zurück?«

»Ich bin noch unterwegs. Heute Nachmittag bin ich in Berlin. Aber ich muss sofort zu einem Termin und später noch mal in die Klinik.«

Vor Enttäuschung krampft sich mein Magen zusammen. Ich hatte gehofft, dass wir uns heute sehen, hatte sogar schon Maxi und Charlie gefragt, ob sie bei Amba bleiben können.

»Du musst in die Klinik?«

»Ja, ich muss noch dringend ein paar Abrechnungen machen. Das schiebe ich schon seit Monaten auf. Sehen wir uns dort? Ich werde am späten Nachmittag da sein.«

Ich schlucke. »Da habe ich keinen Dienst.«

Das müsste er doch eigentlich wissen, und jetzt müsste er mich eigentlich fragen, ob wir uns am Abend treffen.

»Ach, schade. Wollen wir dann morgen zusammen mittagessen in der Cantina?«

Das Blut rauscht in meinen Ohren. Morgen? Mittagessen in der Klinik? Es fehlt nur noch, dass er mich »Frau Kollegin« nennt.

»Mal sehen.« Meine Stimme klingt wacklig, das möchte ich nicht. Doch in diesem Moment piept es, und die Leitung ist getrennt. Wütend starre ich auf mein Handy.

Kurz darauf klingelt es wieder.

»Entschuldige, Layla, der Empfang ist einfach furchtbar. Also passt es morgen?«

»Von mir aus.«

Es ist mir völlig unbegreiflich, warum er plötzlich so distanziert ist. Wir waren uns so nahe, ich hatte das Gefühl, dass wir schon fast ein Paar sind. Was ist nur geschehen?

Ich atme tief durch. Amba geht jetzt vor. Wir brauchen Gabriels Hilfe, auch wenn er mir noch so wehtut. Seine tiefe Stimme dringt durch den Hörer, diese Stimme, die ich noch kürzlich so nah an meinem Ohr hatte und die jetzt so fern klingt.

»Alles in Ordnung, Layla? Es tut mir leid, ich würde dich wirklich gerne schon früher sehen, aber ich fürchte, es wird heute sehr spät werden.«

»Schon gut.« Ich atme tief durch. »Ich wollte dich noch um Rat fragen wegen Amba, Gabriel. Heute war ich bei Peters, und nun bin ich ziemlich beunruhigt.«

»Was ist mit Amba?«

Es knackt wieder in der Leitung, aber zumindest wird das Gespräch jetzt nicht unterbrochen. Nach wenigen Sekunden kann ich ihn wieder hören. Wer weiß, wie lange das Telefonat noch so laufen kann, also beschließe ich, mich kurzzufassen.

»Er sagte, dass wir ihr Bein nicht operieren werden. Das ist doch ungeheuerlich, oder? Was meinst du dazu? Wir können sie doch so nicht einfach nach Pakistan zurückfliegen lassen.«

»Nun ja, Layla, ich weiß nicht, ob das ungeheuerlich ist …«

Meint er das ernst?

»Aber sie wird doch in Islamabad keine Chance auf eine OP haben.«

»Jetzt beruhige dich. Du bist ja völlig durch den Wind. Natürlich wird das nicht leicht. Aber …«

»Ich bin nicht durch den Wind, ich mache mir ernsthafte Sorgen.« Meine Stimme schlägt über und ich springe auf.

Will Gabriel sich etwa auf Peters' Seite schlagen? Oder ist er das schon längst?

»Layla, ich verstehe, dass du Angst um Amba hast. Aber aus medizinischer Sicht ist unser Auftrag lediglich die Transplantation gewesen. Sie bekommt doch ihre zweite OP, oder?«

»Das wäre ja noch schöner.«

»Warum noch schöner? Was ist denn los mit dir, hattest du Streit mit Peters?«

Ich schlucke. Das hätte ich mir wirklich eher überlegen sollen. Natürlich versteht Gabriel nicht, was in mir vorgeht. Er weiß schließlich nichts von Ambas Handy und den anderen Merkwürdigkeiten, und ich kann es ihm auch nicht sagen, da ich sonst mein Versprechen Amba gegenüber brechen würde. Außerdem bin ich mir nicht mehr sicher, wie viel er eigentlich schon weiß – und ob Charlie vielleicht doch recht hat. Dennoch müsste er als Arzt die Dringlichkeit erkennen, dass ihr Bein operiert werden muss. Ich zwinge mich dazu, ruhig zu werden, und atme mehrmals tief durch.

»Layla, bist du noch da?«

»Ja. Nein, nicht direkt. Ich hatte mit Peters nur einen Disput, oder sagen wir mal, eine kleine Meinungsverschiedenheit bezüglich des Beins, und ich war mir sicher, dass du als ihr verantwortlicher Arzt das genauso siehst wie ich. Sie hatte nicht nur eine Femurfraktur, die schlecht verheilt und dringend behandelt werden muss, sondern wenn ich sehe, wie schlecht sie gehen kann, befürchte ich, dass auch der Unterschenkel betroffen ist.«

»Ich verstehe, dass du in Sorge bist, Layla. Aber vertraglich festgelegt ist nur noch die zweite alloplastische Transplantation. Die ›Villa‹-Klinik muss sich an die Vorgaben halten, auch wenn das hart ist. Wir können Amba Modi nicht einfach dabehalten. Ihr Visum endet, und das würde negative Konsequenzen haben – für das ganze Programm.«

Er hört sich genauso an wie Peters. In mir steigt Wut auf.

»Negative Konsequenzen? Die werden vor allem entstehen, wenn sie in diesem Zustand nach Pakistan zurückfliegt.« Wieder werde ich lauter als beabsichtigt.

»Hör zu, Layla, ich kann dich kaum hören, deine Stimme klingt abgehackt. Lass uns morgen in Ruhe darüber reden, ja?«

»Also ist das deine medizinische Ansicht, Gabriel Goldberg? Dass Amba austherapiert ist und sie so entlassen werden kann?«

»Das ist nicht so einfach, Layla, wir sind eine Privatklinik und keine Unfallambulanz. Ich verstehe, dass das hart klingt, aber …«

Das Handy tutet. Verdammt. Der Empfang ist wieder weg. Ich drücke auf den grünen Button, aber die Leitung ist blockiert.

Verdammt, verdammt!

Mein Handy piept.

Empfang ist noch immer schlecht.
Sorry. Wir finden eine Lösung, Layla. G

G? Und warum schickt er nicht mal einen Kuss? Was hat all das zu bedeuten?

Im Hausflur empfängt mich ein penetranter Gestank. Die WG über uns neigt leider dazu, ihren Müll vor der Tür zu lagern, und manchmal brauchen sie Tage, bis sie ihn wegbringen. Schnell sperre ich die Wohnungstür auf.

»Wir sind in der Küche«, schallt es gedämpft durch den Flur.

Zum Glück sind alle zu Hause. Ich würde verrückt werden, wenn ich jetzt allein in der Wohnung sein müsste.

Maxi und Charlie strahlen hinter den Tüten und Taschen mit Lebensmitteln hervor, die vor ihnen auf dem Küchentisch lagern. Sie sind gerade dabei, einen Teil der Lebensmittel einzuräumen.

»Hallo, das war ja ein Großeinkauf. Damit kommen wir wohl für die nächsten vier Wochen aus.«

»Wir wollten uns endlich mal revanchieren. Schließlich hängen wir hier ständig ab. Kaffee?« Maxi wartet meine Antwort nicht ab, sondern macht sich an der Espressomaschine zu schaffen und schäumt mit lautem Zischen dampfende Milch auf.

Ich lasse mich auf den Stuhl fallen.

»Wo ist Amba?«

»In deinem Zimmer. Sie hat sich etwas hingelegt.« Maxi stellt mir einen riesigen Latte macchiato hin und lehnt sich an die wackelige Arbeitsplatte. »Und? Erzähl. Was hat Peters genau gesagt? Und warum soll Ambas Bein nicht operiert werden?«

»Ich wollte erst mal euren Rat hören.«

In knappen Worten fasse ich das Gespräch mit meinem Klinikchef zusammen, während meine Freundinnen die Augen zusammenkneifen und mich konzentriert anstarren.

Ich bin heilfroh, dass sie hier sind, denn ich selbst kann inzwischen keinen klaren Gedanken mehr fassen. Mir scheint alles, was hier passiert ist, wie ein Traum oder zumindest wie ein undurchsichtiger Film. Innerhalb weniger Wochen hat sich mein langweiliges Assistenzarztleben zu einer rasanten Achterbahnfahrt entwickelt. Oder ist alles am Ende völlig harmlos?

Charlie hat mal wieder meine Gedanken gelesen. »Das ist alles andere als harmlos, Layla. Peters hat ja förmlich gedroht, dass du Ärger bekommst, wenn du Amba noch länger hierbehältst und dich querstellst. Warum tut er das? Und warum hat er sie bei der Gala gezwungen, auf die Bühne zu gehen?«

»Stimmt, er hätte das Handy auch einfach still und heimlich austauschen können. Während Amba schläft.« Maxi schwingt sich auf die instabile Arbeitsplatte.

»Vorsicht, die ist nur festgeklebt!«, stoße ich erschrocken aus.

»Seid ihr verrückt? Wie soll man denn hier kochen?« Maxi verdreht die Augen, lässt sich vorsichtig hinabgleiten und lehnt sich an die Küchentür. »Ich hoffe, die Tür ist auch nicht nur geklebt?«

Maxis Sprüche sind oft witzig, aber gerade ist mir nicht nach einem verbalen Schlagabtausch zumute.

»Gabriel meinte, es sei wichtig, dass die Leute, die spenden, mit eigenen Augen sehen, was mit ihrem Geld passiert. Deshalb der Auftritt.«

Charlie zieht die Augenbrauen zusammen. »Okay, das hatte also nicht unbedingt etwas mit dem Handy zu tun – und damit, was darauf war.«

Maxi zuckt die Achseln. »Auf jeden Fall will er Amba jetzt möglichst schnell loswerden.«

Ich laufe in der Küche auf und ab. Mein Kopf droht jeden Moment zu platzen, so ein Wirrwarr an Gedanken schwirrt darin umher.

Charlie sieht mich ernst an. »Und Peters weiß, dass sie bei dir wohnt, und er wird sich denken können, dass sie dir früher oder später von dem Handy erzählt. Er fürchtet sicherlich, dass sie gemerkt hat, dass sie ein anderes hat und die Sache nicht auf sich beruhen lässt.«

Maxi sieht zwischen uns, Charlie und mir, hin und her. »Genau. Darum will er, dass sie so bald wie möglich verschwindet. Und das heißt wiederum, dass auf dem echten Handy etwas wirklich sehr Wichtiges gespeichert sein muss.«

Ich bleibe stehen. »Aber was?«

Maxi zuckt mir den Achseln. »Nun ja, Teile der Patientenakte. Daten, die du offenbar nicht kennst.«

»Das, was ich gesehen habe, wirkte auf mich völlig normal. Ich habe die Dokumentation der ersten OP selbst in die Akte gelegt. Was anderes ist mir nicht aufgefallen.«

Charlie starrt mich mit grüblerischem Blick an. »Dann muss inzwischen etwas drinstehen, was du nicht kennst und was Amba fotografiert hat. Wir kommen einfach nicht drum herum. Wir brauchen dieses Handy, wenn wir Amba helfen wollen, und vor allem auch, wenn wir herausfinden wollen, was in der feinen Klinik so alles läuft.«

Sie wirkt, als wollte sie etwas sagen, schüttelt dann aber den Kopf. »Bitte, Charlie, sag mir, was du noch denkst.«

»Also gut, Layla. Wenn du mich fragst: Peters hat …«

In diesem Moment unterbrechen Schritte im Flur unser Gespräch. Waren wir zu laut?

»Hallo, Layla. Ich habe Durst.« Amba holt sich ein Glas Wasser und setzt sich an den Küchentisch.

Ich setze mich zu ihr und rutsche mit meinem Stuhl nah an sie heran. »Amba, ich muss dir etwas sagen.«

Sofort verändert sich Ambas Haltung. Sie scheint zu ahnen, dass es Probleme gibt. »Bei Peters war nicht gut, oder?«

Ich sehe ihr fest in die Augen und lege meine Hand auf ihren Unterarm.

»Das Gespräch mit Peters war sehr schwierig. Er ist einverstanden, dass du nächste Woche deine zweite Hauttransplantation bekommst. Das ist schon mal sehr gut. Doch dein Bein soll – wenn überhaupt – in Pakistan operiert werden, aber nicht hier. Ich werde alles versuchen, um das noch irgendwie zu ändern, aber das ist der aktuelle Stand. Ich muss sehen, wie das genau mit deinem Visum aussieht und was ich tun kann. Es sieht nicht gut aus, aber wir geben noch nicht ganz auf, okay?«

Amba starrt mich an, ihre Schultern zucken, und sie lässt den Kopf hängen. Ich streichle ihr seidiges Haar. Dann strafft sie sich wieder und versucht ein Lächeln.

»Ist kein Problem, Layla. Danke für Gespräch mit Doktor Peters. Ich habe nie geglaubt am Anfang, dass Bein gemacht wird. So habe ich gesunde Haut, und das macht mich auch glücklich. War nur alles so viel für mich, verstehst du? Aber ich bin glücklich über neues, schönes Gesicht. Danke.«

Ihr Lächeln kommt jetzt von tief drinnen, und es ist echt. Ich sehe das Strahlen in ihren Augen. Mir steigen die Tränen auf, ich schlinge meine Arme um die kleine, zarte Frau und drücke sie einen Moment. Dann schaue ich sie an.

»Du bist so tapfer. Woher hast du diese Kraft, Amba?«

Sie blickt mich an, und ein Schleier legt sich über ihren Blick, ihr Lächeln weicht zurück. »Von meiner Mutter. Ich freue mich schon darauf, sie wiederzusehen.«

Ich nehme ihre Hand mit meinen beiden Händen und schlucke die Tränen hinunter. »Eines verspreche ich dir, Amba. Selbst wenn du wirklich ausreisen musst, werde ich dafür sorgen, dass dein Bein in Pakistan von guten Ärzten operiert wird oder dass du noch einmal wiederkommst.«

Amba lächelt wieder. »Danke, Layla, du tust schon so viel für mich.«

»Hat jemand Hunger?« Maxi beginnt laut klappernd einen großen Topf und viele Döschen mit allerlei Gewürzen auf die Anrichte zu laden.

Ich springe auf und helfe ihr. Amba will mir nacheifern.

»Bleib du jetzt bitte sitzen, Amba, du hast dein Bein für heute ausreichend bewegt. Lege es lieber wieder hoch.«

»Ja, Frau Doktor.« Sie grinst mich an und legt gehorsam den Fuß auf den Nachbarstuhl.

Während Charlie das Lammfleisch für das geplante original pakistanische Curry wäscht und grob würfelt, holt Maxi Ghee und beginnt dann, das Fleisch von allen Seiten anzubraten, und ich merke, wie hungrig ich bin. Amba gibt sitzend Anweisungen, wie viel von welchen Gewürzen zugegeben werden müssen, und meine beiden Freundinnen folgen ihr widerspruchlos, bis ein exotisch duftendes Curry vor uns auf dem Tisch steht.

Die drei scheinen sich richtig angefreundet zu haben, und ich bin froh, dass wir zu viert offen reden können. Und genau das müssen wir jetzt auch tun, beschließe ich.

»So, Mädels. Und was machen wir nun? Wie kommen wir an Ambas Handy und die Daten, und wie wollen wir herausfinden, was überhaupt gespielt wird?«

Rat suchend schaue ich in die Runde.

Amba schaltet sich ein. »Ja, was tun wir? Soll ich Peters noch mal fragen nach mein Handy?«

Charlie schüttelt energisch den Kopf. »Wir haben ja keine Beweise. Wir vermuten nur, dass Peters Amba loswerden will, weil sie Unterlagen fotografiert hat, vielleicht aber auch aus anderen Gründen. Ich frage mich, ob er noch Mitwisser hat.« Sie beugt sich nach vorne und senkt die Stimme. »Jeder in der Klinik ist verdächtig.«

Unbehaglich schaue ich von ihr zu Amba. Will sie damit auf Gabriel anspielen?

Amba schaut uns groß an. »Warum ist jeder in Klinik verdächtig? Nur Peters war gemein, alle Ärzte nett.«

Charlie zögert. »Wir wissen nicht, was dort gespielt wird. Am besten gehst du morgen ganz normal zur Arbeit, Layla, und lässt dir nichts anmerken. Pokerface. Sei nett zu Peters, und mach deinen Job. Irgendwie kommen wir schon an die Daten. Wichtig ist jetzt, dass er nicht plötzlich auch dich loswerden will.«

»Ja, verstanden«, entgegne ich.

Charlie sieht mich ernst an. »Wann kommt Gabriel zurück?«

»Heute Nachmittag.«

»Nicht mit Gabriel sprechen.« Amba sieht uns besorgt an. »Ich will nicht Probleme für ihn. Er hat immer so viel geholfen. Er ist ein guter Mann.«

Ich spüre, wie eine Welle der Erleichterung mich durchströmt. Amba will nicht, dass wir mit Gabriel reden, weil sie ihn schützen will – nicht, weil sie ihn als Teil des bösen Spiels sieht.

Charlie scheint nicht zufrieden. »Na gut. Er steht Peters für meinen Geschmack ohnehin ein bisschen zu nahe, um ihn auszufragen oder einzuweihen. Also, Layla, rede vorerst nicht mit ihm über Amba, okay?«

Widerstrebend nicke ich. Und das schlechte Gewissen, das sich vorhin bei meinem Telefonat mit ihm ankündigte, macht sich nun richtig breit. Ich sollte den beiden von dem Gespräch mit Gabriel berichten. Doch ich bringe es einfach nicht über mich. Charlie würde sich sofort darauf stürzen und Gabriel wieder unter Verdacht nehmen.

Ich beschließe, dass auch morgen noch Zeit ist, mit ihr darüber zu sprechen. Erst einmal will ich Gabriel selbst in die Augen sehen.

Maxi zeigt auf Amba. »Und du lässt die Hauttransplantation machen, so wie Peters gesagt hat. So lange bleibst du hier und bist freundlich, falls sich die Klinik bei dir meldet. Man weiß ja nie. Ihr müsst jetzt cool bleiben, Mädels.«

Wir grinsen kurz, dann nicken wir uns zu.

Kapitel 23

Cool bleiben. Cool bleiben.

Auf dem Weg durch die große Eingangshalle der Villa wiederhole ich dieses Mantra in meinem Kopf immer und immer wieder, bis ich mir sicher bin, für den Tag in der Klinik gewappnet zu sein.

Ich brauche trotzdem erst mal einen Kaffee vor dem Beratungsgespräch mit einer Start-up-Unternehmerin, die für ihre Erfolgsmaximierung in den vergangenen Monaten fünfundzwanzig Kilo abgenommen hat und sich jetzt eine Bauchdeckenstraffung samt neuen Brüsten wünscht. Das Gespräch wird mich bestimmt vom Grübeln ablenken.

»Layla, warte.« Gabriel kommt durch die große Halle auf mich zugejoggt, und ich muss mich zusammenreißen, dass ich ihm nicht entgegenlaufe.

Mir kommt es so vor, als hätte ich ihn ewig nicht gesehen. Er trägt seinen Kittel offen über einer dunklen Jeans und einem dunkelblauen Hemd, das zu seinem dunkelblonden Haar und seinen Augen einfach toll aussieht. Wie immer schlägt mein Herz sofort schneller. Vor allem, weil er mit diesem umwerfenden Lächeln auf mich zukommt. Als hätte es die letzten beiden Tage nicht gegeben. Ich würde mich am liebsten an ihn schmiegen und mir etwas von seiner Stärke leihen. Dann wäre alles gut.

Natürlich holt mich die Realität binnen Sekunden ein. Es ist eben nicht alles gut, und auch Gabriel kann das nicht ändern. Im Gegenteil, seit unserem letzten Telefonat weiß ich eigentlich nicht mehr, woran ich bei ihm bin. Nach der Gala schien alles so perfekt. Mein Herz und mein Körper verzehren sich nach ihm, aber mein Kopf hat inzwischen eine kleine Alarmleuchte angestellt, die ich nicht länger ignorieren kann. Ich setze alle Hoffnungen auf unser gemeinsames Mittagessen heute, aber jetzt schleicht sich auch noch leises Unbehagen in mein Gefühlschaos. Er wird doch wohl nicht absagen wollen?

Ich versenke meine Hände in den Taschen meines Kittels und bemühe mich um einen möglichst neutralen Gesichtsausdruck, vermeide dabei aber direkten Augenkontakt.

Gabriel stoppt vor mir, und sein Lächeln erlischt. »Ist etwas passiert?«

»Alles gut.« Ich schüttle knapp den Kopf. »Was gibt's? Wir sehen uns doch nachher zum Mittagessen, oder?«

Das kommt deutlich schroffer rüber, als ich beabsichtigt hatte, doch er geht darüber hinweg.

»Ja, klar, ich freue mich schon darauf.« Er senkt seine Stimme und beugt sich zu mir, damit uns niemand hören kann – auch wenn wir die Einzigen im Foyer der Klinik sind. »Ich habe dich vermisst.«

Endlich sehe ich ihn an, blicke in seine dunkelblauen Augen und lese darin so viel Wärme, Vorfreude, Begehren, dass meine Knie weich werden. Genau das hatte ich mir gewünscht. Habe ich mir alle Probleme der letzten zwei Tage nur eingebildet?

»Ich habe dich auch vermisst.«

Ein kleines Lächeln kehrt auf sein Gesicht zurück, und mein Herz macht einen Hüpfer.

»Ich weiß, dass wir uns nachher sehen, aber ich konnte es

nicht erwarten und wollte dich jetzt schon einen Moment für mich haben.«

Er sieht sich verstohlen im Foyer um und zieht mich dann in den Schatten eines Aufstellers, der ein Sommer-Special in der »Cantina« bewirbt. Im Moment könnte mir nichts ferner sein als scharfer Mango-Salat mit feurigen Garnelen, aber ich bin dankbar für den Hauch von Privatsphäre, den das Schild uns bietet.

Gabriel steht so dicht vor mir, dass ich die feinen Linien neben seinen Augen erkennen kann. Sein Bart ist etwas älter als drei Tage, und ich stelle mir unwillkürlich vor, wie sich dieser wohl auf meiner Haut anfühlen würde. Ich beiße mir auf die Unterlippe.

»Ich weiß, dass ich mich kaum gemeldet habe in den vergangenen Tagen. Ich mag einfach keine Distanz. Aber jetzt bin ich ja wieder da.«

Federleicht, sodass ich es nur erahnen kann, streichelt er mit zwei Fingern sanft über meinen Oberarm nach unten. Ich erschaudere, und er nimmt meine Hand. Ich will sie ihm entziehen, aber er hält sie fest.

»Gabriel, es könnte uns jemand sehen.«

»Das ist mir ganz egal, Layla. Ich habe nächtelang wach gelegen und davon geträumt, dich wieder in meine Arme zu schließen.« Seine flüsternden Worte lösen Gänsehaut bei mir aus.

Ich hebe den Kopf, und er hat sich zu mir gebeugt, sodass seine Lippen nur noch wenige Zentimeter von mir entfernt sind. Ich müsste meinen Kopf nur ein klein wenig zu ihm hinbewegen, dann würde ich diese Lippen spüren, ihn schmecken, endlich wieder mit ihm verschmelzen.

Ich schließe die Augen und hole tief Luft.

»Layla, da bist du ja!«

Ich fahre erschrocken herum und stoße Gabriel so abrupt von mir, dass er nach hinten stolpert. Das verdammte Sommer-Special-Schild kippt um, und der Knall hallt in der Eingangshalle wider. Für einen Moment ist es ganz still, und mein überfordertes Hirn versucht zusammenzubringen, was eigentlich nicht zusammengehört.

Ich glaube meinen Augen nicht zu trauen: Meine Mutter steht mitten im Foyer der »Villa Berlin«, ihr Gesichtsausdruck ist entgeistert, ihre Hand krallt sich in den Arm meines Vaters, der einen halben Schritt hinter ihr steht. Nur am Rande nehme ich meine Schwester wahr, die in diesem Moment ebenfalls durch die große Eingangstür kommt.

Ich schaffe es, mich aus meiner Erstarrung zu lösen, und eile auf meine Eltern zu. Vielleicht haben sie gar nicht gesehen, dass Gabriel und ich kurz davor waren, uns zu küssen. Beim bloßen Gedanken daran, dass sie uns erwischt haben könnten, rutscht mir das Herz in die Hose.

»Anne! Baba! Was macht ihr denn hier?« Ich umarme meine Eltern und gebe Dilara zur Begrüßung ein Küsschen.

Meine Mutter schüttelt verwirrt den Kopf, reißt dann ihren Blick von dem Schild am Boden los, das Gabriel gerade wieder aufstellt.

Ihr Tonfall ist anklagend. »Du gehst nicht ans Telefon. Ich habe dir doch geschrieben. Hast du etwa nicht auf dein Handy geschaut?«

»Nein, nicht, seit ich aufgestanden bin.« Alarmiert klopfe ich die Taschen meines Kittels ab und hole mein auf stumm gestelltes Smartphone heraus. Tatsächlich entdecke ich vier entgangene Anrufe und zwei ungelesene Nachrichten von meiner Mutter.

»Jetzt musst du das auch nicht mehr lesen«, unterbricht sie mich. »Wir sind wegen Dilara hier. Du hast nicht geantwortet, und mir gefällt das nicht. Nun sag doch auch mal was.« Sie tippt meine Schwester an und zieht sie neben sich.

Man sieht Dilara ihr Unbehagen sofort an, und sie wollte vermutlich gar nicht kommen. Doch ihr Gesicht sagt mir, warum meine Mutter sie hergeschleppt hat.

»Dila, deine Haut! Wann ist das so schlimm geworden? Hast du die Salbe nicht aufgetragen?«

Sie winkt ab, aber ich verfalle sofort in den Arztmodus und sehe mich reflexartig nach einem Untersuchungswagen um – den ich natürlich in der Eingangshalle einer schicken Privatklinik wie dieser nicht finde.

»Ihr kommt besser mit in ein Untersuchungszimmer, das muss ich mir genauer anschauen.«

Rasch werfe ich einen Blick auf meine Armbanduhr und kalkuliere durch, ob ich meinen Termin mit der Start-up-Gründerin unter diesen Umständen noch schaffe oder ob ich besser Gabriel bitten sollte, die Beratung zu übernehmen. Als hätte ich ihn gerufen, tritt er in diesem Moment zu uns.

Sofort spannt sich mein ganzer Körper an. Doch Gabriel schenkt meinen Eltern sein charmantestes Lächeln und streckt ihnen die Hand ihn.

»Frau Sahin, Herr Sahin, erfreut, Sie kennenzulernen. Layla hat schon viel von ihrer Familie erzählt. Ich bin Doktor Gabriel Goldberg, Chefarzt der ›Villa Berlin‹.«

Meine Mutter lässt sich beeindruckt die Hand schütteln, und mein Vater erwidert Gabriels Händedruck mit einer Verbeugung.

»Ah, die Villa. Hier arbeitet Layla also so viel.« Meine Mutter sieht sich staunend in dem imposanten Gebäude um und macht einige Schritte in die Empfangshalle hinein.

Gabriel folgt ihr. »Hier ist der Empfangsbereich, hinter der Schleuse sind die Operationssäle, darüber die Patientenzimmer und die Büros des Pflegepersonals, darüber die Cafeteria, auf der anderen Seite liegen die Büros der Ärzte. Die Villa stammt zwar aus der Gründerzeit, aber wir arbeiten hier mit der modernsten Technik – und wir sind wirklich sehr froh, dass Ihre Tochter Teil unseres Ärzteteams ist.«

Meine Mutter dreht sich zu mir um, ihr Blick ist vorwurfsvoll. »Das ist wirklich beeindruckend, Layla. Ich wünschte, du hättest uns schon früher eingeladen. Aber nein, erst muss es deiner Schwester schlechter gehen, damit dein Chef uns mal zeigen kann, wo du arbeitest.«

Sie strahlt Gabriel an, aber ich kann mich nicht darüber freuen, dass sie von ihm angetan zu sein scheint. Ich höre nur die Vorwürfe.

»Anne, bestimmt führt Layla uns nachher noch herum.« Dilara, die gleich bemerkt hat, was in mir vorgeht, nimmt meine Mutter beim Arm, um sie davon abzuhalten, noch mehr zu sagen. An mich gewandt, formt sie mit den Lippen ein »Entschuldigung«. Ich bin ihr zwar dankbar, werde ihr später aber trotzdem noch einige Takte erzählen, dass sie mich nicht allein aufgesucht hat.

Leider ist unsere Mutter noch nicht fertig. »Wissen Sie, Herr Doktor Goldberg, noch nicht einmal ihrem Verlobten hat sie ihre neue Arbeitsstätte gezeigt und ihre Kollegen vorgestellt. Und dabei wäre er so gerne auch mit auf die Gala gekommen.«

»Verlobter?« Jetzt ist es Gabriel, der erst verwirrt zwischen meinen Eltern hin- und herschaut und dann erst richtig zu begreifen scheint, was gerade gesagt wurde. Er starrt mich entgeistert an. »Du bist verlobt?«

Verdammt. Mein Vater lacht und schlägt Gabriel mit seiner großen Hand auf die Schultern. »Nun ja, Verlobter ist nicht ganz richtig. Noch nicht. Ilkay ist seit Jahren Laylas fester Freund,

Herr Doktor Goldberg, aber wenn es nach meiner Frau geht, dann heiraten die beiden lieber heute als morgen.«

»Ich hoffe wirklich, dass ich bald Enkelkinder bekomme«, fügt meine Mutter völlig nutzlos an.

Mein Herz setzt einen Schlag aus, und meine Knie werden weich. Das darf nicht passieren. Nicht, weil meine Eltern meinem Chef gerade in Aussicht stellen, dass seine frisch eingestellte Ärztin bald in Elternzeit gehen könnte, sondern weil Gabriel denken muss, dass ich ihn von Anfang an belogen habe. Was ich zugegebenermaßen getan habe, aber anders, als er jetzt denken muss.

Mir wird mit einem Schlag eiskalt.

Ich kann nichts tun, als zwischen Gabriel und meiner Familie zu stehen und völlig hilflos mit anzusehen, wie die Dinge ihren Lauf nehmen.

Verzweifelt gehe ich einen Schritt auf Gabriel zu und versuche, seine Aufmerksamkeit auf mich zu lenken. Ich muss ihm klarmachen, dass das alles ein Missverständnis ist.

Doch Gabriel schweigt und starrt jetzt nicht mehr mich, sondern meine Eltern an, die weiterhin freundlich auf ihn einreden. Seine Gesichtszüge sind auf einmal wie eingefroren. Er zeigt sein unverbindlich-freundliches Arztgesicht, das keinerlei Emotionen zulässt. In dem Moment ahne ich, dass jetzt ganz bestimmt nicht mehr alles gut wird.

Gabriel drückt schließlich die Schultern durch und wendet sich förmlich an meine Eltern. »Es war schön, Sie kennenzulernen, Herr und Frau Sahin, Dilara. Aber Sie müssen mich leider entschuldigen, meine Patienten warten.«

Ohne mich eines Blickes zu würdigen, dreht er sich um und eilt mit großen Schritten aus der Eingangshalle hinaus ins Freie.

Ich stehe da und schaue ihm ohnmächtig hinterher.

Aman Allah'ım. Verdammt!

Ich würde am liebsten laut aufschreien vor Verzweiflung. Und Hilflosigkeit. Und Wut. Stattdessen schließe ich die Augen und atme einmal tief ein und wieder aus.

Ich kann ihn so nicht gehen lassen.

Kurz entschlossen wende ich mich an meine Eltern. »Ich bin in zwei Minuten zurück. Ich sehe nur eben schnell nach, welches Untersuchungszimmer frei ist. Setzt euch doch einfach da drüben in den Wartebereich.«

Ohne darauf zu achten, ob sie tun, worum ich sie gebeten habe, folge ich Gabriel aus der Halle. Ich erhasche gerade noch einen Blick auf seine Silhouette, die um die Ecke der Villa verschwindet, und fange an zu rennen.

»Gabriel! Warte, Gabriel, bitte!« Ich bezweifle, dass er mich gehört hat.

Ich biege um die Häuserecke und sehe mich verzweifelt nach allen Seiten um. Gabriel steht am Fahrradunterstand und wühlt in seiner Tasche, scheinbar sucht er den Schlüssel.

Als er meine Schritte auf dem Kies hört, dreht er sich um. Für einen Moment flackert Betroffenheit in seinen Augen auf, doch gleich darauf werden sie wieder kühl und abweisend.

»Gabriel, es tut mir so leid. Lass uns darüber reden, bitte.«

»Es gibt nichts zu reden, Layla. Deine Eltern haben doch alles gesagt.«

Seine Stimme ist so kalt, dass es mich fröstelt. Doch so einfach lasse ich mich nicht abwimmeln. »Gabriel, du verstehst das nicht. Es ist alles ganz anders. Ilkay ist nicht mein Freund, und er war es nie. Wir haben nur eine Wohngemeinschaft. Wir sind nicht zusammen. Wir tun nur für unsere Eltern so als ob.«

Er schließt die Augen und fasst sich an die Nasenwurzel, als hätte er Kopfschmerzen. Er nimmt einige tiefe Atemzüge.

Als er wieder spricht, klingt seine Stimme kraftlos. »Du hast recht, Layla, ich verstehe es nicht. Und ich will es im Moment auch nicht verstehen. Entscheidend ist, dass du mich angelogen hast – und deine Familie offenbar auch. Wir können vielleicht später darüber sprechen, aber nicht jetzt. Geh zurück zu deinen Eltern und deiner Schwester, die brauchen dich jetzt mehr als ich.«

Aber ich brauche dich – will ich schreien, beiße mir jedoch auf die Zunge.

Ich mustere Gabriel, der noch immer die Augen geschlossen hält. Ich warte, dass er noch etwas sagt, dass er die Augen öffnet. Aber ich muss anerkennen, dass er jetzt nicht reden will. Sein Mund wirkt verbissen, so fest presst er die Zähne aufeinander.

Mir ist klar, dass ich jetzt nichts tun kann. Ich drehe mich um und gehe langsamen Schrittes zurück in die Klinik, wo meine Familie noch immer darauf wartet, dass ich meine Schwester untersuche. Die Steine knirschen unter meinen Füßen, mechanisch erklimme ich die Stufen zum Eingangsgebäude und trete in die Halle. Meine Familie hat es sich in der Sofa-Lounge gemütlich gemacht.

Dilara blickt mir mitleidig entgegen. »Es tut mir so leid«, flüstert sie.

»Es muss dir nicht leidtun, Dilara«, beschwichtigt meine Mutter sie völlig ahnungslos. »Layla ist deine Schwester und sie hat gesagt, du kannst jederzeit vorbeikommen, wenn die Narbenschmerzen schlimmer werden.«

An mich gewandt, fügt sie hinzu: »Und jetzt zeig uns mal dein Untersuchungszimmer. Schade, dass dieser Doktor Goldberg nicht mitkommen konnte. Er macht einen netten Eindruck.«

»Ich finde ihn etwas komisch«, grummelt mein Vater.

Roboterhaft nicke ich und begebe mich in meine Rolle als Ärztin zurück. Nur meine Stimme will mir nicht gehorchen. Ich bringe nur ein Krächzen hervor und bedeute den dreien mit einer Handbewegung aufzustehen. Ich führe sie in Richtung Westflügel, wo ich hoffentlich ein leeres Untersuchungszimmer finde. Die Gründerin wird ein paar Minuten warten müssen. Aber das ist gerade mein geringstes Problem.

Kapitel 24

Ich schrecke vom Sofa hoch, als jemand ins Wohnzimmer gestürmt kommt. Schlaftrunken erkenne ich Maxi, die Vorhang und Fenster öffnet. Bevor ich etwas tun kann, reißt sie mir die Decke weg und baut sich vor mir mit in die Hüften gestemmten Armen auf.

»Layla, so geht das nicht weiter. Du vergräbst dich seit Tagen hier in der Wohnung und suhlst dich in Selbstmitleid.«

Ich stöhne genervt auf, schnappe mir die Decke und ziehe sie über meinen Kopf. »Das stimmt nicht. Ich war in der Arbeit, und jetzt habe ich ein freies Wochenende. Da kann man sich mal ausruhen.«

»Ja, aber sobald du zu Hause bist, setzt du dich aufs Sofa und driftest geistig ab. Du warst nicht mal laufen diese Woche. Ich mache mir langsam echt Sorgen.« Bei den letzten Worten wird ihre Stimme sanfter, und sie setzt sich zu mir auf die Bettkante.

Ich luge unter meiner Decke hervor. »Maxi, schau mich nicht so mitleidig an. Ich muss sonst gleich wieder heulen.«

»Dann heul doch. Ich tröste dich.« Sie breitet die Arme aus. Dabei guckt sie mich so treuherzig an, dass ich trotz meiner miesen Laune lachen muss.

Ich stoße die Decke von mir, lasse mich in Maxis Arme fallen und genieße die Geborgenheit.

»Danke, das habe ich wohl gebraucht.«

»Und keine einzige Träne vergossen. Ich muss eine miserable Trösterin sein.« Sie verzieht das Gesicht, und ich muss schon wieder lachen.

»Du bist die beste Trösterin. Aber ich habe vermutlich einfach keine Tränen mehr.«

»Hat er sich immer noch nicht gemeldet?«

Ich schüttle den Kopf und blinzle heftig, als sich meine Augen nun doch mit Wasser füllen. »Er blockt alles ab. In der Klinik geht er mir aus dem Weg, und meine Anrufe und Nachrichten ignoriert er einfach. Ich glaube, er liest sie nicht mal, zumindest erscheinen keine blauen Haken. Meinst du, er hat mich blockiert?«

Maxi zuckt hilflos mit den Achseln. »Kann schon sein. Vielleicht braucht er einfach noch ein bisschen Zeit.«

Ich schniefe. »Ja, das rede ich mir auch ein. Wenn ich mutiger wäre, hätte ich ihm längst vor seiner Wohnung aufgelauert. Aber ich würde es nicht ertragen, wenn er mich nicht reinlässt.«

»Layla, ganz ehrlich, wenn er nicht reden will, dann will er nicht reden. Aber so ganz verstehe ich es auch nicht. Er scheint ja verstanden zu haben, dass Ilkay nicht dein Lover ist, oder? Warum will er nicht mal den Versuch machen, sich anzuhören, was du zu sagen hast?«

»Darüber grüble ich auch die ganze Zeit nach. Ich fürchte, dass er es mir übel nimmt, dass ich ihn angelogen habe. Allerdings war er schon seit dem Ärztekongress in Düsseldorf etwas seltsam.« Ich zucke mit den Achseln. »Ich weiß es wirklich nicht. Aber es hat ihn wirklich getroffen. Maxi, du hättest seinen Eisblick sehen sollen. So hat er mich noch nie angeschaut.«

Eine Weile ist es still im Zimmer, wir hängen beide unseren Gedanken nach.

Dann erhebt sich Maxi. »Dir bleibt wohl nichts anderes übrig, als ihm noch etwas Zeit zu geben und zu hoffen, dass er noch mal mit dir redet.«

Sie beugt sich zu mir herunter und schnalzt ihren Zeigefinger gegen meinen Oberarm. »Und jetzt zieh dich an. Das Essen ist gleich fertig.«

Die Überraschung scheint mir ins Gesicht geschrieben zu sein, denn Maxi lacht auf, als sie mich ansieht. »Du hast doch wohl nicht vergessen, was für ein Tag morgen ist, oder, Frau Doktor?«

Ich überlege und gehe im Kopf meine Termine durch. »Montag. Eine Bauchdeckenstraffung, zwei Vorgespräche für Eingriffe später in der Woche und … Amba geht zurück in die Klinik! Oh.«

Maxi grinst, als ich mir mit der flachen Hand gegen die Stirn schlage.

»Genau. Heute ist Ambas Abschiedsessen bei uns. Während du hier im Bett herumlungerst, steht sie in der Küche und kocht uns ein pakistanisches Festmahl. Es duftet schon herrlich.«

Ich schnuppere. Tatsächlich steigt mir entfernt der würzige Geruch von Curry und Piment in die Nase, den ich bisher vor lauter Gabriel-Gedanken gar nicht wahrgenommen hatte. Wie auf Kommando knurrt mein Magen.

Maxi entgeht das natürlich nicht. »Wann hast du denn das letzte Mal etwas gegessen?«

Mir will es beim besten Willen nicht einfallen, also erspare ich uns eine Antwort, schwinge stattdessen die Beine aus dem Bett und schäme mich, dass ich das Abendessen vergessen hatte. Ich nehme mir fest vor, Amba heute Abend meine volle Aufmerksamkeit zu schenken.

Ich schnappe mir meinen Arztkoffer vom Schränkchen neben der Tür. »Wo wir schon bei guten Vorsätzen sind, kann ich mir auch gleich noch mal Ambas Haut ansehen. Vielleicht kann ich ihr den Verband abnehmen.«

»Das wäre ja toll. Da wird Amba sich bestimmt freuen. Sie hat heute schon mindestens dreimal geklagt, dass der Verband ständig rutscht oder sie behindert.«

»Aber er wirkt gegen die Dämpfe in der Küche wie ein Schutzschirm. Es ist also gut, dass ich noch gewartet habe.«

Maxi grinst. »Das darfst du ihr erklären.«

Seufzend folge ich ihr in die Küche.

Als wir es uns gerade gemütlich gemacht haben und Maxi und ich mit einem Weißwein und Amba mit einer Apfelschorle anstoßen, ertönt ein lautes Rumpeln von der Tür, dann ein scharrendes Geräusch.

»Erwarten wir noch jemanden?« Maxi schaut mich irritiert an.

Amba ist kreidebleich geworden und sieht aus, als würde sie am liebsten unter den Tisch kriechen. »Ein Einbrecher?«

»Nein, der hat keinen Schlüssel.« Ich muss lächeln. Es kann eigentlich nur einer sein.

Als ich mich gerade auf den Weg in den Flur mache, steht Ilkay auch schon in der Küchentür.

»Ah, wie schön. Drei Damen in meiner Küche. Guten Abend.« Breit grinsend schaut er in unsere Runde, dann wendet er sich an Amba. »Ich bin Ilkay, Laylas Mitbewohner.« Er grinst mich vielsagend an. »Oder sollte ich sagen, Ex-Mitbewohner? Was ist denn los? Störe ich?«

Gespielt gekränkt verzieht er die Lippen, doch Maxi ist schon aufgesprungen. »Quatsch. Schön, dich noch mal zu sehen, Ilkay. Setz dich, trink einen mit uns. Hast du Hunger?«

Erleichtert atme ich aus. Mit Ilkay hatte ich jetzt zwar nun gar nicht gerechnet, aber ich freue mich sehr, ihn zu sehen.

»Schön, dass du da bist. Ich hätte mir beinahe Sorgen gemacht, nachdem ich dich tagelang nicht gesehen habe!« Ich umarme ihn, und er drückt mich.

»Darum bin ich ja gekommen. Nicht, dass du vor lauter Angst in den Grunewald fährst, um mich zu suchen.«

Empört boxe ich ihn in die Rippen. »Davon träumst du aber. Komm, setz dich, oder wolltest du etwa nur noch deine Zahnbürste holen, bevor du mich verlässt?«

Er zögert, und ich merke, dass er mir offenbar dringend etwas sagen will, doch ich kann mir überhaupt nicht erklären, worum es geht. Verunsichert schaut er zu Maxi und Amba. Verblüfft registriere ich, dass Ilkay, der nie um einen flotten Spruch verlegen ist, tatsächlich gehemmt wirkt. Ich ziehe ihn in den Flur aus dem Blickfeld meiner Freundinnen.

»Na komm, sag schon. Was ist? Oder willst du wirklich nur noch deine Klamotten holen?«, frage ich mit gesenkter Stimme.

Er grinst verschmitzt, die Verlegenheit verschwindet aus seinem Gesicht. Mit einem breiten, seligen Lächeln streckt er mir dann schnell seine linke Hand entgegen.

»Guck mal.«

»Ein Ring«, diagnostiziere ich.

»Von Enrico.« Er holt tief Luft, wirft mir einen Blick zu, als habe er ein schlechtes Gewissen. »Wir heiraten.«

Völlig baff starre ich ihn an. Damit hätte ich nun nicht gerechnet. Ilkay schafft es wirklich, mich zu überraschen. Nach einer kurzen Schrecksekunde strecke ich die Arme aus und falle ihm erneut um den Hals.

»Gratuliere. Das ist ja großartig!«

Er blickt zu Boden. »Ich wollte wirklich nur ein paar Sachen packen. Enrico holt mich nachher ab.«

Ich bin so überrumpelt, dass ich nicht weiß, was ich dazu sagen soll.

Ilkay deutet mein Schweigen allerdings falsch. »Sei nicht

traurig, Layla, wir wollten unser ›Eheleben‹ doch schon längst beenden.«

Ich pruste los. »Ich bin nicht traurig. Ganz im Gegenteil! Ich freue mich wirklich für dich.«

»He, ihr Turteltäubchen, was ist denn los?« Maxis laute Stimme dringt bis in den Flur.

Ilkay hebt bedauernd die Hände. »Regelst du das für mich, mein Schatz? Bitte. Ich muss wirklich schnell los. Enrico wird jeden Moment hier sein.«

Ergeben nicke ich und umarme ihn. »Alles Gute. Und pass auf dich auf.«

Kapitel 25

Ich schiebe Amba gemächlich die Zufahrt zur »Villa Berlin« hoch, obwohl sie lieber gelaufen wäre. Sollte Mirko Peters uns in diesem Moment vom Turm aus beobachten, sieht das so aus, als würde eine pflichtbewusste Ärztin ihre schwache Patientin zur Klinik bringen. Dass wir inzwischen gut befreundet sind und Amba sich mir anvertraut hat, ahnt er hoffentlich nicht – auch wenn wir uns da natürlich nicht sicher sein können.

Beim Gedanken daran, dass ich nachher zu ihm gehen und mir ihre Operation schriftlich absegnen lassen muss, wird mir ganz anders. Die Wertschätzung, die ich einst für meinen Chef empfunden habe, ist inzwischen einem wachsenden Argwohn gewichten.

Schnell greife ich nach Ambas Koffer, um ihn die Stufen hinaufzutragen, bevor ich ihren Rollstuhl die Rampe hochschiebe.

In der Eingangshalle kommt uns Schwester Yvonne entgegen. Sie wirft Amba und mir einen knappen Blick zu und ringt sich ein »Guten Morgen!« ab. Ich verdrehe die Augen. Die Launen dieser Schwester werden mir ewig ein Rätsel bleiben. Sie scheint nicht einmal bemerkt zu haben, dass Amba ohne Verband und sogar ohne ihren Schleier unterwegs ist. Yvonne würdigt uns keines weiteren Blickes, sondern geht mit klappernden

Absätzen zur Rezeption und legt einen Brief auf den Marmortresen. Dort lehnt King Lil-Wun.

»Ihre Papiere, Frau King. Das Taxi müsste jeden Moment vorfahren. Kommen Sie gerne wieder, wir freuen uns«, zwitschert Yvonne ungewohnt verbindlich.

Die Rapperin bietet ihr die Hand zum Abklatschen, die jedoch unberührt bleibt, schnappt sich den Brief und lässt ihn in ihre überdimensionale neonfarbene Handtasche plumpsen. Trotz der warmen Temperaturen trägt sie eine pinkfarbene Lederjacke und eine schwarze Lackhose, ihr leuchtend blaues Haar ist heute gegelt. Kaugummi kauend grinst sie mir zu und formt die Finger zum Victory-Zeichen.

»Doktor Sahin, du bist die Beste. Mein Arsch sieht noch geiler aus als der von Kim Kardashian. Take a look!«

Sie lässt ihre Tasche fallen und wackelt auf und ab durch die Halle, dabei streckt sie ihren Hintern mit den Silikonimplantaten heraus. Tatsächlich ist mir die OP gelungen, stelle ich fest. Man könnte vermuten, dass die Rapperin ihr Hinterteil bei einem mehrwöchigen Fitness-Camp in Form gebracht hat.

King Lil-Wun umarmt mich unvermittelt und drückt mich.

»Danke, Sahin. Auch für die Nase. Sie ist einwandfrei. Ich habe euch schon bezahlt und die dreifache Summe den damaged girls gespendet. It's great!«

Wow! Sie muss rund 150 000 Euro an die Camino-Stiftung übergeben haben.

»Herzlichen Dank, Frau King. Das ist unglaublich großzügig. Damit werden wir vielen Frauen helfen können. Die Stiftung wird sich auch noch mal bei Ihnen melden, aber das wurde Ihnen ja sicher erklärt.«

Sie grinst wieder und schaut dann Amba an, sie scheint sie jetzt erst wiederzuerkennen. Ungeniert tritt sie näher und mustert Ambas Gesicht, über das sich nur noch feine Narben ziehen.

»Das sieht krass gut aus mit deiner Haut, Sweetie. Ich habe dich kaum erkannt ohne Verband. Noch eine OP?«

Amba lächelt.

»Ja, noch ein Mal, dann bin ich heil.«

King Lil-Wun hebt den Daumen, dann verabschiedet sie sich winkend.

Amba und ich schauen uns an, ich muss mich zusammennehmen, um nicht zu kichern. Sie ist schon eine Type.

Dann schiebe ich Amba weiter durch die Halle Richtung Patientenflügel. Gerne hätte ich noch einen Kaffee mit ihr getrunken, bevor ich sie an Schwester Yvonne übergebe. Aber ein Blick auf die Uhr zeigt mir, dass mein Dienst gleich beginnt, die Visite bei den anderen Patientinnen kann nicht warten.

Ich deute zu den verglasten Aufzügen am anderen Ende der Halle. »Lass uns den Fahrstuhl nach oben nehmen. Du bekommst wieder dein altes Zimmer. Und dann hast du ja noch ein paar Tage Zeit bis zur OP und kannst dich dort entspannen.«

Evelyn blättert mit ihren langen, knallroten Nägeln durch die letzten Seiten und vergleicht die Papiere mit den Daten auf dem iPad. Ich frage mich einmal mehr, wie sie mit diesen Krallen intubieren kann, aber der Erfolg gibt ihr recht. Ich habe selten mit einer so sicheren und routinierten Anästhesistin zusammengearbeitet.

Ich gähne. Seit über einer Stunde sitzen wir jetzt schon in der großzügig angelegten Lounge der Skybar und bereiten den OP-Plan für die kommende Woche vor. Evelyn hatte den Treffpunkt an der frischen Luft vorgeschlagen. Wenn wir schon so eine bürokratische Arbeit machen müssen, dann doch wenigstens in ansprechendem Ambiente. Ich war bisher erst einmal hier oben – zum Team-Event. Ich schiele zu der Ecke hinter Peters'Turm, in der ich mit Gabriel geknutscht habe. Sofort überkommt mich eine Welle der Sehnsucht nach ihm. Entschieden rufe ich mich zur Ordnung.

»Sind wir so weit durch? Ach nein, der Montag fehlt noch. Mit wem fangen wir da an?« Ich blättere auf die letzte Seite. »Um 6:45 Uhr starten wir mit einer Pro-Bono. Die Patientin wird noch aufgenommen, sie soll Donnerstag anreisen. Amira Abdullah aus Afghanistan, achtundzwanzig Jahre alt, vier Kinder. Sie wurde schwer misshandelt, ihre Gliedmaßen sind verstümmelt. Ich habe Fotos gesehen. Wir bekommen Unterstützung von der Handchirurgie. Freitag kommt ein Orthobioniker. Ich hoffe, sie kann Prothesen bekommen.«

Wir schweigen beide. Doch wir wissen, dass es deplatziert wäre, jetzt emotional zu werden.

»Wie viele Eingriffe?«

»Ich schätze, mindestens vier. Sie wird mehrere Wochen bleiben. Montag starten wir, wenn es nach Plan läuft, mit Händen und Unterarmen.«

Evelyn klappt die Unterlagen zu, lehnt sich zurück und mustert mich anerkennend. »Du machst gute Arbeit, Layla. Peters hält viel von dir.«

Verlegen schaue ich auf den Tisch vor mir. »Danke. Du aber auch. Ich bin froh, in diesem Team zu sein.«

In Gedanken füge ich hinzu: wenn hier nur alles in Ordnung wäre. Und wenn ich nur wüsste, was hier gespielt wird.

Evelyn lächelt mich an, dann steht sie auf. »Ich muss los. Meine Töchter haben Hunger. Mach's gut!«

»Ciao, Evelyn.«

Mein Blick fällt auf die Tür in der Ecke der Skybar, die zu Peters' Turm führt, und ich komme ins Grübeln. Ich muss ihn ohnehin gleich noch sprechen. Ein kurzer Blick auf die Uhr verrät mir, dass ich in sieben Minuten meinen Termin wegen Amba mit ihm habe. Eigentlich könnte ich doch auch von hier aus zu ihm hineingehen.

Vorsichtig drücke ich die Klinke zu der schweren Tür zum Turm hinunter, und überraschenderweise öffnet sie sich sofort geräuschlos. Peters scheint sie gut geölt zu halten.

Ich trete in den im Gegensatz zum hellen Sonnenschein zunächst beinahe düsteren Turm ein, ohne zu wissen, was mich hier oben erwartet – und unterdrücke einen panischen Aufschrei. Ich stehe am Rand einer schmalen Galerie, direkt unter mir befindet sich eine Etage tiefer der Eingang, den ich sonst immer zum Büro des Geschäftsführers genommen habe. Von dieser zweiten Ebene aus habe ich den ganzen Raum unter mir im Blick. Die Galerie zieht sich am Rand über die Etage und ist über eine schmale Treppe mit Peters' eigentlichem Büro verbunden. Auf der anderen Seite des Turmes erkenne ich eine gemütliche Sitzecke mit Büchern und Fernseher, in einem Regal entdecke ich eine Minibar. Offenbar hat sich Peters hier oben eine Art Wohnzimmer eingerichtet. Das erklärt auch, warum er oft bis spätnachts in der Klinik ist. Gerade will ich fragen, ob jemand im Turm ist, da höre ich Stimmen.

Instinktiv mache ich einen Schritt zurück.

»So, Mirko, raus mit der Sprache. Wie ist der Stand bei der kleinen Pakistani? Hast du das unter Kontrolle?«

Sofort erkenne ich, dass die näselnde Stimme mit dem bayerischen Dialekt zu Alois Gschwendt gehört. Und er spricht von Amba, da bin ich sicher. Eine andere Frau aus Pakistan ist nicht in dieser Klinik untergebracht.

Ich halte die Luft an und recke meinen Kopf nun doch vorsichtig ein kleines Stück nach vorne. An dem weißen Tisch im Erker sitzen Gschwendt, sein Düsseldorfer Kollege Stefan Rademacher und Mirko Peters.

In der Mitte des Tischs steht eine Whiskyflasche, nach der

Peters in diesem Moment greift und allen dreien einen ordentlichen Schluck einschenkt.

»Keine Sorge. Sie wird bald nach Pakistan verschwinden, Alois. Dann sind wir sie erst einmal los.«

Gschwendt scheint überrascht von Peters' Aussage zu sein. »Wie bitte? Das kann nicht dein Ernst sein. Was ist dann mit unseren Anteilen?« Er klingt aufgebracht.

»Beruhige dich. Noch ist nichts verloren. Es gab eine Planänderung, darauf muss ich reagieren. Ich sagte doch: Ich habe das unter Kontrolle.« Peters' Stimme klingt jetzt schneidend.

Ich verhalte mich so still wie möglich und schließe die Augen. Aman tamr:m, bitte, lass sie mich nicht entdecken.

Ein Stuhl ruckt, ein Glas knallt auf den Tisch. Mir rauscht das Blut in den Ohren.

Jetzt schaltet sich Rademacher ein. »Alois hat recht. Wie willst du jetzt noch dafür sorgen, dass wir unseren Teil bekommen? Nach dieser Panne?«

Ein Stuhl poltert, offenbar ist Peters aufgesprungen. Ich erwarte, dass er ausrastet, aber seine Stimme klingt wieder ruhig und eiskalt. Mir wird angst und bange.

»Erst mal müssen wir Gras über die ganze Sache wachsen lassen, begreift das doch. Ich schicke die Kleine zurück nach Pakistan und behalte sie im Auge. Wir entscheiden einfach später, ob wir noch mal was mit ihr machen können.«

Ein Stuhl rückt, dann schweigen die Männer. Mein Herz rast wie verrückt. Die Worte klingen bedrohlich, obwohl ich nicht verstehe, was sie bedeuten. Was wollen sie mit Amba machen?

Doch das Gespräch ist noch nicht beendet.

»Woher weißt du eigentlich, dass sie die Fotos niemandem gezeigt hat?«

Ich erstarre. Geht es um die Fotos, die Amba von ihrer Patientenakte gemacht hat?

»Hältst du mich für einen Trottel, Stefan? Ich habe ihr das Handy abgenommen, bevor sie die Fotos jemandem schicken konnte. Das Handy ist jetzt Schrott. Vernichtet.« Peters' Stimme klingt gefährlich leise.

Mir läuft ein Schauder über den Rücken. Einen Moment lang höre ich nur das Klirren von Eiswürfeln und Gläsern.

»So war das nicht gemeint, Mirko. Wir wollten nur sichergehen. Nicht auszudenken, wenn jemand die Akte zu Gesicht bekommt.«

Rademachers versöhnliche Worte scheinen Peters zu besänftigen, seine Stimme nimmt wieder eine normale Lautstärke an.

»Niemand wird die Akte zu Gesicht bekommen, weil niemand danach suchen wird. Ganz einfach. Sobald Doktor Sahin sie zum zweiten Mal operiert hat, fliegt Modi zurück nach Pakistan.«

Ein Ruck geht durch meinen Körper, als Peters meinen Namen ausspricht.

»Die Syrerin? Waren die beiden nicht sehr dicke miteinander?«

»Sie ist keine Syrerin, Alois. Wie oft soll ich das noch sagen? Doktor Sahin ahnt nichts. Und falls es dich beruhigt, ich habe vorgebaut und ihr neulich klar ihre Grenzen aufgezeigt, als sie ankam und noch eine Bein-OP heraushandeln wollte.«

»Wäre es nicht besser, sie in eine andere Klinik zu versetzen, wenn sie mit dieser Pakistani ...«

»Einen Teufel werde ich. Doktor Sahin ist eine meiner vielversprechendsten Ärztinnen. Sie macht sich gut, die Patienten lieben sie.«

»Und was ist mit Goldberg? Hast du ihn inzwischen eingeweiht?«

Ich halte wieder den Atem an, als Rademacher Gabriel erwähnt. Peters' Antwort fällt knapp aus.

»Noch nicht. Erst mal werde ich ihn zum ärztlichen Direktor befördern. Er ist noch nicht so weit.«

»Also, Mirko, es wird aber wirklich langsam Zeit, ihn einzuordnen. Bist du sicher, dass er nicht schon Wind von der Sache bekommen hat?«

»Niemals. Wir haben erst vor wenigen Tagen auf dem Kongress über Modi gesprochen. Gabriel kann sich nicht verstellen. Er weiß nichts.« Peters klatscht in die Hände. »So, meine Herren, lasst uns das Thema jetzt bitte beenden.«

»Gute Idee, wir wollen uns lieber der Stadt und ihren Schönheiten widmen«, schlägt Gschwendt anzüglich vor.

Ich höre kaum noch zu. Denn mir wird bewusst, was all das bedeutet, was ich gerade höre. Gabriel hat nichts mit der Sache zu tun!

»Stopp, stopp, meine Herren, wir haben noch einiges zu besprechen. Wir brauchen dringend neue Leute, gute Leute, für die IT. Wir müssen den ganzen Laden auf Vordermann bringen: Webarchiv, neues Programm, neue Homepage. Stefan, du hast doch Verbindungen zu den Konzernen. Kannst du dich bitte mal umhören?«

Ich höre kaum noch zu, sondern versuche einzuordnen, was ich mitbekommen habe. Gabriel ist unschuldig. Er hat mit diesen schmutzigen Machenschaften, was immer die Männer treiben, nichts zu tun.

Doch was ist mit Amba? Ist sie in Gefahr? Ich muss mit Gabriel reden. Vielleicht weiß er doch mehr, als Peters ihm zugesteht.

Endlich höre ich Stühlerücken und Geklapper, die Zimmertür fällt lautstark zu. Obwohl es nicht nötig wäre, schleiche ich zur Turmtür zurück und rette mich zurück in die Skybar.

Erleichtert registriere ich, dass der weitläufige Bereich mit der kleinen Bar noch immer völlig verlassen ist. Mich hat niemand gesehen!

Mit zitternden Fingern ziehe ich mein Handy aus der Tasche und suche Gabriels Nummer heraus. Wenn er wieder nicht rangeht, werde ich ihn nach dem Gespräch mit Peters in seinem Büro abfangen. Als ich auf die Mailbox weitergeleitet werde, gebe ich auf. Vorerst.

Ein Blick auf die Uhr sagt mir, dass ich jetzt zu Peters muss – durch den Haupteingang seines Turms.

Das Gespräch verläuft dann auch ohne große Überraschungen. Ich sage Ja zu der zweiten Transplantation und nicke zustimmend bei dem Plan, Amba zurück nach Pakistan zu bringen. Ich demonstriere ihm, dass ich sein Spiel mitspiele.

Kapitel 26

Ja?!« Gabriels warme Stimme auf der anderen Seite der Tür klingt ungehalten.

Ich hole tief Luft. »Ich bin's, Layla. Hast du einen Moment?«

Die Tür öffnet sich einen Spalt, und Gabriel schaut mir direkt ins Gesicht.

»Was willst du, Layla?« Er sieht müde aus, seine Wangen wirken eingefallen.

Entschlossen schiebe ich meinen Fuß in die Tür, denn ich traue ihm zu, dass er sie mir vor der Nase zuschlägt.

»Ich muss mit dir reden. Es ist dringend.« Ich glaubte eigentlich leise zu sprechen, doch ich bin laut genug, dass er kurz zusammenzuckt und sich nach allen Seiten umsieht.

Dann öffnet er die Tür ganz. »Komm rein.«

Bevor er es sich anders überlegen kann, gehe ich an ihm vorbei in sein Arztzimmer. Ich drehe mich zu ihm um und hole tief Luft. Doch ein Blick in sein ablehnendes Gesicht nimmt mir den Wind aus den Segeln.

»Was gibt es so Dringendes?« Gabriel klingt ungeduldig, als wolle er mich so schnell wie möglich wieder loswerden.

Es ist kaum zu ertragen, ihn so abweisend zu sehen.

»Du bist nicht ans Telefon gegangen. Aber es ist wirklich

dringend, Gabriel. Ich weiß, dass ich mich falsch verhalten habe, ich hätte dir gleich alles von Ilkay erzählen sollen …«

Gabriel schneidet mir sofort das Wort ab. »Wenn du *darüber* reden willst, dann kannst du wieder gehen. Ich dachte, es ist dringend.«

Ich schlucke und wende mich ab, um aufsteigende Tränen zu verstecken, dann atme ich tief durch und zwinge mich, nur an das zu denken, was ich gehört habe. Es geht nicht um ihn und mich.

»Bitte hör mir zu, Gabriel, ich brauche deine Hilfe und deinen Rat. Es geht um Amba. Ich habe furchtbare Angst um sie, so verrückt das auch klingen mag. Aber Peters hat ihr das Handy abgenommen, weil sie Unterlagen fotografiert hat, die sie nicht hätte fotografieren sollen. Und dann habe ich zufällig ein Gespräch zwischen ihm, Gschwendt und Rademacher mitbekommen. Irgendetwas stimmt da nicht. Ich mache mir wahnsinnige Sorgen.«

Verblüfft hebt er eine Augenbraue. Ich bin selbst überrascht von meinem Redeschwall und der Dringlichkeit in meiner Stimme, aber er hört mir zu und scheint mir zu glauben. Immerhin. Sein Gesichtsausdruck verändert sich langsam, er schaut mich nun nicht mehr kalt, sondern aufmerksam an.

»Was meinst du damit, dass etwas nicht stimmt? Worum geht es? Und von was für Unterlagen sprichst du?«

»Genau das weiß ich eben nicht, das ist ja mein Problem.« Ich seufze und schließe einen Moment die Augen. So geht das nicht. Ich atme tief durch und zwinge mich, ihm alles ganz langsam und von vorne zu erklären.

»Peters hat Ambas Handy verschwinden lassen, mit dem sie Fotos von ihrer Patientenakte gemacht hat, und wir vermuten, dass etwas mit Ambas Akte nicht stimmt. Wir …«

»Wer ist wir?« Gabriel fixiert mich, und ich weiche seinem Blick aus.

»Meine Freundinnen und ich. Maxi hat sich Ambas Handy angeschaut, und es ist nicht ihres. Peters hat es ausgetauscht. Sie wollte eigentlich die Daten retten, um zu sehen, was in den Unterlagen steht, aber …«

Gabriel lässt seine Hand nach vorne schießen und hält mich am Arm fest. Ich zucke vor Überraschung zusammen. Und auch deshalb, weil bei seiner Berührung sofort ein warmer Schauer durch meinen Körper fließt.

Seine Stimme senkt sich zu einem Flüstern. »Nicht hier. Lass uns draußen sprechen. Wir gehen eine Runde um den Block.«

Gemeinsam nehmen wir die Zubringerstraße vom Reichpietschufer in Richtung Tiergarten. Es dauert eine halbe Stunde, bis ich ihm jedes Detail erzählt habe: von Ambas Fotos, ihrem Handy, dem neuen Handy, von Peters' Forderung, dass sie so schnell wie möglich operiert und zurück in ihre Heimat zurückgeflogen werden soll und dass ich mich nicht einmischen soll, wenn ich keine Probleme bekommen will. Als ich bei dem Streitgespräch über irgendwelche Anteile angekommen bin, das ich zwischen Peters, Rademacher und Gschwendt mit angehört habe, bin ich völlig außer Atem. Gabriel hat mit seinen langen Beinen ein ordentliches Tempo angeschlagen, und ich kann kaum Schritt halten.

Als ich fertig bin, sagt er kein Wort, sondern läuft schweigend und mit verschlossener Miene vor mir her durch den Tiergarten. Ich nutze die Pause, um mich zu sammeln, aber irgendwann ertrage ich die Stille nicht länger.

»Jetzt sag doch bitte mal was. Was meinst du, was dahinterstecken könnte? Ist dir im Gespräch mit Peters irgendwas aufgefallen? Er scheint dir ja sehr zu vertrauen. Immerhin will er dich zum Direktor befördern, damit er dich einweihen kann.«

Gabriel wirft mir einen schnellen Seitenblick zu, der mir

durch und durch geht. Ich kann meine Gefühle für ihn einfach nicht unterdrücken.

Er deutet auf eine Bank, wir setzen uns.

Er beugt sich nach vorn und fährt sich durchs Haar. »Entschuldige. Ich musste das gerade erst einmal durchdenken. Ich höre schließlich zum ersten Mal von diesen Vorgängen. Aber um ehrlich zu sein, habe ich mich auch schon gefragt, was Mirko eigentlich für Absichten hat.«

»Was? Warum?« Ich starre ihn an.

Er scheint nach den richtigen Worten zu suchen. »Das hat jetzt eigentlich nichts mit dem zu tun, was du erzählt hast.«

»Womit dann?«

»Als mich Mirko Peters vor zwei Jahren zum ersten Mal wegen eines Jobs kontaktierte, war ich zunächst überrascht. Ich kannte ihn von früher, aus München, so wie sich Mediziner untereinander kennen. Du weißt ja, wie das ist. Alumni und so.«

»Und weiter?«

»Jedenfalls habe ich mich gewundert, warum er mir so ein hohes Gehalt angeboten hat.«

»Aber was ist daran ungewöhnlich, wenn man einen guten Chefarzt sucht? Du passtest ins Profil, kennst die armen Länder, die Situation der Frauen …«

»Layla, er hat mich als Chefarzt eingestellt, aber er wollte mich von Anfang an zum ärztlichen Direktor der neuen ›Villa Berlin‹ machen, die es damals noch gar nicht gab. Und dafür sollte ich ein völlig überzogenes Gehalt bekommen. Also wirklich *völlig* überzogen. Das Dreifache vom Marktüblichen.« Gabriel sieht mich eindringlich an. »Mir kam das von Anfang an seltsam vor, und Peters wollte auch immer, dass wir privat etwas unternehmen. Aber ich habe versucht, ihn auf Abstand zu halten, und diese Allianz mit Rademacher und Gschwendt … Ich weiß nicht.«

»Wieso hast du davon nie etwas gesagt? Dass du ärztlicher Direktor werden solltest? Ich habe mich schon gewundert, dass du so geheimniskrämerisch bist.«

Dass ich ihn sogar kurz im Verdacht hatte, ein falsches Spiel zu spielen, sage ich lieber nicht.

Verlegen, fast ein wenig schuldbewusst schaut Gabriel auf den Boden. »Na ja. Es war mir unangenehm. Ich bin Arzt geworden, um Menschen zu helfen, und nicht, um einen Haufen Geld zu kassieren. Ich wollte das einfach verdrängen, hatte gehofft, dass ich meinen Job machen kann und Peters mich machen lässt.«

»Aber warum hast du dann überhaupt zugesagt, in diese Klinik zu kommen, wenn du wusstest, dass da diese Erwartung dranhängt?«

Ich fürchte, ich kenne die Antwort, aber ich musste einfach fragen. Er verstummt, als eine Gruppe Spaziergänger vorbeikommt. Wir warten, bis sie weg sind. Sein Gesicht ist inzwischen wieder verschlossen.

Er starrt unbewegt vor sich hin und verschränkt die Arme vor der Brust. »In erster Linie waren es private Gründe, dass ich angenommen habe. Ich wollte weg aus Pakistan. Das hatte ich dir bereits erzählt.«

Seine Stimme klingt so abweisend, dass ich nicht wage, weiter nachzuhaken.

Ich räuspere mich. Besser, wir bleiben beim Thema. »Hast du vielleicht eine Idee, was Peters mit Amba vorhaben könnte?«

Gabriel sieht mich an. »Nein, leider nicht. Noch nicht. Wann ist denn ihre OP geplant, weißt du das schon?«

»Ich habe gestern mit Evelyn den Plan gemacht, Peters wollte es ja ganz schnell, aber es geht wohl doch erst übernächste Woche.«

»Dann haben wir ja immerhin ein bisschen Zeit.«

»Aber nicht viel.«

Er nickt abwesend, und ich frage mich, ob er meine Worte überhaupt gehört hat. Plötzlich steht er abrupt auf und fasst mich am Arm.

»Es geht also eigentlich um die Unterlagen. Das habe ich doch richtig verstanden? Rademacher und Gschwendt hatten Sorge, dass Amba die Fotos von ihrer Akte verschickt hat. Richtig?«

»Ja. Und ihr Handy ist wohl zerstört, die Fotos sind weg. Man hat ihr ein neues Handy untergeschoben …«

»Das ist jetzt egal«, unterbricht mich Gabriel. »Du musst doch Ambas Patientenakte kennen. Ich meine, es gibt doch auch die elektronische Akte im System. Was ist da drin, das sie nicht hätte weiterleiten sollen?«

Verdattert schaue ich ihn an. Natürlich. Die einzelnen Dateien sind alle elektronisch in einer Akte abgelegt, wir müssen dazu nicht mal ihre physische Akte in die Hand nehmen.

»Ich habe mir nur den Teil angesehen, der meine Arbeit betraf.«

»Dann lass uns das überprüfen. Vielleicht finden wir etwas, das uns einen Hinweis gibt.«

»Aber hat Peters hier nicht vielleicht auch schon Schadensbegrenzung betrieben? Glaubst du, wir finden darin überhaupt noch etwas?«

»Einen Versuch ist es wert. Lass uns gehen.«

»Jetzt?«

»Ja. Jetzt.« Er hält inne und bleibt stehen. »Danke, dass du dich mir anvertraut hast, Layla.«

Wir schauen uns in die Augen, einen Moment zu lang, als die Situation es erlauben würde. Ich schöpfe Hoffnung. Am liebsten würde ich seine Hand ergreifen, aber ich halte mich zurück.

»Natürlich. Lass uns in mein Büro gehen.«

Ich krame meine Karte aus der Tasche, öffne die Tür und steuere direkt meinen Schreibtisch an, wo ich den Laptop aufklappe und mich auf meinen Stuhl fallen lasse. Gabriel lehnt sich auf den Tisch und beugt sich gespannt vor, als ich das elektronische Patientensystem »Medicom« öffne.

Mein Herz beginnt zu rasen, als ich nach Ambas Namen in der Ordnerliste suche. Modi. Da ist er! Ich klicke auf das Symbol.

Hier müssen alle Informationen seit Ambas Erstaufnahme liegen, von ihren persönlichen Daten über die Anamnese bis zu den einzelnen Untersuchungen und Operationen, die bei uns durchgeführt wurden. In Ambas Fall müssten das etliche Seiten sein. Sie wird schließlich schon wochenlang hier behandelt. Ich selbst habe viele Bögen ausgefüllt. Vielleicht gibt es sogar noch Unterlagen aus Pakistan.

Doch Ambas Ordner ist so gut wie leer. Ich entdecke nur zwei Dateien: ihre persönlichen Daten und die Aufnahme in die »Villa Berlin« von heute.

»Merkwürdig.« Ich klicke auf den Ordner, wo wir eingescannte Fotos der zu operierenden Körperstellen ablegen oder Vorbefunde, eben alles, was an Bildmaterial vorhanden ist.

Die Fotos sind ebenso verschwunden wie die Aufzeichnungen.

Gabriel sieht mich überrascht an. »Das war wohl eine Sackgasse. Der Ordner scheint gelöscht worden zu sein.«

»Ist das hier üblich, gibt es dafür einen Grund?«

»Nein, zumindest kenne ich keinen. Da ist Peters uns wohl doch zuvorgekommen.«

Ich versuche das Gefühl der Hilflosigkeit, das mich überkommt, zu ignorieren. »Und jetzt?«

Gabriel zuckt mit den Achseln. »Wir müssen woanders suchen. Im Archiv im Keller gibt es ein Back-up aller Dateien auf einem geschützten Rechner, zu dem nur die IT Zugang hat. Außerdem werden da unten auch noch richtige Papierakten aufbewahrt. Vielleicht war Peters hier noch nicht – und vielleicht hat er Spuren hinterlassen.«

Geschäftig springe ich auf. »Dann los. Lass uns in den Keller gehen.«

Gabriel fasst mich am Arm und zieht mich zurück. Einen Moment glaube ich, dass er mich in die Arme schließen will. Doch er lässt mich sofort wieder los.

»Ohne Grund geht niemand einfach so in das Archiv. Wir brauchen eine Genehmigung – und eine gute Begründung.«

Ich nicke ergeben. Er hat natürlich recht. Ich bleibe noch einen Moment bei ihm stehen, unwillig, mich von ihm zu trennen. Vielleicht ist es keine gute Idee, was ich vorhabe, aber ich kann nicht anders. »Gabriel, ich weiß, du willst es nicht hören, aber kann ich dir die Sache mit Ilkay und meinen Eltern trotzdem erklären?« Ich sehe ihm direkt in die Augen. »Es ist wichtig.«

»Okay.« Gabriels Stimme klingt warm, aber auch besorgt.

»Willst du dich setzen?« Er deutet auf den Stuhl neben dem Fenster, aber ich schüttle nur kurz den Kopf. Er richtet sich vom Schreibtisch auf und steht mir nun dicht gegenüber.

Ich räuspere mich. »Gabriel, es tut mir so leid, dass ich dir nichts von Ilkay erzählt habe. Von Ilkay und unserem Deal.«

»Es gibt einen Deal?«

»Ja. Ilkay und ich kennen uns schon sehr lange, und unsere Eltern hatten für uns andere Pläne, als wir sie selbst für uns hatten.« Ich unterbreche mich kurz, knete meine Finger und sehe aus dem Fenster. Gabriel schaut mich fragend an. »Wir waren gute Freunde, und unsere Eltern dachten irgendwann, wir seien ein Paar. Wir haben sie nicht korrigiert und unsere neuen Freiheiten genossen. Eigentlich wollten wir unseren Eltern schon längst alles sagen, aber dann kam immer etwas dazwischen. Meine neue Arbeit, Amba, meine Angst. Und du.« Ich atme tief durch. Dann überwinde ich mich und schaue ihm direkt in die Augen, die mich fragend, aber längst nicht mehr so kalt ansehen wie zuvor. *Jetzt, Layla. Jetzt oder nie. Ich hole tief Luft.* »Du bist mir wichtig, Gabriel. Nein, mehr noch. Du bist der einzige Mann, der mir etwas bedeutet. Seitdem wir uns zum ersten Mal geküsst haben, wollte ich nur dich.«

Ich schlucke und beiße mir auf die Lippen. Mein Gesicht muss hochrot sein. Solche Worte habe ich noch nie zuvor über die Lippen gebracht.

»Ach, Layla.« Gabriel tritt einen Schritt auf mich zu und hebt dann vorsichtig die Hand. Fast ein wenig befangen streicht er mir übers Haar.

Mein Herz pocht so laut, dass ich überzeugt bin, dass er es hören kann. Ich schlucke. Jetzt, wo Gabriel mir endlich zuhört, fällt es mir schwer, die richtigen Worte zu finden. Ich wünschte, er würde mich einfach an sich ziehen, doch er schaut mich fragend an.

Also hole ich erneut tief Luft. »Ich wollte immer nur Ärztin werden, und Ilkay liebt Männer. Als gute Tochter dachte ich, meinen Eltern eine Beziehung vorspielen zu müssen, also kam mir das gelegen. Als wir dann in die WG zusammenzogen, war meine Anne davon überzeugt, dass wir heiraten und sie bald endlich Enkelkinder bekommt. Danach sehnt sie sich sehr. Ich habe es einfach nicht fertiggebracht, ihr die Hoffnung zu nehmen.«

Schweigend schaut er mich an, bevor er eine Augenbraue hebt. Jetzt wird er sich umdrehen und mein Zimmer verlassen. Doch er sagt nichts, sieht mich nur lang an.

»Und wie lange hättest du das weitergespielt?«, bricht er die Stille. Seine Stimme klingt rau, er kneift die Augen zusammen.

Mein Herz rutscht in meine Magengegend, als diese Worte bei mir ankommen. Doch seine Stimme klingt nicht hart, sondern noch immer warm, wenn auch ein bisschen belegt.

»Es tut mir so leid. Mir ist klar, dass es nicht meine Eltern waren, die etwas von mir erwartet haben. Ich selber habe mich dahinter versteckt, weil ich zu feige war, über meine eigenen Wünsche nachzudenken.«

Wir sehen uns an, ohne ein Wort zu sagen. Seine Augen sind jetzt warm und klar, und seine Miene verändert sich. Der harte Zug um den Mund löst sich auf. Dann nimmt er mein Gesicht in seine Hände, und ich spüre seinen warmen Atem.

»Du bist nicht feige, Layla.« Gabriels Stimme klingt jetzt so nah.

»Doch, das bin ich. Ich habe es bisher nicht geschafft, ihnen die Wahrheit zu sagen. Ich bin ein Feigling und laufe vor den Problemen davon.«

»Ja, es mag sein, dass das so war. Aber das tust du jetzt nicht mehr.« Noch immer hält er mein Gesicht in den Händen, und seine Nähe lässt mir einen wohligen Schauder über den Rücken laufen. »Du hast versucht, mit mir zu reden. Und du hast mir von deiner Schwäche erzählt. Das ist nicht feige, sondern mutig. Jeder macht Fehler, Layla.«

Mein Herz beginnt wieder zu rasen. Meint er das wirklich ernst? Gerade will ich fragen, da holt er tief Luft und fährt fort.

»Ich weiß nicht, ob ich das kann. Wenn jemand feige ist, dann bin ich das.«

Ich sehe ihn überrascht an. »Du und feige?«

Er lässt mich los und verschränkt die Arme vor der Brust, dann hält er kurz inne und scheint nach den richtigen Worten zu suchen.

»Ich bin dir ausgewichen, als es ernster wurde mit uns. Das musst du doch gemerkt haben. Ziemlich schnell habe ich gespürt, dass da mehr ist zwischen uns.« Er lässt mich nicht aus den Augen. »Vielleicht habe ich das Zusammentreffen mit deinen Eltern genutzt, um dich noch weiter von mir wegzustoßen. Ich war nicht bereit für mehr, für etwas Festes.«

Einen weiteren Moment lang herrscht Totenstille zwischen uns. Durch das gekippte Fenster höre ich Geschirrklappern, das aus der »Cantina« heraufdringt.

Vorsichtig gehe ich auf ihn zu, als würde ich etwas zerstören, wenn ich nur einen Laut von mir gebe, und lehne mich gegen seine Brust, während er die verschränkten Arme löst und sanft um mich legt. Wieder schweigen wir, doch es ist dieses Mal eine wohlige Stille. Ich genieße seine Nähe und seine Hände auf meinem Rücken. Plötzlich wünsche ich mir, er würde nichts mehr sagen, sondern mich einfach küssen.

Doch er räuspert sich und ist offenbar noch nicht fertig. »Mir fällt es schwer, darüber zu sprechen, vielleicht empfinde ich dich auch deshalb als so mutig. Aber du hast dich mir geöffnet, und deshalb ist es nur fair, wenn auch ich dir die Wahrheit sage.« Er macht eine kurze Pause, dann spricht er weiter. »Meine Ex-Frau hat mich damals betrogen. Und belogen. Es ging jahrelang, das habe ich erst später erfahren. Mit meinem besten Freund, mit dem ich eigentlich zusammen für ›Ärzte ohne Grenzen‹ arbeiten wollte. Aber er hat es vorgezogen, in München zu bleiben, Geld zu machen und meine Frau zu beglücken. Sie leben jetzt zusammen in dem Haus, das ich kaufen wollte.« Seine Stimme versagt.

»O Gott, das tut mir leid.« Mehr bringe ich nicht hervor, denn in dem Moment beginne ich zu verstehen, warum er nicht reden wollte. »Du hast das noch gar nicht verarbeitet, oder?«

»Zumindest wollte ich mich damit nicht auseinandersetzen. Nach der Trennung habe ich mir geschworen, dass ich keine Frau mehr so nah an mich heranlasse. Und dann kamst du …«

Ein warmes Kribbeln breitet sich in meinen Körper aus. »Du wolltest keine Frau mehr an dich heranlassen, weil du Angst hattest, noch einmal so verletzt zu werden wie von deiner Ex.«

»Ja.« Er nimmt meine Hände in seine.

»Und ich habe dir Angst gemacht?«

»Nein. Du hast mich umgehauen. Und das tust du immer noch. Die vergangenen Tage waren hart, Layla. Ich wollte nichts mehr, als dich in den Arm zu nehmen. Aber ich stand mir selbst im Weg. Ich will meine Gefühle nicht mehr unterdrücken, Layla. Ich glaube, du bist die Frau, auf die ich mein Leben lang gewartet habe.«

Mein Herz pocht wie wild, und ich kann nicht länger ruhig bleiben. Ich schmiege mich an ihn. Sofort breitet sich wieder diese knisternde Spannung zwischen uns aus. Mit einer schnellen Bewegung zieht er mich noch fester an sich und blickt mir tief in die Augen.

Langsam beugt er sich zu mir und flüstert in mein Ohr: »Ich will dich, Layla.«

Ein wohliges Prickeln durchfährt mich vom Kopf bis zur Sohle. Ich lege ihm meine Arme um den Hals und ziehe ihn zu einem Kuss zu mir hinunter. Er legt seine Hände auf meinen Po und hebt mich auf den Schreibtisch. Doch ich habe keine Zeit, weiter darüber nachzudenken, denn Gabriel beugt sich wieder nach vorne und küsst zärtlich meinen Hals. Als er diesen einen empfindlichen Punkt an meinem Schlüsselbein mit seiner Zunge berührt, stöhne ich auf.

Er öffnet die Knöpfe meines Kittels und streift ihn mir über die Schultern, bis ich nur noch in meinem dünnen Sommerkleid vor ihm sitze. Er starrt auf meine Brustwarzen, die sich deutlich unter dem feinen Stoff abzeichnen. Ganz langsam nähert er sich den steifen Spitzen, leckt über dem Stoff darüber, elektrisiert zucke ich zusammen, und er fährt damit fort, wechselt von einer Seite zur anderen, liebkost mich, bis ich mich unter ihm winde. Seine Zunge bringt mich fast um den Verstand, während seine Hände langsam meine Oberschenkel hinaufwandern.

»Gabriel, ich will dich, jetzt«, stöhne ich.

Sein tiefes Lachen an meiner Brust vibriert durch meinen ganzen Körper. Er hebt den Kopf, um mich zu küssen, dann setzt er seine fantastische Folter fort, fährt mit seinen Fingern unter meinen Slip, streift ihn nach unten. Ich keuche.

»Bitte!« Ich flehe, und es ist mir egal. »Ich will dich in mir spüren.«

Ich ziehe an seinem Shirt, greife nach seinem Gürtel, und endlich erlöst er mich. Er lässt von mir ab, zieht mit einer schnellen Bewegung sein Shirt über den Kopf und öffnet Gürtel und Hose.

»Ist es das, was du willst?«, fragt Gabriel mit belegter Stimme.

»Ja.« Ich nicke und funkle ihn herausfordernd an. »Boss.«

Schneller, als ich es realisieren kann, befreit er mich von meinem Kleid. Er massiert meine nackten Brüste, streift mit seinen Fingern meine empfindlichen Spitzen. Ich drücke den Rücken durch, und ihm entfährt ein Keuchen.

»Ich will mir wirklich alle Zeit der Welt mit dir lassen und dich so lange liebkosen, bis du meinen Namen stöhnst, aber Himmel, Layla, ich fürchte, dass ich das nicht packe.«

Ich richte mich auf und schlinge meine Arme um seinen Hals. »Ich will jetzt nicht langsam machen, Gabriel. Nimm mich und zeig mir, wie sehr du mich liebst.«

Er küsst mich leidenschaftlich. »Dein Wunsch sei mir Befehl, Layla.«

Kapitel 28

Du bist ziemlich gut im Wünscheerfüllen.« Ich grinse Gabriel an wie ein verliebter Teenager, als wir eng umschlungen am Boden meines Zimmers liegen.

Beim bloßen Gedanken daran, was in der letzten Stunde passiert ist, kribbelt es in meinem Bauch. Gabriel, der sich offensichtlich sehr viel besser im Griff hat als ich, setzt sich auf.

»Ja, daran könnte ich mich gewöhnen, Layla.« Er sieht mich mit funkelnden Augen an. »Aber wir sollten uns nicht länger ablenken lassen. Ich gehe schnell zu mir rüber und schaue, ob ich eine alte Akte finde, die ich aus Versehen löschen kann, damit wir das Back-up brauchen. Kannst du einen USB-Stick mitnehmen?«

»Okay.« Ich verpasse mir innerlich eine Ohrfeige und zwinge mich dazu, mich aufs Wesentliche zu fokussieren, während Gabriel das Zimmer verlässt.

Als es nach wenigen Minuten klopft, logge ich mich rasch aus und folge Gabriel in den Westtrakt.

»Und wen hast du aus Versehen gelöscht?« Ich sehe ihn lächelnd an, während wir auf den Aufzug warten.

»Ich bin bei Herrn Kühn leider auf die falsche Taste gekommen. Die IT ist verständigt, und ich kann runtergehen.«

Endlich öffnen sich die Türen, und wir betreten nebeneinander den Lift. Sein unverwechselbarer, männlich-herber Duft steigt mir in die Nase, und ich bekomme sofort eine Gänsehaut. Es ist die reinste Folter, ihm so nah zu sein, ohne ihn berühren zu können.

Ich werfe ihm einen kleinen Blick zu und ertappe ihn dabei, wie auch er mich beobachtet. Wir grinsen uns verschwörerisch zu. Dann öffnen sich die Aufzugtüren.

Wir treten in den Vorraum des Kellers. Es gibt hier unten kein Tageslicht, grelle Leuchtstoffröhren erhellen aber jeden Winkel des weiß verputzten Raumes. Wie schon das letzte Mal, als ich hier unten war, versperrt uns eine Wand aus getöntem Glas mit einer Sicherheitstür in der Mitte den Weg.

»Und jetzt?«, flüstere ich.

Gabriel zeigt mit dem Daumen auf die Tür vor uns. »Wir gehen da jetzt rein, suchen die Akte, kopieren die Dateien und verschwinden wieder. Mit etwas Glück sind wir in ein paar Minuten fertig. Wir fassen so wenig wie möglich an. Die Daten können wir später sichten. Peters darf nichts von unserem Eindringen bemerken, wenn er uns weiterhin für ahnungslos halten soll.«

Ich nicke und gehe einen Schritt auf die Tür zu. »Was würde passieren, wenn ich meine Karte an die Tür halte?«

Gabriel wiegt nachdenklich den Kopf. »Im besten Fall nichts, aber sehr viel wahrscheinlicher ist es, dass oben in der Security eine Mitteilung eingeht, dass ein Unbefugter versucht, in den Keller zu gelangen. Und dann würden dich Flammenwerfer aus versteckten Schächten in der Wand bei lebendigem Leib verbrennen.«

»Was?!« Erschrocken starre ich auf die Wand, da höre ich Gabriels verhaltenes Lachen neben mir. »Sehr witzig.«

»Du solltest dein Gesicht sehen.« Sein Lachen zu hören tut

gut. »Im Ernst, die Security weiß, dass ich hier unten nach der Akte für Herrn Kühn suche.«

»Na dann.« Ich deute auffordernd auf die Tür. »Lass uns rein. Boss.«

Ich kann mir den kleinen Flirt nicht verkneifen. Es ist einfach schön, wieder unbefangen mit ihm umzugehen. Aus den Augenwinkeln sehe ich, dass Gabriel schmunzelt.

Er hält seine Key-Card gegen den Scanner neben der Tür, und sie springt nahezu geräuschlos auf.

»Erste Hürde geschafft«, sagt er und geht voran.

Fast erwarte ich, dass jetzt aber ein Alarm ertönt, Laserstrahlen quer durch den Raum schießen und Gabriel mich bittet, in Flickflacks weiterzuspringen. Aber vor mir erstreckt sich einfach nur ein hell erleuchteter, völlig leerer Gang, von dem einige Türen abgehen. Manche haben ein Bullauge wie die Türen oben im OP-Saal. Meine Neugier siegt. Ohne lang zu überlegen, werfe ich einen Blick in die nächste, an der wir vorbeikommen.

Fast ein wenig enttäuscht atme ich aus. Außer einer Reihe Schreibtische mit Monitoren und Tastaturen ist das Zimmer leer. Es sieht aus wie ein gewöhnlicher Schulungsraum.

Dennoch schaudere ich. »Seltsam.«

»Was ist los?«, fragt er leise.

»Nichts. Ich habe nur ein komisches Gefühl. Irgendwie habe ich im Keller nicht mit all dem hier gerechnet.« Meine Handbewegung umfasst den hellen Flur, die Türen, die Sterilität.

Das ist es. Es wirkt, als würde regelmäßig geputzt. Die Räume werden genutzt. Aber wofür?

Gabriel wischt meine Bedenken weg. »Keine Ahnung. Darüber können wir uns später Gedanken machen. Komm, hier entlang.«

Er bleibt vor der dritten Tür auf der rechten Seite stehen.

Erst jetzt erkenne ich das kleine Metallschild an der grauen Tür. »Archiv« steht darauf in dicken Lettern.

Gabriel hält seine Key-Card an den Sensor neben dem Griff und schiebt die Tür auf.

Neugierig sehe ich mich um. Der Raum ist groß, größer als erwartet. An den Wänden und in der Mitte stehen graue Aktenschränke, auf den Schubfächern sind kleine Chiffren aufgedruckt.

Ohne zu zögern, tritt Gabriel zum schlichten Stehtisch an der gegenüberliegenden Seite des Raumes. Dort befindet sich ein Bildschirm. Gabriel drückt eine Taste auf der bereitstehenden Tastatur, und der Bildschirm erwacht zum Leben.

Gespannt trete ich neben ihn. »Brauchst du den USB-Stick?«

»Noch nicht, ich schaue erst mal, wo die Papierakte abgelegt ist. Dann sehe ich mir das digitale Back-up an.«

Gabriel tippt etwas in ein Eingabefeld, und ich beuge mich vor. Unsere Arme berühren sich fast, und ich bin mir mit jeder Faser meines Körpers seiner Nähe bewusst. Ich müsste nur die Hand ausstrecken, dann könnte ich ihn berühren, müsste mich nur ein winziges Stück näher an ihn lehnen. Aber das passt jetzt nicht.

Gabriel räuspert sich, seine Stimme klingt belegt. »Komisch, ich finde Ambas Akte nicht. Ich habe es mit ›Amba‹ und ›Modi‹ versucht, aber er spuckt nichts aus.«

Er trommelt nervös mit den Fingern auf dem Schreibtisch herum.

»Versuch es mal mit ›Amba Malala‹«, schlage ich vor. »Das ist ihr zweiter Name, und ich glaube, so wird sie in ihrer Akte geführt.«

Er tippt die Buchstaben ein, drückt Enter. »Das ist es!«

Begeistert falle ich ihm um den Hals. Gabriel erwidert die

Umarmung kurz. Er zeigt auf eine Chiffre am oberen Bildschirmrand.

»Da, versuch es mal in Regal 8, Reihe 3, Fach 12. Ich schau mir so lange die digitale Akte an. Wir haben nicht viel Zeit, und man sollte dich wirklich nicht hier unten erwischen. Kein Zutritt für Unbefugte«, erinnert er mich.

Ich eile zu den Regalreihen, die zum Glück fein säuberlich beschriftet sind. Ich brauche einen Moment, bis ich Nummer 8 finde. Ich ziehe die Schublade auf, darin befinden sich eine Handvoll Aktenhänger. Ich scanne die Namen auf den Etiketten und stoße innerlich einen Jubelschrei aus, als ich »Modi« finde.

»Gabriel, ich hab sie«, melde ich leise.

Gabriel starrt auf den Computer. »Das kann doch nicht sein«, murmelt er.

Ich ziehe die Akte aus dem Fach und gehe zu ihm. »Was ist los?«

Er deutet auf den Bildschirm und zeigt mir, was er gefunden hat. In Ambas Aktenordner liegen zahlreiche Dateien mit kryptischen Bezeichnungen, und ich will ihm schon sagen, dass das doch ein Erfolg ist, als er eine der Dateien anklickt. Ein Fenster öffnet sich, aber statt eines Therapieberichts oder Anamnesebogens erscheinen nur wirre Zeichenfolgen, die mich entfernt an die alte Microsoft-Schriftart »Wingdings« erinnert. Der Inhalt ist nicht zu entziffern.

»Die anderen sehen genauso aus. Sie sind encrypted, verschlüsselt.«

Ich nicke tonlos. Dann fällt mir die Akte in meiner Hand ein. »Vielleicht ist hier mehr drin.«

Ich lege die Akte zwischen uns auf den Tisch und klappe sie auf. Darin befindet sich ein ganzer Stapel mit Zetteln, deren Inhalt aber von oben bis unten mit breiten, schwarzen Balken unkenntlich gemacht wurde.

»Fuck«, flüstere ich und sortiere hektisch durch die restlichen Papiere, nur um überall die schwarzen Balken zu finden. »Es ist alles geschwärzt. Nichts ist mehr zu erkennen.«

Wir sehen uns hilflos an, jeder in seine Gedanken versunken.

Irgendwann spreche ich das Offensichtliche aus. »Damit ist auf jeden Fall bewiesen, dass irgendjemand an Ambas Akte herumgepfuscht hat. Wir müssen die Dateien entschlüsseln.«

Ich halte Gabriel den USB-Stick hin. »Los.«

Er schiebt den Stick in die Buchse, doch sofort poppt ein Fenster auf: Zugriff verweigert.

»Mist.« Gabriel versucht es erneut. Doch wieder können wir die Krankenakte nicht auf den USB-Stick laden.

»Was machen wir jetzt?« Ich sehe ihn an.

Er setzt gerade zu einer Antwort an, da ertönt ein lautes »Bing«.

Ich zucke zusammen.

Gleich darauf folgt das Geräusch sich öffnender Aufzugtüren.

Gabriel sieht mich erschrocken an. »Verdammt, wir sind am Arsch. Schnell, bring die Akte zurück.«

Kapitel 29

Gabriel dreht sich panisch zum Bildschirm, schließt die digitalen Fenster und zieht den USB-Stick, während ich zum Regal haste. Zum Glück hatte ich die Schublade aufgelassen, so finde ich das Fach sofort. Ich pfeffere die Akte zurück und achte nicht darauf, ob sie am richtigen Platz landet. Dafür ist einfach keine Zeit. Als ich zurück bei Gabriel bin, wird der Bildschirm gerade dunkel.

»Komm mit.« Er greift nach meiner Hand und zieht mich zur Tür.

Ich kann jetzt leise Stimmen von draußen hören und luge um die Ecke. Noch ist niemand im Flur. Uns bleiben nur wenige Sekunden. Ich bete, dass Gabriel einen Plan hat.

Wir betreten wachsam den hell erleuchteten Flur. In dem Moment ertönt ein leises Surren. Die Sicherheitstür öffnet sich. Wir sitzen in der Falle! Keine Chance, es jetzt noch zu einer der anderen Türen zu schaffen.

Ich stehe wie angewurzelt da, fühle mich wie ein Reh im Scheinwerferlicht des Lastwagens, der es gleich überrollen wird.

Die Stimmen sind nun klar zu verstehen – es sind Peters und Schwester Yvonne.

Gabriel schiebt mich schnell zurück ins Archiv, schließt die

Tür und macht das Licht aus. Wir halten uns still. Nur unser schneller Atem ist in der Dunkelheit zu hören.

Schritte hallen durch den Gang und werden immer lauter.

Gerade als sich die Tür zum Archiv öffnet und das Licht angeht, packt mich Gabriel mit beiden Händen und schiebt mich blitzschnell gegen die Wand. Seine Lippen treffen auf meine und schlucken das überraschte Keuchen, das mir entfahren wollte. Wir küssen uns, als ginge es um unser Leben, und ich vergesse für einen Moment die Welt um mich herum. Ich denke nicht mehr daran, dass wir im Keller der Villa auf geheimer Mission unterwegs sind, dass meine Freundin Amba in Gefahr ist, dass wir in Gefahr sind. Ich spüre nur noch diesen Kuss und das Verlangen, dass sich wie ein Lauffeuer in mir ausbreitet.

Da ertönt ein lautes Räuspern hinter uns. Gabriel und ich fahren auseinander und drehen uns zeitgleich zu Mirko Peters um, der anzüglich grinsend vor uns steht. Knapp hinter ihm hat sich Yvonne mit vor der Brust gefalteten Armen aufgebaut. Sie mustert uns ohne jede Regung.

»Was haben wir denn hier, mein Freund? Kommen wir etwa ungelegen?«, kommentiert Peters und zeigt sein schiefes Grinsen. Sein Blick bleibt einen Moment zu lang auf meinem verrutschten Kittel hängen.

Schnell ziehe ich ihn zurecht und verschränke die Arme vor der Brust. Ich stelle mir vor, was Peters sehen muss: gerötete Wangen, verlegene Blicke. Mein Herz rast, als sei ich gerade einen Marathon gerannt, und ich weiß, dass es nur zum Teil an der brenzligen Situation liegt, in der wir stecken.

»Mirko!« Gabriel wendet sich ertappt lächelnd zu Peters. »Was für eine Überraschung!«

»In der Tat. Was macht ihr beiden denn hier unten?«

Gabriel räuspert sich. »Ich habe vorhin aus Versehen die Akte von Herrn Kühn gelöscht und wollte Doktor Sahin zeigen, was man in so einem Fall machen kann.«

»Verstehe schon.« Peters zwinkert vielsagend, denn vor ihm steht ganz eindeutig ein heimliches Liebespaar, das sich in den Keller gestohlen und der Leidenschaft hingegeben hat. Und ich werde einen Teufel tun und ihn von der Idee abbringen.

»Ähem, es tut mir so leid, Herr Peters. Ich weiß, dass ich hier nicht sein dürfte, aber …« Ich breche ab, atme schwer und sehe ihn entschuldigend an.

Zu meiner Erleichterung grinst er noch breiter. »Keine Sorge. Wir waren doch alle mal jung und wild. Oder in deinem Fall etwas älter und wild, was, Gabriel?« Er klopft Gabriel kumpelhaft auf die Schulter.

Der steht stocksteif da. »Ich übernehme natürlich die volle Verantwortung.«

Peters grinst frivol. »Ach, was soll denn das förmliche Gerede, Gabriel. Ich habe auch schon das eine oder andere Schäferstündchen hier unten verbracht.« Er klopft Gabriel erneut gönnerhaft auf die Schultern.

»Vielen Dank für dein Verständnis, Mirko.« Gabriel nickt knapp, dann nimmt er meine Hand und zieht mich Richtung Glastür.

Als sie hinter uns ins Schloss fällt, bleibt er aufatmend stehen. »Das ist ja gerade noch mal gut gegangen.«

Mein Herz schlägt immer noch bis zum Hals. »Aber wir haben nichts in der Hand.«

Kapitel 30

Ein warmer, abgestandener Geruch schlägt mir entgegen, als ich die Wohnungstür öffne. Offensichtlich hat heute noch keiner meiner Mitbewohner gelüftet.

Naserümpfend reiße ich das Küchenfenster auf. »Entschuldige, es sieht etwas wüst aus.«

Gabriel steckt den Kopf zur Tür herein wie ein Hund, der versucht, eine Spur zu wittern.

Ich ahne, was in ihm vorgeht. »Keine Bange, Ilkay ist nicht da. Er scheint abgetaucht zu sein, vielleicht bei seinem Enrico.« Ich werfe meine Tasche auf den Boden, ziehe meine Ballerinas aus und gehe ins Wohnzimmer. »Ich schätze, Charlie und Maxi werden jeden Moment hier sein. Sie sind ausgesprochen pünktlich. Vor allem, wenn es um Amba geht.«

Zur Sicherheit checke ich noch mal mein Handy, aber ich habe keine neue Nachricht bekommen.

»Haben sich die drei angefreundet?«, erkundigt sich Gabriel, der mir etwas orientierungslos durch die Wohnung folgt.

Ich lotse ihn in die Küche und mache mich an der Espressomaschine zu schaffen. »Ja, die drei mögen sich. Unter normalen Umständen würden sie sicher Freundinnen werden.«

Ich schlucke. Der Gedanke daran, was wir ihnen gleich erzählen müssen, bedrückt mich. Gabriel scheint es zu spüren. Als der Krach der Espressomaschine verklungen ist, zieht er mich an sich.

»Layla, das ist eine wirklich schwierige Situation. Aber wir können nichts anderes tun. Maxi wird das sicher verstehen, so, wie du sie beschrieben hast.«

Ich nicke, aber mein Unwohlsein verschwindet noch immer nicht. Ich löse mich aus seiner Umarmung, decke den Tisch mit Espressotassen und hole aus dem Kühlschrank einen großen Teller Baklava von meiner Anne.

»Hmm, köstlich, hast du die gebacken? In dir steckt ja eine richtig gute Hausfrau, willst du dein Talent wirklich im OP-Saal vergeuden?«, neckt mich Gabriel und lässt ein großes Stück im Mund verschwinden.

»Haha. Sehr witzig. Die Baklava ist von meiner Mutter.«

»Kompliment. Ich würde sie ja sehr gern noch einmal unter anderen Umständen kennenlernen. Also deine Mutter. Oder willst du ihr weiterhin erzählen, dass Ilkay dein Traummann ist?«

Mit gespielt strenger Miene starrt mich Gabriel an, und ich bin ihm dankbar, dass er versucht, mich von meiner Sorge abzulenken. Auch wenn er nur scherzt, ist mir das Thema unangenehm.

In diesem Moment höre ich ein Klappern an der Wohnungstür. Der Schlüssel dreht sich im Schloss. Maxi und Charlie kommen rein und bleiben verdattert im Türrahmen stehen, als sie uns beide sehen.

Charlies Wangen sind leicht gerötet, ihr hellblaues Sommerkleid betont ihre weibliche, kurvige Figur und passt perfekt zu ihren strahlenden Augen, die sie immer weiter aufreißt. Sie klappt den Mund auf und zu, doch ihr scheinen die Worte zu fehlen, und sie blickt hilflos zu Maxi. Die trägt ein schwarzes Minikleid, eine Sonnenbrille im Haar, und ihre langen, schlanken Beine stecken in schweren Boots. Sie sieht aus, als käme sie gerade von einem Undercover-Einsatz.

Sie gewinnt schnell ihre Fassung zurück. »Aha, meine Freundin hat Verstärkung mitgebracht«, begrüßt sie uns.

»Schaden kann's nicht«, kontere ich. »Ein Glück, dass ihr da seid. Ach so. Moment: Gabriel, das ist Maxi. Maxi, das ist Gabriel. Charlie, Gabriel, Gabriel, Charlie.«

Maxi wirft Gabriel einen misstrauischen Blick zu, öffnet den Kühlschrank und holt sich eine Dose Cola heraus.

Zu meiner Überraschung steht Gabriel auf, deutet eine Verbeugung an und reicht erst Maxi und dann Charlie die Hand.

»Gabriel Goldberg. Der neue Mann an Laylas Seite.«

»Sehr erfreut.« Maxi nickt und tauscht einen vielsagenden Blick mit Charlie, die kein Wort herausbringt.

Maxi wirkt wieder völlig unbefangen und lässt sich auf den freien Stuhl plumpsen, ihre schweren Schuhe auf den Boden poltern, streift sich die Socken ab und legt ihre Füße ungeniert auf die Fensterbank. Charlie lehnt sich an die Wand daneben und dreht nervös ihr blondes Haar ein. Unsicher schaut sie von Gabriel zu mir.

Maxi ergreift wieder das Wort. »So. Warum sind wir hier? Erzählt.«

Ich räuspere mich. »Gabriel und ich kommen gerade aus der Klinik. Er weiß über alles Bescheid.«

Maxi nickt, mustert Gabriel aber weiterhin argwöhnisch aus den Augenwinkeln. »Hatten wir nicht gesagt, dass du noch nicht mit Gabriel darüber sprichst?«

»Aber Gabriel ist auf unserer Seite.« Ich sehe die beiden entschuldigend an.

»Der Mann an Laylas Seite, wie gesagt.« Gabriel legt seinen Arm um mich.

Charlies Mundwinkel verziehen sich zu einem vorsichtigen

Grinsen und ihre Augen blitzen. Das Eis ist gebrochen. Zum Glück scheint Gabriel ihr sympathisch zu sein.

Maxi hingegen schaut noch immer skeptisch. »Okay, und warum sind wir jetzt hier? Wie geht es Amba?«

Sie wirkt nicht sehr überzeugt, scheint aber auch nicht sagen zu wollen, was sie denkt.

Ich atme tief ein.

Sofort beugt sich Maxi nach vorn und fixiert mich mit ihren grünen Katzenaugen. »Was ist los, Layla, ist was mit Amba? Ist ihr was passiert?«

Ich weiche ihrem Blick aus und schaue Hilfe suchend zu Gabriel, der mir ermutigend zunickt. Ich hatte mir alles zurechtgelegt, aber nun fällt es mir schwer, die Worte zu finden. Also taste ich mich schrittweise vor.

»Amba geht es gut. Sie ist in der Klinik. Ihre zweite OP findet bald statt. Aber das ist im Moment, ehrlich gesagt, unser kleineres Problem. Peters ist nach wie vor fest entschlossen, sie nach der Haut-OP zu entlassen.«

»Und damit ist er medizinisch und rechtlich leider auch auf der sicheren Seite«, springt Gabriel ein.

Bevor Maxi ihn deswegen in die Mangel nehmen kann, erklärt er ihr noch einmal, was er mir schon gesagt hat. Die Verträge der »Villa Clinics« schließen zusätzliche Operationen außerhalb der vereinbarten Leistungen nahezu aus. Peters kann sich mit mangelndem Versicherungsschutz herausreden.

»Ich hätte mir das auch anders gewünscht«, beruhigt er Maxi, als er ihre gekräuselte Stirn und ihren unwirschen Blick sieht. »Aber aus medizinischer Sicht ist das Bein nun mal kein Notfall. Das heißt aber nicht, dass es nicht trotzdem noch gemacht wird. Ich werde dafür sorgen, dass Amba zurückkehren und hier in Deutschland operiert werden kann. Ich habe schon mit einem Kollegen in Pakistan Kontakt aufgenommen.«

Maxi pfeift anerkennend, das Misstrauen in ihrem Blick ist verschwunden. Ich hoffe, dass Gabriel weiterredet.

Doch er schaut mich beschwörend an. Also gut.

»Maxi, wir machen uns aus anderen Gründen Sorgen um Amba.« Ich atme tief durch. »Ihre Akte ist leer.«

»Was zu befürchten war«, kommentiert Charlie.

»Aber es gibt ein Archiv.«

»Digital oder analog?« Maxis Augen beginnen zu funkeln.

»Beides. Und wir waren auch schon dort.«

»Ihr wart im Archiv?« Maxi und Charlie sehen mich überrascht an.

»Ja. Aber die Akte aus Papier war geschwärzt, und die digitale Akte war verschlüsselt und konnte nicht auf einen USB-Stick heruntergeladen werden.«

»Mist.« Charlie setzt sich ebenfalls an den Küchentisch.

»Und ich habe heute ein Gespräch zwischen Peters und seinen Kollegen belauscht, in dem es darum ging, dass Amba zwar möglichst bald zurückgeflogen werden soll, aber in Pakistan unter Beobachtung stehen soll, weil sie offenbar noch etwas mit ihr vorhaben könnten. Und es ging um Anteile, die sie jetzt nicht bekommen. Was auch immer damit gemeint ist.«

»Ich tippe auf Geld.« Maxis Augen werden größer, dann sehe ich, wie sich rote Flecken auf ihrem Gesicht ausbreiten. »Amba liegt dort jetzt also in der Klinik und ist diesem Peters ausgeliefert, ja?«

Abrupt steht sie auf, beginnt, hin und her zu laufen, bleibt schließlich am Fenster stehen und blickt hinaus, dann tigert sie wieder auf und ab.

Gabriel und ich wechseln einen Blick, und ich bedeute ihm zu schweigen. Maxi soll sich erst mal Luft machen. Und genau das tut sie. Mit einem kräftigen Tritt gegen die Küchentür, die gefährlich knirscht, aber der Attacke standhält.

»Verdammt noch mal, wir müssen Amba da sofort rausholen. Wer weiß, was dieser Peters mit ihr vorhat? Worauf warten wir noch?«

»Auf die zweite Operation«, antwortet Charlie ruhig.

»Stimmt.« Sie fährt sich durch die dunklen Locken, und einen kurzen Moment befürchte ich, dass sie noch mehr in Rage gerät, aber dann lehnt sie sich an die Tür und starrt uns an.

Ich gehe zu ihr, lege meine Hand auf ihren Arm und bemühe mich um eine sanfte Stimme. »Wir können sie nicht einfach mitnehmen. Sie ist registriert, und außerdem läuft ihr Visum ab.«

»Und deshalb soll sie dort in Gefahr bleiben?« Maxis Stimme überschlägt sich fast.

»Sie wäre in größerer Gefahr, wenn wir sie aus der Klinik holen.« Charlie versucht sie ebenfalls zu beruhigen. »Außerdem würde der Verdacht sofort auf Layla fallen, weil sie sie schon mal mitgenommen hat. Und ich möchte mir nicht vorstellen, was Peters anzetteln wird, wenn er das rausbekommt.«

Maxi schweigt, und ich atme auf. Sie scheint zu begreifen, dass dies nicht der Zeitpunkt für eine Befreiungsaktion ist.

Vorsichtig ziehe ich sie zurück zum Tisch, während Gabriel aufsteht und ihr einen frischen Espresso zubereitet, als wäre er hier schon zu Hause. Ich werfe ihm einen dankbaren Blick zu und lasse Maxi einfach einen Moment in Ruhe dort sitzen.

Doch sie scheint sich recht schnell zu fangen. »Gut. Ihr habt recht. Aber Layla, verrate mir jetzt mal bitte, was genau wir tun können.«

Gabriel stellt den Espresso vor ihr ab und setzt sich auf den Platz gegenüber, dann räuspert er sich. »Wir könnten Amba vielleicht helfen, wenn wir wüssten, was in ihrer Akte steht und was diese kryptischen Dateien bedeuten. Kannst du dich nicht in das Netzwerk der Klinik hacken?«

Hoffnungsvoll sehe ich sie an und setze mich ebenfalls an den Tisch.

Doch Maxi schüttelt resigniert den Kopf. »Daran habe ich natürlich auch sofort gedacht, als ihr das von den Codes erzählt habt. Aber es ist bei medizinischen Einrichtungen nahezu unmöglich, sich von außen einzuhacken.«

Vor Enttäuschung entfährt mir ein lauter Fluch. Auch Gabriel sieht deprimiert aus. Schweigend starren wir vier auf die Baklava-Reste in der Mitte des Tischs.

Maxi malt mit dem Finger Kreise auf die abgewetzte Tischplatte. »Wenn ich in die Räume käme, könnte es allerdings klappen. Aber ich kann mich ja schlecht als Ärztin einschleusen.«

Jetzt bin ich es, die auflacht. »Aber wir können dich als IT-Mitarbeiterin einschleusen! Peters will die ganze Abteilung ausbauen. Ich habe es selbst gehört.«

»Das ist es!«, ruft Gabriel ähnlich aufgeregt, und ich zucke erschrocken zusammen. »Layla, du bist genial.« Überschwänglich zieht er mich an sich und küsst mich.

Maxi grinst breit und haut auf den Tisch. Wenn sie das noch einmal macht, wird er zusammenbrechen, da bin ich sicher.

»Alles klar. Das klingt nach einem Plan. Jetzt muss mich Peters nur noch einstellen.«

Gabriel lacht auf. »Das dürfte das geringste Problem sein. Wenn ich den Posten als ärztlicher Direktor annehme, kann ich ein gutes Wort für dich einlegen. Mikro wartet ohnehin auf meine Antwort.«

Maxi blickt zwischen Gabriel und mir hin und her. »Wie viel Zeit haben wir denn? Kannst du Ambas OP noch ein bisschen hinauszögern? Wir sollten wissen, was in der Akte steht, bevor sie nach Pakistan zurückfliegt.«

Ich überlege kurz. »Ein paar Tage vielleicht, aber ihr Visum läuft aus.«

Gabriel schaltet sich ein. »Ich werde heute noch meinem Kollegen in Pakistan schreiben. Für alle Fälle. Er kann sie im Blick behalten, wenn es nicht klappt, die OP zu verschieben.«

Wir schauen uns an.

»Okay. Dann schreibe ich jetzt mal meinen Lebenslauf. Und dann sind wir hoffentlich bald Kollegen, oder?«

Maxi grinst Gabriel an, der mich vom Stuhl hochzieht und umarmt. Ich spüre seine Hand an meiner Hüfte.

Maxi zwinkert mir zu, bevor sie den Raum verlässt. »Wir werden das Rätsel lösen.«

Gabriel zieht mich an sich. »Und wir beide?«

Ich schmiege mich noch enger an ihn. Dann schenke ich ihm ein Lächeln. »Ich könnte dir meine Briefmarkensammlung zeigen, wo du schon mal hier bist.«

Gabriel fasst sich theatralisch ans Herz. »Ich liebe Briefmarken.« Dann wird er ernst. »Und dich, Layla. Ich liebe dich.«

Eine wohlige Wärme breitet sich bei diesen Worten in meinem Körper aus, und Tränen treten mir in die Augen. »Ich liebe dich auch, Gabriel.«

Epilog

Nervös rutsche ich auf dem gepolsterten Stuhl aus dunklem Holz hin und her.

»Meine Güte, Schwesterherz, wenn du nicht gleich aufhörst zu zappeln, sperre ich dich in mein Zimmer!« Dilara verdreht die Augen, grinst aber dabei. »Sie werden ihn akzeptieren, keine Sorge. Und sie kennen ihn ja schon ein bisschen.«

Dilara hat gut lachen. Ich kann mir Gabriel, meinen großen Gott in Weiß, einfach nicht in der kleinen Wohnung meiner Eltern vorstellen.

Baba sieht von seiner Zeitung auf, die er im Sessel sitzend liest. Ich hoffe, er hat uns nicht gehört. In dem Moment kommt meine Mutter ins Zimmer geschneit, in den Händen einen dampfenden gusseisernen Topf mit dem Schmorkalb. Mir läuft trotz meiner Anspannung das Wasser im Mund zusammen.

»Ich bin fertig, ihr könnt mir beim Auftragen helfen.« Sie sieht mich über den Rand ihrer Brille hinweg an. »Gabriel ist hoffentlich pünktlich. Ich möchte nicht…«

Das Ende des Satzes höre ich nicht mehr, weil die schrille Klingel meiner Eltern alles andere übertönt. Mein Baba springt überraschend wendig für einen so kräftigen Mann aus seinem Sessel auf und baut sich neben seiner Frau auf. Anne stellt den dampfenden Topf ab und reißt sich rasch die fettverschmierte

Schürze vom Leib. Ich schiebe den Stuhl so hastig zurück, dass er beinahe umfällt. Dilara hingegen bleibt einfach sitzen.

»Da ist der Herr Doktor«, ruft meine Mutter unnötigerweise. »Ömer, geh endlich zur Tür!«

Mein Vater ist eigentlich schon auf dem Weg, dicht gefolgt von meiner Mutter.

Rasch gehe ich meinen Eltern hinterher. »Bitte nenn ihn nicht Herr Doktor«, zische ich meiner Anne nervös zu.

Gabriel steht unsicher in der kleinen Tür. Der dunkle Flur in seinem Rücken lässt ihn fast ein bisschen bedrohlich wirken. Er trägt eine schwarze Stoffhose, ein weißes Hemd mit offenem Kragen und darüber eine schwarze Jacke. Sein blondes Haar ist ordentlich zurückgekämmt.

Bei seinem Anblick setzt mein Herz einen Schlag aus, wie immer. In der einen Hand hält er eine große Pappschachtel, in der anderen einen riesigen Strauß Blumen, den er meiner Mutter gerade in die Hand drückt. Sie bedankt sich leicht verlegen und verschwindet schnell Richtung Küche, um eine Vase zu suchen. Gabriel hält meinem Vater die Hand hin, der sie kräftig schüttelt.

»Ein Hausbesuch von Herrn Doktor Goldberg. Welch eine Ehre«, sagt er mit zusammengekniffenen Zähnen und schaut ihn finster an. Dann lacht er laut auf und zieht Gabriel in eine Umarmung. »Nur Spaß. Kommen Sie herein. Ich hätte nicht gedacht, dass wir uns so bald wiedersehen.«

Der Arme weiß gar nicht, wie ihm geschieht. Als er mich sieht, leuchten seine dunkelblauen Augen auf, und er schenkt mir sein 1000-Watt-Lächeln. Mit weichen Knien gehe ich auf ihn zu und nehme seine Hand. Er umschließt sie sofort mit seiner und drückt kurz ermutigend zu. Ich hole tief Luft.

Wir gehen im Gänsemarsch zurück ins Wohnzimmer, meine Eltern voran, Gabriel und ich dahinter. Er hält mich einen

Moment zurück und drückt mir einen schnellen Kuss auf den Mund.

»Hi!«, sagt er zärtlich.

»Hi!«

»Wir wissen genau, was ihr da treibt«, ruft Dilara, dicht gefolgt von einem »Autsch«.

Als wir das Wohnzimmer betreten, reibt Dilara sich den Oberarm, und meine Mama versteckt schnell ein Küchentuch hinter ihrem Rücken. Ich schüttle nur den Kopf.

Gabriel öffnet die Pappschachtel. »Ich habe Nachtisch mitgebracht.«

»Hayir, die Beilagen!« Meine Mutter stürzt fluchend in die Küche.

Jetzt erhebt sich auch Dilara endlich. »Hi Gabriel, ich muss mal …« Sie deutet mit dem Finger auf die Tür, hinter der meine Anne gerade verschwunden ist.

Ich eile ihr nach.

Als wir, beladen mit Schüsseln voller Leckereien und duftendem Fladenbrot, zurück ins Esszimmer kommen, sitzen Baba und Gabriel am Tisch und unterhalten sich über Fußball. Meine Mutter hat sich beim Essen wie immer selbst übertroffen, und Gabriel wird nicht müde, ihr das zu sagen.

»Es ist wirklich das beste türkische Essen, das ich je hatte, Esra!«, versichert er.

Ich bin völlig überrascht davon, wie schnell er und meine Eltern sich duzen.

Dilara hebt eine Augenbraue. »Du kennst dich also mit türkischem Essen aus, Gabriel?«

Er zuckt mit den Schultern. »Ist schon eine Weile her, aber als ich im Medizinstudium mal ein paar Monate in Istanbul gelebt habe, ließ es sich nicht vermeiden, die eine oder andere Mahlzeit einzunehmen.« Er grinst lässig.

Erstaunt sehe ich auf. »Du hast mal in Istanbul gelebt? Warum hast du mir das nie erzählt?«

»Ortaya çıkmadı. Hat sich nie ergeben.«

»Und du sprichst Türkisch?«

Er schenkt mir ein zärtliches Lächeln. »Wirklich nur ein paar Brocken.«

Dilara beobachtet uns unverhohlen, dann reibt sie sich den Bauch. »Wie war das mit Nachtisch?«

Meine Mutter erhebt sich. »Ich habe die Box in den Kühlschrank gemacht. Die Torte sieht wirklich fantastisch aus. Ich gehe sie schnell holen.«

»Ich komme mit«, bietet Gabriel an, setzt sich aber sofort wieder, als er den entsetzten Blick meiner Mutter sieht.

»Du bist unser Gast«, erklärt mein Vater.

»Na schön, ich gebe es auf.« Gabriel hebt mit gespielter Ergebenheit die Hände.

Ein kurzes, verlegenes Schweigen breitet sich am Tisch aus, als meine Mutter den Raum verlässt.

Mein Vater räuspert sich, und ich sehe ihm an, dass ihm etwas Wichtiges auf dem Herzen liegt. »Ich will nicht unhöflich sein und mit dir über die Arbeit sprechen, es ist schließlich Wochenende. Aber du bist doch der Chefarzt. Und …«

Mein Vater schlägt die Augen nieder, wirft Dilara dann einen langen Blick zu, doch er traut sich nicht weiterzusprechen.

Ich verstehe, was er sagen will, und komme ihm zur Hilfe. »Papa, wir können offen reden. Es geht um Dilara, oder?«

Meine Schwester ist rot angelaufen und verdreht die Augen. Es ist ihr erkennbar unangenehm, dass wir vor Gabriel über sie sprechen.

Sie dreht ihr Wasserglas immer wieder herum und starrt auf ihren leeren Teller. »Jetzt lass doch, Layla, das können wir ein anderes Mal bereden.«

Aber Gabriel ergreift schon das Wort. »Es ist doch richtig, dass wir das ansprechen. Immerhin waren wir zusammen in der Klinik, und natürlich sollen alle wissen, wie es weitergeht. Layla hat mir erzählt, welche Eingriffe gemacht werden müssen. Und ich bin da sehr zuversichtlich.«

Mein Vater nickt begeistert, und Dilara blickt erst Gabriel und dann mich erstaunt an.

»Wäre eine OP denn wirklich möglich? Du sagtest doch, dass ihr in der Klinik nur Privatpatientinnen nehmt. Das kann ich mir doch nicht leisten.«

Ich bin mindestens so überrascht wie meine Schwester. Fragend sehe ich zu Gabriel.

»Nun ja. In der ›Villa Berlin‹ mag das so sein. Aber ich kenne noch eine sehr gute Chirurgin in Potsdam.«

Verblüfft gaffen wir Gabriel an.

Der zuckt lässig die Achseln und nimmt einen Schluck Wasser. »Ich habe schon mit ihr gesprochen. Ich hoffe, das war okay für dich, Dilara. Sie würde dich selbst operieren, und da musst du keinen Cent für bezahlen. Sie wird das über die Krankenkasse abrechnen. Sie ist eine absolute Spezialistin.«

Dilaras Augen füllen sich mit Tränen, ihr Gesicht beginnt zu strahlen. Mein Vater springt auf, läuft zu Gabriel und schlägt ihm auf die Schultern. Als meine Mutter die Torte bringt, verschlägt es mir fast die Sprache. Es ist eher ein Törtchen, schmal, aber hoch, mit einer rosa Creme verziert und einem kunstvollen Schokoladennest obendrauf, in dem frische Beeren liegen.

»Wo hast du die nur gekauft, Gabriel?«, fragt meine Mutter begeistert, nachdem sie den ersten Bissen probiert hat. »Da muss ich unbedingt mal hin.«

Mein Vater nickt begeistert, und selbst Dilara lächelt selig den Kuchen an.

Gabriel fährt sich mit der Hand durchs Haar. Ist er etwa verlegen? »Die habe ich selbst gebacken.«

Meine Familie ist beinahe so überrascht wie ich.

»Was verheimlichst du mir noch, Gabriel?«, frage ich gespielt skeptisch.

Er hebt abwehrend die Hände. »Das war's, wirklich! Jetzt weißt du alles über mich. Ich bin ein leidenschaftlicher Arzt, kann mich in landeseigenen Sprachen verständigen und backe für mein Leben gerne. Reicht das nicht?«

Ich beuge mich zu ihm und küsse ihn leicht auf den Mund, und es ist mir völlig egal, dass meine Eltern neben uns sitzen.

»Doch, das reicht.«

Ende